影之忘返

劉偉成 文・圖

中華書局

序

螳臂錄

朱少璋

一

司空圖〈歌者〉其六有「胸中免被風波撓，肯為螳螂動殺機」之句，「殺機」典故，與蔡邕有關。話說演奏者在彈琴時看見螳螂捕蟬，蟬將去未去之間，螳螂一前一卻之際，演奏者看得入神，分了心，居然代入了螳螂的處境：「恐螳螂之失也，此豈為殺心而形於聲者乎。」隔壁的蔡邕耳朵特別靈敏，居然聽得出琴音中的點點殺機。

「螳螂」二字疊韻，都屬「七陽」，唸起來特別動聽；螳螂外形也優美，前臂如鐮似斧，有點殺氣又帶點裝腔作勢，一雙螳臂總能引人注目。若從修辭的「借代」角度看——以局部代全部——螳臂肯定是典型的例子。螳臂之於螳螂，是帆之於船，巾幗之於女子，鬚眉之於男士，朱門之於富貴；總令人印象深刻。螳螂的一雙前肢其實是由股節及脛節組成的「前足」，說「螳臂」多少帶點擬人的聯想。螳臂可以捕蟬，原來也可以捕蛇。《聊齋誌異》卷五有一則「螳螂捕蛇」，事甚離奇：

張姓者偶行溪谷，聞崖上有聲甚厲。尋途登覘，見巨蛇圍如碗，擺撲叢樹中，以尾擊柳，柳枝崩折。反側傾跌之狀，似有物捉制之，然審視殊無所見，大疑。漸近臨之，則一螳螂據頂上，以刺刀攫其首，攧不可去，久之，蛇竟死。視額上革肉，已破裂云。

聊齋先生姑妄言之我等讀者姑妄讀之，可惜先生沒有在這則奇譚之後補寫一段「異史氏曰」。世人總謂螳臂力量有限，捕蟬有餘，鬥蛇顯然不自量力，但《聊齋》所誌，畢竟奇異，故事中的小螳螂，以臂刀攻擊蛇首要害，蛇既無法反噬，又不能掙脱，最終裂首而死。我初讀這段故事，即覺心潮澎湃，向來以小勝大以弱勝強的情節，在精神上鋤強扶弱，分外令人讀得痛快。蘇舜欽讀《漢書》至「誤中副車」及「君臣相與」，各浮一大白；今讀《聊齋》「螳螂捕蛇」，亦可浮一大白。下酒文章，相信不以《漢書》專美。

螳螂捕蛇的故事是真也好是假也好，起碼可以作為勢弱者精神上的慰藉。像愚公移山，像鐵杵磨針，讀者明知虛構但這些故事卻世世代代支持着不少善良的人加倍努力地去做一個有毅力的傻人，哪怕一輩子都移不了山磨不成針，花盡力氣抬頭青山依舊鐵杵如椽，有些人，還是堅持行不繞路針不現買；類似的堅持，我們有時稱之為「信念」。知其不可為而為之，説到底也許只是不自量力自討沒趣。讀《莊子．人間世》一段，令人氣短：

汝不知夫螳螂乎？怒其臂以當車轍，不知其不勝任也，是其才之美者也，夫螳螂之怒臂，非不美也，以當車轍，顧非敵耳。今知之所無奈何而欲強當其任，即螳螂之怒臂也。

顏闔要當衞靈公太子的老師，臨行前蘧伯玉借螳臂當車跟他講知所進退的道理。人生，到底應該知難而退，還是知難而進？同樣講螳臂當車的故事，讀《淮南子》一段，相信可以下酒：

齊莊公出獵，有一蟲舉足將搏其輪，問其御曰：此何蟲也？對曰：此謂螳螂者也，其為蟲也，知進而不知卻，不量力而輕敵。莊公曰：此為人必為天下勇武矣。迴車而避之，勇武聞之，知所盡死矣。

螳螂擋路，司機是決定輾過去還是「迴車而避之」？螳螂是愚是勇，該死不該死，原來也視乎開車的是誰。

二

「螳螂」也是昆蟲分類上的一個「目」，「螳螂目」（Mantode）之下的成員都通稱「螳螂」。我始終覺得，「作家」都應該是「螳螂目」的成員。作家，到底應該知難而退，還是知難而進？作家寫文章時枕腕、提腕或懸腕，像擋在大車前的螳臂，既不自量力亦滿有勇氣，或傻勁；雖千萬人，吾往矣。是不自量力嗎？可能是；是於事無補嗎？可能是；是功不唐捐嗎？也可能是。

二〇一八年與人合編散文集，糊裏糊塗居然決定以「香港人」為組稿的總主題，終於得到二十七位香港作家支持供稿。成書前對書名多番斟酌，本擬用「亮相」，但最終又是糊裏糊塗地，居然決定以「香港．人」為書名，那一點間隔號既是營造美感的應有距離也是點睛之筆。劉偉成支持，供稿寫梅艷芳寫得實實在在，我讀了印象深刻。文章重輯在他最新出版的個人散文集中，足證此文素質既高亦有代表性。

偉成既寫詩又寫散文，散文集《持花的小孩》與詩集《陽光棧道有多寬》都獲獎，植物、人物、街巷，種種見聞與感受左右逢源，入詩入文。偉成自一九九七年出版首部詩集，廿多年來還在努力創作，詩歌與散文交替成書，移山磨針的信心毅力，都具備。寫於二〇一四年的詩句——「帶走胡椒莽撞的辛辣」、「口罩可拓印出張眼微笑」——道路與廣場的開合與翕辟，是車輪前小螳螂的仰視角度。偉成也有螳螂擋車的勇氣。

二〇一八年七月新書《香港．人》在香港書展首發，出版社安排幾位供稿作家主持講座。偉成幫忙主講一個環節，我當司儀在開場前先跑跑龍套，一時感觸笑說「香港人」這個詞語很快就會湮沒，代之而起將會是「大灣人」。事隔不到一年，呼喊「香港人」之聲在城中此起彼落，默契是在後面用力地加喊一句「加油」。不知這會否是「香港人」在消失前的迴光反照，卻只知道大家都努力地喊，語氣堅定，而且自信。遊行期間有食店贈飲贈食，飲品和乾糧堆放在店外，免費任取，上插紙牌寫着「香港人加油」，令我想起十九首的名句「努力加餐飯」，五字短句後連用三枚粗體感歎號都不覺誇張。像這樣的贈食舉措，都尋常而又不尋常：人心與世道，總會正比或反比地相互襯托，或反諷，或互補，或搭配，或拼砌。

「加油」這個詞，我是在《青春火花》中首次聽到的。七十年代日劇《青春火花》的女排隊員常大喊「加油」，偉成年輕可能印象模糊，那是中譯對白的經典語例。年紀大了我漸漸傾向說「努力」，含蓄些，上世紀青春的幾星火花，畢竟易逝。長大後，我有好長的一段日子沒有用「加油」這個詞。尤其在我當上了老師之後，總覺得這個用語活潑有餘得體不足，因此我給學生的鼓勵，大都改用「努力」。卻原來「加油」已慢慢滲入了英語世界，還居然出現了港式英文用語「Add oil」，連二〇一八年英國牛津大學英語詞典也收錄了這個詞。如此一來，「加油」這個詞一時間登堂入室，變得「正式」起來。打從二〇一九年六月開始，「香港人」和「加油」屢屢連結在一起：直幡橫額單張海報都用，見慣了；男女老幼前線後援都喊，聽慣了。

事實上，這幾年我也常常對偉成說「加油」。二〇一八年他應邀到愛荷華交流我跟他說「加油」；回港後繼續創作我跟他說「加油」；在工餘繼續博士研究我跟他說「加油」——二〇一九年偉成終於完成博士論文取得學位，我滿心歡喜答應穿禮袍出席他的畢業禮，見證他學術上的成就。當年博士畢業師長建議我自置一套禮袍，說在大學教書典禮多總用得着。但自置的禮袍十多年來卻只穿過兩次，一次是出席自己的畢業禮，另一次是出席阮佩儀博士的畢業禮。本來可以為偉成再穿一次，但碰上己亥風潮社會氣氛異常緊張，大學取消所有活動，包括畢業典禮。早已熨得挺直的禮袍最終給摺疊再裝箱，像心情一樣，打疊好，再置諸高閣。

三

偉成散文多長篇，佈局與經營都認真，難得以詩人身份兼寫散文卻堅持不乞靈於詩歌的意境，散文一字一句都絕不詩化地含糊。散文集《影之忘返》觸及繪本、香港、旅遊、回憶、評論，底氣來自「博讀」與「博覽」，筆下題材要多「散」有多「散」。「繪本守夢人」或多或少是作者個人的「重像」或「疊影」。「清倫的盪漾」圖片不少，旅程亦長，〈啊！好一位富士行僧〉由日本人「凡事往小裏縮」的民族性說到「不知不覺間，縮小的自我，真的還原成一顆因自然美景而充滿確幸感覺的心，不亢不卑地綻放出『中台八葉院』的蓮花，將閉固的結界無限推遠」，這點感悟是偉成人生境界的另一「合目」。「渡渡鳥歲月」逮得住回憶的尾巴，許多人、事、物、情，都跟渡渡鳥一樣，漸次絕跡：〈消失中的文具〉會否漸次變成「消失中的文字」、「消失中的文章」、「消失中的文學」、「消失中的文化」甚或「消失中的文明」？「從城堡出發」有分析宮崎駿動畫的長文，宮崎駿拒絕為籌辦東京奧運製作影片，是拿着畫筆的螳臂抵住了借申辦奧運以粉飾太平的大車。「香港這種人」寫梅艷芳、張國榮、小思、鍾玲、陶然及麥華嵩的文章我讀得格外有共鳴。西西的文學世界慚愧我是至今都無法進入，偉成的〈候鳥織巢寄春望〉談西西談得好廣好博我讀了還是無動於衷，反而他說「童言敘事，不同於『童言』本身」令我印象最深刻。

擋在駛往「遺忘」的大車前，偉成用力地揮動着螳臂，手不停書，用筆，或虛晃或實寫；縱然那輛駛往「遺忘」的大車已經駛過了好一段時間。回憶的零片又多又細碎，正如偉成在〈姆明屋與喬屋〉提到日本雜誌分期附送姆明屋模型的部件：「不知要多少期才能拼出完整的一幢。」文字向來與螳臂一樣，都脆弱，但千百年來文學史所記載的，泰半都是螳臂當車或以卵擊石的歷史，在血肉與蛋漿的黏稠與模糊中，永垂不朽。文字有靈或無靈，未必就決定在大車輾過的一刻，而是在大車輾過後的一段很長的時間，文字經歲月的醞釀與磨洗，才慢慢煥發出其應有的光彩與感召力，像〈流動到燈火明淨的記憶〉：

我不禁想起那道滿佈傘圓的街道，就像是雨落在長河上泛起的漣漪。在天橋的制高點上，前後俯視燈火通明的長街，我清楚知道「我城」還像畫卷一樣流動着，或者該說給「牽動」着，只是即使我自詡頗具編輯眼光，善於將流動光影看成停駐不動，也不知道究竟該回望一九九七年「急於回家」的心情，還是自囿於二〇四七年的「大限想像」中。

偉成，始終還是擋在大車前的螳螂。螳臂收起置於胸前，有人說是擋車也有人說是禱告：英語螳螂 praying mantis 就帶有「祈禱」的屬靈聯想。讀偉成的文章倒真的讓我依稀想起 Jean Baptiste Camille Corot 畫筆下靠在大石旁禱告的 Madeleine。何妨讓「香港的冬季已漸漸消隱，連春天的氣息也漸漸遠去，街上的店鋪彷彿從不打烊，全年無休，彷彿這裏只剩下不懂言倦的齒輪在互相推動，甚至沒閒分神去留意傷痛，停下來自我療癒」（〈浪盪在街燈的灑滌中〉）跳接到「當你放下偏見，心眼自然會明亮起來，會看見許多遺忘的記憶斷片漂浮在時間的涓流上」（〈帶着偏見，旅行到安徒生跟前〉），自成段落。

螳螂不自量力賈其餘勇舉起雙臂原來要為路過的大車禱告——這層深意，恐怕連蘧伯玉齊莊公都不曾明白。

自序

拒絕忘返的理由

「忘返」一詞，除非是「自虐狂」，否則本身就暗示了「遇上樂事」，如果要小學生記述遊歷經驗，許多會以「樂而忘返」再接上「可惜到了回家時分」的描述作結。「回家」，在童話原型中代表歷險完畢、功德圓滿的「慶賀」之意，是令童話人物拒絕忘返的理由。那麼，現實中的家又能否成為人拒絕忘返的理由？

我們常以為童話是幸福美滿的載體——在丹麥哥本哈根市政廳旁的安徒生銅像的膝蓋給人摩挲得現出了金光，傳説這樣摸摸便可得着幸福。只是安徒生許多童話的結局都不美滿，甚至相當冷酷無情，令人心生疙瘩，〈影子〉便是一例。

在〈影子〉中，一位沉迷研究真、善、美的年輕學者來到一個熱帶國家旅行。一天晚上，學者坐在旅館的陽台上，看見對面房子有一位神秘且美絕的女子，她發出的光芒一下子點亮了陽台上所有花朵。實在美呆了！學者心諳：「真想再看看她，跟她聊聊天。」但女子很快便回到室內。拉上的窗簾只剩下一道縫子，學者看見自己的影子投射到對面的外牆上，便悄聲吩咐影子進去看個究竟。影子於是甩開了學者的牽絆，成為獨立的個體進去。學者等了好幾天，影子還沒有回來，而自己腳下已長出了新影，只好動身回到自己的國家繼續真善美的研究。

學者的研究沒引起甚麼關注，他因而變得病懨懨的。正當他日漸消瘦之際，一位打扮華貴、膚色黝黑的紳士拜訪他家。學者好不容易認出紳士就是當日離散了的影子，便忙不迭追問那時的情況。原來那女子就是詩神，學者張大嘴巴說：「她就是我窮一生精力在追求的詩神！」然後敦影子將經歷告訴他。影子要學者先答應任何情況都不可洩露他原是影子的身份，學者答應了。影子說他在詩神那裏留了三星期，詩神讓他看到人世間所有絢爛美好，那好比現實中三千年的閱歷。這可說足以成為影子忘返的理由。

但影子選擇回去找學者，無奈學者已回國了，他只好獨自在街上蹓躂，以人的姿態來看世界，漸漸看到每個人背後的陰暗面，而影子蟄伏的本能又讓他知悉藏在陰暗面的秘密，並以此要脅不同人以獲得許多財富。他看見學者日漸消瘦，便建議由他出資帶學者出國休養，條件是學者必須當他的影子。學者想反正自己的研究陷於膠着狀態，到國外走走可能會得着突破的啟示，便答應影子的條件。

旅途中，他們遇到一位富國公主，公主給影子的氣派吸引，於是便出題考驗他。影子知道學者一定曉得回答（這是一個令人想不通之處：如果影子看過三千年的世態，不懂回答公主的難題，那麼他便是白看了），便對公主說讓我的影子來答吧。公主很滿意學者的答案，心諳此人連影子也如此厲害，如果能跟他結為夫婦，一定有助提升國力。影子為保婚約周全，進一步要求學者躺在他腳下，變成真正的影子。這次學者斷然拒絕。影子於是向公主指學者想謀害他，公主便將學者處死，就在她跟影子大婚之日。

如此令人心生疙瘩的結局在安徒生的童話中不在少數，即如膾炙人口的〈人魚公主〉、〈賣火柴的女孩〉的結局也相當淒苦。如果遊客有此意會，還會否猛抹安徒生銅像的膝蓋？村上春樹在「安徒生文學獎」的頒獎禮上發表了題為〈影子的意義〉（"The Meaning of Shadows"）的演説，指安徒生的〈影子〉對自己影響深遠，他以影子作為自己內在真實情感的投射。這故事，於我也帶來了重大的啟迪，除了影子本身的象徵意義外，我更不時思忖，影子在詩神那處，既然可以人的姿態看盡世間美好，何以不留下，來個樂不思蜀？何以必須回去找學者，難道單純為了報復，要學者嘗一下當影子被操控和踩在腳下的委屈？換句話説，影子拒絕忘返的理由究竟是甚麼？

如影子是學者內在情感的投射，那麼可能冥冥中他注定必須跟學者拍合才能觸發互動，成就圓滿——影子的回歸彷彿是為了讓學者明白，單靠節約慾望是無法真正看清真、善、美，只有通過假、惡、醜的對照才能突顯出來。學者也應該明瞭世上沒有絕對的真、善、美，任何事情都有代價，如何以最大的愛去「消弭」代價帶來的傷害，大概就是每個人成長必須領悟出來的「分寸感」，就是學者跟影子之間該如何成就平衡的博弈，不然主體性便會給慾望邪念逐步蠶食殆盡。那麼，在看盡詩神展現的絢爛後，回來找學者擔當歹角似乎不是合理的拒絕忘返的理由。

這本散文集的各輯文章，可說就像上述故事中影子由出走到忘返到回歸的軌跡紀錄。第一輯「繪本守夢人」中所記的許多繪本童話人物的夢想，無他，就是宮澤賢治那首著名的〈不要輸給風雨〉所述「自己想成為怎樣的人」的思量結晶，跟學者立志研究真、善、美的初心一樣。而我是以詩作為寫作起點的，這不啻就是學者時刻想親睹詩神風采的潛意識反映，這是此輯以近似「散文詩」的筆法來表現的原由。謹以此輯「散文詩」向那些在我追尋詩神步蹤中曾經陪過我扶過我的親朋、師長致謝。實在太多，難以一一言謝，只能說他們的愛，點點滴滴組成了我二十一克的靈魂，鼓勵我努力「守夢」，所以這輯以〈守夢人〉提綱。

接着第二輯「清倫的盪漾」乃是旅遊外地的文化考察紀錄，這批作品好比詩神給影子看到的「世間的絢爛」，所以都配上了手繪，期望這樣的搭配可在散文類型上作一點開拓——圖和文可發揮協同效應，達至既吸引瀏覽翻讀，觸發想像，喚起回憶，又不失深層的文化反思和探掘。這輯作品的出生不能不歸功於太太的鼓勵。我從未習畫，之所以會突然畫起手繪，主要原因是太太想為旅遊手帳添點色彩，便着我替她畫一點圖畫，我領命後便勉力畫起來了。無論畫得如何地醜，她總是滿心歡喜地珍藏起來。為免糟蹋她的旅遊手帳，我便盡量改善畫功，所以這裏所輯的絕大多數手繪都是送給太太的「禮物」（年中替我省下不少錢，一笑）。她也常跟我煞有介事地聲明「這些手繪的版權是歸她所有的」。我曾打趣跟朋友說，這些旅遊手繪在我倆之間是具「幣值」的交易媒介。現在每次規劃行程，她都會找一些方便我長泡作手繪的咖啡店或燈光充足的酒店。如果讀者認為這輯的「斑斕」有一定的可觀性，那都歸功於我太太。不能不提的是，手繪中的「漫畫分鏡」技巧，對我構思作品起着重要的激盪和推衍作用，故這輯取名為「清倫的盪漾」。倫，就是「人倫」，本來就指涉在人與人之間擴散的漣漪情態。

第三輯「渡渡鳥歲月」則全是回憶孩提之作——大概就是看過世間的絢爛後，便會思忖自己究竟是怎樣的人，不禁追思曩昔。我的童年像香港當時大部分市民一樣是物質匱乏的歲月，可能正因此而想像力蓬勃，精神生活異常豐盛，即使最平凡的器物都可成為玩具。如此歲月，果真一去不返，就像已絕種的渡渡鳥。眾所周知牠的滅絕就是因其憨厚，對登陸的西班牙水手完全不存戒心，還主動親近，像極研究真、善、美的學者看到回歸的影子一樣，而這些孩提之事，大概亦是影子拒絕忘返，決定回來尋找學者的情感的錨。

第四輯「從城堡出發」中的幾篇，都是解讀動畫和繪本的作品，其中尤以同名解拆宮崎駿動畫的一篇為支柱。我想影子決定踏出詩神的房子回歸，便意味着自己敢於面對外面的風雨，是經歷成長的「垂直動線」後，敢於踏出自己的安全區作「橫向拓展」的立願。

最後一輯「香港這種人」，其實跟第一輯「繪本守夢人」遙相呼應，以香港現實中遇到的、帶給我許多反思的人為描寫對象。從他們的故事，我彷彿看到學者和影子相互激活又抗衡的博弈，為我想成為怎樣的人的思量提供了範例，也成為了我拒絕忘返，要從詩神的殿堂回歸現實的理由。輯內描寫的「香港人」大概可發揮「以一表眾」的功能，讓我們體會到這個城市獨特的人文氣息。

而令這些氣息得以記錄，不能說不得力於編輯。自己作為編輯多年，也在大學裏教授編輯和出版的課程，常感念於編輯就像是作者的影子，他們總是默默無聞地為他人作梯。這本書的出版過程真像〈影子〉的故事脈絡：二〇一七年，我正在美國愛荷華參加國際作家工作坊，跟故事中的年輕學者一樣，在異地追逐詩神的步蹤，那時中華書局的黎耀強先生竟越洋寄來邀稿電郵，並特別強調想集內包括一些愛荷華的交流紀錄，書中的〈浪花點綴的涯岸〉和〈零至一〉兩篇長文，就在此前提下出生。本來預計書稿該在二〇一八年交付出版，無奈回港後我只顧埋首於論文煞科，黎先生還是耐心等我完成論文後才追問進度；加上我像年輕學者一樣偏執，堅持追求心目中虛渺的真、善、美，一直改一直寫，不肯放手，我知道同系列中的另一些選題早已出版，我還兀自在細細琢磨。之後我趕出書稿，責編佩兒便加入編纂，謝謝她的用心和耐性，雖然整個過程，我們就像學者和影子一樣，一直默默地互相抗衡，又互相依傍，最後因我的要求和執着，他們竟然加大了書的開本尺寸，只為遷就集內的手繪，又答允以部分四色印刷來呈現手繪。在出版過程中，我反而變成了得寸進尺的影子，他們則變成了敦厚儒雅的學者，默默承受，所以在這裏如果我不對兩位編輯致謝，真的像極忘恩負義的影子殺掉了勞苦功高的學者一樣，如此我又怎有資格繼續教授編輯課程？另外，在散文創作上，必須多謝少璋老師一直以來的砥礪，是他令我不自我囿限於在詩神殿堂中只以「垂直動線」來描劃自己的成長；散文創作是拉闊我眼界的「橫向張力」，大大拓闊了我的涉獵面，也讓我在新詩領域上練就的心法得着更大的發揮。而他的賜序，可說是散文創作心法的記錄，相信不單是我，有志散文創作的年輕學人只要細讀定必受益匪淺。

最後必須感謝讓我在街頭看到「我哋真係好愛香港」口號的香港人，從來沒有聽過如此直率真誠的愛的告白，令我不禁掉下淚來。我相信這愛意足以令學者抵禦影子蠶食主體性，同時我知道自己找着了「拒絕忘返的理由」，並樂於像傳統童話格局一樣，以「回家」作為歷險成功的慶賀，由衷感謝所有愛自己家園的香港人，讓我踏實地找到堂皇的拒絕忘返的理由。

／寫於二〇二〇年九月二十日

目錄

三　渡渡鳥歲月

四　從城堡出發

五　香港這種人

一　繪本守夢人

失去影子的人

融入了黑夜，影子想找回舞台上的忘我，似乎只有在純粹的演繹中才能找着活下去的勇氣。

人影的頭化成了烏鴉，終於可張開那在晝白中滾動的黑眼珠，看見了巷弄中堆滿了垃圾，天生的烏鴉在各自的廢物堆上稱霸，向路人呀呀發驅趕的命令。我雖脫不掉影子暗黑的本質，但沒有了手腳的牽絆，我要毫不猶豫地甩掉緊隨的惰性，於是我試着閉眼飛翔，在遼闊的天空中劃出自己的航道。最後大概飛得不夠高，只能在不知屬誰的厚臉皮的玻璃上留下碰擊的血斑。

人影的胸則化成了一口深邃的井，是你以雙手逐把逐把將歲月的砂土挖掘而成，為平面的影子爭一點深度的鋪墊，如此記憶着陸時才不致太受傷。起初你以為只是淺淺的井道便會觸及泉源，明冽的水在暗影的襯托下該可讓俯瞰者照見自己的面貌。只是沒有了頭腦，不斷在同一點上挖呀挖，夢想要回到子宮的記憶去晃盪，但井道裏始終沒有溢水，你嘴裏嘟噥：「算了，反正我沒有可臨照的面目……」語畢，水便汩汩冒出，將你變成一口深井，每天盼望有一顆抵禦黑暗的流星來點睛。

人影的雙足則迅即化成一隊黑蟻，擠滿謙卑的街道，尋找儲糧過冬。落單的黑蟻常會遇上施虐的指頭冒充形而上的判官，並以甘心當平面角色、只知尋找甜頭的罪名來施以「高壓」之極刑。雙足原就是為了流動，但多年來影子卻牢牢給拴在人的腳跟上，非但沒有消解流動的慾望，反而使之逐少積存。當所有黑蟻聚集起來，死亡便給拱起來，之前的甜頭就是為了熬過死亡的腥膻，難道他們只能以更厭惡的事掩蓋沒那樣厭惡的困境？所謂過冬就是以人的腳跟作栓柱羈勒流動的渴望？縱使那只是卑微的願望，但眾多微小如蟻的念力聚結起來便會有拱起死亡的大力。矛盾的是這小小的念力，乃源自對腳跟的反叛，而其積存亦肇因於腳跟的羈勒。

魔鬼對人說：「反正你已把影子給了我，反正現在你只能活在黑夜中，不如連靈魂也賣給我吧。」人說：「沒有了影子的支撐，靈魂確是危顫顫的，但我卻更感到自己的存在，我知道你其實就是我的影子，多年來，我只顧迎向光明，忽略了背後的陰暗面，這麼多年來辛苦你了！」魔鬼偷偷滴下淚來，雖然少量卻很明亮。人說：「謝謝你為我出走了這一趟，你可將撒出去的黑夜收回來了。」

影化身的他、你和我，重新拼合為一，沉默如一尾漏網的魚泛着倖存的淚。

／寫於二〇一九年六月十六日

故事書目

《失去影子的人：彼得．施雷米爾的奇幻故事》（*Peter Schlemihls Wundersame Geschichte*），阿德爾伯特．馮．夏米索（Adelbert von Chamisso）著，周全譯，台北：羣星文化，二〇一五。

從繪本轉出來的人

「人人齊歡笑，不要眼淚掉……」簡單的旋律和歌詞，帶出人跟其他動物的分別，在於人致力追求歡樂、迴避悲傷，這是就靈性層面而言；而在追求的過程中，人會創造出不同的工具、載體或媒介，這是智商高低的較量。接着各人又因抉擇的不同而突顯了自己性靈的獨特之處。隨着年紀越長，我們學習到妥協，心力似乎都耗在避免「出頭釘」的孤傲發酵成「先遭敲」的惶惑，漸漸連自己的真我也認不出來了。反而小孩很容易便能點出一個人的特點，給他精警的諢號，多是由外及內的，見那人醉心拍攝雪花照片，便喊他「雪花人」；聽說他熱衷觀鳥，便叫他「賞鳥人」。若然如此率真不慎造成了一些傷害，那麼我們可用「童言無忌」這帖安慰劑教人放鬆，但更多時候是孩提的目光讓我們得見許多非凡的人物，得悉他們的故事。那些繪本中描繪的人物，彷彿是從童話的鐘樓裏轉出來的幸福的原型，背後還奏着：「在那人世間，守望相看，應知人間小得俏……遙遙人相隔，心裏不相焦，萬里連心路，用愛造長橋，路遙難隔阻，千里共，你我他，應知人間小得俏。」

人年紀越大，越難從生活的瑣屑中辨別真我的個性。那些偏執的，是否真的有助修成正果？那些捨棄的，難道就不可以是命中注定要承受的軛？據說，人在斷氣的頃刻，體重會立時減去了二十一克，有人說這就是靈魂的重量，說不定那就是一直把靈魂縛在軀殼中的那串迷思的重量。在電影《二十一克》裏，西恩、班尼和納歐三個人的命運，因着一場交通意外而纏結在一起，每個人都嘗試以「重頭開始」來解拆生命中的迷思，結果卻令結打得更死，只因各人的想望中都纏結着太多回憶的氣根；如果要勉強砍下這些糾結，還原心中聖壇的澄明，整個生命都會塌陷下來，連唯一讓靈魂轉身的二十一克的餘地也沒有了。

我時常想可能這正是人類創作童話的原因。在童話的世界，我們會以想像去改變自己的想望，例如我們會想樹根密佈的樹洞下為何不可以是奇幻的夢境世界？聶魯達以十四行詩句，代表搭蓋一間愛的小屋的十四塊厚木板；以一百首十四行詩代表自己對愛人長達一世紀的愛情根基。我沒有大詩人的宏圖，我只嘗試以下面二十一篇關於不同「人」的繪本的讀後感，來象徵「人」最珍貴的二十一克的核心價值，也就是說，一篇代表一克，不求你感受到它的分量，只盼你喜歡它的輕盈。

一、書的手藝人

這是我第一本買到的、描寫人的繪本，也是我至今雖然已擁有許許多多的繪本，依然十分鍾愛的一本。猶記得從書架最不起眼的底層掏出這本畫冊，翻開便有一種觸電的感覺。作者暨畫師伊勢英子，以水彩鉛筆畫的淡色調來表現行將式微於巴黎街頭的修書行業可說是最適合不過。這種人性化的繪畫效果，是現在技術已臻成熟的電腦繪圖所無法取代的；偏偏修書業之所以成為夕陽行業，又和電子閱讀的盛行有着密不可分的關係。

如果從中國五行角度看，書屬木，於是和書相關的行業也屬木；由此推斷，修書人的命格也該是屬木。故事中的修書人囑咐小女孩蘇菲喊他作 Relieur 叔叔，Relieur 在法語中就是「再一次重新裝訂」的意思。Relieur 叔叔告訴蘇菲，他的爸爸也是一位修書人。

他趁糊書的膠漿風乾的空檔帶蘇菲到公園裏，在那棵有四百歲的洋槐樹下午餐。他告訴蘇菲，爸爸以往修書的工作室就在大樹對面的三樓。他想起爸爸之前曾對着這棵窗前樹說：「孩子，你要像那棵樹一樣，好好地成長喔！」

看着這棵樹，修書人想起爸爸的手也像樹木一樣長了瘤。蘇菲發覺這棵樹像 Relieur 叔叔的手那樣長了瘤。就是這雙長着樹瘤的手，給蘇菲修好了書，他給書起了新名字，叫《蘇菲的樹木們》，名字還鬆上了低調的金漆。這是一部植物圖鑑，它令蘇菲長大後成為植物學者。可能每次看見樹木，蘇菲都會想起那雙長滿瘤但堅定的手，如何「重新裝訂」了自己的人生。

最近在電視訪問中，看到香港也有一位書店的老闆學着修書，祝願她性靈的窗前也有一棵守護的樹來作她碼頭的柱礅。

二、愛書人

愛書，和嗜書，究竟有甚麼分別？

嗜書，像嗜血、嗜酒、嗜財一樣，都是藉獲取外物來滿足己慾，是一種心癮，不斷找物品去填補內心那份難以名狀的空虛。如果找不着恰當的填補，那份尋尋覓覓的淒清便不知要持續到何時。

如果故事中的黃茉莉不是嗜書，是愛書，那麼我對書大概也算得上是愛吧。

黃茉莉無論到哪裏都馱着一大箱書；我無論到哪裏，即使只是在家附近的茶餐廳吃早餐，背囊裏或手上都一定會帶着幾冊書。

黃茉莉的藏書重得壓斷了牀板；同樣，雖然我已經精心挑選了一個紮實的橡木書架，但一寸厚的板子還是給書壓彎了。

黃茉莉甚麼都不買，卻只愛到書店買書；同樣，即使家中的書已堆積如山，即使多次起誓要減少買書，但我每次溜進書店都會帶回一兩本，偷偷避過太座的「雷達眼」，把書藏到家中僅餘的隙縫中去。當新書買得七七八八後，近年還愛鑽二手書店發掘絕版的珍本，弄得書也堆得可以像黃茉莉一樣拿來當茶几子。

有一天，黃茉莉看完書後，不知為何頓悟自己的書實在多得不能再多，即使只是薄薄的一本，於是她把自己的住家連同裏面的藏書送給該鎮的市民，變成一座任何人也可以享用的圖書館。為甚麼我還未有這種豁達？我把這部繪本翻了幾遍，終於明白自己跟黃茉莉不同的地方，就是她無論上課、吃東西都在看書，看得忘了約會，甚至睡覺，而我只管佔有卻鮮有抽空去好好地讀，於是書的形態還是死板的方形，未能變成無以名狀的知識去填補內心的空虛。

原來我還是停留在嗜書的低層次。愛裏該有捨棄，而不是相互桎梏。在捨棄中我們會變得輕盈、清通，連所謂的空虛缺失也不復存在。我知道不久的將來，我總可以從芸芸的書城中走出來，不帶走一片書影。

三、擦亮路牌的人

路牌，是路的身份證，除了名字所顯示的歷史、掌故、淵源等身世資料外，還標明了規模和走向，道、路、巷、弄、段，在城市裏各有本位，道路熙攘，適合商鋪，巷弄相對寧靜，宜於居住。每條路都有不同的風景，也通向不同的風景，所以路牌成了選項。我們只在迷途時，才會試圖去找路牌。在每天必經之路上，我們可能多年來也沒有意會到路牌的存在，正如故事中的路牌清潔工，每天拭抹路牌也沒有留意那些音樂家和詩人究竟代表着怎麼樣的人生。

路牌，只存在於現實世界；抉擇，則是在記憶或意識裏交煎。佛洛斯特也不會給那「沒選上的路」取個名字。我們一生中沒選上的路大概比選上的要多很多，難道我們就埋沒如此許多的吸引力？故事中的清潔工因一個小孩子的話而醒覺自己原來對路牌上的名字一無所知，遂下定決心開始深入了解這些偉人的生平和成就，他擲毫決定從音樂家還是詩人開始。聽遍和讀畢所有街道所紀念的音樂家的作品和相關評論後，他開始研讀詩人的作品，最後成為一個有學問的人，其他的路牌清潔工都以他為榮，大學都邀請他去講學。

不錯，誰說選上的路，必定是大直路，即使境遇不是預期那樣，還得抱着「打腫臉充胖子」的執迷來撐起面子？可能前面拐彎又會重遇當天暫別了的風光，又何須以「回首已是百年身」的惶惑來自我囿限？

在寫作大道上，我首先轉入的是「新詩路」，從沒想過它悄悄地連接着「散文路」，而從「散文路」拐個彎，竟然就是「故事巷」。誰說內街沒有好看的店鋪，那裏的繪本櫥窗還裝點得色彩繽紛，有各樣的角色與畫面給你自由聯想、組合喜愛的情節與風景。有多少人會駐足細看？管他！路牌清潔工努力研讀各家作品時，從沒有想過賺取獎金或掌聲，即使最後意外地賺得，他還是一一婉拒，心甘情願地繼續當他的路牌清潔工。

如果真的有「故事繪本巷」這個路牌，這篇文章便是我的拭布，必須先用它蘸一點平淡的生活來抹掉塵垢，再蘸上濃厚的興趣當作保護蠟，然後在路牌上以打圈的方式細意塗抹，這樣路牌的亮麗，至少可以安慰迷途惶惑的眼光。

四、收集念頭的人

讀過這個翻譯故事，腦中立時蹦出的形象，不是西方故事的角色，反而是一位中國古代的真實人物——唐朝詩人李賀。

故事中的主人翁，每天定時揹着背包，在城市不同的角落收集各式各樣的念頭，有的是歡樂的，有的是悒鬱的，有的是搗蛋的，有的則是創建性的，只要他吹一下口哨，念頭便會跑進背包中。李賀也愛每天「騎距驢」、「背破囊」出遊，苦吟詩句——倘若靈光一閃，想到警句，便將之記在箋紙上投到囊中，待日後串連成篇。

除了收集念頭的方式外，這個故事之所以令我想起李賀，還在於主人翁的名字——孤僻先生，這可說是李賀性情的最佳描述。李賀本來是唐代王族之後，惟家門中落，仕途多蹇，最後只能屈就為奉禮郎此等供頤指氣使的職務，自負詩才絕世的他，就在這種自卑和自負的情緒交綜糾葛下，形成了厭世孤僻的個性。

和李賀相反，故事中的孤僻先生是為了要收集念頭，才故作孤僻，因為他說所有念頭都怕生，如果他身旁有其他人，念頭們便不敢現身。他把念頭帶回家後，會分門別類放在不同的架子上，讓它們先冷靜一下，然後把它們種到後園裏。念頭很快會開出漂亮的花；接着花粉會隨風飄到大氣中，降落到不同的睡夢中成為新的念頭。

李賀把寫下念頭的箋紙取出，嘗試把詩句配對起來，再看看以怎樣的情感串連，所以常有人批評他的詩是「有句無篇」，那是當然的，因為念頭不是緣情而生。念頭即使勉強湊合起來，它們還是孤僻的。

孤僻先生告訴故事中的「我」，世界每個角落都有像他一樣的收集念頭的人，如果沒有人「種念頭」，人們便會每天在重複相同的念頭，直至有一天思想停頓。李賀有名句：「天若有情天亦老。」原來天之所以不老，是由於孤僻先生收集、種植和散播念頭之故。

敘述故事的「我」是誰？我總覺得就是孩提時的李賀！這篇文章大概是受李賀吐出的念頭花粉所萌發的「有篇無句」的新念頭。

五、捕月的人

一個男人帶着小兒子一起出海捕魚。家中的妻兒餓着肚子等着。男人努力地撒網捕魚，希望可以盡快帶回豐富的漁穫解困。

晚上，小兒子在海浪輕輕撲動的節奏中入睡，夢中他看見海水的銀色泡沫變成了魚，魚領他到海底遊覽，那裏的平房用海藻、青苔搭建，宮殿則以多彩的貝殼和海星建構，還有美人魚在裏面穿梭，給他弄來美食。

小兒子醒來，發覺爸爸因捕不到魚兀自納悶。接着的一網沉甸甸的，還以為是大豐收，怎料撈起來的卻是一彎明亮的月。小兒子覺得那就是夢中見到的月，很喜歡，很想把它帶回家裏，慢慢把玩，細細欣賞。怎料男人只說要來幹嘛，便扔回海中。小兒子看着月亮沉入海中，還泛着幽幽的白光，便決心長大後要做個捕月的人。

這故事雖云是童話，但在現實中卻不時會遇上類似情況。一個中四的理科生，突然對詩歌着迷起來，於是積極參與和籌辦文學活動，一天父母質問他是否給黑學生踢進社團去了；他如實告訴父母自己在搞文學，父母卻罵說男子為文不出頭。歌德和卡夫卡都被強烈「期望」去當社會階級較高的專業，卡夫卡甚至有整本書的堆頭去剖析自己在這方面的掙扎。

卡夫卡那種戚然，就像小兒子眼睜睜看着漂亮的月毫無留戀地給扔回水中，繼而盤算長大後該捕魚還是撈月一樣。臨淵是羨魚，還是夢月，都無不妥，何況現實中兩者未必是不可並存的，有好些時候浪漫的聯想可以是酵母，給生活帶來鬆軟的氣孔。不然，李白明明是病死客途，人們又怎會創作一個「醉中撈月」之說，來配合他詩仙的身份？可幸，現在還有人把這個聯想傳說下去。

六、雪花人

一道紫紅的小徑通向一座黑拱頂的洛可可式古堡，玻璃上都印有雪花圖案，彷彿裏面真的住着白雪公主似的。這就是北海道旭川市的「雪の美術館」。

推門進去，首先見到的是由一道螺旋梯所圍成的中庭，不同的是，中庭不是一般的正方形，而是雪花的基本形狀——六角形。陽光從天窗灑落到中庭的噴水池，上方的塵埃跟下方的水花在日光下飄蕩、跳晃，從燦白變成銀亮，令人儼如置身水晶魔法球內的雪景世界。

「驚」魂甫定，才發覺館內導賞員威利・班特利已微笑着站在螺旋梯的旁邊。

「對不起，我們都太失儀了！」

「不打緊，莫説你們是第一次到來，我每次看見和雪相關的事物，都會呆了半晌。即使只是下雪，我每次看見都好像第一次看到般興奮。」

我們轉入展覽廳，他指示我趁沒有小孩霸佔，先看看顯微鏡下的雪晶模樣。當我把臉湊近鏡管，他在我耳邊悄聲説自己的故事：「小時候我瘋狂愛上雪，很想看看雪的真面目，那時根本沒有人知道雪晶的形狀。身邊的人都説我不應沉醉於這些不切實際的事情，應多幫忙做家事，但爸媽還是用了鉅款給我買了顯微鏡，後來甚至還用一頭牛的價錢給我買了可接上顯微鏡的照相機。」

我抬起頭，驚訝地望着他，顫抖地説：「你就是發現雪晶圖形結構的那位『雪花人』威利？」他微笑點頭。我不知道該説甚麼，他似乎看穿了我的心思：「只要來到這漂亮的博物館流連，看看雪晶照片，回憶自己那時如何小刀小刀地刮掉雪晶輪廓周邊的黑底色，令圖案更突出，逛着想着便會忘記煩惱和疲累。」

威利指着牆上一幀相片說：「那是濕度較高時形成的，是『霙』的雪晶。」霙，是介乎雨和雪之間的現象，他說：「就像人生，究竟是雖死猶生，還是雖生猶死，全是個人的選擇。」

我們轉入後面的禮堂，皚白的陳設盡頭是一堵及頂的玫瑰玻璃，但不是彩色的，而是單純的藍底和白色雪晶圖案，卻較繽紛的聖經故事畫面更令人感覺莊嚴。我目瞪口呆地仰望着，他在背後說：「雪花是我送給世界的禮物，可以送出這份禮物是我最大的幸福。」我回頭，卻不見一人，但他的聲音在偌大的教堂中迴盪如禮成的鐘聲。

七、雪人

可不可以告訴我，為甚麼小查理會將我堆成背向家門？

可不可以告訴我，為甚麼背向家門，我還是感覺到透出來的光的温暖，並且因而活起來？

可不可以告訴我，為甚麼小查理會碰巧睡不着，並且邀我進屋，和他一起找那令我活過來的光源？

可不可以告訴我，為甚麼大多數光都會令我溶化，令我即使看見光燦的向日葵圖畫也會不自覺地苦起了臉？可不可以告訴我，為甚麼小查理後來會注意到我在溶化，並且機靈地給我找到適合我的冰箱之光？

可不可以告訴我，為甚麼我會無端帶着小查理飛翔？如何回答小查理問為甚麼我沒有鳥兒的翅膀，又沒有超人的斗篷，卻能夠飛得高高的，而他卻不能飛？他還問我身體反射出來的白光，是否就是地上的人看見的幽浮？又問我是否超人在北極的鄰居？

可不可以告訴我，我們快樂地飛越了這許多華麗的風景，為甚麼最後會想到要回家？

可不可以告訴我，為甚麼我快要溶掉，卻依然會想起這個家的種種，以及這許許多多的可不可以？

八、稻草人

「我思故我在。」是那些真正的人常掛嘴邊的一句諺語。我認為該是我在（等待），故無聊地思考打發時間；又因為想不出甚麼像樣的東西，所以我時刻祈求着一個腦袋。

桃麗絲剛才替我拿掉綁着我的繩子，讓我可以跟她一起去翡翠城找奧茲大王，我想請他賜我一個聰明的腦袋，那麼我可以更好地思考，替人排難解紛。

桃麗絲説她沒有紮過稻草人，但堆過雪人。不知道雪人等待時是不是和我一樣，會胡思亂想來打發時間？我請她描述一下雪人是怎樣的，因為我覺得大家應該可以做好朋友。

桃麗絲説雖然都是就地取材的創作，但我存在於春耕至秋收的時段，而雪人只存在於冬天，所以我想結識雪人，可説是「夏蟲不可語冰」之舉。她見我如此失落，又安慰我説雪人和我是完全兩碼子的「人」：我不修邊幅，雪人則白滑；我是瘦削的實用主義，雪人則是胖嘟嘟的浪漫意識；我屬於豐收的田野裏的驅趕，雪人則是荒涼的凍土上的吸引。她因此推斷我倆一定合不來。

我卻覺得自己和雪人一定合得來，我更需要一個腦袋來想方設法結識雪人，這樣我的生命便會變得完整。經過重重的波折，終於來到翡翠城。奧茲大王聽完我的要求後，便打開一部繪本跟我説了這樣的一個故事：「農夫為了不讓小麻雀吃掉穀物，便弄了一個稻草人，但聰明的老麻雀很快便知道那是假的，完全沒有把稻草人當一回事。起初，稻草人很生氣，但聽老麻雀説稻田之所以收成好，是因為麻雀在田裏吃掉害蟲。稻草人聽後覺得有道理，便跟麻雀協議：他負責放風，農夫一出現，稻草人就發警告；農夫走了，麻雀才來吃稻子。這樣，農夫以為麻雀怕了稻草人而全不見了，感到很滿意；麻雀也因不用提心吊膽地找吃而感到滿意；稻草人常受到老農夫的誇讚也相當滿意；小孩多了那麼多麻雀朋友，更是樂透了。」

我很驚訝自己之前所做的事情，竟然給一位被喊作「大便老師」（他曾教學生如何觀察大便來判斷自己的健康狀況）的作家黃春明以手撕畫的方式記錄下來，還變成了一再公演的兒童劇。奧茲大王說可以想出這樣皆大歡喜的解決辦法的稻草人，還要求甚麼聰明的腦袋？

奧茲大王還說，我和雪人早已經是好朋友，因為給凍過的土地，明年的收成才會好。原來金黃的稻浪裏，除了有小麻雀和農夫的辛勞，還有雪人默默的守護和祝福。

最後奧茲大王倒過來請我替他和桃麗絲解決生命裏最大的疑難：怎樣回家？

九、從小島來的巨人

巨人的小島因海浪的沖刷而不斷縮小，最後連立錐之地也沒有，於是巨人只好依依不捨地離開自己的小島，去找另一個足以容納自己的島。

巨人來到我家所在的小島。這個小島有甚麼特點？從民歌歌詞便可以得知：「小島裏誰也是繁忙，求進取不惜拚命趕，難有空的目光，……它閉起眼來看，常合上難怪不見光……」

巨人來了以後，有人叫他幫忙拉火車，那麼他們便可省下許多燃料費用，巨人拒絕了，因他不想去當一副沒感情的機械；有人叫他去馬戲團跟一百人同台摔角，那麼一定可以吸引許多觀眾，賺得可觀的入場費；也有人建議他協助作戰，那麼可以省下許多彈藥，也可佔領別人的國土，巨人都拒絕了，因他不想傷害人。

最後，有一個小孩哭着說自己的氣球飄到星星那裏去了，要求巨人幫忙他飛到星星那裏去。巨人不知道如何可以達成小孩的心願，只知道這是自己心中想做的事。他由白天坐到入夜，由天黑想到天亮，終於給他想到了。

他徒手拔起了一些樹木，就像刨一根青瓜那樣，很快便把大樹弄成光滑的木材；然後像玩積木一樣，很快便搭出了一個三角高塔；又弄出一個大圓輪，再把圓輪的軸心安裝在塔頂；又在輪的圓周掛上一個一個的包廂，這樣小孩便可坐進去轉到天際間親近星星。不單是小孩，連成年人也感覺坐進巨輪的包廂繞上幾圈，內心就會像水車的兜子那樣載滿幸福的感覺。

巨人於是四處去替人搭建這種幸福輪子。當巨人再返回我的小島時，他大為吃驚，因為小島竟然像他的故鄉那樣，給淹剩一個小小的山頭。如果不是山頭那俯伏的獅子外形，巨人差點認不出這小島。不同的是，淹埋小島的，不是海浪，而是金光閃閃的金銀財寶。

突然，小島的岸邊升起了一個又一個的花火光球，砰砰嘭嘭的爆放，巨人看得呆住了。此刻，巨人身邊來了一位老人家，他望着花火哭了起來。

「老伯伯，你為甚麼哭得那麼淒酸呢？花火不是像星星一樣美嗎？我想這小島的人依然愛親近星星，所以用花火模擬星星。」
「不是啊！我們是用花火來模擬當天你弄給我的那個幸福大輪子，爆開的花火就像夜裏大輪子上亮了燈的包廂。不要看我們四周淹滿了財寶，我們窮得連建一個幸福輪子的地方也沒有，只好用花火來作慰藉……」
「甚麼？你就是當天哭着要……」

十、駕牛篷車的人

這是一個平淡卻又趣味盎然的故事，是敘述十九世紀新英格蘭田園地區一般百姓一年內的起居生活。每年到了十月，各家的男當家都會把一整年裏全家人所種和所製作的東西裝到牛篷車裏去，包括羊毛、羊毛織品、農作物、蜂蜜、楓糖、蠟燭、木製品等，然後駕車到鎮內的市集去出售，賺回一年的生活使費。就這樣一來一回，大概要用上十多天的時間。

我不是住在公司附近，每天上班都要從老遠搭上個多小時的公車方可抵達。老媽常勸我搬近工作的地區，這樣每天便不用平白浪費幾句鐘在車程上。撇開市中心高昂的樓價不論，我可是寧願每天都有這樣的車程去看看書、寫點東西，甚至是發獃、打瞌睡，或做白日夢，總之做一些可以讓思緒慢慢沉澱的事兒，否則那天便易失分寸，陷入義憤中。

不知道駕牛篷車的人如何度過顛簸孤獨的路途，故事裏一筆也沒有提及，但這個空白才是我看這故事的着眼點。這空白令我想起瑞典導演維克多・斯約斯特洛姆（Victor Sjöström）的《幽靈篷車》（*The Phantom Carriage*）。電影根據一九〇九年諾獎得獎者 Sclma Lagerlöf 的小說改編，敘述幽靈篷車四處為死神搜集逝者的靈魂。駕駛的車伕由每年最後一位死者的靈魂擔任。車伕的一天像一百年那樣長。

佐治是電影中當任的幽靈篷車的車伕，本來該是由他認識的大衛接任，但佐治讓大衛重温自己生前和當下的片段，讓他明白心中懊悔的原由，更讓他看見妻子將要以毒藥殺害兩個小孩再自殺的畫面，又幫助他還陽拯救家人。

在《駕牛篷車的人》中，男當家連牛和篷車都賣掉，用錢購買製作明年貨品的種種器具，再徒步回家。同樣，繪本完全沒有着墨描寫路程中的種種，我想在餐風露宿的行程中，他一定做過許多許多令家人活得幸福的夢。

在回家的車程中，我翻着這繪本，不禁想如果那一年失收，沒農作物出售，牲畜染病死去，沒有羊毛作材料，那接着一年怎麼辦？如此脆弱的經濟堤圍是否該設法鞏固一下？但一想起電影《幽靈篷車》便明白，脆弱的外圍環境，締造堅強的心靈，相反穩靠的經濟防護令人心變得脆弱。想着想着，我已回到家了。如果自問沒有帶回甚麼，那表示我帶回了一腔對平淡生活的甘願。

十一、高空走索人

尼采筆下的查拉圖斯特拉來到城鎮的廣場，正欲開腔給民眾説説「超人」的觀念。民眾還以為是先前預告會來表演的「走索人」，所以便圍攏過來，弄清狀況後，羣眾便給查喝倒彩。查於是借題發揮：「人是一條繩子，懸掛在野獸跟超人中間——這條繩子橫亙在深淵之上。多麼危險的跨越，多麼危險的前進，多麼危險的震顫與駐足。」

危險，令人警醒，當心眼前的每一步，努力維持平衡。一九七四年，高空鋼索雜技人菲利普·帕特（Philippe Petit），摸黑在美國世貿雙子星大樓之間拉起了鋼索，並在大清早開始了叫人觸目驚心的走索表演。可能我們會認為菲利普愚笨，既沒有獎金，甚至可能沒有人注意，卻冒着如此大的生命危險來表演，為的究竟是甚麼？在危險中保持平衡，正如他自己所説，感到寧靜和無比自由。查拉圖斯特拉説：「人的偉大在於他是橋樑而非目的，人的可愛在於他是上升與下降。」

很不幸，這兩座雙子塔在二〇〇一年的「九一一事件」中灰飛煙滅。記得那天在路上聽説有飛機撞入大樓時，我還對身旁的同事説，應該是花式飛行表演不慎失手吧。後來知道是民航客機，又看見第二架飛機撞入另一幢大樓時，我有點不敢相信。接着菲利普那無人能及的「制高點」隆然塌下，他曾經在上面接受廣場上的所有仰望，看過眾生的渺小，就像巴黎聖母院的鐘樓駝俠加西莫多看見安斯美拉達在廣場上生輝的舞姿一樣震撼。當他重新落回地面的那一刻，那份安全感就像加西莫多歷經種種厄困後，竄入墓室緊摟着安斯美拉達的屍首一樣紮實。縱然兩人最後一起化為灰燼，但他們已經因消化了自身的震撼而成為「超人」，因為別人帶來了震撼和自我提升的勇氣，而成為了「烏合之眾中的閃電」。

縱然不能提升，成為「超人」，也要避免淪為貪婪的野獸。我當然同情大樓裏來不及逃生的人，但我也沒法詛咒騎劫客機的恐怖份子。記得電影《空軍一號》（*Air Force One*）中，恐怖份子轟掉人質的腦袋，面前的第一夫人罵他沒有惻隱之心，恐怖份子嚴詞斥責：「你們曾經因為要令油價下跌幾仙而犧牲了幾十萬人的性命，現在卻來跟我說憐恤？少來這套！」在大樓裏相信有人只顧雀躍於代表財富的數字不斷飆高，而忘記了大地的包容……

工作至極累時，我會跑到公司後樓梯的開闊處遠眺，有時不禁想遠方可有人因着我認為理所當然的「上攀」而受着「下墜」之苦？會否有孽債從天邊猛然衝着我而來？

十二、敵人

敵人，總是和自己完全相反的人種，許多人都這樣設想。看過這部繪本後，便會發覺原來兩個躲在地洞裏敵對的士兵，一直都被薰陶去相信對方是邪惡的，是自己的反面角色，就像「九一一」以後，布殊把不站在自己一方的國家都稱為邪惡軸心國，然後肆意去攻打給標籤為敵人的國家。原來水火不容的形勢，往往是由不直接參與戰鬥的人塑造的。他們根本不需踏入戰場的地洞或戰壕中。

故事到最後，有一方先爬出來，進入敵方的地洞，本來想着盡快結束戰爭讓自己可以回家。怎料，地洞是空的，原來敵人也設想着相同的事情。在對方的地洞中，他們找到幾乎和自己相近的物品。

在根據真人真事改編的電影《聖誕快樂》（*Merry Christmas*）中，德國男高音史賓在一九一四年第一次世界大戰爆發後的第一個平安夜，堅持到前線的戰壕中為士兵獻唱，甚至冒着給子彈打中的危險，站起來高唱，讓歌聲可以傳到敵陣去。就這樣，連敵方的軍人也爬出戰壕，就在戰死者的屍體前，以香煙、巧克力和不同的語言互道祝福，令之前和之後的廝殺都變得荒謬。他們不再是敵人，而是同是天涯淪落人，於是他們預先告訴對方炮轟的時間和規模，甚至邀請對方到自己一邊的戰壕暫避。雙方高層獲悉事件，把所有士兵調到別的戰場，令雙方的殺戮得以持續下去。

繪本的兩個地洞，就像地圖上的兩個水域——加利利海和死海，兩者的水源都是約旦河，但兩者的發展卻迥異。加利利海是一個淡水湖，四周生機盎然，風光明媚，而死海則是鹽分高得沒有魚類和植物可以生長，周遭荒涼一片。兩者的分別只在於加利利海有分享的出口，令自己變成一片活水。原來戰鬥中的你死我活，並非因敵人的進逼侵襲，而是自己的心態使然。

現在上班的商廈的後樓梯是個半開放的空間，由於洗手間就設於此處，所以每天總要來上好幾趟，那不獨是身體上的解放，還是心靈上的。遇到人事不順時，我便會仰望白雲徜徉，想想對方其實和自己有甚麼相同之處？只要發現竟有如此的多，便不禁失笑，自己也得以還原為一潭活水。

十三、賞鳥人

在公司的梯間，憑欄遠眺，可見一座不高，但尚算蒼綠的山頭。山的上方常見到一兩隻蒼鷹在盤旋。偶然，在這裏站一站，賞賞鳥，便會感到滿足，就像閱讀《賞鳥人》這樣平淡的生活小故事，沒有高潮，沒有難解的伏線，也沒有深刻的寓意，卻令像我一樣拒絕成長的人，在不知不覺間發出會心微笑。

故事裏的小女孩嚷着要跟爺爺去觀鳥，但小朋友哪裏有耐性在樹叢中找小鳥看呢？加上小鳥又不是像電視裏的角色一樣，以娛樂觀眾為己任，擺出各種姿態讓你看個飽。你還未在觀鳥手冊上找着牠的資料，牠已經飛走了。小朋友是看重結果的，所以唸書容易執着成績。宮崎駿在《出發點 1979~1996》裏描述了一個對小朋友很有趣的觀察：如果你着小朋友幫忙買東西，即使你給零錢時叮囑不用跑，他即使狠狠地點頭，三步以後，他還是會跑起來。賞鳥可以訓練小朋友延緩滿足。

懂得延緩滿足，便學會享受過程，那他會更易獲得快樂，更易散發更多正能量，須知正能量是最能吸引機遇的。故事中的爺爺只好無奈地帶孫女到觀鳥站的小木屋，由於屋前有供覓食的池塘，所以麕集了一大羣不同品種的雀鳥，孫女看得樂透了。我想爺爺一定覺得這種成果泛濫的場面，及不上在樹叢中搜索發掘那樣有趣。

回程時，爺爺問孫女最喜歡甚麼雀鳥，孫女想給爺爺一點驚奇，便胡謅看到企鵝。爺爺當然知道那裏沒有企鵝，卻微笑說：「大概爺爺沒用心看！」畫面中，爺孫身後卻明明白白的跟着兩隻可愛的企鵝，令人不禁莞爾。可能那裏真的有企鵝，只是牠像龍貓一樣，只有赤子之瞳才可以得見。

蒼鷹盤旋良久良久才來一次俯衝，有時沒收穫，便又再往高處盤旋……看着也能感覺到牠的疲憊，不期然慶幸自己總算找着喜愛的工作，精神倏忽抖擻起來。有時會懷念一位和我一起看鷹的舊同事，又會想同樣熱愛賞鳥的詩人托馬斯（R.S. Thomas）所看到的鷹不知又是怎樣的？他寫過這樣的詩句：「空中一隻鷹在盤旋／如無影的上帝／他創造了這片土地，喝它的血。」作為牧師，托馬斯筆下的上帝可一點也不仁慈。

蒼鷹再次俯衝，沒入那所山下的男童院後方，不知那裏關了多少個偷嚐禁果的衝動故事？又是時候回到工作上去了……

十四、紙戲人

在沒有電視的年代，人心是單純而紮實的。

記得小時候家中還未有電視，做完功課便會給自己找娛樂，雖然忘記了找到怎樣的「節目」，但深刻記得自己如何因百無聊賴，而急於找點甚麼有意義的事情來做，那一刻可說就是我記憶信史的開端，之前的年月都是沒有五官的混沌。

紙戲，興起於一九三〇年代的日本，那時電視還沒有普及，普羅大眾頗依賴這種街頭賣藝來消遣。表演紙戲的主要道具是個置於腳踏車後方的大木箱子，箱子的頂部可以撐起來，變成豎立的「顯示屏」，面向觀眾的一面開了個大窗口，中間是空匣子，用以放置故事圖卡，背面也開着一個小窗，最後一張圖卡的背面寫着頭一張圖卡的故事大綱，讓紙戲人可以邊說邊看，不用強記。由於圖和提示是分置於兩張不同的卡，所以圖卡的次序及齊全便顯得重要了。正前面大窗口的門兒分為上、左、右三扇；開演時，先打開上方的橫門，展示故事的名字，紙戲人會說些開場白，引導小朋友循題目作聯想：不知道故事有哪些角色？它們是怎樣的？然後打開下半部的左右兩扇門，展示角色的造型。三道開門的曲線就像山的脊線，左右兩扇可以調校角度，彷彿是舞台的翅膀一樣。

紙戲的屏幕下方，是幾格的抽屜，用來放置糖果，讓紙戲人可以一邊講故事一邊兜售，故事說得越精彩越能留住觀眾，便能賣出越多，這才是紙戲人的主要收入。自從電視出現了以後，圍攏的孩子越來越少，甚至有孩子把頭伸出窗外叫紙戲人不要吆喝，騷擾他們看電視。紙戲人看到電器店內的電視畫面，心諳這些閃動的畫面怎及得上自己那些繪畫精美的圖卡？電視的對話，那及得上自己一人聲演多角的絕活？

現在，我在公車上，前後左右的乘客不是拿着平板電腦，就是握着智能電話反復撥弄屏幕，在飛快地瀏覽着不知甚麼內容。我心裏頓然泛起紙戲人的酸澀，這些頁面就像廁所裏的衞生紙卷的分格，只在排遣時才會快速滾動，那及得上我手上那些編印精美的書冊？我竟然變成了紙戲人，身邊的觸碰式屏幕彷佛成了記憶的輸送帶，下面是時代的滾輪，速度快得彷彿連眼睛咔嚓拍攝一下的時間也沒有。我記憶的信史年代好像快要結束，回到太初的混沌。

退休後的紙戲人因為懷念往日說故事的日子，有一天請老伴幫忙做了些糖果，然後回到往日講故事的地方開檔，但四周已面目全非。他羞怯地拿起響板，吸引途人注意。原本他以為會是自說自話，怎料圍過來的卻是一羣中年人，他們都說自己是聽紙戲人說故事長大的。

不知多久，我才會拿起響板宣佈記憶的信史重新開始，不知響了板以後，我又會說出怎麼樣的故事？

十五、敲門人

在沒有鬧鐘的年代，可幸小鎮只發展至兩三層樓的高度，否則那管瑪麗・史密斯把腮兒鼓得多脹，肺活量有多大，也無法把豆兒通過管子吹射到窗戶上，噼噼啪啪的，四處去喚醒鎮內的居民開展一天的工作。居民必須盡快打開窗戶回應，否則窗戶便會像受冰雹侵襲一樣響個不停。如果你現身後，又伏在窗台上呼嚕大睡，瑪麗胖嬸嬸便會把乾豌豆射進你的鼻尖兒。（多準繩的眼界！）如果不想全鎮的人都知道你是賴牀的懶蛇兒，最好還是趕快抖擻精神，開始一天的活兒。就這樣麪包師傅開始揉粉，車長開始給火車頭加柴，為城鎮拉響開動的汽笛……當所有人都醒過來，瑪麗胖嬸嬸才算完成了工作，一星期才賺得幾先令。她以喚醒人為業，但回到家不禁大叫起來，因為自己的女兒還賴在牀上……

敲門人這個故事行文幽默，瑪麗嬸嬸出場時蹙着眉，神色凝重，但看到她冬瓜一樣的身形，拿起纖幼管子鼓着腮的舉措，你便禁不住發笑。在這樣從容不迫的小鎮氛圍中，不知為何卻令我想起卞之琳的〈古鎮的夢〉：

小鎮上有兩種聲音
一樣的寂寥：
白天是算命鑼

夜裏是梆子
敲不破別人的夢
做着夢似的
瞎子在街上走
一步又一步
他知道哪一塊石頭低
哪一塊石頭高
哪一家姑娘有多大年紀

算命鑼和梆子給敲得響響的，給人的感覺竟然不是「熱鬧」，而是「寂寥」。原來如此乖謬的景況不是詩人虛構出來的。早前一位盲俠（對於鎮上的居民來說，他是一個「摸象」的瞎子，自以為掌握的局部便是全面的真相），摸黑逃過所有看守，跑到遠方去了。鎮上的居民談起，都覺得很奇怪，為何他真的知悉每一塊石頭的高低。居民始終不明白，黑幕對於盲俠來說，從來都不是障礙，他早已習慣摸着冰冷的圍牆踽踽獨行，反而鼓動起他那熱腸裏投奔光、追隨光的摯誠。古鎮的居民即使行着走着、勞動着，甚至熱烈地搬弄着是非，其實還是在永夜的夢魘中。無論盲俠在光明中如何努力地敲算命的鑼，鑼聲還是穿不過夜幕。面對這樣重門的寂寥，我們該用瑪麗嬸嬸的幽默輕輕「推」開，還是繼續那配對黑夜裏梆子的「敲」，從而驚飛樹上的鳥兒，營造繁榮的局面？

如此推敲了半個世紀，古鎮的樓房，已長至即使不自量的青蛙把腮兒鼓破了也難以把豆子吹射到窗子的高度。詩歌的結句是：「不斷的是橋下的河水」。居民從不知道夢魘的樊籠外，那些驚飛的鳥兒中，有你，有我，正竭力營造着一個鐘兒大鬧的年代。

十六、學說謊的人

原來說謊不是人類與生俱來的本能。在學習說謊的過程中，阿福每到一處新地方，故事都會以「河水向海流，阿福往前走」交代。果然，世事會變，人心不古，不斷的只有橋下的流水。

阿福非但不懂說謊，還不相信別人會說謊——正確地說，他不知道世上竟然存在謊言。或許他是不明白人為何要說謊，總是覺得能說出苦衷的，即使說話和事實不符，也算不上是謊言，而是埋藏在心底，平常難以啟齒的願望罷了。謊言不過是心窗外緣的那重薄紗，隔阻了陽光中一點點道德的岸然，讓映進內心的，不至於刺眼，而是令人昂首直面的暖慵。

就是這樣，阿福經常被騙，甚至以極無稽的謊言便足以騙走他手上的至寶，令他的父母氣得七孔冒煙。他們把兒子趕出家門，要他學會説謊才可以回家。阿福無論到哪處，還是順着本性去相信別人，依舊給騙去手中的至寶。出奇的是，用來交換的廢物，來到阿福手上都變成了神奇法寶：一塊破桌布竟然可以變出源源不絕的食物，一個舊錢袋又可以變出無窮盡的金幣，一雙爛靴子令穿着者變成一步十里的神行太保。當騙子設法把法寶騙回去，它們又回復平凡。阿福是以「否想」謊言的真誠來創造奇跡？

奇斯洛夫斯基《十誡》中的〈第八誡：毋妄證〉，講述一位波蘭女教授當年以第八誡為由拒絕給一個猶太女孩充當教母，以助她逃避納粹的追捕。這個戴着黃金十字架的女孩僥倖活了下來，受到不同的有心人庇護，輾轉到了美國定居。女孩長大後回去波蘭找女教授。教授得悉當年的女孩還活着，感到欣慰，但沒有釋然，皆因教授多年來並沒有上教堂，也不怎樣禱告，她需要一點點愧怍和遺憾來作心中評定是非對錯的「祂」。可能就是這個緣故，教授始終沒有設法固定那幅在客廳中央、經常歪斜的掛畫，她需要一點歪斜來令自己冷凝的觀察眼光時刻保持警醒，這樣她才能即使不吸煙也記下煙灰盅的位置；才能令自己帶領道德倫理課的討論時，觀念不致淪為衛道的殭屍；才可以擠進不同人的視角中去體味抉擇時的掙扎；才能接受兒子無端疏遠的景況；才能在目睹猶太女子在遠走的兒子房間中禱告時，不起波瀾，只輕輕把門兒帶上。

和猶太女子共處一夜後，教授如常跑步到公園，碰見一位把四肢扭作一團的瑜伽高手，教授試着跟着向後猛彎腰子，卻達不到相同的效果，瑜伽高手最後無奈地說：「太遲了！」不錯，已經回不了過去，倒不如順應良知而行。人在面對過去的抉擇時，可以堅持出發點上的信念，但不應執着終點上的勝負，只有這樣才可憑感知當日震盪的餘波，珍惜今天的平靜，才不致像拯救過猶太女子的裁縫那樣，只能在自己一室的黑暗中，保有過氣的時裝雜誌，窺視教授跟猶太女子，站在明麗的日光中侃侃而談。

阿福最後為了幫助小偷脫罪而作了假證，小偷因而洗心革面。阿福高興地喊：「我終於學會說謊了！」在學習說謊的過程中，故事沒有交代當中的掙扎，每次都是用「河水向海流，阿福往前走」一句輕輕帶過。可能就是這樣，我們生活裏需要童話，就像教授需要一幅經常歪斜的掛畫，以及一個扭曲身體的人。

河水向海流，一起往前走，不管河水是象徵人的本性，還是荏苒的歲月，總之向着寬宥的大海那一方，便是所謂的大前方。

十七、植樹的男人

故事中的男人只顧在法國南部的荒郊不斷植樹，不理會土地誰屬，是否徒勞，只顧日復日、年復年地種，他不曉得甚麼第一次世界大戰，不識二戰的炮火是怎樣燃起。這令我想起「不知有漢，無論魏晉」的桃花源居民，不同的是他是孤獨刻苦的，並沒「黃髮」、「垂髫」的陪伴，他在建設桃花源，以青春來拯救一片荒漠；以血汗來灌溉會發出光芒的花樹，吸引人像燈蛾撲火一樣，義無反顧地押注生命來拓荒；以不求聞達的堅毅，重塑了一個時代的核心價值，讓戰後頹唐漂泊的人心有所依託。

故事以第一人稱敘述，「我」在四十多年前第一次到達荒郊，向植樹者艾爾則阿·布非耶借宿和求食。「我」形容布非耶是位沉實和飽歷風霜的人，晚上他會坐着把每粒橡實舉到燈下去細挑，明早便把挑出來的種子種到底層微濕的泥土裏去。「我」那時候只覺奇怪，卻沒有放在心上。之後「我」給徵召入伍，戰後大難不死，重臨舊地，本來了無生氣的荒郊已長出了一小片綠洲。「我」之後每年造訪，見證那處漸漸吸引了一批又一批的移民來拓夢，形成了小鎮。

這個故事，原本是作者於一九五三年應《讀者文摘》策劃的，名為「我最難忘的人」的徵文活動之邀而作的。由於故事中明確點出了時、地、人、事，令人誤以為是真實的。後來經查證下發覺故事純屬虛構，雜誌社發出了嚴厲的聲明譴責作者是騙子，雙方因此鬧得不可開交。作品後來經美國《風潮》雜誌刊登，迅即獲得熱烈迴響，給譯成多國文字。

故事是否屬實，並不重要，重要的是情節的擬真手法，如作者所言，這是必須的，可令故事變得有點悲壯，大大提高其感召力。「植樹者」的形象已經深入民心，成了堅毅不拔的精神象徵。偶然，在法國南部見到修剪成「植樹者」造型的花圃，即使它蹲下、低頭，專注地把種子埋入泥土中，你還是感到它的高大，還會隱隱感到那根支撐朽軀的手杖在微微顫動，說不定會突然給跟前的你來一個當頭的棒喝。

小思曾經寫過一篇〈植樹者〉的文章：「香港，有沙漠，同時也有植樹者。……在沙漠邊緣栽上樹苗，只是還沒等根生牢，他們又應遠方的呼喚，遠離了，罡風不留情……於是，人們歎氣說：『沙漠呀！仍是沙漠呀！』」可能，只要努力彰顯寫作的怡悅，也有助阻遏沙漠拓展。我確實需要這種擬真的手法，至少讓自己相信自己就是故事中作為見證敘事的「我」，當然最好就是那位堅毅的植樹人，甚至僅僅只是背景中那片默默抵抗罡風的沉鬱的蒼翠。

十八、拼被人

這是一部隱含「布語」的繪本，即以拼布的圖案來表達特別的含義。繪本的封面和封底的背頁都是漂亮的布語注解，而故事的各頁內容都會配上一則「布語」作提領，把兩者對讀，有時會心微笑，有時不明所以，總之為尋常的閱讀又多添一重尋幽探勝的樂趣。讓我試着重組一些「布語」，看看能否創造更深一重的含蘊。

原本是配合國王把珍藏的十二尾「玻璃魚」送給百姓的情節。話說國王很喜歡收集禮物，但只有拼被人不肯送他精心縫製的拼被；拼被人說要得到她的拼被，唯一的條件就是國王把所藏有的寶物全送給窮人。拼被人給國王製造了一個「魚與熊掌」的處境。

代表「魚」的布語，是八尾游向中心的魚兒，彷彿剛有一塊魚糧落入池中。這情形就像「拼被」落入「拼被人」的生活中，根據故事前傳《拼被人去旅行》所載，原來她曾經過着王公貴冑一樣的生活，但當她出走旅行時看到窮人的生活，又發覺自己偶然造出來的拼被可以為露宿者帶來温暖後，她決心放棄往日樊籠裏的生活，用自己所長去幫助別人。這情形又像拼被人的認同落入國王的慾念中，國王因此願意逐步放棄多年來搜刮得來的珍品。拼被人是在幫助國王以「一念」排拒「萬慾」。這情形又像國王分贈出來的珍品落入百姓的貧瘠中，國王在不知不覺間推行了一次「均富」的行動，讓珍品可以送到有需要的人手中，給民間施以「及時雨」的恩澤。其實我們每個人都可以是拼被人、國王，甚至是趨鶩的魚兒。

那則代表「熊掌」的「布語」，圖案是怒張出利爪的熊掌伸向四個角落，彷彿在說，即使是天涯海角也要把欲求之物攫奪回來。國王因遭拼被人拒絕而把她鋳在大熊洞穴外邊的頁面。國王為了收藏珍寶而向四方伸出他的「熊掌」，當他漸漸因而失掉民心，竟然表現得像給砍去雙掌的「熊」一樣，無處話淒涼。

曾幾何時我也面對這樣的弔詭：懷着給砍掉了熊掌的淒涼心境來張牙舞爪，最後即使真的把目下的所謂威脅消除，最後還是感到內心有一個空洞載着不息的怒火，自己也說不清是在抵抗寂寞的黑夜，還是為了要看清楚黑夜中的寂寞，總之就在這樣的交煎中耗掉了一點青春。

幸好，魚與熊掌，國王最終沒有逃避抉擇，他選了精緻的拼被所象徵的温情，更令我雀躍的是，國王最後甚至連拼被也不放在心上。

那則象徵「小木屋」的「布語」，原本放置在全書的首頁，介紹拼被人隱居的地方，正是一家小小的、樸實無華的小木屋。

後來國王帶着木訥如機械人的士兵到小木屋索取禮物，拼被人堅決不給，還把拼被擲出窗外，讓它乘風朝右上角揚長而去，士兵為了捕捉而亂作一團，卻因而展現出生氣。

想不到的是小木屋黃澄澄的色調，竟然和宮廷的金燦燦如出一轍，不同的是小木屋內是窗明几淨的清通，而宮殿裏卻堆滿了珍寶，彷彿快要朝右下角塌下去，國王瑟縮在左下方彷彿快要窒息似的。

上揚的拼被上隱約可見到一個「聖誕老人」的頭像，這和送禮有甚麼關係呢？不知道為何以壁壘一樣層層深入的結構來代表小木屋，大概是樸素的木質令人聯想到戶外的大自然，就像你的目光會自然聚焦到中心的小花一樣，卑微卻燦爛，充滿生機。如果你是拼被人，你又會在中央小花的位置縫上「魚」還是「熊掌」的圖案？

十九、斑衣吹笛人

他說斑衣吹笛人身上披着一件儼如一張小拼被的斗篷，又說當第二次笛聲響起時，他隱約聽見悠揚的樂音裏有一把温婉的嗓子說：「來吧！笛聲會領你們到一處奇妙的地方，那裏有噴泉，滋養着果實纍纍的大樹，樹上開着不會凋萎的明艷的花朵，雀鳥都是滿身彩羽，蜜蜂也不會螫人，還可以騎乘飛馬前往自己的美夢去探勝……」

圍攏的聽眾半信半疑地問道：「你又怎會知道笛聲聽起來怎樣，如果那羣孩子已經失蹤了，從此沒有人再遇見他們……」他沉吟了半晌，然後徐徐抬頭道：「我是唯一沒跟上的，因那時我剛跌傷了腿，一拐一拐的，沒跟上大隊。」聽眾有的張大了嘴，有的面面相覷。他又道：「我在孤獨中長大，因為同代的小孩都給帶走了，我沒有朋友、沒有愛人。我詛咒那羣雖然已家財萬貫卻連一千個金幣也不肯付給斑衣吹笛人的市議員；我詛咒那害我跌傷腿的友伴，但與此同時，我又多麼盼望他來再把我弄傷，即使是一百次、一千次，我都會毫無怨言地接受。我甚至試着運用不同的金屬製造笛子，苦練過不同的樂曲，我想把那羣財閥土豪像那羣老鼠一樣引到岸邊，讓他們投海自盡；我甚至照樣披上斑衣，但都沒法成事。最後我明白了，一羣沒有夢的傢伙是不會受笛聲迷惑的，我只好獨自流浪尋找昔日的友伴，我相信最終會在世界某處找着他們。」他歎道：「笛聲雖然沒有帶走我的軀體，卻帶走了我的夢。」

他那痛苦的獨白，聽過的人無不動容，於是把他的故事輾轉傳揚開去，希望可替他找着那羣出走了的同伴。他四處告訴別人自己怨恨的原因，最終體味出怎樣放下怨恨；他雖然沒有魔笛，但已具備了吸引人跟從的號召力。

許多年以後，奈維爾．休特（Nevil Shute）把他痛苦的獨白寫成一部叫《斑衣吹笛人》（*Pied Piper*）的小說，敘述主人翁霍華德如何帶着歐洲的難童逃避二戰，當中雖然波折重重，卻終於可以抵達光明的國度。小說雖以吹笛人為名，但寫的內容彷彿就是那個因跛了腳而落單的人的掙扎。

在小說的結尾，霍華德躺在牀上聽見有人在說自己帶兒童避難的善行，他閉着眼睛，微笑着心諳：「這就是和平！」接着，霍華德替普天下所有落單的心，淌下了一行寬恕的淚，彷彿他們終於找到了愛西凡尼亞（Transylvania），傳說那就是由斑衣吹笛人和跟從的小孩一起建立的夢想國度。

二十、最快樂的人

一位很熱切要尋找快樂的人西恩，他試過享用許多名貴的東西都不快樂。故事中提出了一個尋找快樂的竅門：「木頭不知道自己有聲音，除非它變成了一把琴。」

後來神明賜予他令願望成真的能力，但條件是他不能為自己許願。起初，西恩確實因為見到別人快樂而快樂，後來終於忍不住用魔法令自己富起來。他變出了城堡來盛載財富、象徵權力，卻把自己囚禁起來，失去了令願望成真的魔力。

一天，他懷念往日助人實現願望的快樂，便鼓起勇氣，騎馬衝出城堡，回去找神明，請求祂再次賜他魔法，讓他可以幫助別人找着快樂。神明卻說不用再有甚麼魔法，只要他把自己尋找快樂的種種體驗告訴別人，助他們悟道，便可以得着最大的快樂。

故事以開始的話作結：「木頭不知道自己有聲音，除非它變成了一把琴。」

我想起釋迦牟尼在菩提樹下悟出琴弦要不鬆不緊，才能奏出美妙的樂音，一同修練的苦行僧於是離他而去。我又想起一個看過的寓言：小太子跟從老法師學劍法，期望能從中悟出治國之道。老法師在教壇上宣佈，今天教的第一課是分辨善惡的劍法，六年後的最後一課也將會是分辨善惡的劍法。經過六年的流浪及斬妖除魔的生涯，太子回到自己的國家，準備上最後一課。老法師大聲吆喝：「你看我是善？還是惡？」老法師一晃身，便分成了左右兩個人，一邊喊一邊跳動。太子無論如何也拿不定主意要斬殺哪一個。最後兩個身影再次合二為一，並且掄起劍順勢劈下，把太子砍成兩半。太子屍身不倒，也不淌血，自教壇升上半空，又合成一個打坐的姿勢，散發着佛光。民眾見這奇跡都跪倒高呼：「善哉人子！」

這故事出自鹿橋先生的《人子》裏的同名篇章。我還在說服自己相信如此人子，是快樂的。

二十一、發光人

這和《賣火柴的女孩》一樣，是「擦亮」記憶的故事，不同的是，主人翁是位老年的擦鞋匠。

在雪片和人頭一樣多的街道上，大家都趕着回家歡度聖誕，無論老人怎樣落力招徠，也沒有人願意稍停來擦亮鞋子。如果是賣火柴的女孩，她尚且可以擦亮全部賣物來換取短暫的温暖，老擦鞋匠只能像一根燈柱那樣，悄悄地讓表面的温暖流走，然後向自己內心的深淵呼喚「泥菩薩的正能量」。他把禦寒的衣物逐件逐件贈予一位窮小子，小子像極童年時的擦鞋匠。老人家感到全身麻痺，但面容開始亮起來，接着是四肢，最後全身都放光，並且輕得飄到半空，看見世間亮起聖誕燈火的美景。

現實中也有這樣的一位發光人，他不斷思考怎樣把自己的光，快速地傳到世界不同的角落，而且中間不會有太多的流失，那些在光中飄移的信息不會被扭曲或轉弱。這位發光人從自己的心胸中拉出一線思緒作為傳遞的媒介，看得出一定要是磊落的胸襟加上縝密的心思，才能弄出如斯剔透、纖細的絲連。他不單想着如何發光，照亮身邊的人，還進一步想該如何把光的信息傳遞到老遠，令每個發光人可以連繫起來，共同抵抗鐵幕裏的黑暗，照亮世界。

這位發光人發光的過程和故事描述的剛好相反，他先是腦袋發光，然後是雙手，最後才是面容，致使那些習慣在夜空裏尋找微弱星光的青睞，遲遲都沒有發現他的光。他把自己憨憨的笑容變成小束小束的光點，默默傳到世界很遠很遠的角落，現在全世界的民眾都認識他、感激他、敬佩他。只是他垂垂老矣，開始忘記發過怎樣的光，他的笑容還是發着光，只是不是睿智的光，而是赤誠的光，更能喚起別人心中的「泥菩薩的正能量」。

走筆至此，我剛好從二〇一二年四月一日愚人節的報紙上讀到「發光人」那位同樣會發光的老伴的訪問，她說發光人現在彷彿回到孩提時，會和圍攏的小學生一起呼哨吹出〈世界真細小〉的旋律。我看到這裏，心裏真的激動萬分，這篇文章斷斷續續寫了個多月，正是以這首童謠開筆，竟然在我思量如何收結時讀到這個故事。我彷彿感到有一束光的脈衝驀然射進心坎，點亮那根垂下了頭的燭芯，熠動的燭火彷彿也隨着搖頭哼唱：「又有陽光照，兼有朗月耀，良朋同歡聚，相依相對笑，萬里難隔阻，心裏情長照，應知人間小得俏……」

／寫於二〇一二年四月

繪本書目

（一）《書的手藝人》，伊勢英子著、繪，鄭明進譯，台北：青林國際出版公司，二〇〇六。

（二）《愛書人黃茉莉》（*The Library*），沙拉・史都華著，大衛・司摩繪，柯倩華譯，台北：遠流出版公司，二〇〇一。

（三）《擦亮路牌的人》（*Der Schilderputzer*），莫妮卡・菲特（Monika Feth）著，安東尼・布拉丁斯基（Antoni Boratynski）繪，林素蘭譯，台北：星月書房，二〇〇二。

（四）《收集念頭的人》（*Der Gedankensammler*），莫妮卡・菲特（Monika Feth）著，安東尼・布拉丁斯基（Antoni Boratynski）繪，林素蘭譯，台北：星月書房，二〇〇二。

（五）《捕月的人》，Mohammad Reza Shams 著，Amin Hasanzadeh 繪，香港：圓源紙品，二〇〇七。

（六）《雪花人》（*Snowflake Bentley*），賈桂琳・貝格絲・馬丁（Jacqueline Briggs Martin）著，瑪莉・艾札瑞（Mary Azarian）繪，柯倩華譯，台北：三之三國際文教，二〇〇三。

（七）《雪人》（*The Snowman*），雷蒙・布力格（Raymond Briggs）著、繪，台北：上誼文化，一九九三。

（八）《小麻雀・稻草人》，黃春明著、繪，台北：聯合文學，二〇一一。

（九）《從小島來的巨人》，瓦特・克雷耶原（Walter Kreye）著，托梅克・波加契（Tomek Bogacki）繪，台北：圖文出版，一九九八。

（十）《駕牛篷車的人》（*Ox-Cart Man*），唐納德・荷（Donald Hall）著，芭芭拉・庫妮（Barbara Cooney Porter）繪，彭尊聖譯，

台北：巨河文化，二〇〇二。
（十一）《高空走索人》（*The Man Who Walked Between The Towers*），莫迪凱．葛斯坦（Mordicai Gerstein）著、繪，王林譯，海口：南海出版，二〇一一。
（十二）《敵人》（*L'ennemi*），大衛．卡利（Davide Cali）著，沙基．布勒奇（Serge Bloch）繪，台北：米奇巴克有限公司，二〇〇九。
（十三）《賞鳥人》（*The Birdwatchers*），賽門．詹姆斯（Simon James）著、繪，台北：和英出版社，二〇〇二。
（十四）《紙戲人》（*Kamishibai Man*），艾倫．賽伊（Allen Say）著、繪，劉清彥譯，台北：和英出版社，二〇〇五。
（十五）《敲門人瑪麗．史密斯》（*Mary Smith*），安德雅．尤列恩（Andrea U' Ren）著、繪，馬景賢譯，台北：三之三文化，二〇〇四。
（十六）《學說謊的人》，郝廣才著，波羅斯基（Tomasz Borowski）繪，台北：格林文化，二〇一〇。
（十七）《植樹的男人》，讓．喬諾（Jean Giono）著，弗瑞德里克．拜克（Frederic Back）繪，武娟譯，南昌：二十一世紀出版社，二〇一一。《種樹的男人》，尚．紀沃諾（Jean Giono）著，布赫茲（Quint Buchholz）繪，張玲玲譯，台北：格林文化，二〇〇七。
（十八）《拼被人送的禮》（*The Quiltmaker's Gift*），傑夫．布藍波（Jeff Brumbeau）著，婕兒．第．瑪肯（Gail de Marcken）繪，楊茂秀譯，台北：青林國際，二〇〇二。《拼被人去旅行》（*The Quiltmaker's Journey*），傑夫．布藍波（Jeff Brumbeau）著，婕兒．第．瑪肯（Gail de Marcken）繪，楊茂秀譯，台北：青林國際，二〇〇七。
（十九）《斑衣吹笛人》，凱瑟琳．史陀（Catherine Storr）改寫，安娜．德茲爾克（Anna

Dzierzek）繪，台北：鹿橋文化，二〇一一。

（二十）《最快樂的人》，郝廣才著，朱里安諾（Giuliano Ferri）繪，台北：格林文化，二〇〇九。

（二十一）《發光人》（*The Shine Man*），瑪莉．郭德堡（Mary Quattlebaum）著，提姆．雷偉（Tim Ladwig）繪，劉清彥譯，台北：道聲出版社，二〇〇四。

守夢人——觀梵谷《星夜》真跡

聽說守夢人就像米勒爺爺筆下的播種者，頭戴笠帽，帽邊兒的陰影遮去了他的容貌。說來奇怪，匆匆一瞥，我便知道畫像只是其中一位播種者，個人容貌並不重要；第一次遇見他，我便知道他是世上唯一，根本不用以容貌來識別。

不懂夢的人會說他的大斗篷滿是補丁；懂夢的人才知道那是拼被，每一片都是一個圓夢的紀念章，好像那蘋果圖案便是來自牛頓。那艘繡工精美的大帆船怎會不是紀念莎士比亞最後那齣《暴風雨》？

當他高舉手指來讓小鳥降落，大斗篷便會揪高了一點點，露出他腰間的三件法寶。

一、捕夢環

我姑且叫它做「環」，因它其實是一圈氣流，有時會在不同刻度出現缺口。只要他將氣流圈高拋，它便會不斷擴大，覆蓋整片夜空，把所有祈求圓夢的禱詞都收集起來。那些對人重要的夢會在氣流中閃爍如新星。

我曾把這樣的星空畫下來，別人都說我瘋狂，其實那些亢奮的拖筆，不過是夢的泳姿。它們甚至會無意間在麥田上留下偌大的精密圖案。

二、縫夢笛

他一拿起笛子，我便知道他就是傳說中帶走了全鎮小孩的斑衣吹笛人。其實每個會實現的夢都有對應的星，中間的距離便是奮鬥的歷程。他會舉起笛子量度，如果兩者之間超逾四個指孔，那大概便會超逾一個生命週期。

如果那是難得的夢，他便會開始吹笛。笛聲悠悠飄上天，然後像針線一樣將中間的夜空縫起幾個皺褶，形成極光。雖然看不見他的面容，但我知道他正在滿意地笑。

三、養夢箱

那些帶着邪念或淚水的禱告，會不勝負荷而殞落。他會凝神捕捉它們的殞落，一般都無動於衷。

偶然他會搖搖頭，然後猛然站起來，一邊吹笛一邊往某個殞落點踱過去。不知為何，即使相隔重洋，他總能在一曲未完之時到達，不徐不疾。

他會拾起那殞落的夢，將它放進腰間的養夢箱。驟眼看來，這箱就像咕咕鐘，只是上方中間的孔洞，不是有雀鳥彈出來報時，而是有一隻啄木鳥和一隻蜂鳥在外邊守住。

如果受傷的夢還未甩棄邪念或淚水，卻想逃走，啄木鳥便會把它啄回去。相反如果已滌淨心神，便會換成蜂鳥將夢吸啜出來，放飛上天。

你問我怎麼可以描述得如此鉅細靡遺？那是因為就只差一點點，如果它能早一刻鐘回到我心坎，我便不會在麥田舉槍向自己。

守夢人替我抹去額頭的血污，舉頭對光點說，給你一百年找合適的寄主。現在常在麥田出現的光點，並非外星的幽浮，不過是我殞落過的禱告，滌盡憂思，儲滿青春，卻無從拓印到大斗篷的家。

／寫於二〇一八年七月一日

繪本書目

《守夢人》（*Der Traumfänger*），羅伯．英潘（Robert Ingpen）著、繪，幸佳慧譯，新北市：閣林股份有限公司，二〇一七年。

二　清倫的盪漾

姆明屋與喬屋

近來在便利店的雜誌架上會看到拼砌姆明屋模型的日本雜誌，每期附送幾項部件，不知要多少期才能拼出完整的一幢，期間便得忍受屋子像廢堡一樣擱着。可能見證着屋子慢慢成長起來，於常人來說相當勵志，但對於香港人來說，這是「高呎價長供期」實況的影射。事實上，就連姆明屋的典故也是香港住屋的反諷：話說姆明屋之所以呈圓筒狀，乃由於姆明的祖先原來是住在圓柱小火爐後面，有資料指小火爐是瓷製（procelain）的，若然，所突顯的便是歐洲宮廷那種奢華氣派。在托弗·楊松（Tove Jansson）的姆明故事中有一個經典場面，就是杜迪基（Too-Ticky）、阿美（Little My）和姆明（Moomin）落水後躲入碼頭盡頭的船屋中圍爐取暖，那種黑色金屬圓爐大概就是姆明屋的原型。博物館的情景模型介紹中用了「cockle」這個詞語，除了指海蜊一類食物，也指小火爐，還有「心深處」的含意，這大概讓人聯想到本來青甲起來的心靈重新開放。姆明的祖先大概是類似宮崎駿《龍貓》動畫中「煤炭屑鬼」那類精靈，全身長滿黑毛，不知為何到了姆明卻變成了光滑透白肌。或許從黑毛到白滑，就是掙生存到享生活的進化。期間，居住環境從小火爐放大成一間中空可住人的居家，跟香港新近出現的「納米樓」趨勢剛好相反。西西以喬治亞時代娃娃屋連繫上香港歷史和自己上海故居的記憶，她在《候鳥》中指來港定居時是「家庭跟隨居處一起縮小」。換句話說，姆明屋是「放大」心願的實現，而喬屋則是「縮小」意識的投射。

圓筒狀姆明屋共有三層，藍莓色外牆乃根據作者楊松在好幾本童書中的繪圖而設。現在芬蘭西南部南塔麗（Naantali）的卡依洛（Kuilox）小島上和日本飯能市的姆明主題公園內的姆明屋，皆以作者手繪為興建藍本，只是後來作者在七十年代跟她的同性伴侶（Tuuliki Pietila）和一位建築師朋友（Pentti Eistole）一起製作出一座五層、三米高的姆明娃娃屋：屋身不是圓筒狀，而是長方形，配上正方角樓，倒有點像堡壘，但依然保留藍莓色外牆，屋頂則變成棕紅，略淺於圓筒屋頂的紅調。香港的房子很少髹上藍色，灣仔被保育的藍屋，聽說也是因為政府物料倉庫中剩下藍色髹漆之故。大概在中國人的社會中，藍色算不上是喜慶的顏色，而在大自然中，顏色並沒有所謂意頭，更沒有政治立場之別。

關於屋的外觀，還有一個細節可能會為人忽略，就是圓筒姆明屋閣樓的「老虎窗」總垂着一道繩梯，就連主題公園內的建築都有，可見此梯背後定有故事。後來終於給我找到原因，原來姆明一族是需要冬眠的，當大家甦醒時，如果大門外的雪還未融掉，便難以打開，那就只能靠繩梯了。梯子是從姆明房間垂下。動畫中有一集是姆明聽見史力奇（Snufkin）旅行回來已到了平時大家聊心事的小拱橋，姆明聞訊居然從近大門位置轉身跑回自己的房間，再從窗戶爬下繩梯，到達陽台頂蓋上，再沿柱爬下地面（真不明白光溜溜的身體怎可能抓得穩柱子）。這時阿美則從大門口出來對姆明說：「走樓梯是否更便捷？」姆明答道：「這是我的選擇！」原來繩梯的功用就是彰顯「自由意志」。史力奇像候鳥一樣不斷往南方旅行是一種選擇，像姆明那樣留下來以冬眠抵禦嚴冬又是一種選擇。選上以後，誰都會不時想像沒選的那條路是怎樣的光景？所以姆明常拉着史力奇問他的旅遊見聞。在冬眠或南走的抉擇中，那道繩梯成了無悔的宣示。只是繩梯在坦佩雷的方形城堡中，卻「被消失」了。可能城堡高了，基於安全考量之故，只好將之改為繞着塔樓外牆而建的消防梯設計。此梯通往下一層側牆上的露台，露台入口裝有類似酒吧的雙扇扉門。由於處於模型較高位置，所以一般人都不夠高看進去，只有購買博物館相關的特攝小書才可看到裏面的情景。此室內的牆上掛着姆明谷的全景地圖——大概由於當初楊松出版時是黑白印刷的，所以原稿也是以黑白色繪畫，之後一直看此地圖都沒見過彩色版本。其實這挺好，予人樸實無華之感，很切合永晝永夜間隔的芬蘭。地圖上除了標示圓筒狀姆明屋的所在，還有渡頭上的小船屋。一九七四年某期姆明漫畫曾以此小屋為封面，Fillyjonk神經兮兮地在渡頭上東張西望，彷彿身後有甚麼在追趕她似的，這形象很切合她的個性；而渡頭邊則是史力奇平靜地跟杜菲（Toffle）在聊心事——杜菲是《誰能安慰杜菲》（*Who will comfort Toffle*）這本一九六〇年出版的圖畫書的主角，是個很害羞和怯懦的小孩。似乎史力奇那種不可思議的親和力，除了大自然的小動物喜歡親近他，連有溝通障礙的小孩也願意向他敞開心扉。史力奇是姆明故事中的重要角色，他的親和力可能是從長期露宿野外鍛練出來，地圖中也標示了他慣常露營的地點。另外還有許多不同生物出沒處都清楚標示出來，相當有趣。

在日本飯能市的姆明主題公園的展覽館將這幅姆明谷地圖立體化，中央當然就是圓筒狀姆明屋，它會不停旋轉，好讓解剖面可以轉過來，讓人見到裏面的結構。除此以外，還有孤山（Lonely Mountain）崖壁上的怪物，也有姆明故事中的著名場景，例如在《姆明爸爸回憶錄》（*Moomin Pappa's Memoirs*）中，他們引導心地善良的巨龍從湖泊移步到河流中，令水位溢漲，這樣他們的「海洋樂團號」（Ocean Orchestra）才可以順利處女航。船兒的名字卻因經常將煲當頭盔戴的麥杜拉（Muddler）在上漆時串錯了字而變成「Oshun Oxtra」。

於此我不禁想，西西以喬屋的掌故連繫上東印度公司的底蘊和鴉片戰爭的不公平條約，似乎是想將喬屋變成香港的縮影。如果要像楊松那樣在姆明屋內展示姆明谷地圖，那麼在喬屋中又會掛怎樣的地圖？又會如何展示？西西寫道自己會以土耳其小地毯當致意卡寄給朋友，自己也會將一兩幅用相框鑲起，偶然拿來細看；到了佈置喬屋，又將之拆下當地毯鋪在喬屋地板上。這樣原來載着思念或想像的飛氈變回一張擬真的地毯。西西在《飛氈》中指肥土鎮就像「巨龍國」門口的一張小小的地毯，保護了很多人的雙足，卻給踩在腳下，沒有人知道它原是張飛氈。所以從「鋪地」變成「掛牆」，或許是重新起飛的過渡階段。好了，接着便要想想掛氈的內容。姆明谷是給孤山圍繞的谷地，雖屬陰性的凹陷，但上面的圖例卻是明確的陽性存在，連浪頭都畫得層次分明。反之，肥土鎮雖是環海的島和半島，該屬隆起的陽性呈現，但如要在地圖上顯示出來，據《飛氈》結尾處道：「這些雨，這些水，都浸浴着，融滙了自障葉的花粉，漸漸，肥土鎮變得透明起來。」[1]也就是説，那是陰性的存在，會隨時消失。肥土鎮原本應有的內容，專賣荷蘭水的花順記，就像姆明屋會是地圖中心，然後擴及肥土區、山石、寶藏、仙緣居、海盜樂園。但要展示這些圖像只能從俯瞰角度，似乎較適合放在地毯上。如果放在掛氈則似乎還是以「浮城」較適合，不過只能看見巨浮岩上的屋子，很難展示街道和所有地標，更遑論是國家象徵的巨龍。在姆明谷的地圖中有顯示巨龍 Edward the Booble 的所在。但在《飛氈》中，因巨龍國與肥土鎮的比例懸殊，在地圖上是無法互為表述的：當你放大肥土鎮或浮城，巨龍國便會給放得很大很大，可能只能見到一些平日見不到的瑕疵。巨龍國會覺得肥土鎮的人不夠包容，愛吹毛求疵，但其實只是肥土鎮人想看清自己家的「動線」罷了。

在姆明谷地圖上，孤山一處崖邊，畫有一隻類似狐狸的生物，我將之當作是神話中的「火狐」——在北歐一些少數民族傳説中，北極光就是火狐擺動的尾巴。肥土鎮上也有類似極光的現象，在《飛氈》的收結，胡嘉夢見自己坐在飛氈上俯瞰，見到「地面上也有點點的繁星，彷彿那裏也是一條銀河。肥土鎮的燈光閃煥，那是一個小小的宇宙」。[2]肥土鎮地上的那道銀河以往可能是來自此地獨特的霓虹招牌，但現在卻很奇怪，全條街塞滿了人，黑髮黑衣，但從高處望下，卻顯得異常光亮，真的像一道流動的銀河。可能那是因為每個人都在反射街燈和霓虹的光芒，也許是每一個都在爆發自己的小宇宙之故。

其實在眾多姆明故事中，經常都提及姆明爸爸駕船，大概因為這樣，楊松在製作城堡型姆明屋時，會特別為姆明爸爸的房間外牆裝上船頭一樣的飾板，而窗戶也弄得像舷窗。另外最前面的一排窗可完全敞開，房間便可變成像甲板一樣的全開放格局。如果單從外觀而言，這房間看起來像極一艘整裝待發去歷險的「海洋樂團號」。房內陳設一個地球儀，無獨有偶，喬屋中喬先生的房間也陳設着一個——由男主人去「放眼世界」，在姆明故事創作的年代和喬治亞時代，以乎成為人類社會推進發展的象徵。在姆明爸爸的地球儀上，標誌着的可能是像姆明谷一樣春天會繁花似錦的地方，以防再有「殞石墜落」或「火山爆發」時可以找着後備的理想棲地，或者是在聽史力奇的流浪經歷後可立即查找所述路線，這些話題是向外擴散的勢頭。那麼，在喬先生那時代的人，地球儀上所標示的可能是在國內聞名的東印度公司究竟該將鴉片賣到哪些地方去的盤算，可說就是向內聚歛的思路：「身上留有維京人血液的英國海盜終於聽到遠祖的號召，開始搶劫西、葡商艦，而國家則在岸背支援，大量投資。成功的海盜還論功行賞，賜封騎士。既然有利可圖，於是更多的英

1　西西：《飛氈》，香港：素葉出版社，一九九六，頁五一三。
2　《飛氈》，頁五〇八。

國人出海冒險，向地中海、印度和北美拓殖，並且迅速成立經營公司，其中最著名的是東印度公司。」[3]現在我們家中鮮有放地球儀，如突然出現在喬屋中的百麗菲所言，她用電腦可以知道許多世界的事，現在只需按幾個鍵，世界地圖便可在手提電話屏幕上展示出來，而且只要兩根指頭在屏幕上一掰，便可隨意將某地點放大至你喜歡的比例。今早我便通過新聞的圖片對照，看到巨龍國其中一大血脈上的「三峽大壩」出現了歪曲的情況，於是網民瘋傳這個價值連城的「活塞」將崩塌……衷心希望這傳聞並不屬實，不然就是世紀大災難。

喬屋裏的圖書館是跟書房結合起來，而城堡姆明屋則是書房跟姆明爸爸的睡房結合。從坦佩雷購得的專書可見，這牀相對於姆明爸爸的胖身軀來說略嫌太小，置於高地台上，地台旁邊放着書桌，書桌上正好放着地球儀。地台的高度較書桌面還要高一點，真的不知道姆明爸爸的腿這麼短如何跨上去。不過在飯能市展館內展示的圓筒狀姆明屋裏，姆明爸爸正從閣樓的梯子爬下來，可能他是喜歡睡在高處。另外還清楚看見閣樓凸出的「老虎窗」的下方繫着繩梯，證明它不一定掛在姆明房間，總之是從頂層垂下就是了。只是雖云書房，姆明爸爸卻沒有多少藏書。另一邊廂，幫助喬先生高瞻和想像的，除了地球儀，就是書本：「印刷術的推廣，使書籍易得，十八世紀人追求知識，愛好科學，喜歡文學，家中書本就累積起來了。」[4]西西記其中一個藏書選項是拉伯雷的《巨人傳》，書是文藝復興時期的反封建著作，一度被列為禁書。全書共分五部，架構宏大，難以縷述，但在最後一部記述一次乘船去找「葡萄酒權威」詢問解國庫空虛之法，找着以後，權威只答一字：「喝！」我不禁想：在巨龍國，可能是風土問題，不知為何種出來的大多是「酸葡萄」，歷來許多人嘗試闡述變酸的底因，最後都變成是誣衊詆譭之舉，更嚴重的就出現人鬥人的情況。最近肥土鎮裏，人稱「掃帚頭」的政府智囊便公開説另一位前智囊敦她辭職，就是「酸葡萄心態」，我又不禁想像如果請教那「葡萄酒權威」解救之法，可能他只答一字：「吞！」

接着要談談的就是女主人，在姆明故事中當然就是談姆明媽媽的房間了。作者楊松在許多場合和文章都提過，自己的媽媽就是姆明媽媽的原型。媽媽永遠無私地支持楊松的每一步，縱然作者的同性戀傾向在當時還是備受歧視，她媽媽仍然義無反顧地支持。媽媽過世時，楊松幾乎崩潰，很長時間不能執筆創作。姆明媽媽總是温柔爾雅，跟姆明説話時語氣一直循循善誘、和顏悦色，彷佛沒有一點情緒；由於作者悉心保護，對姆明媽媽這個角色總保持着潔癖，因而令她在故事中顯得不立體，常常遭人忽略。在城堡姆明屋中，姆明媽媽的房間很小，牀頭上方就掛着一幅姆明婆婆呵護着孩提時的姆明媽媽的畫像，這可説就是作者對媽媽的懷念和銘感的投射。這房間的牆紙圖案是大朵重瓣的紅花，視覺上令本來細小的房間更繁縟，一

3 西西：《我的喬治亞》，台北：洪範書店，二〇〇八，頁一〇六。

4 《我的喬治亞》，頁七。

點也不貼合姆明媽媽的淡雅個性。

西西談及喬太太的房間時有牽扯上吳爾芙（Virginia Woolf）的《自己的房間》（*A Room of One's Own*）——在喬太太的字典中所謂「自己的房間」就是避開不談政治，因那是男人的話題。[5]但在吳爾芙的概念中，自己的房間應該像毛蟲的繭，可讓女人在裏面蛻變，想像塑造自己成為心目中的自己。喬太太的睡房放着當時流行的四柱大牀，姆明媽媽的牀則簡樸得多；相反，喬太太房間的牆紙為淡綠底反白碎花紋，顯得較簡樸，還跟牀品圖案相配。在牀的旁邊剛好可放一件上半是多格櫥、下半是書架，名為Bureau的家具。確實如西西所言，這件在英國展銷會買的微型家具，手工非常細緻，甚具瞄頭。Bureau本來指官方架構內的局或處，家具中多格多抽屜的格局確是架牀疊屋的官僚架構的最佳寫照。喬太太有自己的房間和書桌，已具備寫作的基本條件，但似乎西西並沒有讓她擁有吳爾芙的反思和蛻變，在一個性別和身份都存在像Bureau書桌那樣多層級多區間的年代，一位女性究竟該如何自處？是像姆明媽媽那樣不斷檢視並承傳母性的美德，還是像喬太太只想着避開污染，靜靜地捱日子？吳爾芙在《自己的房間》中質問為何女性沒有真心為自己說過好話。喬太太擁有一間精緻的書房，書中也談及吳爾芙，但西西沒有安排她在那書桌前寫一封給自己的信，就像西西《織巢》中的母親要將自己的故事寫成三毛錢小說。

在喬屋中最想出走到外面看世界的是湯姆少爺。他常望見外邊的四方盒電視，看見真正大自然中弱肉強食的畫面，褓姆瑪麗安在跟湯姆的對答中也禁不住吐露：

「人類才是地球的惡霸！」如果說湯姆相當於姆明的角色，同樣對外面的世界充滿好奇，不斷在儲備出走的勇氣，那麼愛德華叔叔便相當於史力奇的角色，都是把外面的見聞帶回來，只是愛德華的信息似乎更為赤裸，更敢於揭櫫人類暴虐的一面。例如，他跟湯姆提到掃煙囪小孩的慘況：「煙囪很窄，又骯髒，長期在內裏幹活，會扭曲他們的發育，令骨骼變形。煙囪的塵垢很厚，會使他們窒息，會生『掃煙囪人癌』，他們掃下的塵埃又重，每次每袋二、三十磅。」[6]著名浪漫派詩人威廉·布萊克（William Blake）有兩首〈掃煙囪的小孩〉，一首屬於《天真之歌》（*Song of Innocence*），一首屬於《經驗之歌》（*Song of Experience*）。較著名的是前面一首，尤其「sweep」和「weep」的交替出現，令詩朗讀起來有種如泣如訴（掃）的效果。無獨有偶，詩中提及的掃煙囪小孩就叫做湯姆（Tom），他最後因工夭逝，由天使引領去見天父：「再光着白淨的身子，扔了煙灰袋，／升上雲端，在風中追逐遊戲；／天使告訴湯姆，只要是好孩子，／就會有上帝做父親，再不缺歡愉。」當愛德華跟湯姆講掃煙囪的小孩時，我便不禁想起這首詩，不禁聯想如果愛德華將這首詩朗誦給湯姆聽，不知湯姆會有甚麼反應。

---

5 《我的喬治亞》，頁一一。

6 《我的喬治亞》，頁一一七。

姆明屋都有高而幼的煙囪，這種煙囪似乎無從清掃，因為再小的孩子也應該跑不進去。事實上在姆明故事中似乎沒有喬屋中的階級分野的反映。最明顯的是喬屋中有家傭的存在，在喬太太房中，西西寫道那窄長繡了植物圖案、箭嘴末端垂着流蘇的帶子，代表傳呼鈴，只要主人拉拉帶子，樓下地牢的僕人看看哪個房間的鈴響便知道哪位主子需要侍奉。英國著名的電視連續劇《唐頓莊園》（*Downton Abbey*）的片首曲像占士邦電影一樣，製作得相當精美吸引，全段就是「呼鈴陣」的特寫，莊園可說是封建階級革命的微縮戰場，劇集最後莊園主人陷於破產邊緣，二小姐又跟民權份子相戀，最後難產而逝，她的丈夫為了照顧小女兒，唯有入贅莊園，於是亦把自由思想帶入閉固價值觀的體統中。

喬屋中並沒有展示地牢的「呼鈴陣」，反而沒有家傭的城堡姆明屋有拆開地庫牆壁作展示。地庫大致可分為三個部分，中間是食物儲存倉，而左右兩邊分別是「不常用雜物」和「已不用卻難以斷捨的回憶之物」。前者包括一個球狀物連着魚網。我推測那是浮球，只要在球中放入點着的蠟燭，便可標示撒網位置，又可作許願之用；後者則包括一張前端裝嵌了一個大毛球的小板凳，我想那是給小時候的姆明當馬兒一樣來騎玩的。這些都是我的猜測，但至少那比存在於上下階級之間，可以拍出華麗片首曲的「呼鈴陣」更能令人聯想蹁躚。

／寫於二〇一九年七月十四日

日本北歐森林村碼頭

泊船小屋

在日本埼玉縣飯能市的北歐森林村可見姆明作品裏的泊船小屋，它是每個姆明景區必備的情景。這小屋亦成為森林內的打卡熱點。走過小屋，便是要付入場費的姆明谷公園。

在 *Moominland Midwinter* 這部作品中，姆明、阿美和杜迪基曾在這泊船小屋生火取暖。在芬蘭姆明博物館也有此情景摸型，屋外還站着北歐神話中的寒冬女妖。

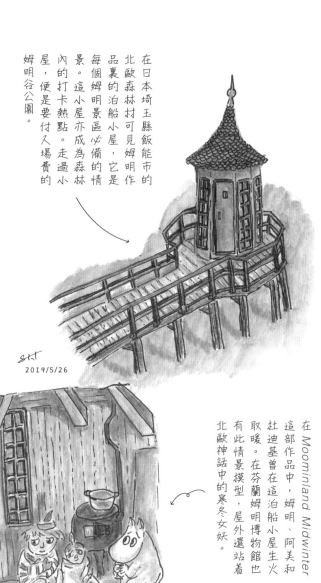

芬蘭坦佩雷（Tampere）姆明博物館所藏的姆明娃娃屋

這是收藏在芬蘭坦佩雷姆明博物館的五層姆明屋模型，整個模型足有三米高，相當吸睛。模型由姆明作者Tove Jansson和友人Tuulikki Pietila歷時幾年才完成；當時乃為一個國際性兒童節慶而製作。由於展覽場地的擺放位置不便於原來漫畫中的圓筒形設計，故作者將它改為正方形。模型之後曾在歐洲作巡迴展覽，均大獲好評，為姆明作品賺得不少粉絲。

2019/5/5
姆明房間
阿美房間或客房
姆明爸爸是旅行家，所以房間裝飾得像艘船，牀頭還放着瑪瑙造的地球儀。
客廳
姆明媽媽房間的牆紙圖案。雖然圖案有點老式，但不能否認在娃娃屋的細小牆壁上是相當棒的細節，很能突顯製作者的堅持。
廚房和飯廳
陽台
雜物房（舊物）
這個在矮凳上釘下毛球的設計，大概是給小孩當馬騎。
食物儲存倉
雜物房（不常用物）

圖標 Legend

- Moose 駝鹿
- Snufkin 史力奇
- Fire Fox 火狐
- Hattifatteners 樹精
- The Grake 哥谷

地圖放大

從這扇窗內望

地圖中的姆明屋及其結構放大

漫畫中的姆明屋外觀

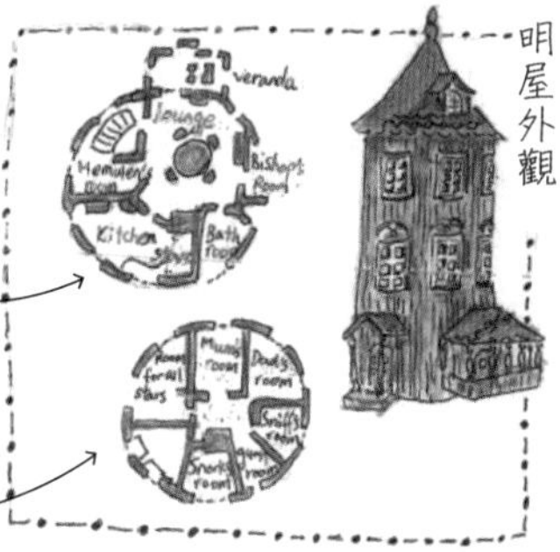

一樓平面圖

二樓平面圖

姆明爸爸房間的窗板

地圖中沙灘上的小屋放大

浮球連着魚網，只要在球中放入燃點的蠟燭，便可標示撒網位置，又可作許願之用。

這間沙灘上的小屋是芬蘭常見的桑拿浴室。這情景曾是一九七四年某期漫畫的封面。

飯能市姆明公園展示館
姆明谷模型情景（一）：姆明屋

展示館旁有原大的姆明屋，但是要一早拿籌方可進入，我們沒有進到去。但看展示館內這個姆明谷整體模型更精彩。

模型屋會不停轉動，另一面則是其外貌。

飯能市姆明公園展示館

姆明谷模型情景（二）：Oshun Oxtra

約克薩（The Joxter）

他是史力奇（Snufkin）爸爸，跟兒子一樣喜歡流浪。他的裝束也跟兒子近似——綠色長袍、闊邊尖帽，不同的是帽上綴有一圈粗繩。

麥杜拉（The Muddler）

姆明好友、身形如大耳袋鼠的史力夫（Sniff）爸爸。他生性內向害羞，神經兮兮，常陷於失神狀態。平常在咖啡罐中生活，喜歡收集鈕扣、空罐等奇怪瑣屑，但總是忘記自己收集了甚麼和藏在甚麼地方，就像松鼠藏起松果的情況一樣。

愛德華．布爾（Edward the Booble）

牠是一頭巨龍，有着一顆善良易感之心——如果自己不慎踏扁了誰，往往會哭上一個星期。姆明爸爸的好友霍奇金斯（Hodgkins）想到借助牠令河水水位上漲，使新船「海洋樂團號」得以順利下水。

西西手製喬治亞娃娃屋

這揭扳上的牆紙打開時，圖案方向沒錯，那表示當揭扳掩上時，圖案在室內是上下倒轉的，所以這些牆紙乃為「外人」而貼。

放大·打開

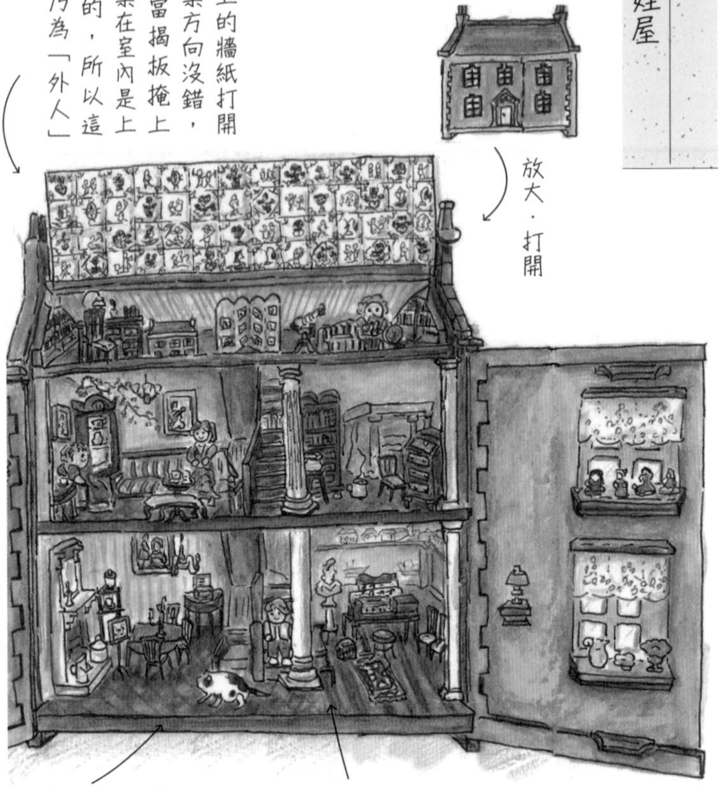

站在樓梯上的人是湯姆，小說中只有他常看屋外的四方盒電視。

這隻肥貓就像宮崎駿《夢幻街少女》中的肥貓阿Moon。牠一出現便令畫面充滿喜感。

2019/10/19

牆紙的圖案大概可分為三類：花果、船和人，以花果圖案最多樣。人的圖案則包括了不同的活動。

喬治亞（Georgian）建築以簡潔、和諧、嚴整著稱。房子四方形，大門開在正中，兩邊是窗子，前後斜落兩面坡屋頂，對稱均勻，連煙囪也建在屋子一左一右，端正、穩重。大門進內是樓梯，房間分佈兩側。西西在書中說因這屋的外觀像上海故居，所以特別喜歡。此娃娃屋現存放於香港中文大學圖書館內的香港文學特藏室。

這件家具名叫Bureau，是西西旅英時，特別乘火車去一個娃娃屋展銷會時遇上的。手工精細，每一扇門、每一個抽屜都可以打開。此家具就放在娃娃屋二樓右邊的睡房的大牀旁邊。

咖啡館的清倫

我對咖啡館的首要要求，不在於其咖啡的香味或品質，而在於其「氣場」和「氛圍」的融合。「氣場」跟「氛圍」不同之處在於前者是主動迸放，有話要說；後者則是隨意瀰漫，包容大同。前者發揮「刺」、「提」之力，後者則是突顯「薰」、「浸」之效，兩者非相互排拒，一家吸引我的咖啡館，就是兩者的調和。而泡咖啡館漸漸成為我旅遊外地的必備節目，期間品味咖啡的香氣後，平常綳緊慣了的神經便漸漸鬆弛下來，開始進入發獃的狀態，工作時防禦機制中關上的意識擋板也重新敞開，讓記憶可以自由地流通。發獃，大概也只是外在看起來，內裏其實還未至於失神。這時往往周遭環境的微小信息也很容易給記憶的氣流牽引進來，化合出許多夢過的情景，許多更會有似曾相識之感。這時，你或會聽見咖啡館的「氛圍」轉為「氣場」，主動跟你説話，因它彷彿意會到只有你才聽得見。你只需細聽，它説完後便會回復為「氛圍」，好讓你的記憶不會輕易定型——不錯，它不是要你記住，因為它的話一凝固，便難以觸動想像。

想像，可以帶動記憶盪漾，一層一層，每層都牽涉不同的人事，本來淡忘了的糾葛重新浮現，竟變得條理清晰。無他，原來的死結不外乎是面子扭不出下台階罷了。這些在微微盪漾的時間之水中鬆開以後，回復為一圈圈清澈的人倫，並非如一般人所理解的由親到疏，而是由難忘到淡忘到遺忘的盪漾。對於這些讓我泛起清倫的咖啡館，我都心存感激，會嘗試用文字，甚至手繪記錄下來。

一、野草居食屋

嚴格來説，這算不上是「咖啡館」，「居食居」一詞源自日本，也是給人工作後小酌聊天、放鬆心神的食店，跟「咖啡館」可説是異曲同工。只是這家居食屋位處僻靜的街衢，四周都是舊民居，沒有多少辦公大樓，可説是沒有多少上班族會拖着疲憊的身軀老遠拐過來。而我興致之由來，包括了一籃子原因，首先是食店乃由七十多年歷史的日式老屋翻新而成，盡量沿用原來格局，即使窗框因破舊不已須換上新的，卻依舊用回原來的十字花瓣凹凸紋玻璃，透窗的陽光沒有給染上虛榮的色彩，可保留純淨的本色。它比平滑的磨砂玻璃多了些滄桑的「皺紋」罷了。滿室的陽光柔和之餘，還多了一重看透世態的豁達，如果是在日暮時分，光的色溫進一步提升，好像又添了一抹安恬在回味轟烈，氛圍倒是適合經一整天奔波後坐下來小酌長歎，思考假若明天便是世界末日是否真的勝於百無聊賴日復日的苟活？

這家居食屋的氛圍來自老屋結構，氣場則來自其名字。起初看了，還以為是指涉魯迅的散文詩經典著作《野草》。集子裏共收散文詩二十三首，寫作時期由一九二四年九月到一九二六年四月，歷來都因其象徵性強而顯得晦澀難明，評論者每每籠統地說魯迅在歌頌革命烈士，表現他們像野草般生命力頑強。中學時初讀，只是走馬看花，沒甚麼印象。這兩年重讀，卻常令我思及在香港紛亂的社會氛圍下該如何自處。《野草》卷首的題辭寫於一九二七年，當時是軍閥割劇的時代，社會撕裂，人心惶惑。寫題辭時，魯迅正給軍閥段祺瑞通緝，於是南下到廣州暫避；他憶述執筆時，樓下還是滿佈警察放哨。我不禁想如果在那凹凸紋的玻璃外盡是監察的眼光，我大概應該不會感到寬心，很可能一個字也寫不出來。

窗外隱約見到大樹影子，魯迅在題辭中有這樣一句：「生命的泥委棄在地面上，不生喬木，只生野草，這是我的罪過。」明明說不生喬木，但第一篇〈秋夜〉中卻重點寫那兩棵直插天宇的棗樹。這代表本來沒啥養分的土地上，還有理想高遠的志士供人景仰，加上不少孩子為了採棗子用長桿子來打，令樹受傷。詩中以小青蟲來映襯星星和月亮，以突顯棗樹既能包容小節又有衝天志向。這也是近年我心中常泛起的渴望，卻每每歸結自己心底「不生喬木」之歎。

題辭中作者寫道：「我自愛我的野草，但我憎惡這以野草作裝飾的地面。」在這野草居食屋我不禁反思：自己是否有份造就這樣的裝飾地面？是否有份污染土壤，令喬木難以生長？《野草》末篇是〈一覺〉，其中提到看見一位少年人拿着一本《淺草》雜誌，「淺草」跟「野草」當然是首尾呼應。魯迅說雜誌是一份豐饒的禮物，他其實是在思考即使未能為下一代準備甚麼禮物，至少要讓淺草也能成就豐饒。後來，九葉派詩人馮至憶述，他就是那少年人，可惜，那份《淺草》，後來成了《沉鐘》。我在野草居食屋裏便禁不住想像：兩位近代文學巨匠的巧遇，究竟是怎樣的光景？後來魯迅陷入的那一覺，所做的究竟是怎樣的夢？

當然後來我知道老屋之所以以「野草」命名，乃為了紀念之前的住客陳玉麟教授在農業雜草研究上的貢獻。老屋的英文譯名是「Fire Weeds」而非「Wildgrass」。火草是一種開紅花的野草，生命力強頑，開滿大片野地時，讓人心生重燃青春的衝動。只是當野草或野菜的生長「被順服」於人類農業生產的目的時，那它還算得上是「野」嗎？野，可說是中國詩人相當嚮往的情態，例如杜甫的「野徑雲俱黑，江船火獨明。曉看紅濕處，花重錦官城」。又如孟郊的「野客雲作心，高僧月雲性。浮雲自高閒，明月常空淨」。可見，地上之「野」，往往跟天雲的「閒」對照，兩者雖都是自由的狀態，但前者似乎須有甩掉牽絆的狠勁，而中國士人總是在歷劫滄桑才領悟出「人在野」的可貴，才能重新接通大自然的脈動，將之深化成人間好時節的和弦。

在這陳玉麟教授的故屋中，我想起明朝朱橚（約一三六一——一四二五）的事跡，話說他曾被父親朱元璋流放到雲南，又曾被建文帝貶為庶人，後來直至他的四哥朱棣奪位成為明成祖後才能回到開封，被封為周王。雖然守得雲開，但為免再受政治風波牽連，他於是放棄自己的政治權力，將全副精神放在野草和野菜的研究上，辨別可採擷食用的品種，寫成《救荒本草》，將自己的心得授與當時因黃河泛濫受災的飢民。書中除了食用還有藥用的野草，有效遏止災後疫情。朱橚除了讓在餐桌邊緣的野外雜草正式登入中國菜系的大雅之堂，也讓自己「在野」的名字較之高踞當時政權核心的父兄更能登入歷史殿堂的最高層階，因他以自然資源紓解自然災難，重新令「人」與「野」回復和諧的平衡。

本來想在這居食屋可嚐到陳教授發掘出來的特種野菜，怎料卻是普通的家常菜式，可能時至今天，大多數野菜野草都給「收編」到我們日常的菜譜中去了，所以我們才不覺新鮮。倒是在蛤蜊蒸蛋、鮭魚豆腐湯、櫻花蝦蛋炒飯、冬菇干貝串燒、胡麻蔬菜卷等尋常菜式中，還是能嚐到鮮味，這讓我處身「雲開」中卻仍能感覺到「野勁」離我多遠，讓我能體味傳統中國墨客的嚮往。可能這家老屋的氣場就是要我慶幸自己可隨意在「雲開」和「野勁」之間來回逡巡。

二、日本的三家咖啡館

和許多香港人一樣，如果假期不多，日本是我經常去度假的地方，貪其方便易達，又不用做太多事前準備。每次逛累了，總愛挑一家咖啡館，將午後的時光泡軟，浮出記憶中青春的脆粒。日本的咖啡館可說是最善於營造寧謐舒泰的氛圍，並有意無意間以氣場在你耳邊說悄悄話，讓你在慵倦中也捨不得打瞌睡，生怕錯過了小確幸的機遇。信州小布施栗之木陽台（Kurinoki Terrace）便是這樣的一家咖啡館。它的外觀就像鄉村小教堂，提醒人踏進去前先甩掉市塵的物累。弓狀的橫樑從入口排列到足以形成透視效果的盡頭。每張弓彷彿都甩掉了弦線，上面的木紋似乎都在伸懶腰，解甲的弓兒末端的鈎子提起了花葉形的吊燈，橘黃的柔光中隱約泛着春天正曳着尾巴遠去的回音，教人在不知不覺間鬆開了繃緊的神經。不知道橫樑是否都如其名所指都是栗樹之木，但兩邊的柱和柱之間都放了不同飾板的古董櫃，盡頭則是同樣縷刻着華麗圖案的壁爐，全部的抽屜好像都能通往不同的時空，藏着許多動人的故事。我們讀《一千零一夜》時，焦點往往放在稱頌王妃的聰穎和機靈，卻永遠忽略了那是皇帝的幼稚——過分執着於新鮮精彩的情節，事實上最精彩的故事就是那些還在抽屜裏睡着覺的故事，從來故事的精華都不在結局而在於過程。這家咖啡館就像深藏不露的王妃，教人享受過程中的期待。小布施盛產栗子，所以這咖啡館的名物就是栗子撻，撻杯上是堆得高高的栗子絲，彷彿就是從弓拆下的繃緊的弦線；每一口都充溢着栗子的鮮味，好像是剛從殼裏挑出來似的。這味道令我醒覺原來餐紙和屏風上的圖案就是栗子花的剪影。原來一直以來我只知栗子是怎樣的模樣，就像那《一千零一夜》的王子一樣只看重結局。

另一家則是在白川鄉合掌村內的「喫茶落人」咖啡店，這是村內少有的一家排隊店。在合掌屋茅草的屋頂蔭庇下排隊，一點也不覺煎熬，加上草香從給修繕整齊的茅草毛細管溢出來，只要閉上眼睛深呼吸，便感到自己彷彿給薰成了一個田間的稻草人，不再介懷等待。不錯，如果等待只是好事還未發生，只是延緩滿足的練習，那麼我們其實該以擁有等待的條件而感恩。每間合掌屋就是一塊折射時光的三稜鏡，無怪受其導航的歲月總是繞過這條村子，沒有照射進來，整條村子的氛圍彷彿就是適應沒啥改變的淡然。

「喫茶落人」就由一對適應如此淡然的夫婦經營。甫進店便會看見一排高架子上掛滿了各款各樣、老闆辛苦從各地收集回來的咖啡杯子，每個款式應該都是一對的，但老闆卻任由顧客挑自己喜歡的杯子。這令本來不愛咖啡只能喝巧克力的小孩也因而雀躍起來。不知道這是誰的主意，但毫無疑問是令客人覺得值得等候的一大主因。我不禁想如果客人不慎打破了杯子，那剩下的另一隻，豈非得苟存於世？艾略特（T.S. Eliot）在〈普魯夫洛克的情歌〉（"The Love Song of J. Alfred Prufrock"）中有名句「我以咖啡匙舀量青春」（I have measured out my life with coffee spoons），這裏還很講究地用上櫻花狀拌匙，便令無意識的攪拌行為連上了燦然飄落的櫻花雪場面。面對櫻花雪，中國文人大概會發「花開堪折直須折」的老調，日本人則會推出甚麼「一期一會」的充滿禪意的瀟灑。其實最重要的是如何把平淡看成燦爛，還有如何不麻木於燦爛。答案不是就在風中飄嗎？我想鮮有愛咖啡之人只愛其苦其澀，而不戀其香吧？同樣生活中也不會盡是苦澀。

選好杯子、點好咖啡後，端上來時，盤子上還有一小杯載着三粒丸子，客人可拿到另一邊的圍爐裏的大鐵鍋去舀紅豆甜湯。在傳統的合掌屋的茅草頂下，一邊的斜面下是西洋咖啡，另一個斜面下則是道地的紅豆湯丸子，兩者看似格格不入，放在同一個盤子中卻一點違和感也沒有，還覺得變得有明治維新的況味（一笑）。紅豆湯的甜正好可以稍稍修飾一下口裏咖啡的餘澀，就像那修繕整齊的草頂邊兒，刻意卻恰到好處。我不禁想一天肇始當餐廳未開門前，晨光從高窗斜照入內，兩夫婦對坐，咖啡香會在彼此間盪出怎樣的清倫？在咖啡高吧台和另一邊圍爐裏的矮座之間又會激盪出怎樣的波紋？我想再簡約的圖案經多次推送以後都會激盪出燦爛的花貌，層層推遠成歲月給人間的美意。

如此美意，不一定蟄伏在合掌村一類古老村落中，其實在東京市廛現代化的街道也可找到。Akomeya是一家老字號的米店，經現代化革新後，現在變成了類似無印良品那種講求簡約意蘊的人氣概念店。它位於東京銀座的總店除了銷售日本各地的優質米和糧油雜貨外，還毗連着一家小餐室，售賣以其食材烹煮的簡餐。顧客可選的款式不多，如果不合口味，你大可到其他地方用膳。起初我對這樣的簡餐何以會吸引人大排長龍大惑不解，但當侍應上餐後，我便明白過來。滿滿的一大盤為盤中盤的設計，就像北京天壇公園天圓地方的設計：方盤放飯、味噌湯和伴菜，中央的圓盤則是伴飯主菜，共有八道，全都做得相當精緻。雖云簡餐，卻有懷石料理的氣韻，每一道都很鮮味。米店的主推商品當然是那碗圓盤外的米飯，但它沒有刻意進駐中心，而是甘心排在圓盤外圍的配角地位。主菜也沒有為着突顯米飯的重要而將茨汁調得濃稠，讓人要多送幾口飯。老實說米飯的最高境界乃在於甘心作梯的淡香和順滑的質感，可稍稍剎住主菜味不驚人死不休的革命狠勁，讓味道找着淡出的下台階，化為厚實的餘韻在口裏晃盪。米飯就像一台戲的導演，它在圓盤的虎度門外，卻只有它能縱觀全局，深諳協調的關鍵。

當我擱下筷子，心裏暗頌款待，由於妻子還差一點點才完成，我只好靜靜地看圓盤中那些清空了的器皿。不看還好，一看便愣住了。天啊！器皿全是傳統名物，例如——如將圓盤化為鐘面，那麼正十二時位置的是類似「輪島塗」的漆器；接着順時針方向的荷花碗，為棕色和綠色的搭配，是很經典的「信樂燒」特色，即是平時於日本街道上見到的「狸貓」造型的那種燒瓷；三點鐘位置則是三葉草形態的小碗，是「備前燒」的那種毛胚質感，粗糙的腠理跟之前「輪島塗」和「信樂燒」的光滑形成對比，予人更富層次的感官經驗；接着在七點鐘位置是類似「荻燒」滿佈裂紋的效果，但腠理竟是相當光滑的，予人世事無絕對的新鮮感。最後就是圓盤外的那碗米飯，當天的特選米來自長野縣，粒粒受水充分，飽滿晶瑩，沒有糊作一團。盛器是近似「有田燒」中的「鍋島藩窯」，白主調以外泛着靛藍的碎花紋，而為了增加觀賞的景深，在碗內緣處也綴上了花紋，可說是相當周到的心思。

日本人對於如何通過客觀美感帶出禪意，有一種無出其右的執着，用於文化開拓上，自然可創造出非常獨到的作品和商品。正如小思在《日影行》所言，從很微小的地方便可知日本是我們可敬又可怕的對手：可敬之處就是其作品觸發的禪意往往令人跟割裂了的自然重新連繫起來；可怕之處是如果這羣體執着給權謀有系統地串連起來，便會成為一架無堅不摧的坦克。由於要作手繪，我這才留意到店名中的「○」字的中空處給描成了一粒米的輪廓。但願那小至一粒米的介懷只限制在若谷的虛懷中，但願那米粒所代表的甘為人梯的犧牲精神可以永遠撐起零字的虛無。

三、維也納中央咖啡館

這篇文章題目雖云是「咖啡館」，但之前所記的幾家又不盡是咖啡館，其中一些是在咖啡館的基調外，來了或多或少的「變異」，我確實考慮過修改題目迎合這種現代多元性，但最終還是決定保留「咖啡館」，此詞於我似乎不是客觀的實指，而是主觀想像的氛圍。最近似的可說是維也納的中央咖啡館。它之所以成為我心中的咖啡館原型，因它意味着雙重氛圍。第一重是室外街頭的咖啡文化。在維也納每走十來步便可見到售賣咖啡的地方，就連小約翰·史特勞斯（Johann Strauss II）的金色雕像方圓二十米也有兩架咖啡車。其中一架為連鎖品牌，是前置型的，即看檔的咖啡師會跟客人一起站在前方，不會躲在車內、隔着高台跟客人溝通。就在近四十度，將金雕像照得閃閃發亮的烈日下，真的會有不少人光顧，買上熱騰騰的一杯慢呷，彷彿他們所有感温細胞都間歇性失靈了似的。顧客買好了以後，還可躲入樹蔭下，但看檔的咖啡師卻必須整天守着車子。車檔還包括了咖啡渣滓回收再造設施，全套工序做足，並沒有因流動而敷衍了事，真的對咖啡少一點鍾情也難以堅持。

這種平民又講究的姿態，除了流動咖啡車，在維也納的街頭，最常碰見的就是紅色女士頭像品牌 Julius Meini 的咖啡連鎖店。猶記得在茵斯布魯克（Innsbruck）突然遇雨，喜見附近有此咖啡店，急忙躲進去。抹掉衣服上的雨點後，定睛四顧，目光一下便給櫃枱上那拋光細緻的搪瓷紅甕咖啡機吸攝着，它表面的潤光成了一道亮線，一直連繫着一疊疊紅底白圖或白底紅圖的咖啡杯和壺，令整家店在雨天的陰霾中明亮起來，讓人沉浸在亮潔典雅的安全感中。我就是如此百無聊賴地以種種想像填滿了兩小時的咖啡時光直至雨霽。候孝賢的電影《咖啡時光》敘述女主角陽子未婚懷孕，決定不告訴將繼承家業、從事雨傘生產的男友，獨力產子和撫養。電影歷來博得許多好評和闡釋，但卻沒有人提出女主角名字中的「陽」和男友一方的「雨傘」意象的對照效果——如果「雨傘」不是象徵擋風遮雨的勇毅，而是家族祖宗的「傘蔭」，那便失去了彌補「陽子」不足的作用，壓根底便失去相互促進的意義。我所想像的「咖啡館」大概就是可把陰晴共融成平凡日子的氛圍。

維也納中央咖啡館（Café Central at Vienna）之所以是「中央」，除了因其所處的地區，大概也因其逾一百四十年的悠久歷史。再者在維也納外圍濃厚的街頭咖啡文化的烘染下，彷彿成了中心的一所殿堂。甫進店，目光便會隨其大教堂一樣的肋拱線條上溯至高天花，然後再隨着希臘的科林斯柱式（Corinthian style）降回地面。柱石上刻着的是典型的忍冬葉紋，象徵希臘神話中的「生命樹」。還有象徵完美的七盞燈頭的吊燈都予人宏偉之感，就像大教堂一樣，令人心生敬畏，彷彿生命就必須要轟轟烈烈地追尋公義似的。如是這樣，我大概會感到渾身不自在，但偏偏它卻變成了一家咖啡館，裏面售賣多款不同的巧克力蛋糕、巧克力糖。在墨西哥電影《濃情巧克力》（*Como Agua Pera Chocolate*）裏，薇安（Juliette Binoche）在法國小鎮的教堂對面開了一家巧克力店，傳統專制的鎮長視此店為魔鬼的誘惑，甚至強硬竄改牧師的講道稿來抹黑巧克力店，最後自己卻抵不住誘惑而爬進巧克力店的櫥窗中猛啃漂亮的陳列品。牧師之後得以自由擬定講稿，他劈頭便說：「今天我不想談基督神聖不可侵的特質，而是談他受到誘惑時所顯現的軟弱人性……」咖啡和可可豆十分相似，它本身味道偏苦偏澀，如果沒有加工，基本上難以入口，經過加工調節後，才能臻於現在的美味。維也納中央咖啡館的入口處放置往日常在這裏流連的作家阿爾騰伯格（Peter Altenberg）的坐像，他幾乎每天都會到此咖啡館流連，他常掛嘴邊的話是：「我不在咖啡館，就在往咖啡館的路上。」我大概還在往咖啡館的路上，因我還在尋找一家可以把天意裏陰晴不定的信息，轉為尋常生活紀錄的寧謐之地。

／二〇一九年四月二十四日寫於坦佩雷

台北中正區

野草居食屋

像日本神社的常夜燈，上面寫着川端町，為日治時期該處的街名。

以日治時期舊木屋改建而成的野草居食屋。

門牌則在木牌上以陰雕形式表現。

由於木屋前住客是雜草生態農業專家陳玉麟教授，故居食屋以「野草」命名是為了紀念陳教授的貢獻。

相當典雅的鏤空鐵花招牌，是陽雕的手法。

野草居食屋

窗和樑

日本傳統民居的木架趟窗，上面都是舊式的玻璃圖案，由原來的玻璃重新切割組裝。

中間大幅玻璃上是這種在香港也常見的懷舊圖案。

內部是椽樑交錯的格局，很古風，各部件間以宋明常用的「螳螂頭榫」連接。

野草居食屋

美味菜式

櫻花蝦蛋炒飯
蛤蜊蒸蛋
玲選最愛
冬菇干貝串燒
檸檬啤酒
胡麻蔬菜卷
鮭魚豆腐湯
所謂鮭魚原來是整個魚頭。結果玲以不懂吃魚頭為由不管，只剩我獨自吃掉整鍋魚肉，差點撐死。
2016/12/29

長野縣小布施
栗之木陽台咖啡館

長野縣小布施是盛產栗子的地區。栗之木陽台咖啡館主要出售以當地出產的栗子製作的西餅和甜點。

栗之木陽台咖啡館

拱樑和壁爐

漂亮的木拱樑和銅壁爐色調相近，木質和金屬雖然質感不同，但在橘黃的燈光中，融合成和諧的格調。

栗之木陽台咖啡館
餐桌佈置和所點美食

剪影風格的栗子圖案
歐風的Tiffany抬燈，帶起整室格調。
餐廳裏許多裝飾圖案都是栗子花。
栗子味非常飽滿、口感順滑的栗子撻。
卷蛋的奶油當然順滑。
搪瓷的紙巾座相當高雅，但餐紙卻略嫌太薄了。
2018/11/8

世界遺產 白川鄉

這合掌屋的招牌寫着「民宿利兵衛」。

2018/9/16

白川鄉的人孔蓋也以合掌屋的三角圖案作飾邊。

斜屋頂最大的功用是令雪滑落，所以有告示牌提示遊客小心。

由於沒碰見有顏色的版本，網上也找不到，所以只好自創色彩搭配。

白川鄉「喫茶落人」咖啡店

這咖啡店老闆的嗜好是收藏咖啡杯。甫入店中，便看見店中掛滿從不同地方採購回來、款式不同的咖啡杯。顧客可挑選自己喜歡的款式，所以連小孩也顯得很雀躍。

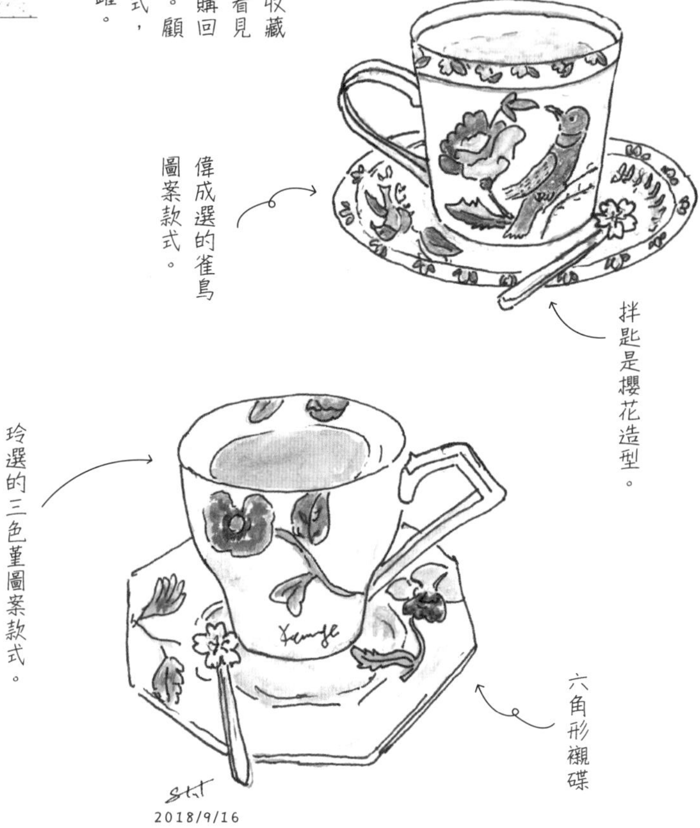
偉成選的雀鳥圖案款式。
拌匙是櫻花造型。
玲選的三色堇圖案款式。
六角形襯碟
2018/9/16

「喫茶落人」咖啡店
圍爐裏紅豆湯鍋

紅豆湯的色調和圍爐的木長椅質感跟茅草屋頂下的氛圍很搭配。

白川鄉吉祥物的髮型是合掌屋屋頂的造型。

杯中三顆丸子是老闆隨咖啡附送的。

咖啡店中央有個烤池，總是煮着兩鍋十勝紅豆湯，讓客人加到杯中的丸子上，是可以無限續添的。

2018/9/16

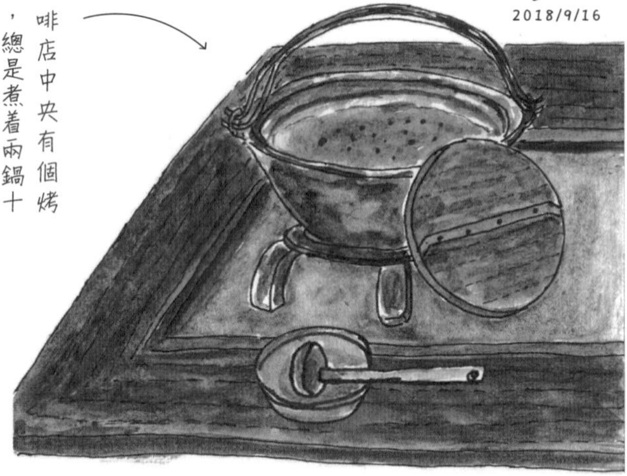

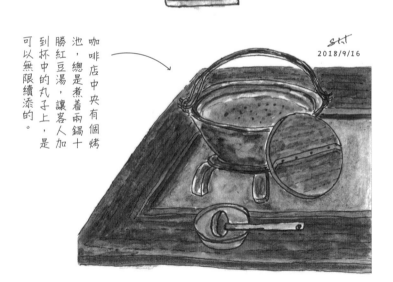

東京 Akomeya
午市定食

AKOMEYA是時尚米店，標誌中的「〇」字的中空處，呈現一粒米的輪廓。在銀座的總店設有餐室，每天只供應一種套餐。味道很好，食具都很花心思，彷彿有意展示日本各種燒瓷的特色。

漆器食具
荷花碗不作供奉用，而用作尋常食具，倒真是驚喜。這碗的顏色類似「信樂燒」的經典貍貓造型背部的棕色。
這碗有類似「萩燒」的裂紋。
2018/8/30

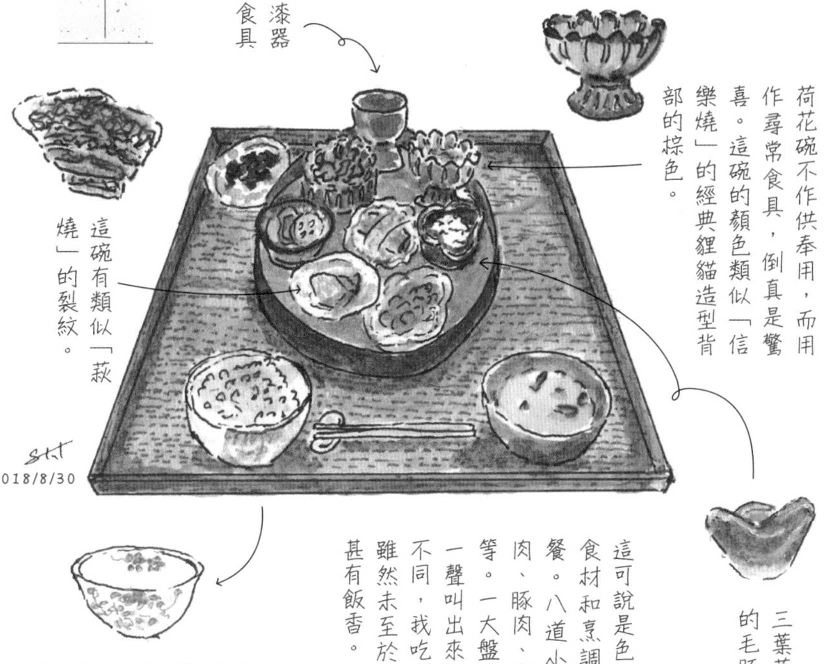
三葉草形態有着「備前燒」的毛胚質感。

這可說是色、香、味兼備，各類食材和烹調手法兼有的華麗套餐。八道小菜包括：野菜、雞肉、豚肉、海老、茄子、太刀魚等。一大盤端上來，食客都會嘩一聲叫出來。至於米飯，每天都不同，我吃到的是長野縣的米，雖然未至於「一食入魂」，但也甚有飯香。

這碗的設計相當特別，只有正前面的外圍和內壁上方有圖案，這樣圖案便彷彿有了「景深」。顏色近似「有田燒」中鍋島藩窯的藍色。

維也納流動咖啡車

在維也納很多時會見到這些可愛得很的三輪攤檔車。這車子停泊在市立公園的金色小約翰．史特勞斯像前。

居然還有可調校角度的射燈。

這是咖啡檔的標誌，原來是連鎖店，不過標誌有點像吐出獠牙的吸血鬼。

杯子跟咖啡車一樣是黑白配，很型格。

這些承載咖啡渣滓的專門袋，回收後應該會再造成其他器物。

車子小小，法寶多多，盡顯收納的智慧。咖啡車是「前置型」，即看檔人會跟客人一起站在前面，而不是隔着車子溝通。

咖啡師原本站在車子前，但因阻礙我畫圖，所以將他移前少許，對不起啊！

奧地利街頭咖啡
Julius Meinl 連鎖店

在茵斯布魯克的咖啡店度過了避雨的兩小時。甫進去已被這紅彤彤的咖啡機吸攝着目光，拋光的搪瓷紅甕給人一種典雅的感覺。

2015/8/11

這品牌的咖啡杯子有兩個款式，一款是這紅底白標誌，再配一抹手柄的黑帶，可說是美絕。可惜沒有咖啡杯子售賣，不然一定買一隻留念。

壺子的流線型設計也很漂亮。一壺約有兩杯的分量。

另一款則是白底紅標誌。這品牌的咖啡真的很香，連不嗜咖啡的玲也說 *Latte* 很香滑。

維也納中央咖啡館
天花紋飾和吊燈

單是華麗的科林斯柱式已足以令人一進店便嘩然一番。
這個UFO一樣的吊燈也甚典雅。七盞在中國風俗中不太吉利，在西方基督教文化中卻是完美的數字。
此店於一八七六年開業，至今已有一百四十多年歷史。店內最吸睛的就是大教堂一樣的肋拱。

維也納中央咖啡館

咖啡、蛋糕和守護者

咖啡店入口由往日常在這裏流連的作家阿爾騰伯格的坐像守護着。
我不在咖啡館，就在往咖啡館的路上。
2015/8/6
Nuss Kuss
本來最上層表面是克林姆（Gustav Klimt）的代表作《吻》（Der Kuss），蛋糕因而得名，可能因太花功夫，所以現在被消失了。
咖啡店獨有的巧克力糖。
這裏的招牌咖啡表面有軟滑奶油，裏面還加了蘭姆酒。
加入杏仁果醬的巧克力蛋糕 Sachertorte。
CAFE CENTRAL WIEN
Café Central Schnitte
味道有點像拿破崙蛋糕，中間最厚的一層是雲尼拿醬。

浪盪在街燈的灑滌中

近年出埠與其說是旅遊，不如說是度假，因人到中年骨板硬了，不能再趕行程，或趁甚麼特備節目的墟，最好是找個景色秀麗的地方坐着發呆，連時光都把我當作路障，要繞路而過。或許，有人會說這是浪費——浪費旅費和時間，只是當身邊的人成了快鏡中的光影，而自己彷彿獨立於那節奏以外，便會心生一種阿Q的優越感。事實上，所謂發呆，也不是甚麼都沒有看進眼裏，就像是相機鏡頭，眼球曝光的時間越長，本來理應掩藏在暗淡中的細部線條也越清晰。例如街燈這尋常的景物便常為人忽略。在我有能力出遊的年頭，老一輩隨口便能說出每個地方的名物特產，現在年輕一代則轉攻名牌專門店，甫着地，便立即衝往血拚，對於各店的折扣可說是「銘感五內」——事隔多年還可以說出便宜了多少，這不啻是項奇技。如你問他們有否記得當地特色的街燈，我想十居其十都答不出所以然，還會認為你有此一問是神經病。

我對街燈的關注始於裝修的經驗，當新居最後裝上和亮起千挑萬選的燈飾時，本來簡約的線條迅即溫軟下來，令人回家的腳步都暖起泛黃的光暈似的。所以說，街燈就是令一條街道，甚至一個城市溫暖起來的點睛，它會令回家的步伐更溫柔，進家門前會先把種種的不如意抖落在外。日本神社的鳥居前，都設有常夜燈，就是提醒在人間遊歷的神靈先抖落凡塵俗念才進入淨界。每盞街燈都垂首以光灑滌夜歸累極的靈魂。

我想遊人跟旅人的分別就在於前者着眼於在他方尋找家中所沒有，後者則是在他方發現家中已有，從而知所珍惜。有此感悟後，我便開始將旅途中令我更珍惜自己的家的事物畫下來，我將這些手繪稱為「旅人手繪」。用畫的方式記錄，而不乾脆用相機拍下，理由是繪畫時，所有細節和線條都會印在腦中，慢慢發酵，就像小時候熟讀的唐詩宋詞一樣，日後這些畫面會不經意地從記憶中彈出來，令人會心微笑，或者茫然輕喟，其中我尤其喜歡繪畫街燈，不知不覺間，當時的況味也發酵出興味來。

一、殖民街燈

那次從台北淡水老街往真理大學方向走，雖然撐着傘有點狼狽，但聞説那裏有幾家海景咖啡店，想到雨天大概沒啥客人，我只需付最低消費便可輕易地把風雨關在外邊，獨霸整片寧謐，心裏便不由自主亢奮起來。猶記得那時韓劇《來自星星的你》大熱，沿途的便利店和韓貨店放着不是都敏俊（金秀賢飾）就是千頌伊（全知賢飾）的紙板人，連賣鎖的店的標語也是「來自星星的鎖」，腦袋彷彿給外來文化強行殖民似的，急欲找個寧靜的地方發呆，清理一下腦中的滿目瘡痍。坐下來便給海關碼頭的小拱橋兩端那四座安在馬雅石刻風格石台上的華麗街燈吸引着。街燈是五球設計，以精細的黑鐵鏤花連接到簡約古典的柱身上。我直覺判斷此物應該歷過一點滄桑，加上附近就是歷史文物建築紅毛城，還以為是荷蘭殖民時期的遺物。發夠了獃，離開時便拐過去看看，怎料小拱橋卻下了閘，上面有告示牌寫道：「看山看海看夕陽的好地方，即將於整修後開放，敬請期待。」寫得很有人情味，吸引一位青年撐着傘面帶微笑凝望告示良久，不免引我遐想：難道他正幻想自己的女朋友是千頌伊，可以跟她來這裏海誓山盟？

之後再翻查資料，才知道淡水的海關碼頭是清末時期興建的設施，是當時台灣海上通運的重要樞紐，於是在《北京條約》、《天津條約》等歷史事件中也有過一點角色。有次偶然翻看妹尾河童的《河童旅行素描本》，看到他畫的「四谷見附橋」的街燈，跟海關碼頭的十分相近，我不禁想難道那是日治時期的遺物？現在台中的一些街道還可見到的多泡街燈正是模擬日本北海道的名物鈴蘭的形態，實在是美煞了。這種鈴蘭街燈正正就是日治時期的遺物。其實日本人的殖民手段較《霍元甲》、《葉問》等電影中一味採武力攝服的策略要高明得多。他們知道要給當地人美好的願景，這樣才可以蓋過他們遭侵略的怨憤，所以香港淪陷後，很快便可以馬照跑、舞照跳。鈴蘭街燈看似旁枝末節，但在夜裏亮起，整條街道點綴得像東京銀座一樣繁華昇平，真的足以軟化人心。

發現了妹尾先生那幅街燈後，我有幾次都拿來在創作課中展示：先給學生看我的手繪，他們大多嘩然，待我騙夠「讚」後，再展示妹尾先生的作品，讓他們去比對。我們從小到大都給引導只要多讀多寫，寫作能力便會有所改進，但我認為次序該是多寫，知道了難點以後，然後張開天線，去找突破相關難點的典範來讀。正如我繪畫過淡水海關碼頭的街燈以後，才體味到最大的難點不在街燈，而在那石基如何令不同面向的線條合乎比例地接駁起來，之後當我遇見妹尾先生的完美示範，我凝望良久，總算看出一點竅門，如果沒有先意會到難點，我對妹尾先生的畫作大概不會有任何感應。

同樣是留有殖民痕跡的碼頭，我們的皇后碼頭的命運便全然不同。海關碼頭給整修後，有專館介紹歷史，其實我並不堅持要保持完整的皇后碼頭，但那時明明有團體願意復修和保存碼頭鐘樓，曾蔭權政府卻為了免遭人口實，寧願鬼鬼祟祟地趁夜將之拆走並運往堆填區，我便真的憤怒了。又例如最近中方強調要「去殖」，特區政府的官員便趕忙找人移除郵筒上的皇冠徽號。看見這樣狼狽又沒分寸的應對，只能暗歎如此思維怎樣可以引導年輕一代知道體悟其中的難點，然後去凝視相應的示範？

二、碼頭街燈

淡水近年致力粉飾漁人碼頭，還建了一道白色斜拉跨海大橋，由於在二〇〇三年二月十四日情人節開通，故名「情人橋」，將附近一帶打造成「拍拖勝地」。為了營造浪漫氣氛，街燈當然是省不了功夫的一環。碼頭廊道上的街燈都是黑色柱身，夜裏完全融入漆黑中，燈泡彷彿浮在半空似的。記得有人力管理導師説過現在Y世代的年輕人普遍是夜遊一族，越夜越精神，所以這種黑色柱身的街燈可說是Y世代最恰宜的代表意象。

黑色柱身的街燈也分兩類，一類是古典優雅風格，柱身有華麗的忍冬葉花紋，那是希臘柱式常見的圖案，象徵生命樹的茂盛。磨砂玻璃的燈罩則是希臘古甕形狀，如果上面還有典型的舞者剪影，便是濟慈（John Keat）讚頌的永恆意象了。如此優雅的形象，令我也像濟慈一樣，心生憐惜之情，不禁憂心海風凜烈，會否將之撼碎？另一種則是民間樸實風格，柱身沒啥裝飾，燈罩是懷舊的煤氣提燈的模樣，有着寬闊的環邊帽子，可以擋雨，窄長的玻璃該較能抵擋強風吹襲。如此兩類街燈便可概括出一般情愛的發展公式——先是浪漫優雅期，天天跟你海誓，那管海邊風凜，將對方吹得披頭散髮，愛鑽空子的鹽分將毛管撐大，變成「鹽」隙，男的還是都敏俊，女的還是千頌伊。之後倘若有幸逐步履行誓盟，自然得進入實際考量期了，想方設法為大家共同的生活架設不同的安全網，衣食住行以外，子女的教育醫保，供養高堂的籌謀等，每張網都是平行的宇宙在波動，兩張網如果不慎碰撞，都可以引發宇宙大爆炸，這些顧忌實在比鹹風更催人老……

世界許多地方都有漁人碼頭，其中不少還貼近原初的設想——漁人捕得漁穫，便在碼頭席地販賣，吸引人潮，之後各式店鋪便乘勢開張。丹麥新港之所以是旅遊勝地，除了因為名副其實外，還在於安徒生曾居於附近的排屋。安徒生住過許多不同地方，每一次出遊大多是為了治療情傷。新港碼頭泊滿漁船遊艇，旁邊就是不同的餐室咖啡座，連街上也放滿了桌椅，遊人要在中間穿行也有點困難，還得小心錢包。新港的街燈屬古典風格，黑色燈柱有不少扭花裝飾。新港排屋都有鮮艷的外牆，街燈置身其中就像黑色勾線，頗能發揮突顯輪廓的作用，不然這麼多顏色在長長的白晝裏不絕蹦跳，相信不消一會兒，貪戀新鮮的眼睛也會目眩起來。

由於安徒生居於新港，所以此處店鋪不少招牌都以安徒生童話作裝飾，有些招牌會鏤空一個洞來裝置吊燈，款式各異，跟統一款式的公共街燈相映成趣。這種連燈招牌，在北歐無盡的黑夜中，尤其管用，一方面可以方便熟客識認；另一方面，予人歸家的温暖，彷彿有家人正在等待自己，這較香港偌大的霓虹招牌更吸引旅人的青睞。

三、廣場街燈

跟淡水漁人碼頭相連的是一小片廣場，那其實是新建的酒店門前的餘地。這裏的坐椅圍着燈柱而設，燈罩是半球狀的，透明外層映出裏頭的藍光，儼如浮在半空的水母，抬頭仰望便見那跟酒店的圓篷原來是相呼應的。酒店露台的欄河上還用鐵枝銲組出不同的海洋生物，可是似乎沒有人抬頭欣賞這精緻的佈局，坐在圓椅上的年輕人都低着頭在滑手機，背對着背，令我想起豐子愷的〈鄰人〉漫畫。畫中鄰人之間隔着的是尖刻的鐵扇骨，現在兩個年輕人之間則是一柱藍調的浪漫。水母狀的街燈一亮起，便會泛出淡淡靛藍，彷彿是一所聽得到海潮的沙灘小屋的燈。

在哥本哈根市政廳前的廣場的街燈，同是半球狀的，但方向卻正好跟水母狀燈相反。廣場旁邊有一尊安徒生的坐像，膝頭給許願者摸得現出金黃。聽說這樣便會得着童話一樣的幸福生活。其實安徒生自己的生活算不上美滿，而他的童話也多悒鬱哀傷的結局。由於街燈是下半球狀，所以燈頂變成了平台，為鴿子提供了絕佳的制高點，讓牠們可以監視廣場路人的一舉一動。有不知底蘊的旅人想在這裏靜靜地吃個便餐，甫打開三文治的包裝，鴿子便從街燈的高台俯衝而下，攫奪食物，於是驚叫一聲以後，廣場上的人都不約而同地仰望，接着一大羣不甘走寶的鴿子也跟着俯衝，爭奪餘下的三文治。這時如果有男士肯挺身相助，驅趕施襲的鴿子，再邀受驚的女士吃頓午餐，一段美滿的異地情緣便像電影橋段一樣萌發，為那羣猖獗的鴿子增添肆無忌憚的藉口。

四、園區街燈

在台北新北投的捷運站可乘搭專線巴士前往金山的朱銘美術館園區。美術館是朱銘一家人十多年來省吃儉用，逐點逐滴買下當時還相當荒僻的山地，再逐寸逐尺地開發和修葺出現今的規模。甫踏入美術館，便見當眼處寫着「拚一座美術館」。這個「拚」字很有力量，恍如雕塑時的敲鑿，是狠勁跟耐力的結合，兩者屬性上本是互相抵消，現實上卻是相輔相成，微妙契合，呈現出來的正是這一座美術館。

在園區的草地上，雕塑都按主題裝置在不同的景區或格局中。單是太極系列，平常在其他地方多是伶仃一件放着，但這裏卻是按整個套路一件一件擺放，從單鞭下勢的個體到對策的羣組俱備。至於人間系列，有些放在船形支架上，有些在跳傘……每個刻面都沒有修飾其稜線，就像朱銘面容的輪廓，帶點粗獷的質樸，傲骨岸然。怪不得我在手繪上將朱銘的面容接上太極的雕塑，竟然出奇地搭配。

美術館中除了朱銘自己的作品外，室內還有展出他恩師楊英風的作品，其作品的線條較多元化，流灑飛揚如代表作《鳳凰》，線條是天的指向；也有像《太魯閣》般刻意斧鑿，那是地的依歸。朱銘的風格主要是在後者的線條屬性上發揚光大，並發展出迂迴多變的鑿痕，作品主要是靠稜面的堆疊接合而令鑿痕變化。朱作的線條不像老師那樣耿直和疾速，但卻多了份糾結，是人間掙扎的反映，這大概就是為何楊英風以「銘」作徒弟藝名的寄意，所以說這座美術館是一次傳承與開創的具體展示。承傳與開創之間就是「拚」的狠勁，園區內最能突顯狠勁的，除了那一件件的雕塑，還有區內的街燈，每一個柱頭都立着兩隻雀鳥雕塑，有幾個不同款式搭配出不同的組合，有些燈柱的電線駁位有鋼塑土修補的痕跡，可以看得出每根街燈都是朱銘與家人親手樹立、鋪設和裝飾的。

在美術館出口處陳列着街燈上的雀鳥雕塑，讓人不用仰望便可以看個飽，旁邊放置了一座偌大的原木雕刻，雕的是一架滿載木材的拉車在上坡路，後面是一對農夫婦在勉力地推，跟小巧的鳥雕塑可說是平衡美學的最佳對照。在日本的美術館園內的街燈設計當然同樣不甘寂寞，同樣會通過對比來營造視覺層次，從而令園景更立體和更具情韻，就像姬路市的市立美術館庭園的街燈便刻意營造這樣的對比：一組是鋼鐵感十足的筆直的粗線條，予人剛勁的力量感；另一組則是充滿不同鏤花的纖幼線條，散發古典浪漫的氣質。這個對比剛好亦是美術館和遠方高處姬路城的線條對比。日本有些特色街道，大概是為了吸引遊人駐足，街燈款式也會像美術館那樣有不同的線條搭配，除了粗豪與細緻，還有直線與曲線的對比，飛驒的花里通一條短短的街上，便有三種不同的款式，而且盡量以大幅度的對比來宣示這種變化多端。

朱銘以街燈上的雀鳥來連繫大自然，而在清里萌木之村的街燈是黑色的燈柱上有不同姿態的松鼠剪影，有的在咬松果，有的繃直長尾在跳跑，在藍天的襯托下，便覺得松鼠的影子在雲上竄跑。如果說朱銘的街燈雀雕反映了拚勁，那麼萌木之村的松鼠剪影則突顯了野趣，生活大概就是這兩者的調合。萌木之村的草地廣場中央是一長排用樺樹組合成的聖誕鹿拉着雪橇，四周是不同的工藝小屋，販賣木工、布藝、生活雜貨，為虛幻的童話場景增添生命的質感。在清里的萌木之村閒逛，令我想起宮澤賢治有一首寫野外街燈的詩：

以為是街上令人懷念的燈
我急着
從雪與蛇紋岩的山峽過來
但這卻是碳化物倉庫的屋簷
透明冰冷的電燈
（因為完全被雨雪打濕了
所以在香菸點根火吧）
與汗水一起掠過的
這薄暮的深沉懷念

不只是由於寒冷而來
也不只是由於寂寞而來

——〈碳化物倉庫〉

萌木之村的園區跟附近的街道並沒有明顯的樊籬，我喜歡這樣的園區。店鋪都要待四月，寒冷的天氣過後才重開，街道上是冷冷清清的，但從擁擠的都市過來，我分外珍惜和享受這份寂寥。園區外的街燈很美，每盞都有兩個白色圓球，就像鈴蘭的花苞待放；圓球下面掛着銅鐘，彷彿就是盛放的鈴蘭。白色的燈柱上有剪影圖案的三角角鐵等待着宣傳的小旗飄揚。角鐵跟燈柱，黑白相襯，在清冷的街道上分外閃亮。角鐵上的剪影圖案有鳥兒、報春花，令我很想跳起來搖搖那鐘兒，向整個園區宣佈：「春天來了，我不是因寂寞而來！」

文學中的「春天」寓意深遠，指涉的可能是萬物「欣欣向榮」之境，而那未必是對未來的神往，更多時是對舊世代的呼喚和緬懷。松本「繩手通」的街燈上有青蛙的塑像，路旁還有供奉青蛙的神龕，此乃因這裏河道原本水質清澈，有許多青蛙棲息，後因污染而絕跡，有人立青蛙像懷緬，大概是如此具象的呼喚引發了念力，帶動居民合力清理，令河道回復清澈。當河道重新響起蛙鳴，我想居民聽見，一定會像彎身插秧的農夫直起身子，仰首閉眼細細享受蘊含在撲面風送中大自然的答應。

五、香港街燈

每次凝望外地的街燈，我便禁不住想起香港的街燈，縱使平凡，只求實用，較特色的要數中環都嗲利街有百年歷史的四盞煤氣街燈，它們在梁秉鈞的詩中見證着城市自癒的能力，路面給挖開，翻出電線喉管，擺出好一副「剖開心腹昭日月，是黑是白請君奪」的姿態。梁秉鈞過世後，煤氣燈便在我的詩中成了觀照和見證時代的靈目：

最高最低的樓頭，守近一世紀的煤氣燈
樓梯中段，有駁橋通往連鎖的咖啡店

街燈，正在等候聖修伯里的燈夫嗎？
一分鐘的燃點跟熄滅，是世界公轉的引擎

駁橋彷彿隨時會自動抽起
把裏面封閉為城堡的歲月

自動化裝置，根據日照控制明滅

摒棄了燈夫的殷勤，燈芯徒添迂迴的腸肚
店內掛着日曆版頭的女郎，臉上的胭脂
掩不住鏽蝕諄諄告誡大家青春如何行騙

前輩詩人描寫過的電線轆搬走了
翻開了泥土淌着鏽水已平整妥當

如果那真是一首攝影詩
它已展示了時代自癒的活力

——〈香港，二〇一三〉

之前颱風山竹吹襲，都喙利街的煤氣燈有兩枝給塌下的大樹砍中倒下，令人惋惜不已，慶幸很快修復好。另一次看見倒下的燈柱則是人為的，就是九龍灣的智慧燈柱，雖然香港政府已一再強調燈柱並不具備「人面識別功能」，但市民就是不相信，還在某次示威活動將一根燈柱整根鋸下來，仔細查證當中的電腦裝置規格。面對市民的不信任，政府官員擺出百辭莫辯的無奈相，這除了由於政府信用破產外，更重要的是近年不少政府都借助先進的科技來打造「虛擬圍牆」。奧威爾（George

Orwell）在《1984》中描寫在「真理部」工作的男主角温斯頓（Winston Smith）甚至要設法躲避「老大哥」的監控才能偷偷地在日記寫出心事……在網絡科技發達的今天，我們似乎沒有感到解放的自由，反之是更嚴密的被監控的感覺。可能就是如此的心理障礙，即使政府嘗試以兩片綠葉裝飾燈柱，塑造環保親和的印象，縱然我是十分喜歡看街燈設計的人，每天上班下班望見這些葉子燈柱，還是難以用欣賞的角度去看它。

每次從飛機下望，總覺得香港的街燈比外地的密集，就像是城市的點字，為夜盲的心接上閒逛的節奏。香港的冬季已漸漸消隱，連春天的氣息也漸漸遠去，街上的店鋪彷彿從不打烊，全年無休，彷彿這裏只剩下不懂言倦的齒輪在互相推動，甚至沒閒分神去留意傷痛，停下來自我療癒。可幸我在外地的街道看過寂寞的舞步，教我像香港街燈一樣，在擁擠的麕集中因寂寞而自覺獨特，總能在原地獨自瘋狂，不介意自己的光暈跟其他的光暈重疊，共同承擔抹殺了星光的原罪。這些罪孽不時提示像我這樣的旅人，是不會因寂寞而出走，但卻會因寂寞而回來。

／寫於二〇一八年五月六日

淡水金色海岸

海關碼頭街燈

在台灣，即使工地告示牌也散發文化氣息。

燈柱的基座是很華麗的石刻。

遠望過去，甚為歐風，希望整頓之後還可以保持。

海關碼頭園區
看山看海看夕陽的
好地方，即將於整修
後開放，敬請期待
新北市政府

撐着傘的他，究竟是在想像山、海、夕陽的美景，還是在盤算如何在整修好之前找到女朋友跟自己一起欣賞呢？大概他在想像自己的女友是千頌伊吧！

台北淡水漁人碼頭

兩款街燈的對照

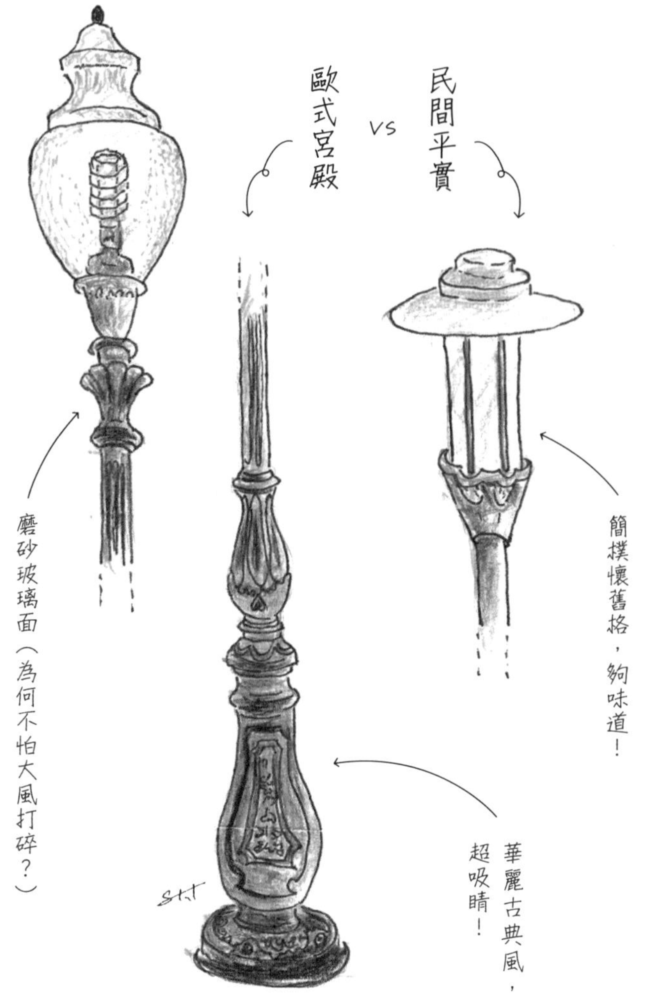
歐式宮殿
vs
民間平實
磨砂玻璃面（為何不怕大風打碎？）
簡樸懷舊格，夠味道！
華麗古典風，超吸睛！

丹麥新港

街燈和店鋪招牌燈

相當講究的街燈，有鏤空的雕花，也有扭花鐵。

驟眼看不見燈泡，還以為只保留燈柱作古跡，原來是在上方的開孔裏。

由於安徒生曾居於新港的一間小黃屋，所以不少餐廳都以他的童話命名以作招徠。這個招牌的造型來自「Clumsy Hans」這故事。

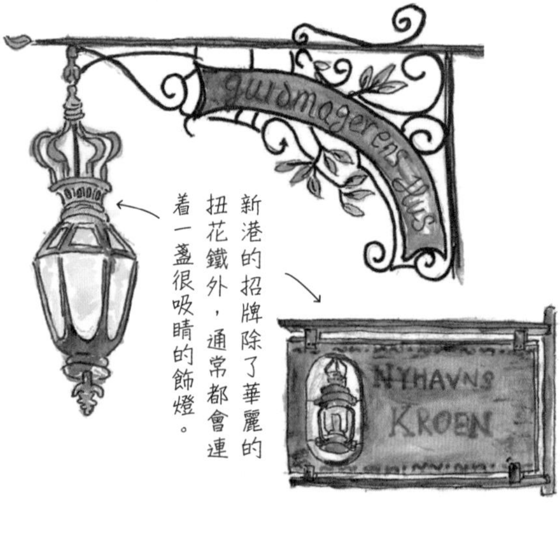

新港的招牌除了華麗的扭花鐵外，通常都會連着一盞很吸睛的飾燈。

台北淡水漁人碼頭

海洋藍調路燈

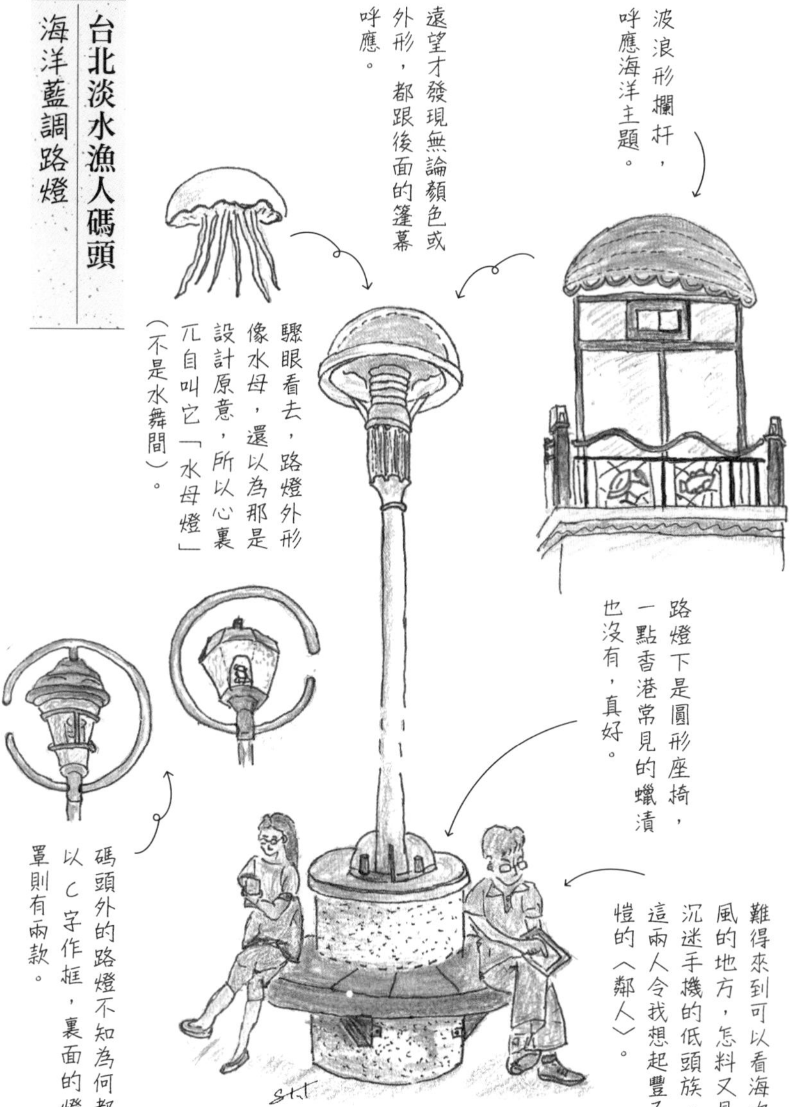

波浪形欄杆，呼應海洋主題。
遠望才發現無論顏色或外形，都跟後面的篷幕呼應。
驟眼看去，路燈外形像水母，還以為那是設計原意，所以心裏兀自叫它「水母燈」（不是水舞間）。
路燈下是圓形座椅，一點香港常見的蠟漬也沒有，真好。
難得來到可以看海吹風的地方，怎料又見沉迷手機的低頭族。這兩人令我想起豐子愷的〈鄰人〉。
碼頭外的路燈不知為何都以C字作框，裏面的燈罩則有兩款。

丹麥哥本哈根市政廳前
路燈上的鴿子和盛開窗前花

廣場的街燈設計可算是失策，大大的碗形為鴿子提供絕佳的降落台，甚至瞭望台。

鴿子看準廣場上誰手中有食物，便立即從平台俯衝，氣勢不亞於蒼鷹！

丹麥人的屋前、窗邊都會種上許多花，大概是用來儲存陽光吧。

2014/8/10

朱銘美術館
路燈

對呀！這座美術館真的要鑿許多座太極雕塑才可以拼出來，一拼十二年了！

從外露的電線能看出該是朱銘一盞一盞以人手裝嵌，手工有點粗糙，但卻因而更見誠意。

在二號展覽館展出的人手銅塑雀鳥，可能因為製作費神需時，所以只有少量路燈裝上，而且形態各異。

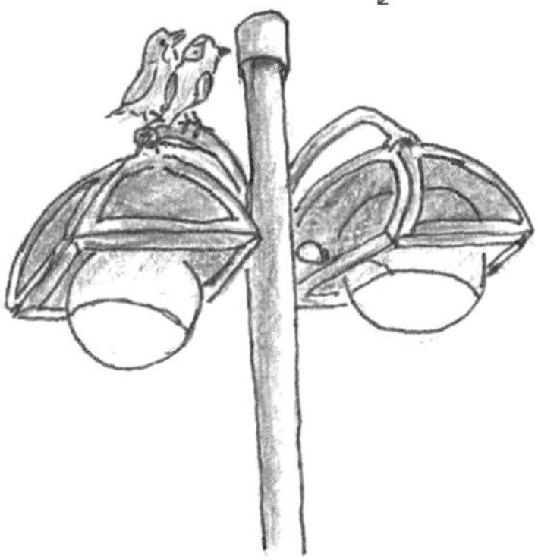

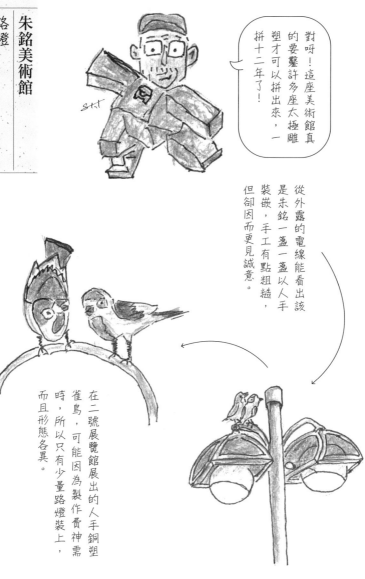

日本姬路市立美術館

庭園街燈對照

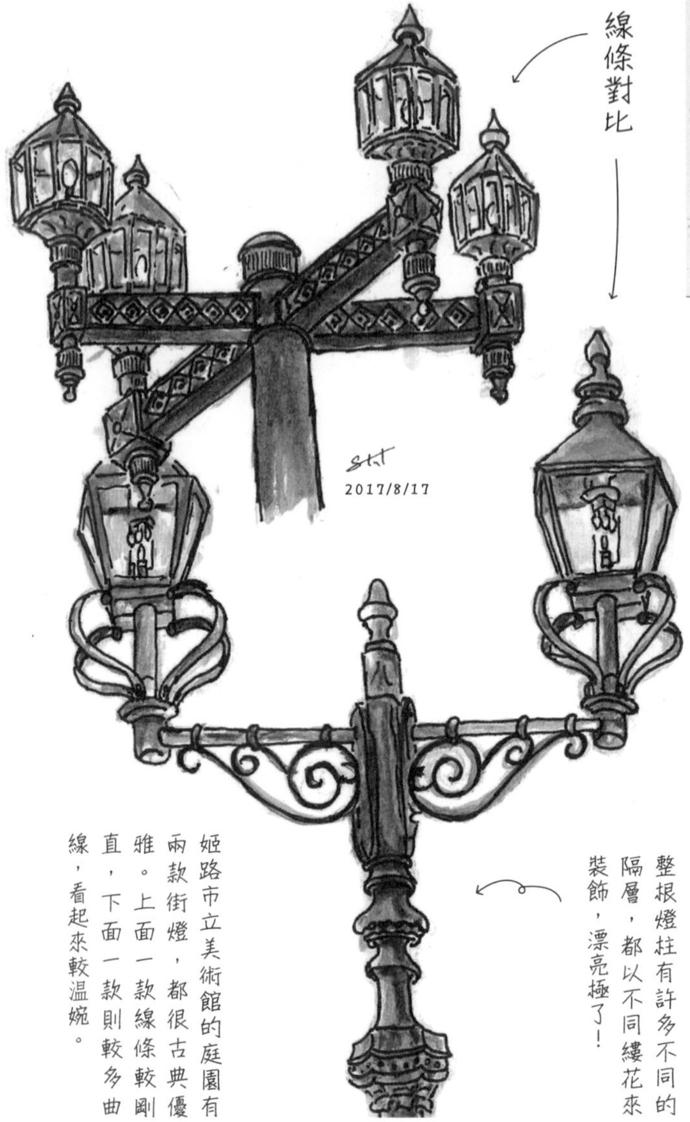

整根燈柱有許多不同的隔層，都以不同縷花來裝飾，漂亮極了！

姬路市立美術館的庭園有兩款街燈，都很古典優雅。上面一款線條較剛直，下面一款則較多曲線，看起來較溫婉。

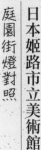

飛驒花里通 街燈

一條街已有多款不同的街燈，我挑了這兩款來畫。

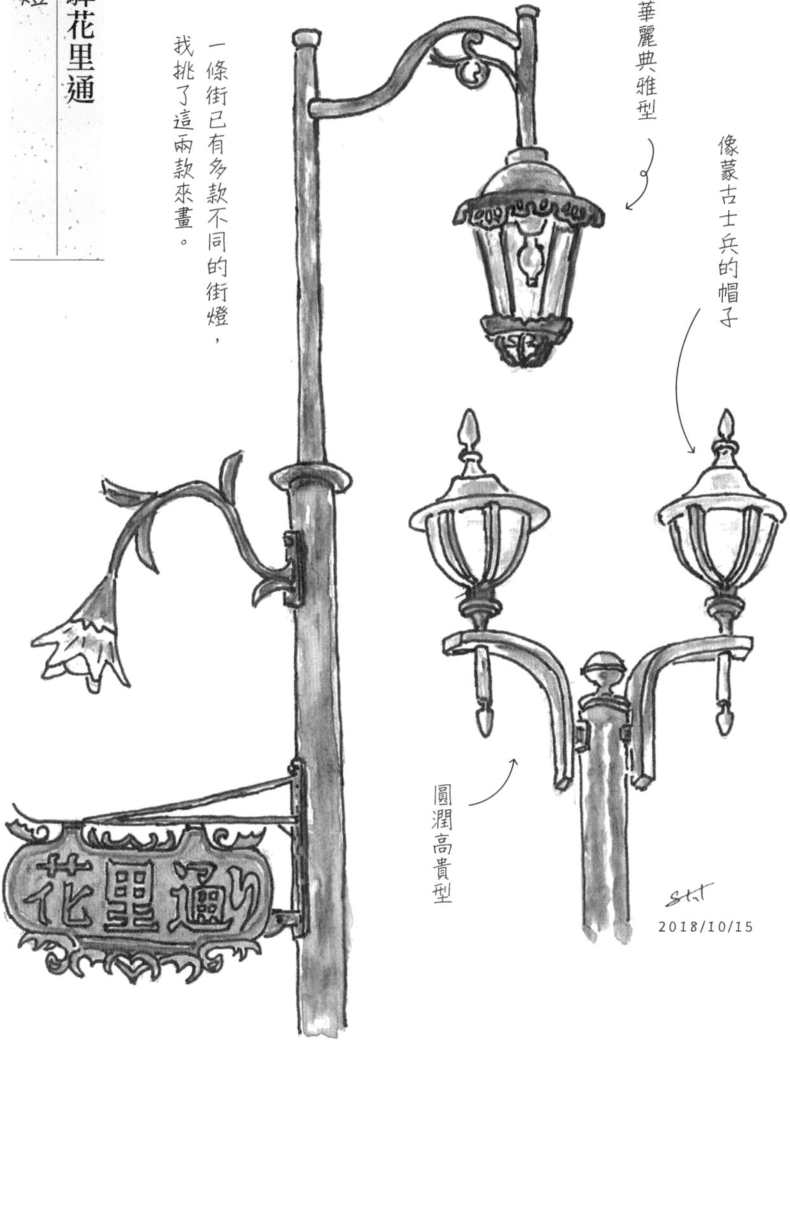

清里
剪影路燈

以藍天背景襯托，令這松鼠看起來好像在雲上疾走似的。

萌木之村內的路燈都是松鼠的剪影，很美觀可愛。

較高身的燈柱留有鐵環，有需要時才掛上燈，也可以改掛暖爐或驅蚊燈。

既然燈泡整個外露，燈罩又有何作用？

這剪影橫臂是外加的，觀其圓環裝置，該是用來掛宣傳用的三角旗。

清里的街燈相當漂亮，每盞都附有銅鐘（可說價值不菲），令人聯想到清脆的教堂鐘聲。

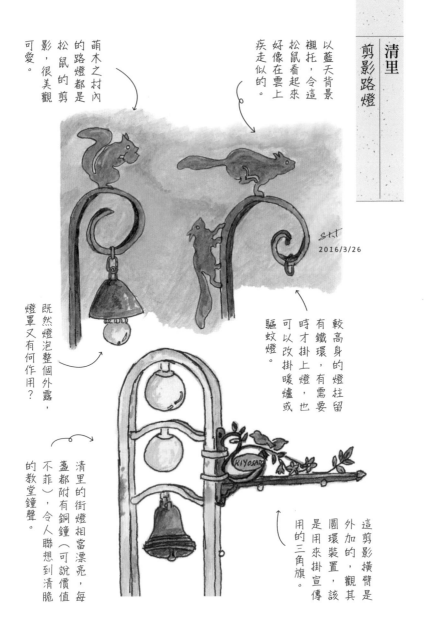

清里
萌木之村

除了售賣店主小野和弘先生的木工製品，平時更會開辦手作坊，教人做木製手作。

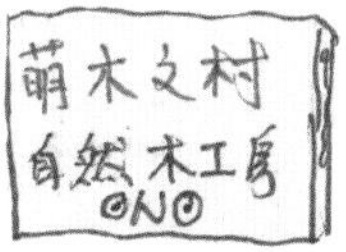

2016/3/26

多數手作都是以白樺樹木製作，附近都是這種樹身挺直的樹，可說是就地取材。

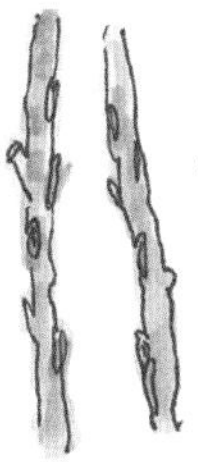

店外的廣場有一架木雪橇和一長排這種大尺寸的木鹿，真是美煞了！

我們買了一隻小鹿回家。

松本

繩手通裏的街燈

繩手通會以青蛙為守護神，乃因此街附近河岸本多青蛙，後來河道污染，青蛙絕跡。商會與市政府合力清理，拯救環境，青蛙也重新哇哇鳴叫起來。

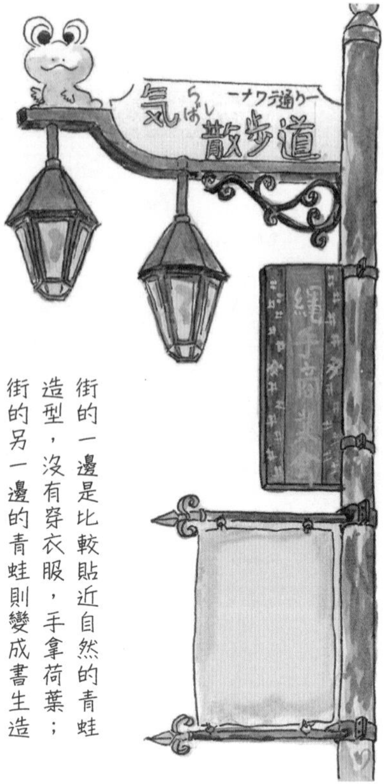

街燈上的青蛙有點褪色。

街的一邊是比較貼近自然的青蛙造型，沒有穿衣服，手拿荷葉；街的另一邊的青蛙則變成書生造型，既穿衣又看書，還揹着書卷。可能兩個截然不同的造型是自然和人類文化並存的象徵。

這個是圓座，神社的青蛙石像則是方座，不知有否包含「天圓地方」的理念。

2016/8/15

松本
繩手通的神社

除了供奉青蛙，連繪馬也是青蛙頭造型。
賽銭箱
此青蛙石像的書生造型，有點像《倩女幽魂》中寧采臣的扮相。
2016/8/15

香港

智慧路燈

每天上下班都會看見這些燈柱，即使裏面配備甚麼先進儀器，還是無法令我心生喜愛，當然也不會增加在這大都會生活的自豪感。

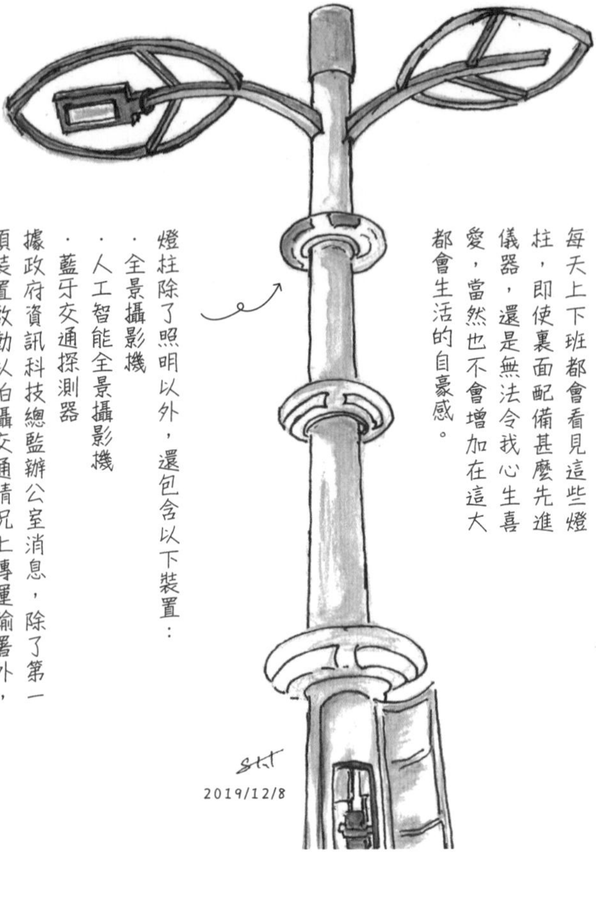

燈柱除了照明以外，還包含以下裝置：

- 全景攝影機
- 人工智能全景攝影機
- 藍牙交通探測器

據政府資訊科技總監辦公室消息，除了第一項裝置啟動以拍攝交通情況上傳運輸署外，其餘兩項均暫緩啟動。

帶着偏見，旅行到安徒生跟前

安徒生的眼神是寂寞的。深陷的眼窩、向下微彎的外眼角，令他看起來帶點憔悴，加上目光總是不知投向遠方哪個焦點出神，更令他多添了幾分出世的清逸。他的目光又是溫柔的，你不會感到他是企圖看穿你，彷彿只是在深邃的未來搜索彼此溝通的「支點」。他曾經在日記中求神賜他一個合適的對象，好讓他可以傾注自己的大愛。

安徒生大道上的銅像十分聞名，大家都説他是童話大師，寫過許多膾炙人口的兒童作品，所以只要摸摸他的膝頭便會得到幸福。所謂成長，其實不外乎是按自己的喜好性情積累偏見，再讓自己的偏見感染別人；當類近的偏見聚結，互相碰擊，磨去一些枝節稜角，便更易進入共同觀念的舒適區，最後這些觀念便會給認同為真理。童話被普遍認為是該令孩子感到怡悦的，安徒生是童話大師，所以他的作品合該為人帶來歡樂。銅像的雙膝都給摩挲成金色，這可説是偏見釀集滋生的典型。

早前一位好友急於解決書滿之患，送我一本名為《帶着偏見旅行》的藏書，內容闡述旅人該如何通過偏見去認識自己。不久我便踏上這趟北歐之旅，書名自然成了旅途中常思考的命題，而首次觸發我想起這道命題的，就是安徒生的眼神。

誰會理會他那寂寞的眼神？不知道銅像是否依相片模塑，雕塑者可説頗傳神地演繹了他的眼神。銅像轉面向右，微微仰首，望向遠方，彷彿突然聽見了一聲落單的雁唳在呼喚同伴，或者是天邊倏忽傳來了一聲旱天雷。誰會費神去想像一個銅像究竟記錄了怎樣的眼神？有旅遊書甚至説銅像是望着對街的蒂沃利（Tivoli）遊樂場，在傾聽小孩的歡笑聲，為的就是帶出遊樂場是歐洲歷史最悠久的，是迪士尼樂園的參考藍本云云。偏見，不單是自然地類聚起來，還已經進化至模塑舊偏見作招徠，通過號召類近的偏見來賺取利益。誰會在摸過銅像的膝頭，感覺被祝福後，追念一下銅像何以凝定了這樣一個寂寞的眼神？

安徒生出生在歐登塞的貧困家庭，父親是鞋匠，母親是濯衣婦。父親三十三歲便辭世，家擔全落在母親身上，令她根本無暇照顧兒女。安徒生在孤獨中長大，十四歲便獨自往別處謀生。可能因為嚐透寂寞，安徒生筆下的人物也是孤單的，就像賣火柴的女孩，獨自瑟縮在平安夜的街角，冀求有人會因着節日大發善心，替她多買點火柴。不知人追尋優渥生活的觀念，是與生俱來，還是被教育模塑出來，孩提時讀完這故事後，我所獲得的啟迪就是「施比受更有福」。我曾聽過有小孩直率地表示想幫忙女孩賣火柴，説故事的母親忙不迭引導女兒在意識中當上大富人家，叮囑女兒屆時不忘多施捨貧苦。我們被教育成不願代入弱小的處境，去想想究竟女孩是怎樣抵禦孤單和寂寞。現在重讀這故事，我便不期然想：安徒生寫到小女孩劃亮火柴，渴望令身體暖和起來時，他大概會憶起自己的母親因着要令長期浸在河水中洗衣的身體暖和起來而不得不借助酒精，最後更死於酒癮的急症。小女孩在微弱的火光中見到已逝的親人，我想這也是安徒生從心底折射出來的渴望。當你放下偏見，心眼自然會明亮起來，會看見許多遺忘的記憶斷片漂浮在時間的涓流上。即使相隔了一個多世紀，我好像體會到安徒生寂寞的眼神是怎麼一回事，銅像轉首仰望的，可能是浮現在天邊的親人的音容——當別人看到安徒生媽媽因酗酒而得病，便心生偏見，硬説她是個糟透的母親，還傳言她虐待兒子。安徒生當時已頗具名望，大可以不作回應，為自己多掙一點憐愛，反襯今日的成就得來不易，進一步鞏固自己身為楷模的意義。但他還是以真善的心羈勒着虛榮，寫出了〈她是沒出息〉（"She is good for nothing"）為母親平反，讓她的音容可以有尊嚴地留在世上，至少在安徒生的心中和他創作的角色眼中。

如果我們相信安徒生因朋友贈送的一對名貴皮鞋而雀躍得儼如小孩一樣手舞足蹈，是因着對父親的牽念，那麼他創作〈國王的新衣〉，難道就不會是對母親的情感投射？小時候的安徒生大概曾經見過母親替當地貴冑濯洗衣物，萌生過外表矯飾跟內在涵養不相稱的聯想，進而創作出那點破國王被騙的天真小孩來當自己的化身。歐登塞曾授予安徒生榮譽市民的頭銜，當時擁有這榮譽的只有兩位，另一位是在當地擁有行宮的國王。他們兩人，一位屬社會的最上流，一位來自最低層，彼此的聯繫只有那些媽媽凍着身子濯洗的衣物。唯若你曾在偏見中受傷，你才會明白偏見之「偏」，並非對受者而言，而在於把持者以為自己處身世界的中心。應對的方法不是急於攻克對方的中心，而是以謙遜和勇氣來感染別人靠攏，使自己成為新中心的價值。原來我們在當上大富人家以外，也都夠格來當個點破真相的天真小孩。

更多時候我們都是當那些唯唯諾諾附和的人羣，大概是還未儲夠勇氣去糾正偏見。這時，安徒生會選擇出走旅行，遠離那傷害他的自我中心。旅行本身就是從一處的自我中心漂泊到另一處的自我中心。就在忘卻舊偏見和發現新偏見的隙縫中，旅人消化憤怒，並拆封包得密密實實的尊嚴。慣於旅行的人，為了保持流動的輕便，會將那些無謂的矯飾丟落生命的崖邊，這樣才可落落拓拓面對自己的本心，不然我們的心還是留在讚歎國王新衣的人羣中……

我在安徒生的紀念館看到他的行李，是多麼輕便——整年的外遊，就只有兩個小小的行李箱？尺寸較我這趟只有十天的行程所用的還要小？它卻又是多麼累贅——看啊！行李箱這麼小，但那專門安放紳士帽的挽匣卻已相當於箱子一半的體積，而且必須騰出一手來把持。雖然有人，甚至安徒生自己也曾嘲諷其外貌醜陋，但也有人說他彬彬有禮、氣度不凡。那些曾聽過他一邊剪紙，一邊說故事的小孩，甚至說那是他一生中最美好難忘的片段，助他熬過不少難關。我想我明白為何他堅持要費神帶上那帽匣的原因。帽子於他，只戴在自己頭上以彰禮儀，而不是暗地裏扣在別人的頭上。況且入屋以前，也得摘下帽子鞠躬，表示尊重，縱然這再一次令帽匣顯得累贅。安徒生的故鄉歐登塞當然有樹立他的銅像，跟哥本哈根市政廳外的那尊不同，這尊沒有扭頸仰望，是直面往日他母親濯衣的河流，眼神同樣是寂寞的，但卻多了幾分體諒的溫柔，縱然沒有戴上紳士帽，卻散發着更濃重的紳士氣度，誰還會在意他的長相怎樣？安徒生將時刻隨行的紳士帽掛在偏見的銀鈎上，然後進到我們的心中，拿出剪刀，給我們說一個紳士的故事。

在歐登塞，除了安徒生的銅像，還可見到獨腳錫兵的銅像，它和安徒生一樣，有着寂寞的眼神，不同的是，它是微垂着頭。在〈堅定的錫兵〉中，錫兵的愛念同樣源於寂寞——他因着獨腿而鶴立於羣，一直在尋找同類；當他看見單足而立的芭蕾公主，便認定她是同類，矢志一起。偏見令我們只看到想看到的事物，但可能正正是這樣，我們才可以放膽地去愛。我想安徒生很明白寂寞是用來羈勒偏見的理性，讓人在失去愛的對象時，依然堅定信念。堅定，是原著的用語，翻譯過來後往往變成了「勇敢」、「無懼」，甚至乾脆改成〈小錫兵〉。世俗偏見總是認為故事是寫給孩子讀的，而孩子只能明白勇敢，而無法體味堅定。堅定只因曾經寂寞，偏見給寂寞濾清雜思邪念後，剩下的便是堅定的理由，足以讓錫兵的角色熬過黑暗的溝渠旅程，甚至感染冥冥的力量讓他回到原來的房間，再見芭蕾公主。

錫兵回到房間，那代表他已戰勝了當初暗中部署將他攆出窗外的黑色精靈。寂寞已化成一種魅力，感動上蒼。可是世俗的偏見，除了改「堅定」為「勇敢」，還竭力漂白故事，將「黑色精靈」換成「上鍊鐵甲人」等安全形象。知道嗎？黑色精靈的存在，是我今趟到安徒生的博物館才第一次獲悉的。世間處處都是黑色精靈，我們的迴避究竟是保護所愛，還是助長了精靈的氣焰？難道黑色精靈是留待最後才亮出的王牌，用來堂皇地解說孩子何以沒有順利當上大富之家？安徒生的剪紙作品中，黑色精靈在錫兵和芭蕾公主中間，雙臂盡伸成葉條圍抱兩個角色，彷彿在暗示驅逐是它，迎納也是它。令我驚訝的是世俗的偏見居然可以蒙蔽我這許多年，如果今次沒有旅行到安徒生跟前，我大概還會給蒙蔽下去，以為這真的只是篇「兒童故事」，無法從錫兵的堅定中理解寂寞眼神的含蘊。我想銅像仰望右上方，大概是在思考究竟遊樂場中的小孩跟冥冥的力量隔絕了多久和多遠。

安徒生的眼神是寂寞的，卻又是溫柔澄淨的，那是一份熬過挫折後的堅定。對於安徒生筆下的角色都能承接這寂寞的眼神，並且從紙背透射出來，我驚歎不已；對於他嘗試感染那些像他童年一樣孤單的小孩善用寂寞，培養大愛而不是偏見，我更是佩服。十年前，我隨團鬧哄哄地來到它跟前，同樣抱着苛索祝福的偏見；今天，我再來到它跟前，再次撫摸那已給磨得金亮的膝頭，但今次我是祝福他寂寞的眼神可以繼續流傳世上，望穿偏見的陰霾，隨着自己的角色找着可以傾注大愛的面容。

／寫於二〇一四年八月七日

丹麥哥本哈根

安徒生大道

傳說只要摸一摸安徒生銅像的膝蓋，便會得到幸福，所以銅像的膝蓋都被摩挲成金亮。

2014/8/13

歐登塞安徒生博物館

出走的行李

安徒生常戴的那頂紳士高帽，旅行時還有特別為放這帽子的特製匣子，應該可以疊起來放很多頂。

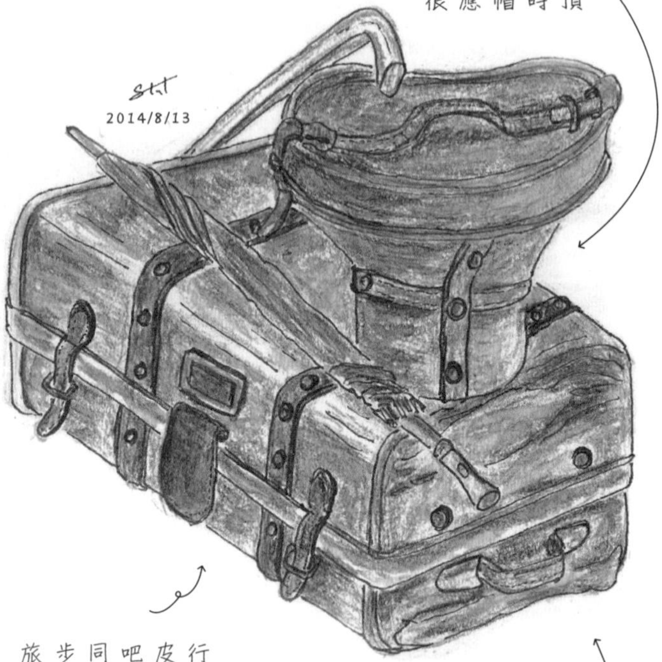

安徒生每次情傷或受到挫折都會到外地長時間旅行療傷。他總共作了二十九次長期旅行，這皮箱可說陪他歷盡滄桑。箱子的頂端好像一張臉，滿佈疙瘩和皺紋，彷彿還在掛念着主人。不知這行李箱會否是安徒生寫作〈飛箱〉（"Flying Trunk"）的靈感來源？

行李箱和帽子挽匣都是皮製的（想該都是牛皮吧），都是同樣的色調、同樣的鉚釘、同樣的線步，可能是為當時紳士旅行而設的套裝。

平面和立體的錫兵形象

我們小時候讀的版本中，經常略去這個反派角色——黑色精靈。

從平面到立體

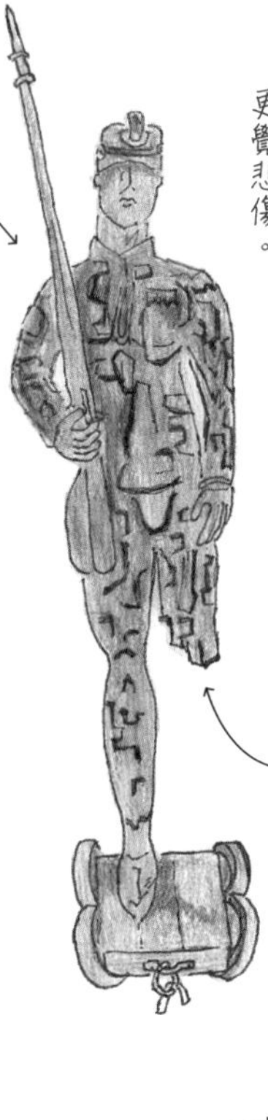

眼睛被帽子遮去，不知為何更覺悲傷。

作者特意留下一些粗糙的捏痕，給人現代數碼位元拼合重組的感覺，彷彿斷腿也會逐格重組回來。

其中一幅是〈堅定的錫兵〉的剪紙，簡直是鬼斧神工。

安徒生的剪紙畫冊，超漂亮。

在歐登塞的街頭，除了有安徒生的銅像，還有他創作的角色的銅像。作為一位作家，安徒生可說是無憾了。

2014/8/14

歐登塞觀光巴士

這是讓旅客免費乘搭的觀光巴士，是環迴路線，帶人快速遊覽歐登塞一圈。如果細看安徒生的銅像，會發現他有修長的手指，這天賦讓他得以成為一位無出其右的剪紙藝術家，可以剪出車身上的剪影。

巴士另一面的圖案。

這組應是〈國王的新衣〉的情景。

這應是〈蝴蝶〉的場景，故事寫蝴蝶太挑剔，所以到了晚秋仍未找着伴侶，最終被製成標本，聽起來有點像安徒生跟不願接受他求愛的人說的告誡。

這指涉〈掃煙囱的小孩〉。

這組三個角色應是出自〈堅定的錫兵〉。為何是三個？不要忘記最底的「黑色精靈」。

這應是〈飛箱〉的剪影。安徒生的身影：他一邊寫，角色便一邊從書頁飛出來。

挽救傳統的華麗補丁——日本「人孔蓋」考察

一、考察日本「人孔蓋」的原因與意義

我大學時的本科是「人文學科」(Humanities),此科在外國雖已發展出相當規模,但在九十年代的香港,可真是新興學科。每次親朋聽見我回應自己所讀的科目後,都不出兩個反應:抑是滿臉狐疑反問即是「人類學」嗎?後來我答膩了便只苦笑一下,記得有人追問:「那要挖古頭骨?香港有這些考古地點嗎?」抑是憂心忡忡地問:「畢業後可幹甚麼行業?」自此我自己對「人文學科」的解說也不斷演進,即使再沒有人問起,即使這科目已廣為人識,我內心還是嘗試為它找最貼切的定義,其中一個有效方法就是看書店的「人文」類別書架上放了甚麼書種。通過綜合書目的主題,便可知道學科涵蓋面,從而歸納出定義。只是放在此架的書種,不少都是早已熟悉的如弗洛姆的《愛的藝術》、班雅明的《發達資本主義時代的抒情詩人》、《機械複製時代的藝術作品》、卡繆《薛西弗斯的神話》等。本來以為還是要在抽象概念自行推衍到生活層面,怎料某次在二樓書店的人文書架上赫然發現卡特(W. Hodding Carter)的《馬桶的歷史——管子工如何拯救文明》(*Flushed: How the Plumber Saved Civilization*),闡述一項平常為人刻意忽略,當不能忽略時往往是

帶來了大麻煩之事，可想像到其重要性，我們始終沒有靜心想想如果沒有了這些管子工，整個城市會變成怎樣？可能人類文明也無從發展起來。林行止在《說來話長》中的〈便便古今談〉便以水廁的發明為人類「終於進入文明世界」（final ascent to civilization）的標示。如此從生活，還是最為人刻意忽略的意識的邊陲，一路提升到人類精神文化層次，可說是人文學科內見過的跨度數一數二地大的研究課題。這可說是以羣體的籌謀分工，甚至犧牲去解決社會共性厭棄之日常難題，這使事物在工具理性外多添了一點價值理性。

在《馬桶的歷史》中記述了一八五九年倫敦發生極其嚴重的惡臭事件：「在這個酷熱潮濕的夏天，只要從夜間醒來，你就不得不奔到最近的便壺上嘔吐不止，都是因為泰晤士河和城市的大街小巷散發出來的惡臭。倫敦《城市通訊社》宣稱，『語言的斯文完蛋了，泰晤士河發臭了，吸進過那種臭味的人永遠也忘不了，他還能活着記得這種味道已經算他萬幸了。』氣味太臭，人們認為這種臭味足以致他們於死地。他們成羣結隊逃離這座城市，議會大廈——泰晤士河邊一幢新建築——的管理者們慌忙把大廈珍貴的窗簾統統灑上帶有漂白粉的水，試圖阻隔空氣中的臭味。」我想起初版於一八四三年，狄更斯的《聖誕頌歌》（*A Christmas Carol*）中有一幕，指史高治（Scrooge）已故的合夥人馬利（Marley）的靈魂回來勸諫史必須改過自身後飄出窗外，史高治追上去外望，便見倫敦漫天鬼魅，我想那是當時惡臭薰天的最佳描述。如此情況當然是令傳染病蔓延，人口外流，城市的文明根本無從發展起來。要一個城市成長，首先必須讓它有呼吸，如果一個城市像十八世紀的倫敦，它一定會休克，所以看一個城市如何應對污水這類「陰翳面」，便大概可推斷其「文明」程度。

谷崎潤一郎的《陰翳禮讚》抨擊日本在西方現代性思潮下，很快便甘願揚棄自己的文化傳統，全面接納西方科技帶來的淘洗。所謂「禮讚」，只能算是谷崎在明治維新巨輪下的一點小嘮叨，例如書中的〈廁所種種〉，便是在接納現代抽水馬桶時，期盼在細節上保留一點日本傳統美學元素，例如想像沖水器的手把可否改為木製，可否不要令整個廁所充斥白瓷的光潔。倘若跟三島由紀夫剖腹自盡的抗議形式相比，谷崎只算是耍耍嘴皮子罷了。他所強調的「陰翳」就是他心目中傳統美感的表現特徵：「我們東方人善於在平凡無奇之處製造陰翳來創造美感。有首古老和歌吟詠，『撿拾枝梗結柴為庵，拆解之後復歸野原』，我們的思考方式正是如此，美不在於物體本身，而是在物體與物體形成的陰翳、明暗。一如夜明珠如果放到暗處會煥發光彩，曝曬在白日之下卻失去珠寶的魅力，離開了陰翳的作用，美也將不再是美。」簡言之，就是西方美學崇尚的大片光潔面，實在需要東方「陰翳」的襯托才能顯得更立體和透現一種神秘感。

愛到日本旅行的朋友，大概都體會過這個民族對廁具研發的用心：座廁配備了動態偵測，只要有人走近便會自動打開廁蓋，並啟動廁板內的發熱功能；進行時又會播出音樂以掩蓋如廁時發出的尷尬聲響，又可按性別選擇噴水幼管伸到哪個位置清洗；又可調校沖廁水量……這些都是谷崎所指的西方文化的亮白，而日本的明治維新則很成功地令國民對這些西方現代性中強調的亮麗全盤接受，使科學成為了「偽宗教」（pseudo-religion），自己的傳統彷彿變成了沖廁後的污水，給推到與平常生活無干的層面。谷崎其實是在呼喚如何將「現代性」和「傳統」結合而成為「現代傳統」。李兆忠在《曖昧的日本人》中指日本是個潔癖成性的民族，而谷崎之呼喚陰翳其實也是為了更突顯光潔的一面，換句話說谷崎是在追逐「光潔的陰翳」。

可能日本人也意識到自從明治維新後，新一代年輕人對傳統文化的刻意忽略近乎我們平常人看待「污水」。大概因為這樣，日本開始在「水渠蓋」上繪畫許多關於傳統文化的圖案，我想起初只是想為街頭添色彩，但當要繪畫一些代表自己城市、文化的圖案時，便只有向「傳統文化」方面着手。在小思的《一瓦之緣》中提及過日本出版的《路上觀察學入門》，此書提出了相對於「考古學」的「考現學」理念，顧名思義，就是通過考察現在生活處境來豐富自身文化傳統，換句話說，這亦是締造「現代傳統」的重要門路。「考現學」有點像小思提倡的「文學散步」，但「考現學」範圍更廣泛，也更瑣碎，「考現學」強調的是讓資料組織起來後，說不定可衍生出意義來；而「文學散步」則是從「文本」出發的考察。除了《一瓦之緣》，小思還在二〇一八年出版了《日影行》（修訂版），兩本散文集都是以日本文化為觀察對象，進而折射出自身中華文化不同稜面的光影，嘗試從日本這個「可敬又可怕」的對手身上，找到「自強」的方向。我讀這兩本書後不禁想，這不就是我心目中的「人文學科」應有的含蘊嗎？由於上述的文化閱歷，我開始考察日本的「水渠蓋」，看看能否領悟到「考現學」的觀察訣竅和對自己的文化會折射出怎樣的省思。

二、高松的人孔蓋：日本民族性中的漩渦

在日本，「水渠蓋」被稱為「人孔蓋」，《路》書中收入了最先考察「人孔蓋」的「考現學家」林丈二的報告：「這些孔因為是要讓人進去作業的孔（這是英文的manhole直譯而來），但路上也有許多孔，是人不用進去就能作業的孔，為甚麼它們一概稱之為人孔蓋呢？根本就是個謬誤。儘管如此，卻沒有一個正式的稱呼來形容路上的蓋子，令人覺得唏噓。」我覺得只要將「人孔蓋」視為「人文」的「人」便無需唏噓，而那精緻的、關於各地傳統的蓋面設計，可說是「光潔的陰翳」的體現，是在熙攘的大街上「挽救傳統」的華麗補丁。既然地下的各種管道是「拯救文明」，令城市和城市的人可以呼吸，免於瘟疫蔓延的重要設施，那不如乾脆叫它「文孔蓋」，英文則是「Civil-hole」，反正「Civil」除了「文化」，還有「民事」的含意。

除了林丈二，《人孔蓋：低頭看腳下的歷史藝術館》作者石井英俊也曾對日本各地的人孔蓋作詳盡考察。「人孔蓋」按圖案大致可分為地方色彩（包括大自然勝景、歷史建築、相關神話和史跡）、特產（包括農產品、傳統手工藝，甚至受歡迎的漫

畫角色）、特色活動（包括當地祭典、運動項目和傳統表演藝術），全書資料詳實、內容全面，只是不知為何看久了總覺枯燥，稍欠情致。我想如果能給「人孔蓋」的闡述多加點人情味便更好了，我遂嘗試以帶有溫感線條的手繪代替如實反映金屬冷感的實物照，然後再以「人孔蓋」為中心延伸相關的風物故事。

在我旅日的印象中，人孔蓋中涉及史事的屬少數，可能由於複雜的來龍去脈較難在細小的蓋面呈現出來之故。記憶中只見過香川縣高松市的「源平合戰」的重要戰事「屋島之役」凝定為源義經派出神箭手那須與一迎接平教經的挑戰：在小船頭立起「扇之的」（即在扇面繪上靶心，應該不是有些人所說的是日本國旗的「日之丸」），並要一少女站在旁邊。那須與一必須在遠距離和晃盪的海面上射中靶心，不然便會傷害到少女。我不禁想少女是否那須的情人？就像席勒的劇作《威廉·泰爾》（*William Tell*）所記事跡：神箭手威廉因反對暴政而被捕，當地總督要他在百步之外射下他兒子頭上的蘋果。威廉一箭便射落了蘋果，然後對總督說：「如果這一箭沒有射中蘋果，那麼第二箭便會射向你的心！」如少女跟那須並無任何情分，那須便不會像威廉那樣道出威嚴又淒美的回話，誠然史事並非戲劇，我們不應抱持旁觀娛樂的心態觀之，只能說戰事中出現如此富戲劇性的比試場面，也真的可視之為武士道精神的體現，怪不得時至今日仍會以人孔蓋來凝定這個畫面。

「屋島之役」原來的戰場在盛產烏冬的讚岐港口附近，傳說源義經不理當時正颳着暴風雨，仍決意從京都的渡邊港駕船繞過淡路島到達四國再推進到屋島。上述水道現在有全世界跨距最大的吊橋明石海峽大橋，連接本州的神戶和淡路島，另有大鳴門橋連接淡路島和四國德島縣鳴門市。後者橋下有「渦之道」讓遊客近距離觀看兩股海流形成的漩渦。兩座大橋堪稱世界級工程，由於海峽常有颱風吹襲，而且海流湍急，看着橋下的漩渦，便會想當天源義經下令冒着風雨向屋島進發真的不知是莽撞還是勇鋭。可能瀨戶內海的颱風始終不及外海的規模，須知當日東侵的蒙古軍亦是因為日本人稱之為「神風」的吹襲而覆沒。

日本高人氣的長壽動漫《火影忍者》的主角為「渦卷鳴門」，其創作靈感大概是來自這裏的漩渦，只是鳴門卻非「水系」忍者，他屬於「風系」忍者。他的絕技「螺旋丸」就是將內在力量（查克拉）在手掌凝聚成球丸狀，然後像炮彈一樣推向敵人，螺旋丸之後演變出如「螺旋手裏劍」等許多不同招式，基本原理還是脱不掉漩渦的凝聚。《火影忍者》的時代背景雖屬虛構，包括了五大忍國割據，頗像平安時代的日本，經屋島之役後，平家將瀨戶內海地區拱手讓予源家，加速了平家的覆亡。

李長聲在《日邊瞻日本》（或《哈，日本——二十年零距離觀察》）中的〈日本的內戰〉如此收結：「日本古典文學有一類軍紀物語，專門寫內戰故事，最有名的作品是描述源平爭霸的《平家物語》。開篇有云：『祇園精舍之鐘聲，有諸行無常之響；沙羅雙樹之花色，示盛者必衰之理。』而中國《三國志通俗演義》雖然也説『是非成敗轉頭空』，但『話説天下大勢，分久必合，合久必分』就豁達多了，完全是現世的，由此也可以看出中日史觀之不同。」換句話説，中國史觀乃重現世，所以顯得豁達？

那麼難道日本史觀是重超世？所謂「示盛者必衰之理」，可視之為武士道精神的一種體現，像櫻花那樣在最燦爛的時候殞落，不啻亦是「光潔的陰翳」的追求，甚至可跟「大東亞共榮圈」的「共榮」理念沾上邊兒。

只是日本人卻又對極致的「榮」和「盛」感到恐懼，並非真的能像賞櫻那樣淡然接受。為了消弭落單的恐懼，還得強調「共」，「共」就是「大和民族」中的「和」的含意——根據日語字典《廣辭苑》，「和」除可解作「温和」、「和睦」，還有「調和」、「團結」，甚至「使一致」的含意。而那個「使」字更是可圈可點，究竟怎個使法，用多大力度去「使」？日本前首相橋本龍太郎，為右翼鷹派人物，很積極參拜靖國神社，他在一九九七年訪問中國瀋陽的九一八紀念館時寫下「以和為貴」四字。這表面上是叫雙方建立互信尊重，但我總是主觀認為，從橋本狡黠的笑容看來，他寫下的那「和」字仍脱不掉「共榮」中「使一致」的含蘊。這種盛衰惆悵和躊躇的情緒，可能就是二戰時日本軍國主義者的心態。漩渦，正是這種矛盾意緒的最佳象徵，可説是日本「曖昧」民族性的顯影。潘乃德（Ruth Benedict）在其人文學名著《菊花與劍》（*The Chrysanthemum and the Sword*）中便如此精準地概括了日本人的矛盾特質：「日本民族無與倫比的兼具了下列各種性格：好戰而祥和、黷武而好美、傲慢而尚禮、呆板而善變、馴服而倔強、忠貞而叛逆、勇敢而懦弱、保守而喜新。」

三、廣島的人孔蓋：千羽鶴的奉納

大江健三郎在一九九四年的諾貝爾獎獲獎感言〈曖昧的日本的我〉中，便道出了這種矛盾的民族特質將日本推向怎樣的窘態：「日本的現代化，被定性為一味地向西歐模仿。然而日本卻位於亞洲，日本人也堅定地、持續地守護着傳統文化。曖昧的進程，使得日本在亞洲扮演了侵略者的角色。而面向西歐全方位開放的現代日本文化，卻沒有因此而得到西歐的理解，或者至少可以說，理解被滯後了，遺留下陰暗的一面。在亞洲，不僅在政治方面，就是在社會和文化方面，日本也越發處於孤立的境地。」大江所說的「陰暗面」跟前面提及的谷崎的「陰翳」不同，谷崎指的是相比於西方的「光潔現代風」，東方傳統文化所突顯的陳舊「暗調」特質，而大江所指的則是既然已全面擁抱西方文化，為啥總是不被當作自己人而生的憤恨情結。帶着這樣的文化迷思去考察廣島的人孔蓋，便會讓你進一步體會到曖昧情結如何勒痛了日本人的神經。當你踏入廣島，你會因其重建的勇毅而心生敬意，就像置身波蘭華沙，你彷彿看見好不容易鎮定下來的心神，謙卑蹲下，默默撿拾可重用的材料，不時吹吹撥撥，輕撫端詳瓦礫上的細緻紋理。只是廣島比華沙更強調自己受難者的角色，在和平紀念博物館內也沒有提及自己的侵略行為，只強調西方原子彈的殘酷威力和廣島市民如何堅忍，其實是將「示盛者必衰之理」粉飾成「櫻花雪」飄落的淒美場面。

在廣島的和平紀念公園中有一座「兒童和平紀念碑」，是由佐佐木禎子這個女孩的塑像托着紙鶴，遠看竟猶如耶穌給釘在十架上。她是原爆的倖存者，怎料因輻射後遺症而患上白血病。禎子發病後，聽聞了「千羽鶴」的傳説，期望摺出千隻紙鶴後便能如願康復。那時物質匱乏，連紙張也不易找到，禎子便用各式各樣的包裝紙來摺，和平紀念博物館內也展出了她所摺的紙鶴。她的故事引起了很大的迴響，於是千羽鶴便逐漸成為廣島的象徵，連人孔蓋上的圖案也是一串串的千羽鶴。倘若人孔蓋沒有上色，真的不易看出那是祈願用的「紙鶴串」。和平紀念公園內的供養塔旁便有一個「鶴奉納庫」，掛滿了來自各地小學的千羽鶴。而在原爆拱頂附近則有新建的紙鶴塔，離開原爆點（Hypocentre）只有一百米距離。塔的十一樓有整座樓高的透明管道可讓遊客將祈願的紙鶴擲下去，如此紙鶴便會不斷累積，我參觀時紙鶴已積到三層樓了。

廣島的千羽鶴因連繫上禎子的遭遇，分外惹人憐惜，稚子的純真特別能喚起人類的同情心，更可將成年人發動戰爭的罪責推遠，將「以和為貴」從「使一致」推到「和諧共處」的一邊。事實上，千錯萬錯，都是成年人的錯，稚子無罪更無辜，以此宣揚和平，確實有效，但願「稚子之死」不是「光潔的陰翳」的表演劇目，更不是成人推卻反思之責的策略。我想起在長崎看過一本繪本，當中的一個跨頁圖，像狄更斯《聖誕頌歌》中漫天鬼魅飄盪的場景，炙熱的輻射波中同樣飄滿透明的靈體，你不會忍心説那象徵臭味，因當中全是胖胖的臉蛋兒。廣島的人孔蓋中有一款頗常見的是穿着棒球裝的鯉魚隊Carp娃娃，而此娃娃形象也跟不少商品拍合起來，最典型就是一向主打小孩奶類食品市場的不二家——廣島給打造成重視年輕一代的活力城市。最近廣島和長崎兩個原爆重建城市居然給日本人自己選為最宜居城市。今年（二〇二〇年）香港文憑試的歷史科有一道要學生評論「日本侵華是利多於弊」的說法的考題而鬧出一場熱烘烘的政治風波，最後考試局被迫承認題目偏頗，得撤銷題目。我不禁想如果給廣島年輕一代出一道歷史題，要他們評論「原爆對廣島發展乃利多於弊」的說法，真的不知那些長大的胖臉娃娃會怎個答法。

關於「日本侵華」這個話題，我想起小思在〈靖國神社內外（一九八二）〉[7]中談到日本政府竄改教科書之舉：「日本人是羣性很強的民族，在國家整體中，日本人會失去『個人』。現在『無事』狀態，他們還會個別地表示自己的意願，一旦『有事』，他們會毫無異議投入整體行動中，而在他們立場說，這也是應有的本分。因此，我們只有自強，才是自救的好方法。」小思寫過幾篇關於「靖國神社」的文章，指它是「最能顯示日本侵略野心的溫度計」，她也曾囑我要去看看，就像當年左舜生老師提議她要去看看一樣。但不知為何，我至今還未曾去看過。我也曾問自己為甚麼不欲去看，難道是為了杯葛供奉在內的東條英機？可能我是接受不了連「無事」

7　見小思：《一瓦之緣》，香港：中和出版，二〇一六。

狀態下日本人也表現出撇棄個性、擁抱共性的決志。每次想到這樣的決志曾為人帶來何等巨大的苦難，我便不欲去看，或許我是更害怕面對自己民族的不爭氣，由此我不得不佩服小思的勇氣。

四、金刀比羅宮的人孔蓋：「個性」與「共性」的牽扯

如果說日本的神社最能表現日本人的「共性」，相信沒有多少人會反對。全日本有多達八十一萬所神社，彷彿都有着劃一的格局和氛圍。到過日本多次，也參觀過不少神社，其中香川縣的金刀比羅宮是給我較深刻印象的。金刀比羅宮原來是類似香港的天后廟，歷來廣為漁民、海員等祈福參拜，所以每年都會舉行祭典超渡於海上殉職的海軍，二戰前是告慰日本海軍的亡靈，戰後則是為海上保安廳殉職者而辦。它沒有像靖國神社那樣，在死後依然給政客縛在地上用來擺姿態、爭籌碼。跟天后廟不同，它不是建在海邊，而是山上，大概這樣才能讓人看到較寬廣平靜的海景，而不是近岸因水淺而頻生的浪頭簇擁的洶湧。由山腳到山腰的本宮要先走七百八十五個階級，當然遊客可選擇乘車到半途才拾級而上，只是多數人會選擇從山腳起步，走足全程，當作給自己的考驗。半途上所見的人孔蓋設計是挑夫擡人上山的情景，看見時我還心諳：既然怕辛苦，不願付出勞力，又何必來祈福？加上沿

途還有許多小店，邊逛邊拾級而上，也不覺怎樣辛苦。怎料，回程下山時卻見一位孕婦靦腆地坐轎上山，大概是來祈求生產順遂，我當下才恍然大悟——如果將自己或小撮人的「個性」強硬變成了羣族的「共性」，便會出現許多的歪曲和傷害。那麼，靖國神社非但是軍國主義的「溫度計」，更是在「無事」的太平裏呼喚「共性」的擴音器。

金刀比羅宮的吉祥物之所以是「狗」，乃因江戶時代庶民被迫服從那種「共性」而禁足，不能外出，所以只好將要祈福的木牌掛在「代參犬」的頸上讓牠們將之帶到神社。現在神社內也有小狗護身符出售。代參犬的忠誠和服從，可能亦是令「共性」輕易給摻入侵略野心的原由。阿列克斯・科爾（Alex Kerr）在《犬與鬼——現代日本的墮落》（*Dogs and Demons: The Fall of Modern Japan*）中以中國《韓非子》的寓言來概括日本社會的困境——話說中國古時有皇帝問宮廷畫師：「甚麼易畫？甚麼難畫？」畫師答：「犬馬難描，鬼魅易畫。」科爾所指的「犬馬」就是平常生活中都見到的處境，而「鬼魅」則是沒有人見過的未來願景，如果套到本文的討論話題中，那麼前者便是傳統文化的保全，後者則是像當日「明治維新」給國民描劃全面擁抱西方的美好畫面。而日本國民像代參犬一樣的忠誠，往往令那「共性」變質：「日本政治體系在實際運作中的權力是相當隱性和排他的，國民不敢說不，而莊家注定是最終的贏家。儘管缺乏強有力的領導者，但『日本股份有限公司』內的一切似乎依然順利地進行着，這正是所謂的『謎』。充滿敬意地敘說日本政府如何巧妙而輕盈地帶領國民神奇地避免了一切不和諧，越過那些令西方飽受困擾和煎熬的一個個市場深潭，諸如此類對日本治國之法的讚賞有加的作品就更多。然而，正當日本研究家們『嘖嘖』驚歎於這台潤滑極佳的引擎如何高效自如之時，卻根本未注意到整艘大船正駛向岩礁。」這大概就是「共榮圈」為何「共」出這樣的大災難來，給別國弄出「大屠殺」的慘劇，給自己弄出「原爆的哀歌」。只是這種躲在大江所謂的「陰暗面」中的鬼魅願景強求「共性」的特質，難道是日本獨有的文化病徵嗎？如此診斷描述對於我們來說，不是也似曾相識嗎？

五、考察的感悟：照亮「犬馬」的「高燈籠」

由於金刀比羅宮附近有着漂亮的櫻花隧道勝景，所以人孔蓋周邊圍着櫻花圖案。對於日本各地的櫻花隧道，我確實相當迷醉，尤其美煞的是映襯着富山松川、築於岸邊高台上的富山城。這些城池明明是根據唐朝建築興建，現在卻像神社一樣，在日本不斷衍生變成了地道的日本文化環扣。姬路城是日本境內的「三大名城」，可說是整個城鎮的中心，由於它的形態像白鷺，所以「鷺草」亦成為姬路的「市花」，當地的人孔蓋也以這種淡雅高貴的花貌為圖案。鷺的形態和品德可說已成為了當地的文化圖騰，市民都努力用心守護這座「光潔」與「陰翳」相互映襯的傳統文化結晶，我心中不禁想起如此唐風的建築在中國可說已所剩無幾……

當我看見輕井澤人孔蓋上的白樺樹構圖，不知為何，想起大學時一位老教授的話：「被迫下鄉那十年不斷砍掉原生的樹，栽種經濟價值高的橡膠，那十年除了很成功地破壞了海南島的生態外，一事無成。」我便感到茫然，可能這正是大江口中所謂的曖昧的茫然。當我看到富山市整整一世紀售賣漢方藥品的池田屋店外的人孔蓋上是製藥用的奶薊草（Milk Thistle）圖案圍邊的設計時，我便不禁唏噓，雖說為了推行明治維新，這民族高呼了「脱亞論」，全面擁抱西方文明，卻始終還沒完全甩掉漢方成藥的研發，我們則近二、三十年發覺有利可圖才開始將之系統化。最近甚至傳出想立法禁止市民批評中醫藥療效，違者當作「尋釁滋事罪」論處。在池田屋中看他們製作「越中反魂丹」的工序，還是手作程序居多，都不見得現代化到哪裏去，但我們到日本往往會買漢方成藥，不少藥妝店都特設退税櫃位給我們這種中國遊客大批買貨。感覺就是想體驗唐朝風範，現在得去京都一樣無奈。我曾訪問過一位內地來的同事為啥這樣喜歡買日本成藥，她很決斷地回答：「誰叫我們連奶粉也會令孩子變大頭娃娃！」常言道看一個民族如何對待下一代，便大概可推測到它的未來。記得在繪畫這人孔蓋時，腦中不斷浮現魯迅〈藥〉的種種象徵：華老栓為了救治兒子小栓而去弄來人血饅頭，悲哀不是老有老栓塞，而是原來「小栓」還是會同樣變成「老栓」。

日本境內有許多千奇百怪的博物館，東京便有排污系統博物館，向參觀者展示自己是如何使城市免於「栓塞」，不會像狄更斯時代的泰晤士河畔兩岸瀰漫着惡臭。參觀者甚至可以深入地底，人孔蓋的下方，站在大污水管道的天橋上看污水淌流，頭上是分析各種氣體的量度計。日本人對於「難描」的「犬馬」問題也不是一味迴避，他們擁抱西方後，只要肯回頭關顧，他們的「共性」便會化為對公共的細意關注，即使是「犬馬」問題中最最厭惡的排污問題，也會描得出色。小思呼籲了解日本後要自強，很對，但焦點不要只放在「強」字上，重要的是「自」，如何貢獻一己之力，共同應付難描的「犬馬」問題，但與此同時，卻又必須保有自我，能夠獨立思考，不要在「共性」的主旋律中，埋沒自己的唱調，要在自己的崗位上，以創意排解難點，精進技法。只有這樣才能在「難描」的前提下依然可以描得細緻，才能更深刻地體會到自己在「共性」上發揮的作用，可能這才是最接近我心目中「人文學科」的定義。正如《火影忍者》中的渦卷鳴門常掛嘴邊的話：「護衛羣絆，就是我的忍道！」

在香川縣松川旁的人孔蓋上有類似神社常夜燈之物，但體積要大一點，這在松川沿岸都會見到，令我想起香川縣琴平的「高燈籠」，它不過是明治維新前的燈塔。顧名思義，它是一個點火的大燈籠，與現在運用強力電燈泡的燈塔相比，便成了「小矮人」，但它站在被淘汰的時代邊崖上，卻依然不亢不卑地展現自己的姿態和價值，我於是寫下了〈高燈籠〉一詩，末節大概就是我對「自強」的「自」字的詮釋：

面對充滿光害的天空
我不過是個燈籠，給傲骨撐起
不易轉向，偶然碰上穿梭時空的古魂
我便是一尊矮燈塔，不再點亮的窗
像待補的網罟，在未蒸盡的濡濕中
殷殷訴說空虛才是自由的謚號

／寫於二〇二〇年七月五日

日本香川縣
高松市人孔蓋

平安時代末期源平合戰中的「屋島之役」發生於現在的高松市。相傳戰役中，源家武士那須與一，一箭射中平家立起為幟的扇子。現在高松市的人孔蓋圖樣正是以此英雄傳奇為題。

這個彩色人孔蓋位於中央通和市立美術館的交界，我們在那美術館看了精彩的「林明子原畫展」。

2017/4/17

日本德島縣
鳴門市人孔蓋

鳴門市的吉祥物是這個漩渦小超人，而長壽漫畫《火影忍者》中的主角「渦卷鳴門」，名字的靈感也是來自這壯觀的自然景象。

鳴門市最著名的就是連接淡路島的大鳴門橋。

橋下附近海峽由於是兩股水流匯集，常出現漩渦潮，成為當地的觀光名勝。

除了漩渦，還有幾何化和擬真的魚出水圖案，很有心思。

這一款是市內的主流款式。

2017/4/17

廣島和平紀念公園

兒童和平紀念碑

紀念碑是紀念一位名為佐佐木禎子的女孩——她於一九四五年廣島原爆倖存下來，以為該有後福，怎料十二歲時因輻射後遺症患上白血病。禎子發病後聽到千羽鶴的傳說，開始以包裝藥物的紙來摺。如果紙太小，就用針頭來摺，最後真的完成了千隻。可惜她的願望沒有成真，並於一九五五年十月病逝。本來她的倖存為人帶來美好願景，她的早夭因而令人分外傷痛。禎子的同學發起建立紀念碑，引起廣大迴響，人們紛紛捐獻。紀念碑終於在一九五八年建立，紀念她和原爆中罹難的兒童。

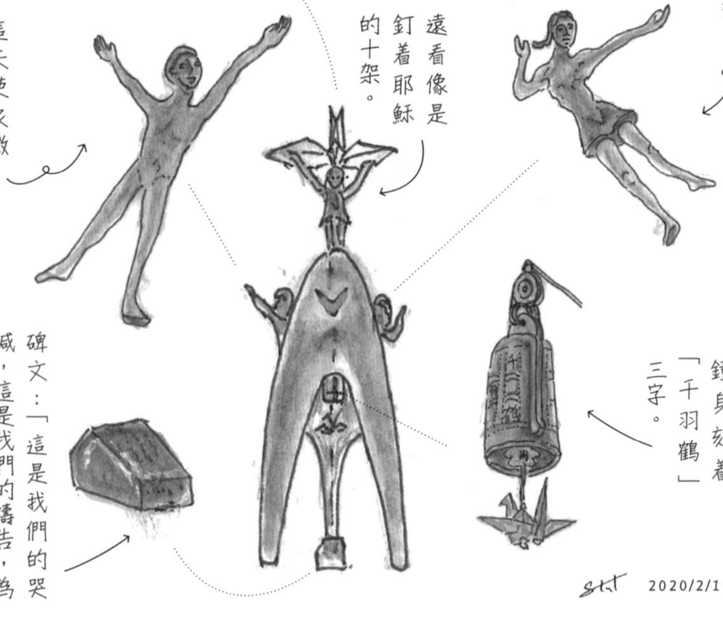
這天使象徵「希望」。
這天使象徵「未來」。
鐘身刻着「千羽鶴」三字。
碑文：「這是我們的哭喊，這是我們的禱告，為了建立世界和平。」

廣島和平紀念公園
原爆供養塔旁的鶴奉納庫

姿態很美的古樹
晚上亮起像招魂的燈。

我們在香港摺了一些紙鶴，便在這裏奉納了十二隻不同顏色手工紙摺成的。
掛滿各地小學生奉納的千羽鶴。

廣島紙鶴塔（Hiroshima Orizuru Tower）

外觀結構

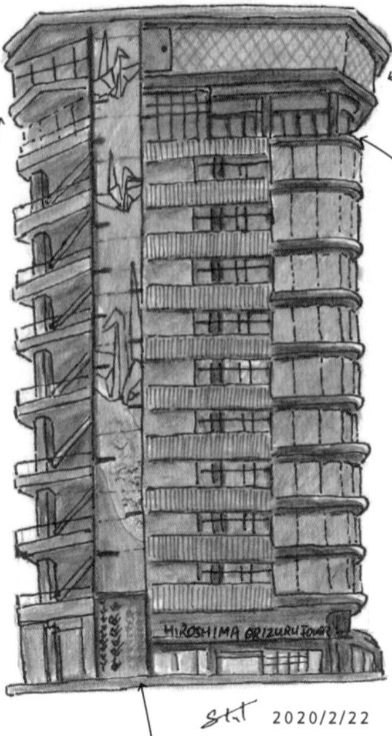

十二樓內部

十一樓左側

透明地板

紙鶴輸送管，現在投進去的紙鶴已積存至三樓，相當漂亮。

在地下購票後便可直接乘電梯到十二樓的展望台，這是會令人嘩一聲驚呼的體驗。

地下一層是千羽鶴裝飾。

十一樓的展覽室有兩款手工紙供遊人寫上願望，然後摺成紙鶴，再走進一條短窄的玻璃步道，將紙鶴投到整幢樓那樣高的紙鶴塔輸送管內。

甫出電梯便看見黑框闊樓梯引人到完全無遮擋，甚至沒封玻璃、只圍上鐵絲網的日式木製平台，整個廣島的景色一覽無遺。接着你可從散步坡道慢慢踱回地面，沿途有很多掛畫可供欣賞。

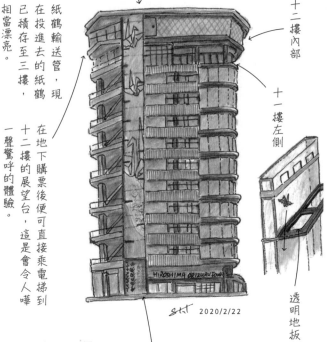

廣島紙鶴塔

十一和十二樓內部

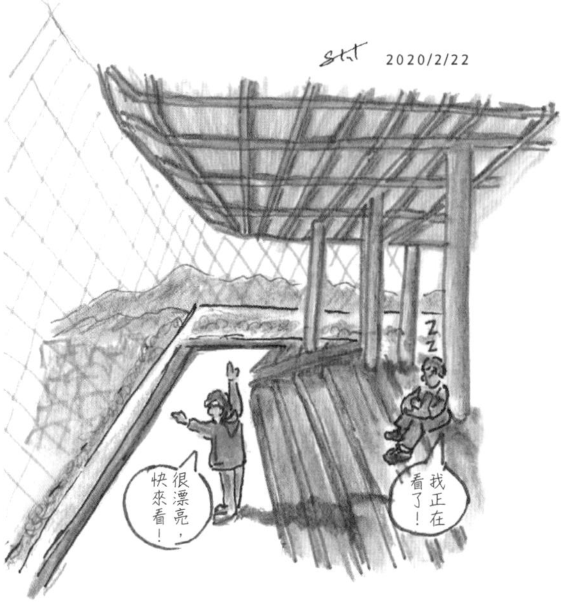

頂層是非常精美的日式木建築看台，有濃厚的木香，陳設也很有禪宗簡潔澄明的況味，令人相當放鬆地感受與目下美景的「一期一會」。

由於紙鶴塔跟原爆點相去不足一百米，從瞭望台望出去大概就是原子彈離地爆炸的六百米，眼下是一覽無遺的原爆紀念公園，更令人明白和平並非必然，須靠每人努力方可達至。

在十一樓除了可以摺紙鶴和投紙鶴外，還有電腦大螢幕按照遊戲者要求播放紙鶴圖案煙火。

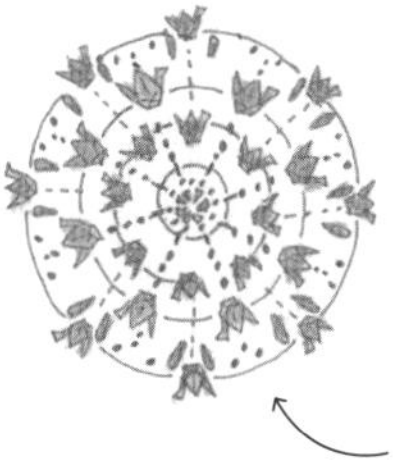

各層散步坡道旁有兒童玩的螺旋滑梯，小朋友一定相當喜愛。

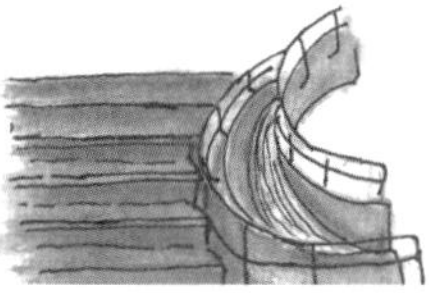

廣島的人孔蓋
鯉魚棒球隊

Carp 是廣島東洋鯉魚隊的簡稱，穿球隊裝的 Carp 娃娃是球隊的吉祥物。這人孔蓋在廣島馬自達 Zoom-Zoom 球場附近可看到。

擊球手

投球手

2020/2/15

後備小粉絲

由於廣島盛產擰檬，所以帽子上 Carp 的「C」字也給設計成擰檬形。雖然廣島東洋鯉魚隊戰績不算很彪炳，但由於積極開發周邊產品，與其他品牌結合，發展地方特色產品，令球隊知名度大增，創下連續三十二年錄得盈餘的紀錄。不二家是跟鯉魚隊最多結合的品牌之一。

廣島的人孔蓋

風土名物

雞爪槭的雙翅果

2020/2/22

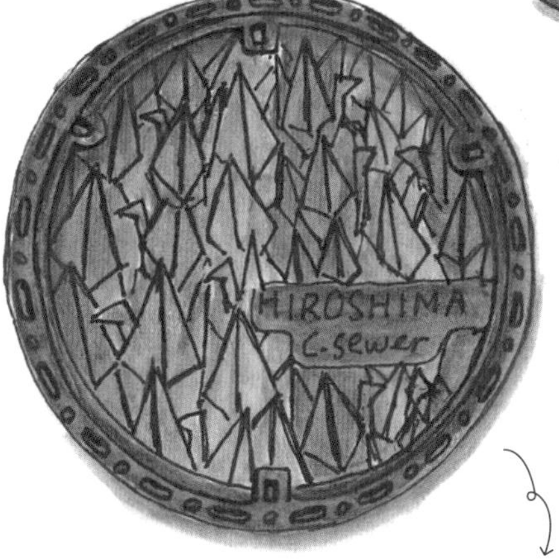

起初以為上面畫的是楓葉和一種像荷葉的植物。原來紅葉是雞爪槭，是廣島的縣花，葉子跟楓葉的分別在於較修長，且有鋸齒（但人孔蓋卻沒看到）。至於那荷葉狀的東西，不知是否雞爪槭的雙翅果，但形狀又有些出入。

自從廣島和平紀念公園於一九五八年建立了「兒童和平紀念碑」，紀念摺了千隻紙鶴、祈求自己可從原爆輻射引致的白血病康復過來的佐佐木禎子後，紀念碑四周一直有不同學校的學生送來祭奠的千羽鶴。自此千羽鶴便成了廣島的風土名物。

廣島的人孔蓋

歷史事跡

2020/2/22

西國街道是江戶時代對山陽道的稱呼，它是當時日本西部地區的重要運輸幹道。如蓋上圖畫所示，它促進了貨物和工藝技術的交流。舊山陽道現為日本國道二號，貫串不少縣市，廣島亦是其中一個重要樞紐。

金刀比羅宮人孔蓋

渠蓋描劃的是沿途七百八十五級階梯，以及挑夫揹人上山的情景。

沿途是著名的櫻花隧道，渠蓋旁邊也圍上了櫻花圖案。

竹杖在沿途的店鋪都可租用。

還以為既然有心來神社應會挑戰自己，不會僱挑夫，怎料我們下山時見到一位孕婦坐轎子上山參拜，大概是祈求生產順利。

金刀比羅宮
黃金幸福御守

日本人的包裝折紙技法真的令人歎為觀止，簡單、美觀。

御本宮的瓦當上都鑲着「金」字，這個字就像御本宮的外形。

攀過七百八十五級階梯便可以買到黃金御守，絕對是位於最高位置的御本宮限定。除了傳統繡線御守外，還有精緻的瓷小狗，全套售一千五百円。

金刀比羅宮
御本宮開運籤箱

籤箱一大一小，都是狗造型，籤就放在背部的開洞中。

神社以狗為吉祥物，大概是因為知道任何人爬過七百八十五級後，都會像狗狗一樣吐舌喘氣。

共有八摺的籤文

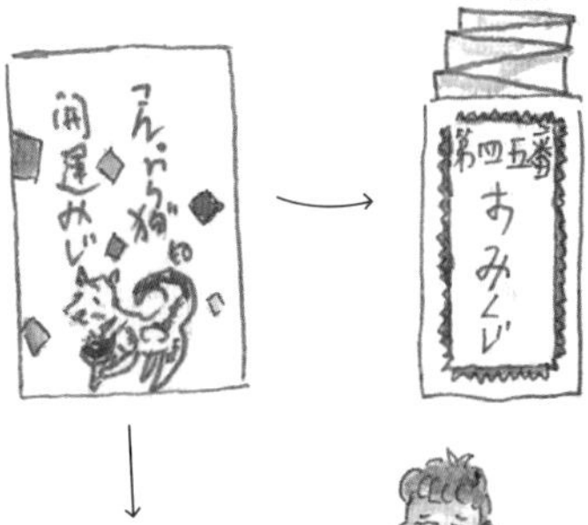

一百円抽籤一封，沒有人看管，全賴自律。一百円也不欺場，小小一封除了籤文，還有一個狗狗金牌開運符，相當飽滿。

富山市松川
櫻橋上的人孔蓋

雷鳥是富山的縣鳥，櫻橋橋頭有這樣的雕塑。

不見人孔蓋上畫的石燈籠，但見櫻橋橋頭有這樣一個木搭的高身燈籠。它配上粉紅的櫻花雪，美煞了！

松川上當然也沒有了人孔蓋上畫的尖頭小舟，只見平頭的紅色賞櫻艇，顏色跟櫻花形成正襯呼應。

松川的人孔蓋描繪的是櫻橋風貌。

富山市松川
冷暖色調遊覽船

松川上的大觀光船很流線形，很美。我們坐這種船看沿岸盛開的絕美櫻花。

櫻橋是松川上著名的地標。橋塔的直線加上拱橋的弧線，豐富了整個構圖。

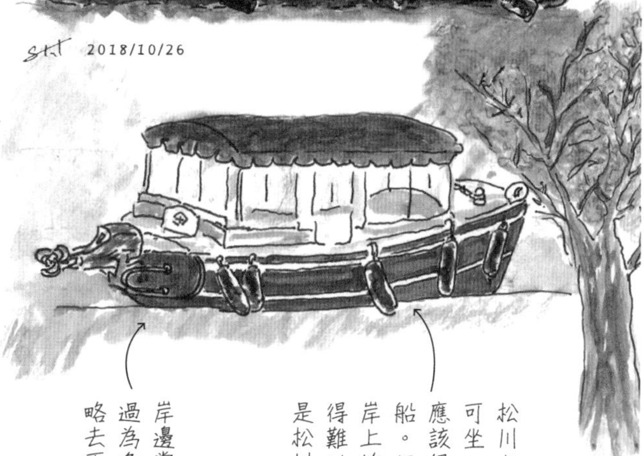

松川上還有這種小艇可坐，但船身太低，應該很晃，會令人暈船。但它的紅篷搭配岸上的櫻花，真是美得難以描擬，所以仍是松川的重要點綴。

岸邊當然有欄杆，不過為免遮掩船身，我略去不畫。

松川沿岸所見的兩種櫻花

吉野櫻

日本常見的園藝品種，花是由五片單瓣形成的單重花，呈淡粉色，於樹上成束開花。

過了盛開期，花瓣掉落如雪時，嫩葉便會冒芽。

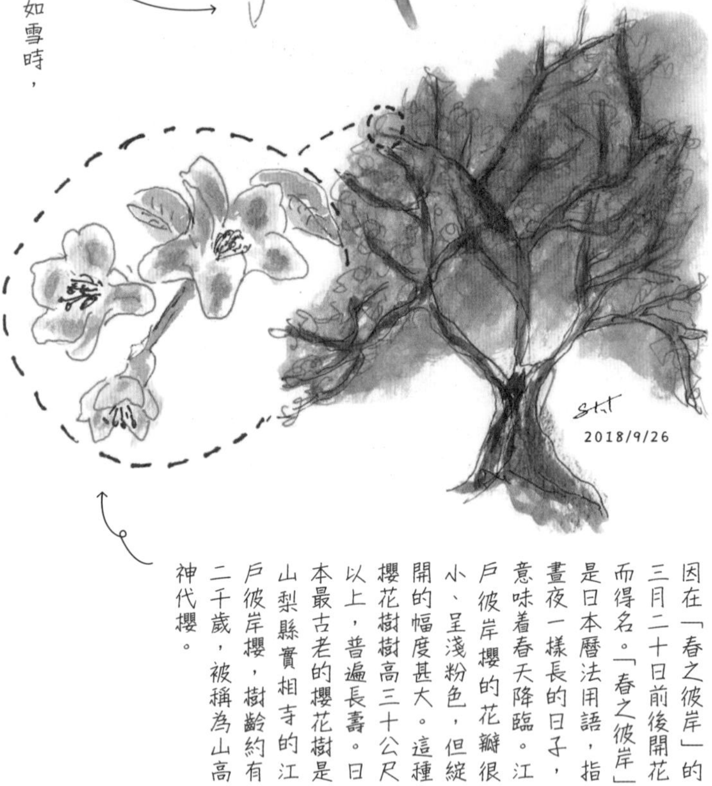

江戶彼岸櫻

因在「春之彼岸」的三月二十日前後開花而得名。「春之彼岸」是日本曆法用語，指晝夜一樣長的日子，意味着春天降臨。江戶彼岸櫻的花瓣很小、呈淺粉色，但綻開的幅度甚大。這種櫻花樹樹高三十公尺以上，普遍長壽。日本最古老的櫻花樹是山梨縣實相寺的江戶彼岸櫻，樹齡約有二千歲，被稱為山高神代櫻。

姬路市大街
人孔蓋

驟眼看上去以為那是幾何化的白鷺圖案，原來是鷺草——姬路的市花，人孔蓋圖案竟是飛行的鷺草，真佩服日本人對裝飾市面的心思。

2017/8/17

姬路城又叫白鷺城，跟熊本城和松本城合稱日本三大名城。姬路城之所以稱為白鷺城，是由於其白牆和飛簷遠看猶如振飛的白鷺一樣優雅，城中的人孔蓋除了姬路城外觀，又有以白鷺為象徵圖案。

消防拴的蓋子下方也是鷺草圖案。

姬路市市花

鷺草

有點像仙桃。

鷺蘭（學名：*Habenaria Radiata*），又名鷺草、狹帶白蝶蘭，屬蘭科，其花的形狀似白鷺展翅飛翔，因而得名。每年七月至九月開花，花梗二十至五十厘米高，有地下莖。由於花形獨特，故被人過度採摘，現在已瀕臨滅絕。希望鷺草可以得到妥善的保育，不然只能在姬路的人孔蓋才可以看到它們華麗的身影。

「仕切弁」是閘
閥的意思。
旁邊圍着
的便是鷺
草圖案。

姬路市JR車站外
遠觀大天守閣

許多年前到日本已到訪過姬路城，那時城堡還未整修妥善。那次玲和我爬上城樓，只記得樓梯很斜，窗戶全是窄長的洞口，以防箭鏃射入。置身其中感覺侷促陰森。今次再來，城堡復修完成，很光潔皎亮，真的像隻白鷺，所以這次不上樓，只遠觀，以免內攏的陰森會破壞這光潔的印象。

「鯱氏」在中國的建築上則稱為鴟吻，是龍生的九子之一。置於正樑上有防火滅災之祝願。

姬路城下
市立美術館

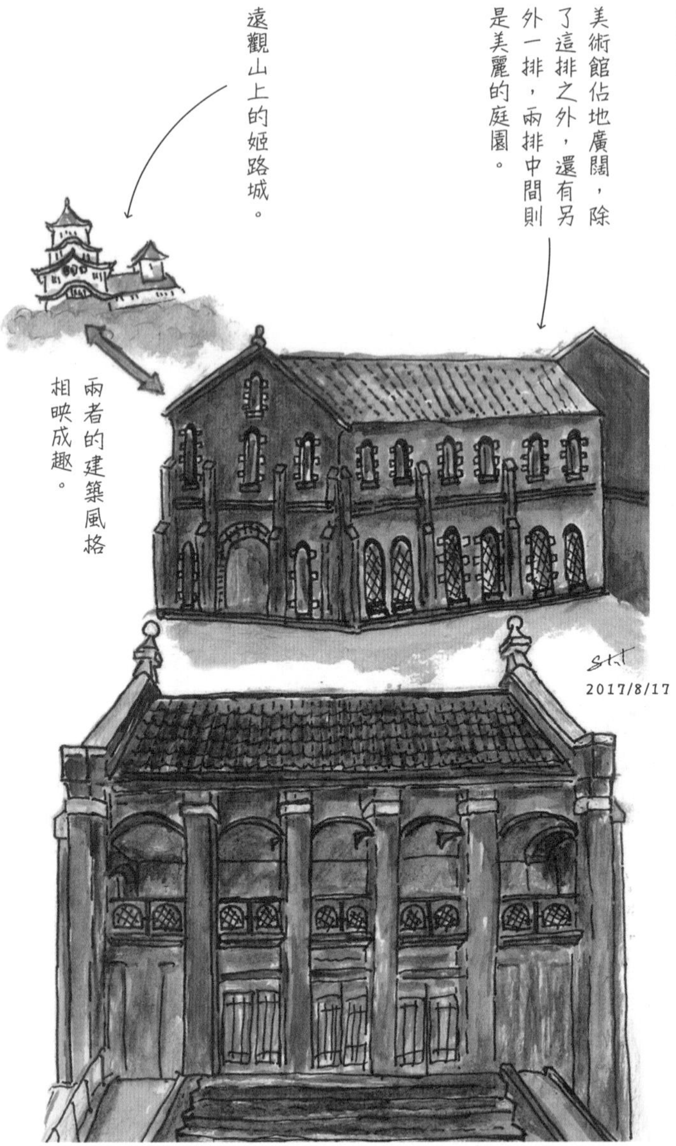
美術館佔地廣闊，除了這排之外，還有另外一排，兩排中間則是美麗的庭園。
遠觀山上的姬路城。
兩者的建築風格相映成趣。
2017/8/17

輕井澤市內的白樺意象

輕井澤的人孔蓋是白樺樹林和淺間山的版畫圖案。

信州有許多白樺樹林，連手信包裝也像白樺樹幹。

火車站外有石碑闡述這個白樺樹城的市民特質，令人想起〈愛蓮說〉，其中兩條是愛護自然環境和在社區中建立和平友善的世態。

盒裏的甜品也是白樺樹的模樣。

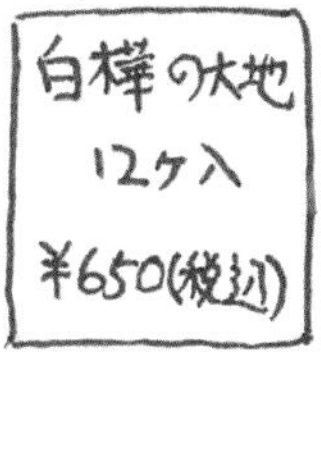

2016/8/27

富山市人孔蓋

立山三山和奶薊草圖案

周邊圍着的是奶薊草，中間的三座山是立山、別山和淨土山，合併稱為「立山三山」。由於在富山市可望見此景，故人孔蓋也以此為題材。

人孔蓋的圖案是富山市的市花奶薊草。

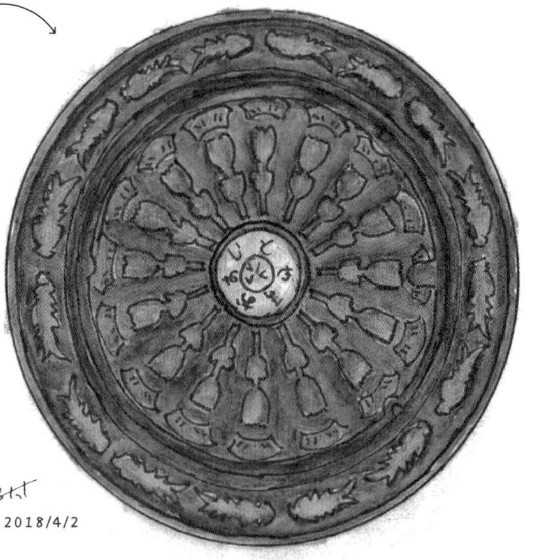

2018/4/2

奶薊草對護肝療效昭著。富山市以藥業聞名，大概也有用上這種草藥。

越中反魂丹
池田安兵衛老鋪外觀

門口的燈很有味道，好像也是古董似的。

北陸傳統的牆飾

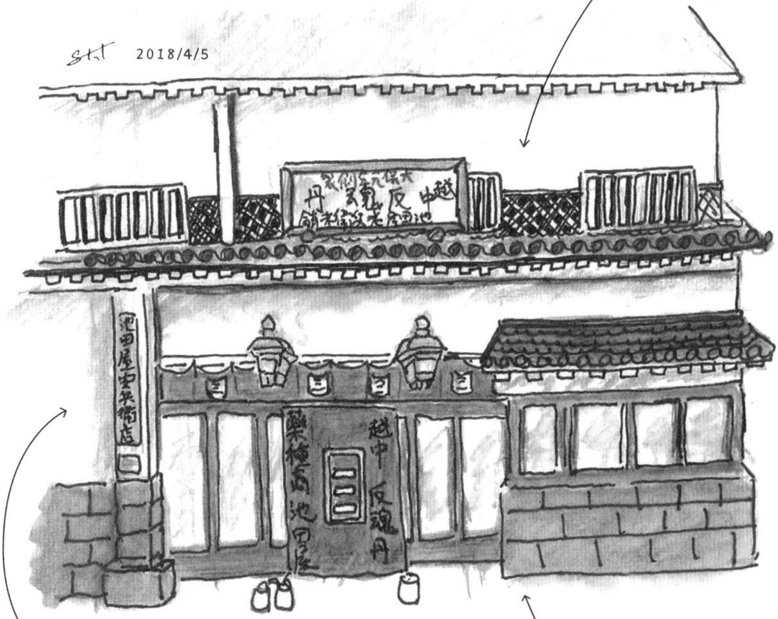

白牆黑框，很奪目的顏色搭配，而且很耐看。

老鋪很有氣派，是老式的町家大屋。由於鋪面跨度很大，這裏只能畫出一部分。

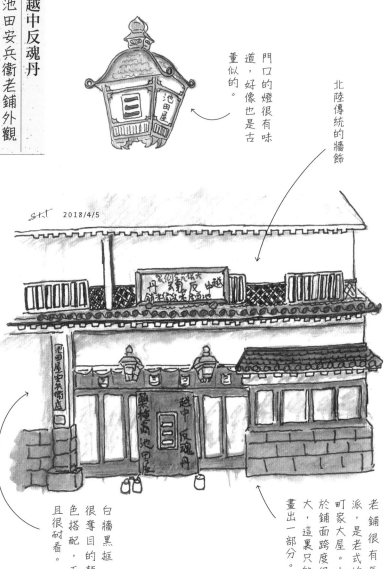

越中反魂丹
池田安兵衛店面陳設

店頭有一隻木雕熊，脖子上掛着招牌貨越中反魂丹的藥盒。

丹

反魂商品

飴

除了反魂丹，還有反魂飴，有抹茶、洋甘菊焦糖、生薑、洒粕和薄荷五種口味供選擇，而每包則有同一口味的糖果五顆。

店內掛着不少懷舊廣告牌

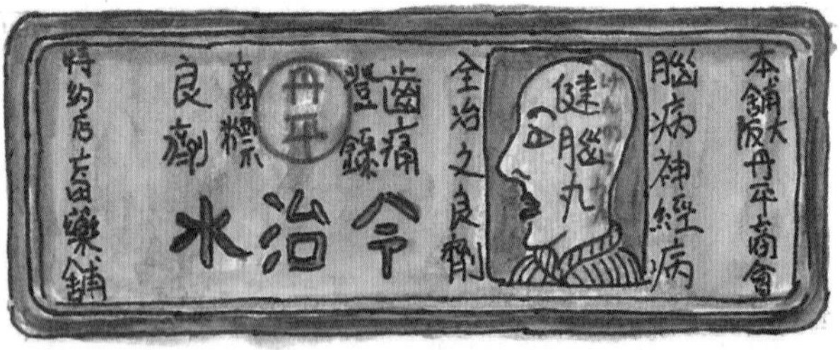

多是漢字

sht 2018/4/5

越中反魂丹
製作步驟

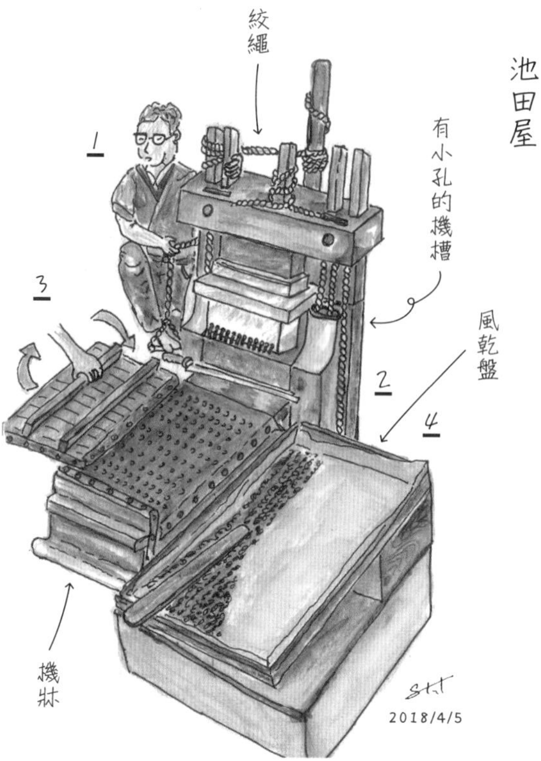

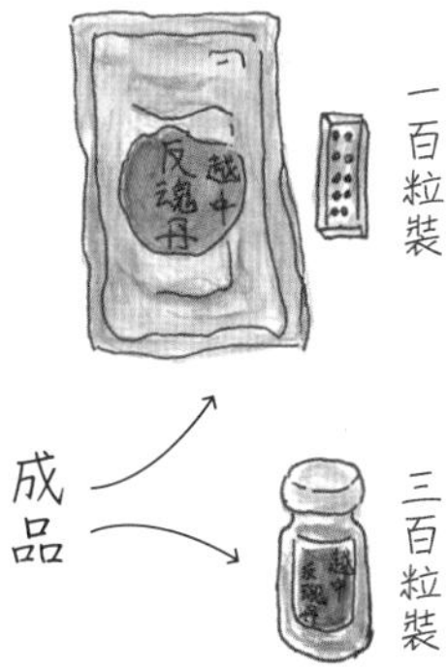

1 師傅使力踩腳踏，牽動絞繩，令杵捍擠壓機槽中的藥泥，從小孔擠出。

2 運用長刀把擠出的藥泥切下來放在機牀上，每次割下一排。

3 用陰力旋動這綳了軟皮的木蓋，把藥泥搓成小丸子。有人試作，不懂使力的訣竅，把藥泥全都壓扁了。

4 把小丸子撥到盤子裏風乾。

越中反魂丹的成品有兩種包裝：罇裝內載三百粒；小包裝則是十粒一包，共有十包。

重要有形民俗文化財
高燈籠

頭

精緻的高燈籠設計得像神社的常夜燈，大概也有為船隻祝福的意味。

胸

木塔身，不知為何有新舊兩截顏色。

腹

石基，就像一般日本城堡的構造。

像昆蟲一樣，分為頭、胸、腹三部分。

香川縣琴平的高燈籠

一八六〇年東讚岐人民花費六年時間建造完成的燈籠，為日本最高的同類燈籠。高二十七米的燈塔放射出的燈光，連丸龜海上的船隻也能清楚看見，方便航行者識別方位和距離。

海鷗銜索回眸間——從《海鷗食堂》看芬蘭的「希甦力」

泛遊過北歐後，鑾喜歡那簡約的生活格調，太太跟我開始籌劃深度一點的行程，每次只去五國中的一國，嘗試理解各國的分別。正當不少朋友都說芬蘭是當中最沒趣時，太太卻高呼最喜歡；與此同時，芬蘭又試過幾次給評選為全球最具競爭力的國家。我不禁想，究竟芬蘭有甚麼獨特之處？書店裏一本談芬蘭獨特的「希甦力」（SISU）的書吸引了我，只是看完整本書後，作者似乎不太擅於歸納，舉了一連串生活例子，還是沒有為芬蘭所謂的「希甦力」下個簡單的定義，讓人更易明白、記住和內化成行動的意識，也沒有跟芬蘭的特性掛上鈎。換個角度想，是否離開了芬蘭，便無法發揮「希甦力」？如想試着運用「希甦力」來應對香港當下的社會陰霾，又是否不可能呢？要怎樣才可在芬蘭以外的地方發揮「希甦力」？

一、「希甦力」和《海鷗食堂》於芬蘭

驀然我想起在芬蘭實景拍攝的日本電影《海鷗食堂》，由同名小說改編，如將「希甦力」的一些原則套進去看，先前感覺怪怪視之為搞笑的橋段，原來可是闡釋「希甦

力」的好材料，且頗能帶出芬蘭的民族特性。在正式進入作品解讀前，必須先解說一下SISU這字的由來——芬蘭國民軍，因士兵在雪地上穿着白色雪衣作保護裝而被稱為「白軍」。他們由曼納漢（Carl Gustaf Emil Mannerheim）將軍招募建立，自一九一七年芬蘭宣佈獨立後，一直跟仍操控芬蘭的蘇聯紅軍周旋角力，可說真正是「紅白較勁」，但那不是日本元旦的綜藝節目，而是真正的戰事。曼納漢雖然曾尋求瑞典和西歐國家等支援，但無奈北歐鄰國因種種顧慮，一直處於中立，不曾伸出援手。

一九一八年五月中旬，曼納漢凱旋進入赫爾辛基，為芬蘭打開了獨立之門。只是蘇聯一直未有死心，對芬蘭的國土一直虎視眈眈。及至一九三九年十一月三十日，蘇聯再次砌詞入侵芬蘭，曼納漢以七十二歲高齡帶領白軍抵禦。在軍事實力上，白軍無論裝備和兵力都無法跟紅軍相比，但他們憑着堅毅的意志，從樹林突擊衝向紅軍坦克，將酒瓶製作的汽油彈扔進炮管，居然令紅軍付出沉重代價。這場冬戰，一直延續了百多天，在一九四〇年三月十三日，雖然芬蘭必須簽下《莫斯科條約》，割地賠款結束戰爭，但芬蘭人卻稱此戰役為「光榮的冬季」（The Winter of Honour），而白軍亦因其以卵擊石的勇毅名震歐美。白軍的芬蘭名稱「Sissi」，後來慢慢演變成「SISU」，成為芬蘭人口中「不要小看自己，不靠別人，永不放棄，激發最大潛力」的民族精神範式。這便解釋了所謂「希甦力」為何是芬蘭獨有。二〇〇四年芬蘭國家電視台和廣播公司公佈「最偉大芬蘭人」的民意調查結果，帶領白軍的曼納漢榮膺榜首。

這軍事上的勇毅，之所以可以一直保存，且深入民心，可能跟橫跨赫爾辛基幾個小島，已被列為世界文化遺產的芬蘭堡（Suomenlinna）有關。那裏最先是瑞典統治芬蘭的時代，由駐當地的指揮官於一七四八年開始興建。只是這軍事碉堡未能阻遏俄國（蘇聯還未成立）的野心，一八〇八年被俄軍攻陷。之後芬蘭便被俄國佔領，成為大公國後，俄軍在那裏進行了許多加建鞏固工程。一九一八年芬蘭獨立後，芬蘭堡由白軍接管，直至一九七三年才由軍部交給教育和文化部管理。芬蘭堡令我想起日本長崎外海上的「軍艦島」，只是那是侵略國的軍事後援基地，甚至還有整道軍用品生產線，而且軍艦島已成為國際知名的廢墟，但芬蘭堡現在還有約八百名居民居住。不少藝術家因為喜歡島上寧靜的生活，而在那裏成立工作室、收藏室或博物館。島上的建築，老實說算不上美，畢竟是軍事設施，都以實用為主，沒有多少粉飾，但當中那座「燈塔教堂」卻教我印象深刻。教堂設計平實，完全想像不到其前身為設計華美的東正教堂。芬蘭獨立後，將原來的五個「洋蔥頭」卸下，又移除四方的小塔樓，這跟現代風靡全球的芬蘭簡約設計風格如出一轍，可說是強調直白實用的「希甦力」的顯影。我不禁想像遇上復活、聖誕等夜間彌撒，信徒的歌聲隨教堂頂樓的光幅遠揚，撥開迷霧，讓漂泊海上的船隻在凜冽的夜風中承接到溫煦的問候。我想這是把軍事上爭生存和保自由的「大勇毅」轉移為克服生活困蹇的具體呈現。

換句話說，來到現代，「希甦力」除了「大勇毅」，還包括生活上的「小確幸」。在「冬戰」以後，雖然要割地，但芬蘭人以滿足的姿態告訴世界，自己所要的不多，夠自己的民族過簡樸而有尊嚴的生活便可以了。這反而將當時史太林和希特拉等貪得無厭的野心領袖的行徑比下去。如果要為「希甦力」下個定義，我會說即「大勇毅、小確幸」：前者談的是掃除阻礙的態度，是爆炸力的體現；後者誘發的是生活的創意，是知足價值觀的實踐。如果帶着這樣的定義去看《海鷗食堂》，便會明白這部日本小說將故事設定於芬蘭，並非純然為了以遙遠國度為讀者增加新鮮感，而是其中表達的中心思想跟芬蘭的「希甦力」多有契合之處。小說圍繞三個來到芬蘭的日本女子，網上有書評指故事平淡，談不上高潮迭起，但看後會教人想找間咖啡店泡一個下午，想想自己，整理一下思緒，或者純然發呆，為繁忙生活打個間隔。只是要現代人投入這看似沒啥作為的寧謐時刻，讓自己的心靈重新感應自然的脈動，清空雜念，正視心底的「害怕」，又談何容易——我們潛意識裏總是害怕自己不被需要，於是很努力進佔顯赫矚目的位置，不知不覺間以「異化之苦」來撫慰疲憊的心靈。這無疑是飲鴆止渴之舉，令人變得更害怕認清真相，認清自己即使是在社會上層建築的尖頂，原來只是在大自然的角落囁嚅哆嗦，更難以歸化回到大自然的脈動中。

二、「希甦力」的觸發：小孩的純粹

《海鷗食堂》小說首章交代了幸江在日本乃任職於大型食品公司的「便當開發

部」，為了促銷，她總是被迫開發重口味的配菜，又被要求食材搭配要有新點子，要夠吸睛，這令幸江相當懊惱。最後她決定毅然甩棄日本的一切，包括相依為命的爸爸，老遠跑到芬蘭去開食堂。她之所以強調「食堂」，乃因厭倦那些重口味、亂搭配的花招。海鷗食堂裏沒有餐廳的招徠，沒有籠統象徵日本的裝飾，也沒有「皮笑肉不笑」的招待，只有家常便飯的真味和真心。原來一家簡樸的食堂，背後也蘊含着克服不被需要的「害怕」的決心和離鄉別井踏出安全區的勇氣。芬蘭國寶級作家托弗・楊松的姆明故事系列中有《誰能安慰杜菲》一書，故事中杜菲是個甚麼都害怕的小男孩，獨自住在遙遠的森林深處，他當然害怕孤獨，但更怕與人溝通。某天森林裏傳來奇怪的聲音，令杜菲不得已離開。途中他撿到一封瓶中信，是一個比杜菲更膽小的女孩米佛（Miffle）的求救，她看起來比杜菲更害怕，杜菲知道世上除了自己沒有人會正視和了解米佛的害怕，所以決定去找她、幫助她。杜菲跟自己說：「我要勇敢一點，若想安慰米佛，就不能懦弱下去，因為米佛比我更害怕，這是我唯一確定的事。」杜菲就在這過程中衝破了心障，成就了一個新我。幸江就是杜菲，她也是性格內向，不與人交往，經常獨自研究家常菜式；鼓起勇氣到芬蘭開設海鷗食堂後，她先後維繫了小綠、正子這兩位自我放逐到遠方的日本人，甚至是因離異之苦而自暴自棄的本地大嬸麗莎。她們都因海鷗食堂而得着安慰。電影中上述四人會一起戴着太陽鏡，坐在海邊咖啡座享受日光，大家都穿上相當鮮艷的衣裙，就像《誰能安慰杜菲》中，當杜菲走出自閉的家，進入森林後，頁面便從原初的黑白單調變成絢燦的熱鬧。

那麼究竟幸江有甚麼特質，令她可以在不知不覺間發揮「希甦力」，感染他人？在小說中，作者韋陽子反復借芬蘭人之口說三十八歲的幸江長得像「小孩」，有些人以為她是替父母打理店面，只是一直沒有見過她的父母，還有圍觀的大嬸問要小孩打工是否合法，有人甚至乾脆將之戲稱為「小孩食堂」。在電影中也有此情節，但沒有小說那樣強調，電影開始時海鷗食堂已開業，只是門堪羅雀，但幸江不斷安慰自己生意會好起來的。我之所以說幸江就是杜菲，乃因她有着小孩的純粹和死心眼的蠻勁。如果米佛的瓶中信被世故的成人拾到，便可能會想是否惡作劇，大概不會認真看待；即使相信真有其人其事，也會因沒有注明住址而擱下。只有杜菲如此單純的心靈，才會萌發這微小的「被需要」的責任感，才能將一刻迸發的勇氣延續為圓滿實踐信念的勇毅，這是推動「希甦力」衝上高峰的爆炸力。

三、「希甦力」的秉持：固窮的神聖

只是電影略去了幸江在日本醞釀出走的前事，這好比刪掉了《誰能安慰杜菲》黑白畫面的部分，反而令絢爛的部分顯得不獨特，也等於抹掉了幸江像小孩的特色從單純的外表提升到內涵層次的成長過程。例如幸江的武痴爸爸要求她習武，並且將日常生活也當作修練場，學習淡泊——就像校服弄破了洞，幸江以為爸爸會給她買新的，怎料爸爸說節儉並不可恥，生活處處都是道場。於是幸江多年來已習慣穿着帶有補丁的校裙。就是爸爸這種近乎「君子固窮」的修練理念，令幸江得以用日本人所謂的「小確幸」跟芬蘭「希甦力」的某些成分契合起來。「固窮」的修練令幸江開設海鷗食堂時除了拒絕在陳設上浮誇，對口味亦然。當小綠因擔心食堂生意太慘淡而買來各式本地食材，嘗試給飯團創作新口味時，幸江雖不介意因應本地人口味作一點調整，但最後還是覺得傳統的鮭魚和酸梅味最搭調。加上那是父親每次學校旅行均會為她準備的食物，味道最貼近平民的生活，也最能引發同根者「小確幸」的共鳴，所以芬蘭人雖不諳傳統日本飯團之味，從日本來的正子卻吃得掉下淚來。

如果「大勇毅」主宰「希甦力」的開拓和護衛理想的功能，那麼「小確幸」便是專司節約慾念和契合自然的效用。「小確幸」之顯現，並不只是當下的處境讓人感到舒泰，而是往往牽動了某些珍藏的回憶的線頭。就是這些回憶的牽連令人可在狼狽的逆境中保存自己，雖然有時別人看來有點在狀況以外格格不入的違和感，卻因而散發出足以打動人的獨特魅力，就像幸江堅持飯團的傳統原味，最終令芬蘭人接受並吃得姆指直豎。在小說和電影中都有交代食堂的命名乃因「海鷗好像有點悠哉又有點厚臉皮，還有點處於狀況以外。這種狀況外的程度，似乎和自己很像」。這就是「固窮」下的「小確幸」狀態。無怪，食堂的標誌是海鷗在稍稍回眸間銜着繩索末端，彷彿是在悠哉的時刻中抽着一根記憶的線頭。這線頭與其說是救命繩，倒不如說是吸引這空中王者留在生活地表的牽引。

芬蘭的諾貝爾文學獎作家弗蘭斯・埃米爾・西佩倫（Frans Emil Sillanpää）（說來奇怪，芬蘭雖毗連瑞典，語言上沒有翻譯阻礙，但這麼多年就只有一位芬蘭作家獲獎）有一部小說叫《神聖的貧困》（*Hurskas Kurjuus*）。中國人所謂的「固窮」，是指在逆境中依然堅守志向、恪守品格；西佩倫所謂的「神聖的貧窮」則帶點反諷。小說講述十九世紀中期芬蘭佃農的貧困，他們獲地主施捨小片不肥沃的土地，並被灌輸那是「神聖」的命運，應以「宗教般的虔敬」去領受。故事關於尤西由出生到被槍決的一生，包括他的父母親朋都寫進去，似乎想說貧窮是會遺傳的，要使貧不致於變困，必須突破心靈的匱乏，「希甦力」就是突破的鑽頭。只要每個人都嘗試鑽出缺口，感應自然的脈動，便可以把整個民族的福祉維繫起來，慢慢改變社會大我的命格。正如西佩倫在小說結尾、尤西給槍決以後寫道：

> 如果一個有遠見的人，在那個漆黑的夜裏偷偷地溜進墓地，走到墓穴裏的那灘鮮血和那堆屍體旁，仔細傾聽四周的寂靜，那麼他可能從中觀察出某些端倪。不過，他那時最強烈的感覺未必是恐懼。春天來了，墓地裏一片蓬勃的生機，樹木開始抽出嫩芽，鳥語花香為正在茁壯成長的孩子們帶來了極大的歡樂。他們正日益接近人類世世代代夢寐以求的幸福，直至今天，他們仍然認為，肉體及其需求、社會和其他這樣的東西，同對幸福的理解最緊密地聯繫在一起。事

物雖然還處於初階段，但是來日方長，不管怎樣，我們已經到達了這樣的階段：不少人在走向死亡的瞬間，嘗到了這種幸福的滋味。

這口吻像極卡繆（Albert Camus）在《薛西弗斯的神話》（*Le Mythe de Sisyphe*）收結時所言：我們大概只能相信薛西弗斯每天反復推石是幸福的。在《海鷗食堂》無論是小說還是電影，都強調了芬蘭人以「希甦力」鑽開的心靈缺口的接駁點是——森林。

四、「希甦力」的保育：對森林的虔敬

《海鷗食堂》電影和小說的分別，在於正子詢問為何芬蘭人如此平和，湯米想也不想便答道：「因為我們有森林！」而在小說中，甚至說森林裏有神，森林是神聖的場所。現在的芬蘭人對森林可能真的存在一定程度的敬畏，但在芬蘭不無災劫的歷史中，他們對森林做過不少侵害。《神聖的貧困》的主角尤西便曾當過伐木工，他說當一棵樹倒下時，四周顯得分外寂靜，彷彿是在屏息抗議似的。書中也記載，佃農會以火燒的方法開拓耕地，而尤西之所以當上伐木工，大概是為了應付當時俄國移民湧入，急於建屋安置的社會需求。而在前文提過的獨立戰爭後，為了給蘇聯賠款，芬蘭當時的主要財源就是木材貿易，芬蘭的森林面積因此縮少了不少。大概就

是這共過患難的背景，令現在的芬蘭人對森林都帶着一份虔敬。

在電影中正子跑到森林採蘑菇，卻空手回到海鷗食堂。當被問及蘑菇的下落時，正子竟然感到茫然。當她回到酒店，寄失多時的行李終於送回來；打開行李時，裏面竟然全是剛剛採到的蘑菇，並泛出金光。之後正子便說要回日本了。這個設定相信令不少觀眾摸不着頭腦，在寫實的基調中，這樣魔幻的場面究竟是想表達甚麼含意？正子來到芬蘭的原因，乃因照顧多年的雙親相繼去世，生活彷彿失去重心，故像安徒生一樣，藉遠行來調節心神，所以行李象徵着有待整理的情感包袱，而遺失可視為正子潛意識的狀態——欲甩棄又不捨，留住又拖着自己的腳步，所以便投射出寄失而遍尋不獲的懸疑狀態。蘑菇在朽木的表面出生，正好象徵在老病的悲哀中現出的朝氣。所以蘑菇出現在寄失的行李中，是代表正子的潛意識終於可甩棄舊包袱，重新找着新生活。

關於採蘑菇的情節，小說跟電影不同，在小說中正子誤採了顏色明麗的蘑菇，結果只是沾沾唇便出現面部間歇麻痺的癥狀。正子來到海鷗食堂，道明表情僵硬的原因後，幸江便叮囑以後不能亂採。記得在芬蘭逛書店時，確實見過不少採蘑菇手冊，甚至有全套的蘑菇郵票，相當美麗。小說的中毒情節，可能就是要給正子傳達鮮活的新事物不一定就是恰宜的新猷，同樣不應因舊的回憶中有腐朽的沉味，便扼殺了它的全部價值。無論是電影還是小說，正子都在到過森林後，決定要回日本，去面對在父母離世後奪走其家宅的弟弟一家。所謂「小確幸」不一定是對當下處境的認同和感念，更是對過去纏結的解放，嘗到豁然開朗的一刻。就像電影《阿甘正傳》（*Forrest Gump*）中，在戰爭中失掉雙腿的退伍軍官，在船頭看着落日，突然轉頭向划船的阿甘說：「此刻我和上帝和解了！」小確幸，可能是為大勇毅代價的疏導，是迸發力量的調控閥。

森林，對於芬蘭人來說，就是這樣的調控閥，也成為個體尋獲「小確幸」的靈性場。芬蘭獨立自主的發展是社會邁向現代性的里碑，康德（Immanuel Kant）在《歷史理性批判文集》（*Aus Kants (Gesammelte Schriften)*）中指現代文明的特徵就是人類社會敢於運用自己的知識去克服種種自然的窒礙。自然彷彿成了文明的他者。弗洛依德在《幻象之未來》（*The Future of an Illusion*）中也指人寧願生活在文明造成的囿限，也不接受生活在自然的困籠裏。芬蘭的森林就好像《阿甘正傳》中上尉的斷腿，它以傷口和美景告訴人珍惜所餘，以平靜的等待來引導人與自然和解。這大概就是梭羅（Henry David Thoreau）晚年沉醉研究森林時常強調的「種子的信仰」（Faith in a Seed）：

我不相信
沒有種子
植物也能發芽
我心中有對種子的信仰

讓我相信你有一顆種子
我等待着奇跡

芬蘭森林的樹種算不上多元，只有一種紅褐色樹皮的歐洲赤松（Pinus Sylvestris）、挪威雲杉（Norway Spruce）及兩種樺樹，其中一種垂枝樺（Betula Pendula，又名銀樺）在一九八八年給芬蘭人民投票選為國樹。垂枝樺的樹皮顏色很淺，有助它在夏季永晝或冰雪反光之下反射陽光，保持樹身溫度合適。加上在極光之下，白色樹身又被染上詭異色彩，令它跟許多民間傳統連繫起來。《環遊世界八十樹》（*Around the World in 80 Trees*）便以芬蘭垂枝樺作為書的封面，林間有鹿隱沒，有一種靈視寂靜的氛圍。

《海鷗食堂》拍攝完後，老闆很喜歡那胖海鷗的招牌，於是將之保留下來，又將自己的食堂正式改名為「海鷗食堂」。店中的陳設跟電影有少許差別，電影為了方便鏡頭推移，所以將櫃位移到店的後方橫放，這樣能拍到本地居民站在櫃窗外，對幸江評頭品足，說她個子小得像個孩子。電影中櫃台後放了一張長枱作為煮食用的「中島」，現在櫃台移回跟牆並排的凹陷處，這樣店會變得更具景深。店裏跟電影的設定還有一處不同，就是現實中還有售賣許多木製家品，木匙、木杯、木鍋鏟子等……相當具北歐簡約田園風。這令我想起自己喜歡的日本木器大師三谷龍二那本教我愛不釋手的《木之匙》：「每次收到送回修理的木器，都讓我彷彿感受一種悠然的生活深度，也提醒我日常生活中不只是繁雜紛擾，還有如此緩緩流逝的時光。」

店內還售賣水瓶，每張桌子都有這樣一個方體圓頸的漂亮水瓶，我們買了一個清玻璃、一個磨砂玻璃。瓶上的那段字，就是梭羅生平的介紹：他是一位環保先鋒，有幾年特別離開城市生活，去湖畔建了一間小屋，並確立可持續發展的社會模式。所以特別將水瓶命名為「梭羅瓶」，以表示對其信念的認同。《瓦爾登湖》（*Walden*）是梭羅早期的作品，側重自我成長的記錄和個人性情的模塑，上述的《種子的信仰》則是如何通過跟環境和自然的契合，成就豐饒和互惠互助的共生，是對新生代模式的思考，我想這也正好是芬蘭「希甦力」運作的軌跡。瓶子原來沒有蓋子或塞子，在芬蘭空氣較潔淨尚可；我買了瓶子回港，用來載飲用水，不能任它暴露在香港污染的空氣中。本來想找個酒塞作蓋，最後在無印良品找到一個放曲別針的小圓筒，直徑跟瓶口剛好搭配，相對穩當。這篇文章就像那圓蓋，確保我從芬蘭帶回來的對「希甦力」的領悟不被塵俗污染。

／寫於二〇二〇年十月九日

赫爾辛基

芬蘭堡燈塔教堂

夜裏會發出光束，聽說會以摩斯密碼打出代表「H」的信號，就是赫爾辛基的字頭，說不定也有「Holy」的含義呢！燈塔的引路功能跟教堂很搭調，令夜裏的十架更顯莊嚴，彷彿會發出聖光似的。不知為何鮮有聽見這樣的「教堂——燈塔」的組合。

圓窗加拱門為教堂添上憨呆的表情，似在說：「我很平凡，不斷盯住人家看幹啥！」

2020/10/1

攔河由倒豎的大炮砌成，不知原來是否有偃甲息兵之意？鐵鍊粗得要兩手並用方能挪動。

芬蘭堡教堂的前身建築

芬蘭堡教堂的前身是一間東正教座堂，建於一八五四年，為當時駐紮於芬蘭堡的俄軍而設，名為「The Alexander Nevsky Church」。

在一九一八年，芬蘭獨立後，教堂給改為現在的福音信義會的教堂（Evangelical Lutheran Church），五個洋蔥頭跟四個小塔樓都被拆除。現在的簡潔設計乃是一九二〇年代勝出徵集比賽的方案，重修於一九二八年完成。現在教堂風格很有芬蘭設計的簡約風味，和前身的華麗建築有着強烈對比。

由於現存這座建築的照片都是黑白照，我無從確定其外觀色調，所以只好以黑白線條呈現，當然無法跟素描畫風的表表者妹尾河童先生的作品相比。

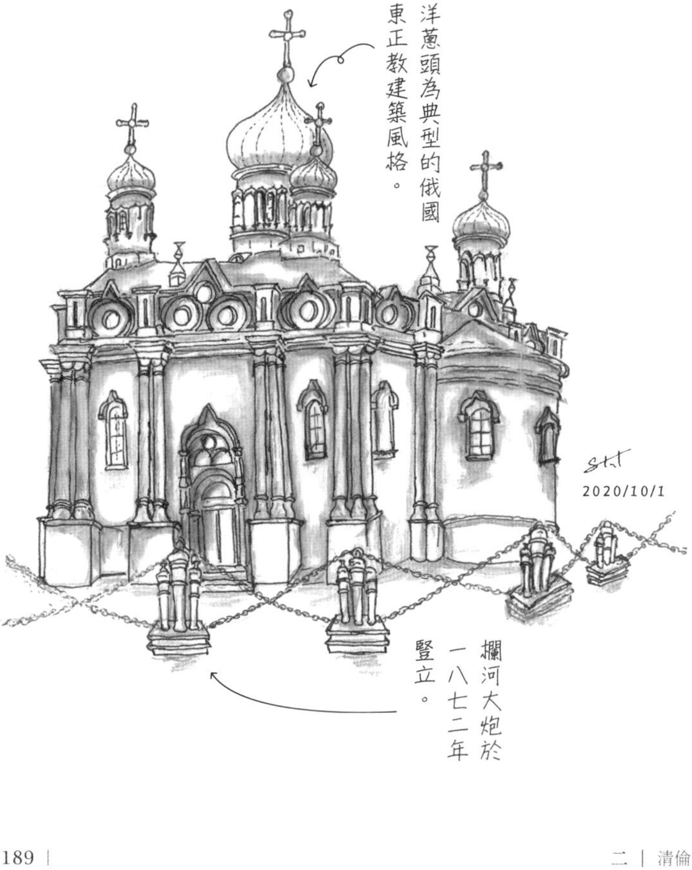
洋蔥頭為典型的俄國東正教建築風格。
2020/10/1
攔河大炮於一八七二年豎立。

赫爾辛基碼頭所見

黑頭和黑尾兩種海鷗

黑頭鷗（Black-headed Gull）

身長約三十八厘米，翼展約九十四至一百零五厘米。頭呈黑色，喙和腿呈紅色，棲息在歐亞大陸和冰島。牠們喜吃昆蟲，也會吃人類食物的殘渣。這是一種很喧鬧、經常咯咯嘻嘻叫個不停的鳥類，所以有「笑鷗」（Laughing Gull）的稱號。

黑尾鷗（Black-tailed Gull）

屬中型海鷗，身長約四十五厘米，翼展約一百二十六至一百二十八厘米。牠們有黃色的腳，鳥喙末端有紅斑和黑色環帶。由於會發出像貓叫的聲音，在日本被稱為「海貓」，在韓國則被喊作「貓鷗」。

黑尾鷗和黑頭鷗翱翔翼貌

黑頭鷗的翼貌較短闊。

《海鷗食堂》中的主角幸江說芬蘭的海鷗表情憨呆，有點狀況外似的，就像自己，所以用「海鷗」為食店命名。事實上海鷗只要振翅，便成為天空的王者，就像《海鷗食堂》中的幾個角色。

黑尾鷗的翼貌較修長。

芬蘭國內的蕈類郵票

這套分別於一九七四、一九七八和一九八〇年發行的芬蘭郵票，現在已很難找到齊套的了。

芬蘭在七十年代便發行蕈類郵票，可見其重視程度。事實上，採菇是芬蘭人的家常活動，也是感受自然脈動的良機。

郵票上的「SUOMI」是芬蘭語的國家名字。

芬蘭國樹垂枝樺
（銀樺，Betula Pendula）

垂枝樺適應力很強，是在一萬二千年前最近一次冰河期後，率先繁衍的原始樹種，這令它的原生範圍很廣。垂枝樺林裏的生物多樣性令人詫異，其根縱深遠，可吸收廣大範圍的地下養分，樹冠的空隙則慷慨讓給其他植物獲取陽光。這大概也是芬蘭希甦力的體現。

芬蘭海鷗食堂

二〇一九年的真實場景

這裏的小桌子上放着留言簿，顧客可隨意記下感言。這是我們留在海鷗食堂的塗鴉和謝辭。

This is
Stuart from Hong Kong
Thank you for
offering us
Precious moment!!
Smoked Salmon
is delicious!!!
The uncle
served us is
extremely
friendly.
Thank
You!!
Herbs
Ravintola
KAMOME
Potatoes with
contents!!
柚子
鹽味
RAMEN
Pork
Boiled
Egg
Cinnamon Roll
is Great!!
23/04/2019

《海鷗食堂》
電影的劇照

2020/10/3

海鷗食堂
食物

無論是電影中還是現實中的海鷗食堂，都有玉桂卷這道芬蘭的傳統風味食品。不同的是現實中這道甜點叫Kamome's mini cinnamon roll，較電影中的小很多。

奉送的麪包也很美味。

蒔蘿芥末醬三文魚扒(Homemade graved salmon with dill mustard sauce)

很普通的蔥粒海帶湯拉麪，雖沒甚麼特別食材，但很清淡美味。

泡菜伴菜

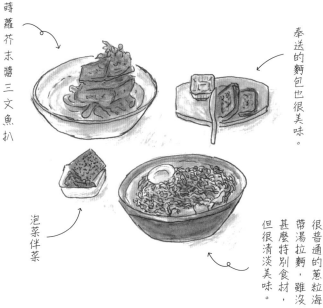

芬蘭
海鷗食堂及其產品

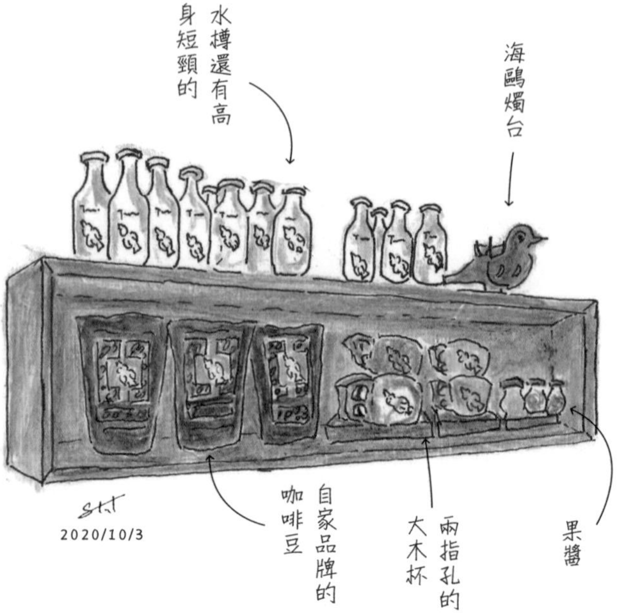

買了一個水樽回港，然後在無印良品買了盛曲別針的玻璃小杯，大小剛好可作水樽的蓋子。

這水瓶以《瓦爾登湖》的作者梭羅命名，瓶身雖小，卻有大段文字：「The author Henry David Thoreau (1817-1862) was one of the first to recognize the importance of environment issues. For a few years, he left city life for a simpler existence, and during this time he wrote Walden, a book where he reflects on an ecologically sustainable society. What could be more fitting than naming a water that is bottled on site after him.」

KAMOME
KAMOME JAPANESE & Nordic Food
2020/10/3

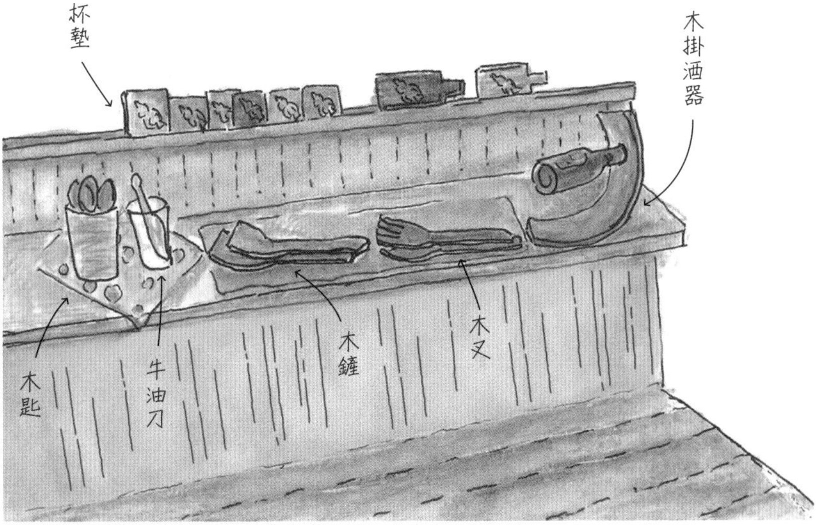

杯墊
木掛酒器
木匙
牛油刀
木鏟
木叉

《海鷗食堂》電影佈景陳設

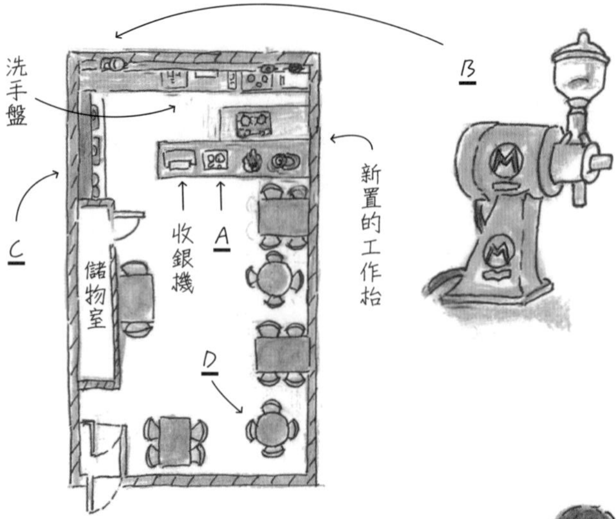

這是電影中「海鷗食堂」的陳設，跟實際的不同，主要是將櫃台從儲物室的旁邊移動九十度至A位置，大概這樣才夠景深可以拍攝主角幸江的煮食場面。另外，櫃台後還加了兩排工作抬。

B位置就是擺放電影中上一手老闆留下來的磨豆機。這位怪叔叔教幸江，如果想令咖啡更好喝，可以把食指放入蒸餾中的咖啡，唸一句咒語。後來他闖入店內，想取回自己留下的磨豆機，被幸江以合氣道的自衛術摔倒。

《海鷗食堂》電影道具

在真實的café中，儲物室的外壁掛着貨架銷售產品，電影中則拆除了。在C位置的凹陷處掛了三位主角的圍裙和芬蘭本土品牌的烹調用具，是個時光也不會繞進來打擾的寧靜角落。

芬蘭人之所以平和，因我們國家有森林。

食堂首位客人，常來喝免費咖啡的湯米。會坐在D位置的圓桌座位。

Teema系列水壺
Iittala Origo的彩虹色設計
一九五八年的Iittala Kartio系列水瓶
Finel的Pehtoori系列咖啡壺，此品牌還生產許多搪瓷產品。
2020/10/3
Arabia還出品芬蘭經典的Moomin（姆明一族）餐具，Little My（阿美）應是系列中最受歡迎的。
電影中用來盛飯團的碟子則是Arabia的出品，這藍色是品牌中的經典色調。

零至一——一張從愛荷華寄回家的明信片

到愛荷華參加國際作家工作坊可說是離家時間最長的一趟，於是答允你會每星期寄一張明信片回家。明信片似乎比「和鴨子」（WhatsApp）的片言隻語和罐頭表意符號多了點程序手感衍生的暖意。只是這項承諾一直推到最後一個月才實踐，原因不是太忙或甚麼，只因那裏售賣的明信片太醜，全是很罐頭的圖像，毫無地方特色，這樣寫明信片時也不知從何說起。勉強買了兩張，卻連寫的勁兒也沒有，最後我決定不如自己動手去做。手工再差，相信也比罐頭圖好，況且只要選對了畫面，在後面托上白卡紙，再裁成合適的尺寸，失敗機率應該很低。

一、Bread Garden 的蔬果

第一張手作，是旅遊手冊內的一張繪製得相當可愛的名勝地圖，尺寸剛好跟明

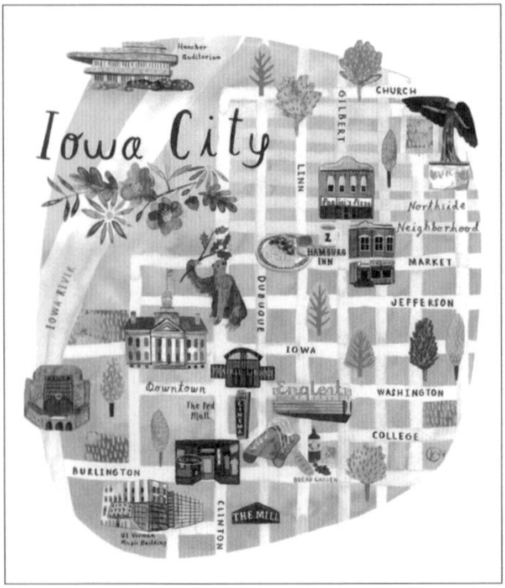

信片相若，於是它成了我第一張手作明信片。我所住酒店就是最左邊愛荷華河旁邊那幢紅磚建築，而平常購物的那家 Bread Garden 不單是賣麪包，還有一個相當具規模的超級市場，裏面還有一部可以將花生現製成醬的機器，是台灣作家的至愛。有一次，他特意買了一盒送我並推銷說醬很鮮味、順喉，有時他會不配麪包，直接用粗指頭挖來吃！（這真的在推銷嗎？一笑！）寫到這裏，大概已用光明信片的空間了，唯有將未寫的衍生成這篇文章，不變的是還是以「你」為說話對象。那就繼續說故事了，Bread Garden 也售賣各式水果、蔬菜——三大條甜度相當高的玉米，才一點五美元，買一包回去足夠當兩餐的主糧了。另外，還有很大顆的乾棗子，買了一磅來當乘長途車的零食，真是人見人愛之選。還有一點五公升裝但價錢是香港三分之一的蘋果汁……這些農產品令我想起愛荷華城給農田包圍。那些農戶，因擔心輸入的農產品價格偏低影響本地作物銷情，所以這裏的農戶在總統大選時都把票投予主張貿易保護主義的特朗普（Trump），而處於中心的大學城的居民，口裏多是反對特朗普，無論孰真孰假，總之最後特朗普在此州分勝出。

記得主辦單位帶我們一羣作家到農莊參觀，吃午餐時農民坦言矛盾，子女長大後，當然會進入城中心的大學就讀，覺得家就在外圍保護着，但子女畢業後都往外闖，都不願繼承農莊。我想起園子裏的蘋果多得任我來採摘，還有不少落在地裏爛，樹下的黑瘢令猶掛樹上的都黯然滄桑起來，空氣中也瀰漫着果肉初露的酸味，氣質倒不及那在高速公路旁怦然而起的蘋果樹——每天仰着長貨車呼嘯的鼻息，未熟透的果實卻像顆小太陽一樣把午後的日光染成淡雅的金黃。這城就像一顆乾棗，外圍連同胸襟收縮、乾癟，內核卻堅挺而兩端銳成藏着針的蜂尾狀。

二、Hamburg Inn 的蛋

除了Bread Garden的按重量選購的自助午餐外，如果想吃經典的美國早餐，可以走五個街口到著名的Hamburg Inn。這家在Linn Street上的鋪是此品牌的二號店，一九四八年開業至今，一直是這城市的主要歇腳點。這裏有各式雙蛋菜式，你可以吃到最傳統的「火腿蛋鬆餅」（Eggs Benedict），製法很簡單，就是在略略煎過的鬆餅和火腿上加水煮至半熟的荷包蛋，再淋上一層黏稠的吉列蛋黃醬，相當美味但也相當高熱量。這菜式有許多變體，名字隨配料不同而改變。如果以煙燻三文魚取代火腿則會變成「海明威蛋鬆餅」（Eggs Hemingway），至於此菜式是否小說家海明威的摯愛而得名便不得而知了。如果以五花腩煙肉（Streaky Bacon）代替火腿，再加香煎厚切番茄片稱為「黑石蛋鬆餅」（Eggs Blackstone）。點好了餐以後，不妨細看牆上掛着歷來不少來此州拉票，順道造訪此餐廳大打親民牌的歷任總統的照片和簽名，包括共和黨的列根、民主黨的克林頓和奧巴馬。奇怪的是奧巴馬所屬政黨的前身，不少是支持奴隸制的份子，但在選舉時卻不斷消費共和黨的林肯。鬆餅上的兩隻半熟雞蛋就像共和、民主兩黨，捅破了流出的是一樣的肚腸，不慎濺到衣服上，便是一樣霸道難纏卻又假裝金黃如向日葵的污漬。

三、文學散步徑的「雋語碑」

在 Hamburg Inn 門外的就是一個書的銅塑，上面是某位作家的簡歷，打開的書頁上則是節錄自作家著作的警句。在愛荷華街頭有許多這樣的「雋語碑」，最初是刻在幾本疊起的書銅塑上，後來大概覺得這樣既佔地方又呆板，所以改為刻在燈柱上，再進化出最漂亮的第三款，就是按節取雋語內容設計裝飾框，並鑲在路面。其中一個刻在燈柱上的是 Christopher Merrill 的句子。Chris 是愛荷華國際作家工作坊的總監，平常見他說話溫文，碰見人會很自覺鬆開眉梢，擠出笑意。記得有作家跟我說覺得他有着行政人員的城府，我認為那大概是到過戰地後的遠慮神情。他的著作中，許多都寫到戰爭。印象中我曾在圖書館裏翻過一本他的戰爭著作，名為《僅餘釘子——巴爾幹戰爭場景》（*Only the Nails Remain: Scenes from the Balkan Wars*），書中記錄了他一九九二至一九九六年期間的見聞。單看書名，大概可猜到其主要信息是美國夷平了敵對勢力，只剩下偏執的釘子，釘子將以往爭出頭的力氣集中來挺起大恨的腰板，釘頭小得連詰問蒼天的口也容不下，只好將怨懟、詛咒輻射上天。這書在一九九七年出版，三年多以後，在二〇〇一年那輻射上天的仇怨聚結至一定分量，竟從天而降去敲世貿那兩枚「出頭釘」。我相信 Chris 挑來刻在燈柱上的句子就是來自《僅》書：「I wanted to explore a place where literature is more than a decorative art.」（我試圖發掘一處不以文學為藝術裝飾的地方。）這令我想起魯迅棄醫從文的心志，不同的是那時魯迅是身處被侵略的國度和社會文化秩序均潰散的時代，但美國卻是，怎樣說呢——是掠奪者？是隱性殖民者？文學不是裝飾，要像席勒和蔡元培所言，以美育代宗教嗎？只是當人傾向了尼采所云的酒神的狂醉，並因而自信在「上帝已死」的空虛中仍能將自己進化成「超人」，我們中間的釘子數量會是增加還是減少？

記得 Chris 在歡迎會上對作家說，愛荷華可能是少數會尊重詩人身份的城市。啊！詩人在別的地方真的會成為眼中釘？我腦中倏忽從戴厚英的《詩人之死》聯想開去：在愛荷華帶來巨大震驚的「詩人之死」，大概是國際作家工作坊的創辦人保羅·安格爾（Paul Eagle）的溘然辭世。他的警句裝置屬第三類，即直接鑲在路面的那款。那是一個呈波浪形的「Poetry」字樣，句子集中在「O」字上：「Poetry is boned with ideas, nerved and blooded with emotions, all held together by the delicate, tough skin of words.」（詩以意念為骨架，以情感為血脈，最後以文字的肌膚整合成體。）保羅·安格爾曾在一九八〇年跟妻子聶華苓到中國探訪，之後寫成了《中國印象》（*Image of China*）這本詩集。銅板那個包括了整個句子的「O」

字令我想起他詩集中那首〈零〉（“Zero”）：

在中國，零是最狂野的數字
因它被加到這麼多的數目上
統計的人口，稻米的產量
豬口的總數，文化承傳的年歲
田跟田疊出的千千萬萬畝
所促成的婚姻，催生的孩子，無數噸的鋼
……
我們全部，孩子、男人、星星、女人、山羊
住着鳥的樹，在高與天齊的山中
都在它環臂的虛懷中打轉。

本來以為香港這個城市是在中國「零」字懷抱的邊兒上，還可以看到更開闊的東方日出，怎料卻是越來越給往裏甩，這個零的魔法越來越厲害，可把所有虛渺的願景一下子都變成可規劃的宏圖，無論是在「一帶一路」，還是「大灣區」，我們的城市是個比零字的中心懷抱更小的釘頭罷了。它像流沙一樣不斷往下陷，就像蕭紅筆下呼蘭河鎮村口的大泥坑，可以把一切產值都拖進去活埋。蕭紅說七嘴八舌、說三道四的人多的是，卻沒有一個人提議設法將它填平。我讀時還笑呼蘭河鎮的反智，現在我不是同樣沉默着嗎？大概知道即使喊破了喉嚨也沒有用，只能靜靜在陷落中拖緊你的手。

四、鬼屋書店的《少於一》

記得梁秉鈞在詩中描述過自己寫明信片因不夠空間而把文字寫入了畫面的街道。在這個城市，文字早已刻入了街道。踏着街道上的「雋語碑」，便彷彿感到句子會像「黐頭芒」一樣黏附着腳步，再伺機發芽。這裏鑲有最多雋語碑的街道該是「Linn」，發音就跟你的名字相近，沿此街可通往這城的兩家我常逛的書店。一家是Prairie Light，就是「草原之光」的意思，每逢星期日中午，國際作家工作坊都會在這裏舉行作家的朗誦會。書店共三層，地庫主打兒童書，朗誦會一般在上層舉行，這裏有咖啡店，不少作家在朗誦會後會在此流連，繼續話題。你囑我買回家，好壓在飯桌玻璃下的花草彩圖拉頁手冊，全都是在這裏購買。其中一本專門介紹出現於莎士比亞詩中的植物，除了淡雅的手繪彩圖，還括引了相關的詩句，悅目又耐嚼。體例有點像那本以前我不時翻閱的《詩經植物圖鑑》，只是圖片都是黑白線圖，不及這本時尚新穎，然而較之莎翁詩句，我還是喜歡傳統的《詩經》句子。

另一家較遠的，名字跟「草原之光」晴朗舒泰的氣息相反，叫「鬼屋書店」，可幸這間古老複式磚屋並不陰森恐怖，推門進去，甚至有種回到點着壁爐之家的暖意。甫進去，便見到兩隻幸福貓貓蹲在透窗的慵光中。黑白貓紳士在窗台的小書堆上耍酷，無論如何逗牠，還是擺出一臉雕像的高傲；至於淺棕色的貓球寶寶陷在軟枕上展示大饅頭的姿態——可飛快滾動卻又不動如山，好讓陽光依附長出茸軟的歲月。「草原之光」是賣新書的，而鬼屋則主要賣二手書。雖云舊書，但書都保養得很好，有許多跟新書差不多，卻是半價。我在這裏買了有羅拔・勃萊（Robert Bly）親筆簽名的散文詩集和布羅茨基（Joseph Brodsky）的隨筆*Less than One*（《少於一》），集內領頭的便是同名的自況文章。文中多以「one」作主語，這可譯作「一個人」，或「一個民族」，而布羅茨基指尾巴於動物是重要的，因它有把持轉向的功能，人在進化過程中甩棄了尾巴，並以回憶來替代，發揮相同的功能。布指即使像他那樣流亡海外，改以英語代替俄語寫作，只要還保有回憶，那麼便知道自己往哪裏走。

朱自清一九二八年寫的那篇〈那裏走〉便很明確反映了那時代知識份子的掙扎，文中他承認自己是「Petty Bourgeoisie」（小資產階級），而他承認自己身份不因其家財，而是看重自己的「才能資產」，而重點就在「小」這個前綴詞上——因無論說的是「財富資產」，還是「才能資產」，都只能盡力在高牆的陰霾中尋找自己可擠進去生息的隙縫。朱自清在長文結尾中道：「我想找一件事，鑽了進去，消磨這一生。

我終於在國學裏找着一個題目，開始像小兒的學步。這正是望『死路』上走；但我樂意這麼走，也就沒有法子。」朱所謂的「死路」，就是「死心眼」將所有精力都耗在一樁事業上，務求可將之成就推到極致。事實上，有多少知識份子願意專注推動文化普及，又能竭力鞏固並革新傳統文化成「現代傳統」，正是一個社會量度「現代性」的一個準則。如此立願，我不知在心中許過多少遍，只是我總刻意撿拾失望的瑣屑，加以放大，以便為自己的怯畏和退縮找開脱的藉口。

五、墓園的鹿

如果回憶可以當作平衡前進的尾巴，那麼即使我們未能完全還原多年來逐點逐滴丟失了或為了止痛而狠心割捨的自我，所謂「少於一」意味還未跌至「零」值，還未至於因中心虛空而膨脹懷抱，要將流經身邊的日與夜吞噬，將自己墜成黑洞。由於二〇一七年是國際作家工作坊的五十週年慶典，特別請了許多過去的訪問作家重臨，我們一班華語寫作人，瘂弦、畢飛宇、董啟章等一起去墓園祭祀保羅．安格爾，就是地圖右邊「黑天使」所標示的位置。他的墓碑是一塊厚碩的黑色雲石大圓碑，真的像極一個大黑洞，但寫在上面的墓誌銘卻是「I can't move the mountain, but I can make light.」。這句話彷彿在鼓勵我即使面對大黑洞，但依然有光芒可擺脱它的吸力。聶老師奠過摻了冰的威士忌後，對我們說她之後也會葬在這裏，畢飛宇機敏地應對：「這事不急！」我不禁想，身後我們還會在黑洞中認出對方嗎？這墓園除了亡者，還有許多跳脫的鹿，如此近距離的對望，令我感受到布羅茨基所謂的「回憶的尾巴」開始曳動。

布羅茨基流亡以後，依靠在故鄉的回憶而保有「少於一」，但卻「大於零」的文化身份，對於我來說，那「零至一」的身份線索就是學寫繁體字時比簡體字多了筆畫的數目：雖然不是親身經歷，但記得爸媽為躲避戰亂和文革而來到香港，當上了一家中西藥店的掌櫃。平常放學後，我會到店內做家課。記得櫃枱上放着一個鹿茸頭蓋，它的雙眼緊合着，那時年紀小，也不覺得特別恐怖，反而覺得它是在凝神細聽甚麼，我就在它旁邊寫生字，每寫一陣子便會看看它，彷彿它眼睛的弧線會因滿意而上翹如微笑的嘴角，甚至會突然睜開，露出水汪汪的眼珠兒。在它旁邊寫字，便覺得分外地平靜。它的形象就這樣烙在我的成為「零至一」之間的一節尾巴等待擺動。每當遇到文化大我的形象受到不肖國民污衊時，我便會想起它的淡定。之後讀魯迅的小說〈藥〉，我便想起寂然躺在爸爸藥店中的它，不禁將之跟小說中的革命烈士夏瑜疊合起來：

你眼窩的四周拉起一條條緊合的皺褶
給冷眼旁觀的時間添抖顫的陰影

感謝你甘為無名的我而犧牲
抗日時，你為我死了一次
文革時，你代替我給鬥死了一次
六四時，你變成了我給輾死了一次
孤苦的日子，因你賜予的句號的圓亮
而變得迷人，內心的依戀
舉起悔疚的槍枝向自己

——〈中藥店的鹿茸頭蓋〉

在愛荷華朗讀了這首詩的環節，聽眾大概只因抗日、文革和六四事件而感受到面對苦難時的悒鬱，那麼他們只讀出「零點幾」的我。魯迅筆下的人血饅頭救不了積弱的華小栓，同樣李翰祥導演的《火燒圓明園》中有一幕是把鹿趕入欄陣中，最後在窮巷中給騎在兩壁上的侍衛捉住雙角，強硬鋸角放血。盛滿一碗猶帶温熱的鹿角血，就送給咸豐帝補身。革命烈士的血，救不了黎民，也救不到皇座上老去的龍圖騰……這麼多年來，我是否還像魯迅一樣迷信只要中國文字中有血肉便可衍生出藥性？但藥性是否對準了症？即使幸運地都對上了，這麼多年了，那些病毒又是否已進化出頑強的抗藥性？當我在異國思考這連串隱喻時，陳安琪導演把車慢慢停下來，原來就在聶華苓老師的「安寓」前的斜坡路上有鹿在徘徊，安琪把車子停下來沒有響號，靜靜等鹿踱回路邊的樹叢。車頭燈令牠的眼睛微微發亮，我突然感到雷殛貫體，望着牠的眼睛，我彷彿看到童年的鹿茸頭蓋復活，真的張開了眼跟我對望，提醒我不要忘記寫中文字時的怡悅，以及魯迅「藥」的暗喻……畢肖普（Elizabeth Bishop）把擋路的巨大駝鹿（Moose）神格化，形容牠「高若教堂」但卻「平和如房舍」，不帶脅迫。而眼前匆匆一瞥的牠，於我，則是童年的伙伴，是為我開路的先鋒。回到酒店我雖累得很，還是急不及待寫下這首〈鹿〉：

啊！那頭蓋上的靈目
緊合多年，終於再次睜開
風靜止，時間垂軟下來
原來戴着那鹿茸頭蓋的
一直是我，當牠悠然走進樹林
進入我滴溜出來的漆黑
時間重新流動，而我的珍惜
終於完成，我的筆畫如是，字母亦然

六、自然科學博物館的「行走之蛋」

我突然感到母題在體內快速成長，要我用一生去孕育，我成了一隻奇異鳥。在我們住的酒店旁邊有愛荷華的自然科學博物館，裏面有一隻奇異鳥標本，展品說明指蛋佔了鳥體積三分之一，是所有鳥類之冠，故此鳥又有「行走之蛋」的稱號。從解剖圖中可見那蛋反而像「零」的虛懷，不像是包括了民主、共和兩黨內蘊的蛋黃，也不像是將外在東西都納入誇耀的黑洞。原來朱自清所謂的「小資產階級」的「小」，乃相當於奇異鳥的體積而言。那麼，「行走之蛋」所印下的深刻步蹤正是「那裏走」的啟示：

牠成了一枚獨立蒼茫的孕育
我成了回聲，以疊合的混淆
勉力擦掉恐懼，我要以筆尖作喙
敲開蛋殼，在天的純淨中
甘心為寂寞作遺書，卻始終
決定不了——大蛋的歸宿

——〈奇異鳥〉

哪裏可以不計較蛋裏的內蘊，可以讓奇異鳥專注所有，孕育大蛋，哪裏便是歸宿。如果從小我到大我，就是由零至一的間距，如能讓這間距自由地佈滿不同的奇異鳥孕育的大蛋，那裏便可產出最好的藥。

七、雙河的中秋

我住的酒店後方就是地圖中所標示的愛荷華河，就像我們的家後面是林村河一樣。之前我們每每在晚飯後挽手散步。林村河蜿蜒如一節回憶的尾巴在輕擺。細看眼前黝暗的河景，才知原來林村河沿岸有着許多的閃光：有反復在不同地點劃起待修範圍的工程燈，有岸邊公屋走廊上壞掉不絕閃動的走廊光管，有那經過精心配置得像幽浮的夜光風箏，有那可以打開後門放出小模型車的遙控貨車的輪廓閃燈線，還有泊在橋躉旁的船頭警號燈。我打趣說如這裏會飄雪，直可媲美小樽的河景，你還笑我誇張。記得有一年見過蝙蝠不斷圍着一盞路燈飛，令燈光不絕眨動，之後也沒有見到這奇景，不知這些蝙蝠從何處來又往哪裏去……這些閃燈，就像從零到一的掙扎紀錄，全都是注滿了躊躇的奇異蛋。啊！差點忘記，還有那像螺殼一樣的回歸塔的螺旋燈線不絕在強調自己的存在。偶然林村河上有快艇劃過，在黏稠的污染河面留下一道白帶久久不散。現在站在這裏的橋頭只見一根浸得發白的漂木，不知從哪裏漂來，這是愛荷華常見的情景，聽説因這裏有海狸（beaver）之故。吖，如是中秋節林村河上還會有小孩不絕揮動掩映的螢光棒，我想今年肯提傳統蠟燭紙花燈的小孩更少了，定睛凝望一陣子，會發覺眼前的那根漂木竟然會像螢光棒一樣明亮起來……

／寫於二〇一九年五月三十日

浪花點化的涯岸——我於愛荷華完成的三首「日蝕詩」

來到愛荷華，腦中最常閃現的句子竟是區瑞強〈青蔥〉中的幾句：「幾多秋天都跑過　然後也去匆匆／回顧我過去　其實雙手空空／從沒有細心的欣賞　我一生不輕鬆／但係我到此剛一天／我喜歡耕種」。這是因為我將在這裏度過整個秋天，第一次在紅葉處處的異鄉過中秋。猶記得抵達下榻的酒店，是凌晨二時許，小睡片刻後，再踏出酒店，我便不禁叫得像劉姥姥，眼前就是一大片青蔥，令香港的大學草地都顯得小家子氣，草地也不像劍橋那樣護得拘謹，必須具備院士身份才可踏入。愛荷華大學的草地，沒有藩籬給青蔥圍上郵票的鋸齒，你可以像這裏的松鼠一樣，任意穿梭，撿拾「遺物」——松鼠通常撿的當然是橡實、松果，也會是派對或野餐後的紙碟……而我則愛撿漂亮的紅葉。如此拾荒時光，在香港似乎很少有過，卻對寫作相當重要。猶記得在我第二本散文集的序中，王璞老師這樣形容寫道：「從中學時代開始，他就投身於文學社團和文學編輯工作，之後真可謂是九死而不悔，一直都作着人工微薄、工作辛苦的出版社編輯工作……我與他約見過幾次，每次都見他來去匆匆，眼睛紅紅。」本來一直不明白何以歌詞會說要去欣賞從前的不輕鬆，乾脆說享受眼前的輕鬆不就更直接了當嗎？來到愛荷華才明白那是兩碼子的事。欣賞自己往日的不輕鬆，潛台詞就是無論成敗都接受自己已盡了努力，可說無憾。站在愛荷華舊市政廳的山崗草地上，往日的「不輕鬆」讓我強烈體會到「人生有涯」，以後該爭取時間去做自己愛做的事。以往我不明白明明前一句還在說「不輕鬆」，何解來了剛一天，便嚷着要耕種？原因是耕種乃自己所愛之事，我來愛荷華也同樣剛一天，那我該準備開展筆耕生涯了。

我不斷拍照試圖留住這片青蔥，手提電話的全球定位自動給相片標上「艾奧瓦城」，我明白這已是「Iowa」的通譯，但「愛荷華」之於我，就像是徐志摩所譯的「翡冷翠」之於戴望舒，已是定讞一樣，不容置喙。愛荷華三字，就像「涯」字的三點水偏旁，給我的寫作生涯激起撐開天地的浪花。

一、第一點浪花：愛名在我

這城名字的「愛」字相當於字母「I」的發音，就是英文中「我」的代名詞。國際作家工作坊（IWP, International Writer Program）每個星期五正午都有研討會（Panel Discussion），不同國家的作家會圍繞一個主題發言，往往有意想不到的論調和表現手法。最後一場是請三十五位作家各自談談對愛荷華的印象。我挑了在八月二十一日當天的迎新日，在 IWP 辦公暨交誼廳（Shambaugh House）門外，大家一起戴着濾光鏡看日全蝕。聽說這是半世紀一遇的天象，碰巧今年又是工作坊五十週年誌慶。如此巧合，令我不能不迷信地說，當中應該有某種特別的啟示，所以我當天便嘗試以日蝕來訴說在這城市中感受到的愛。

趁着五十週年，台灣的顏忠賢和我請聶華苓老師領我們一行人到工作坊創辦人保羅．安格爾的墓前拜祭憑弔。黑圓的墓碑，給我們擦淨後，邊兒的斜面反射陽光，閃亮如日蝕的光環。碑後的墓誌銘是：「I can't move the mountain, but I can make light.」這圓碑就像一座不能挪移的山，閃亮的邊兒就像是剛冒出山線的微曦。聶老師指着墓碑上自己的名字說：「我之後也會到這裏。」相愛本來是兩人之間默契的共鳴，是很小我的；當愛持續、盈滿，它便會像光一樣，向四方散佈，描亮大我巍峨的山線——正是因為他們相愛，所以這城市的光影才會幻化成世界不同角落的筆跡。瘂弦之後跟我們說，他在愛荷華時，保羅為了讓他睡得安穩，特別為他買了牀褥，還獨自揹上三層樓給他。聽完後，你便明白何以領我們鞠躬時，他會眼泛淚光。要放光，便要先讓愛溢出小我，卻不致泛濫。保羅在給一本風物誌作序時說：「愛荷華是一處深諳中和之道的地方。」來參加工作坊的作家，都是見過世面的，我們都明白要維繫愛，不會一面倒只有光明面，當中還牽涉許多陰暗面的處理，其中的妥協平衡才是學問所在，正如瘂弦跟我們說：「工作坊成立之初，經費有限，我們知道，保羅必須很辛苦去應酬，才能籌得足夠經費。」正正因着月亮的陰影，日蝕的光冕才顯得更亮。在掃墓後，我寫了一首詩，詩如此收結：「它閃亮，月亮的陰影慢慢消隱／日冕重新充盈，回復為掛在／你客廳中央的大理石桌面／上面印有世界不同角落的字花／向圓心聚攏、放光／描亮不能挪移的大山」。就在那大理石桌面下，聚過幾百位來自世界不同角落，可以點化出絢爛字花的筆尖。

離開愛荷華城約三小時車程便是麥迪遜之橋郊區，就是同名小說的背景設定，亦是改編電影的取景地。該區現存六座有蓋木橋。走進木箱子裏，看見椿木縱橫交錯地撐着，便感到一股承擔的力在上面流竄，彷彿隱隱聽見外面的風吹雨打。木箱子本來只為保護那些百年橡木，令每座都可以撐上百多年，確保社區交通的暢順。現在木箱子的內壁都寫滿雙雙對對的名字，本來將橋蓋的功能變成山盟海誓的具體象徵，祝福每段關係都可以像小說情節，即使只是匆匆數天的邂逅也因無私的愛而變成不渝的現代神話，這倒也不失為有意義的文物活化。但當小我的愛往針眼兒裏鑽，失去了妥協的平衡，便可能像黑洞一樣，把周遭一切都扭曲，並壓縮到小我核心裏去。今次在工作坊認識的一位當地朋友，除了領我們看美麗如昔的木橋，還帶我們看其中一座給焚毀的橋。這座橋（Cedar Bridge），三十多年前，一位年輕人跟女友在這裏海誓山盟，最後因被女友離棄，憤而焚橋。橋後來斥巨資重建，最近又給三位年輕人酒醉鬧事焚毀。橋給燒通了頂，支撐的力都從破洞散向天空，整道橋黑若月亮的陰影沒有消退。

二、第二點浪花：荷為負載

我在愛荷華沒有見過「荷花」，雖說此城也具備「中通外直」的特質：城的中心就是大學區，是通往國際學術之中心點。愛荷華大學文科以文學創作和翻譯著名，更被聯合國教科文組織列為「世界文學城市」，現在全球共有八個；理科方面，則以醫科聞達。文理科都有國際級強項，這大概就是所謂的「中通」。大學城的外圍就是農田和畜牧業。每年工作坊的作家都會安排到農莊作客交流，似乎已成了傳統。農夫給我們準備了農家菜自助餐。我們捧着大大甜甜的玉米，看着小型飛機在山崗下起降，便覺得心無罣礙。玉米之外，還有鮮牛乳做的雪糕和雪芳蜜糖蛋糕，你只需豎起手指頭讚東西美味，農夫便會爽性大笑起來，要你多吃，這可說就是這城的「外直」特質。

無論是「中通」還是「外直」，要堅持下去都必須有所承擔。先說後者，我們常說「荷鋤」，但現代的「鋤頭」的分量，一點也不輕。吃過農家菜，我們一眾作家，坐上很典型的美國拖拉車的拖斗，一邊看旁邊的玉米，一邊聽農夫闡述這裏的農業發展，當中摻雜着對城鄉發展的張力，最重要的角力倒不在土地方面，而在人力資源的爭逐——農夫一方面想子女受優質教育，所以會送他們到城中的大學讀書；但另一方面又怕子女畢業後不願意接手農莊，都往其他大城市尋求發展。愛荷華近幾個年代的人口都在下降，這樣的危機感，令這區不少選票流向善於播弄威脅論的特朗普，讓他在這州勝出。

當然要保持「中通」也不簡單，先說硬件配套。如你從舊市政廳走下去，便可以享受「文學散步」的樂趣：從愛荷華大街（Iowa Avenue）到北林道（N. Linn Street），前者主要是裝在地上的銅板，後者則在路邊的書形裝置或燈柱上刻有文學作品的警句。其中一個地上的銅板給設計成降雪的水晶球，刻着這樣的詩句：「由於我們生命中的奇異小鎮仍小，令夏天的街頭也感到寒風颼颼」（Robert Dana）。不錯，當街上的葉子轉紅，街上的寒風還真的有點徹骨……不錯，我們心中的奇異小鎮規模尚小。雖然這城已有很不錯的硬件配套，除了「文學散步徑」，愛荷華的圖書館頗具規模，在大學中央圖書館二樓有豐富的東亞資料館藏，就在作家下榻的酒店後面有著名建築師設計的藝術圖書館及展覽館，即使是我們每星期五正午舉行研討會的公共圖書館，規模不大，但設計和佈置型格又親和……但我們心

中的奇異小鎮規模尚小，那是因為我們還未備好運作的軟件。

我初到愛荷華時，常跟其他作家談及香港的文學氛圍如何侷促……但當別的作家告訴我們：「他出生的國家，現在已不復存在」，「我是在槍林彈雨、爆炸聲和警報聲中度過我的童年」，「我曾因所寫的內容而給人用槍指嚇」……相信聽後在場的聽眾都會覺得自己心中的文學小鎮的規模尚小，自己家鄉的水晶球內降着的雪景，縱然是為了粉飾節慶的昇平，但人造的雪花還沒有帶來嚴冬。我還需拓闊胸襟來容納更多軟件裝置，始能起動硬件運作。

我在這裏寫的第二首「日蝕」詩作題為〈鷹狼傳奇〉，是關於同名電影*LadyHawke*：一對中世紀的情侶被善妒的巫師詛咒，公主日間會化為鷹，武士夜間會變作狼，這樣他們永遠無法以人形相待。直至遇上日蝕，詛咒因日非日、夜非夜的混沌而破解。武士殺掉巫師以防他再施咒，有情人終成眷屬。這齣電影的故事設定雖然是歐洲中世紀，但卻是美國電影，頗受歡迎，不斷有新的版本。影評説這是因為現代有不少夫婦都過着這樣形神不對應的「鷹狼生活」。我以三部曲的形式來寫他們受詛期間的心情不盡然是苦痛。在第一部「晝鷹」中，我寫到崇山峻嶺映入鷹目，開闊了她的眼界；而在第二部「夜狼」裏，我寫到武士擺脱了人間的爭鬥，收起心底的自由，才能勇敢伸出臂膀作鷹降落的低枝。如果鷹是軟件，而武士的臂膀是硬件，如此配合，我們才能把握日蝕的機遇，擺脱困蹇。所以在第三部「日蝕」中我寫道：「天上的光環與黑洞／相互成就，她的黑洞給光環約束／不再吸攝，我自憐的光環／給黑洞撐大，不再收縮」。

三、第三點浪花：華非落英

記得中學時代有一本學校指定讀物叫《含英咀華》，收錄了英譯中、中譯英的名篇，那時還不知道原句的典故，還真的以為那是用「英文」去咀嚼「中文」的意思。這樣的誤讀倒也真的很富殖民地色彩（一笑）。來到愛荷華便經常想起這個書名，心裏常閃出怪自己年輕時沒有把英文鍛練得跟中文一樣的水平，不然吸收到的精華可能更多，軟件可以更快裝備妥當去起動硬件。事實上，華文在愛荷華還是給束縛着，在這裏請先收起民粹情結，如果我們總是以被歧視、被針對，輕輕帶過，那麼我們便模糊了重要的思考焦點。我當然不是要把愛荷華的工作坊提升到不容置喙的神聖地位，畢竟它當初的部分經費確實來自美國政府，而那時處於冷戰年代，當然不能說這樣大型的交流不涉政治文化角力。只是政治層面我們既管不了，正如亨尼（Seamus Heaney）在〈舌頭的管轄〉（"The Government of the Tongue"）中所言，面對政治，我們的舌頭都顯得無能為力，唯有管束那份無力感，不要從舌頭蔓延至寫作的手。既然如此，就乾脆把心思放在文化交流上，我相信作家們之所以老遠跑來聚在一起，只因大家都相信文學帶有淨化人心的力量，可以昇華靈性。

來到愛荷華才發現原來外來留學生中以華語學生佔最多，其次是韓國，但工作坊的籌劃人員中看得懂中文的，對華文文學有所了解且具備一定人脈關係的，現在只有聶老師一人，這情況似乎亦難在短期內改變，而聶老師已九十二歲高齡。難怪她常焦急想中、港、台都要有具代表性的選委會，每年都可以選出具代表性的作家來參加工作坊，因這等於守護亡夫的心血。就是這樣我常提醒自己英文未夠流利而打了的折扣，就以充分的準備補回。於是我每次朗讀或研討會都更新內容，把作品翻成英文，預先設計好串連的脈絡，再按脈絡製作圖文相配的簡報，還備妥講稿，用故事拔高聽眾的好奇心。這只是以做好本分的禮儀來確保交流平台有着同等的高度。今年因着五十週年慶典，工作坊特別邀請了過去來過的華文作家回來開一場華文文學發展概況的研討會，其中董啟章指出香港日常口語溝通以粵語為主，但書寫時卻須轉譯為書面語——這種舌頭和手之間的轉譯確會帶來一定障礙，但正是這樣才令香港作家得着獨特的話語身份。同樣是華文，粵語和漢語之間尚且存在這樣基因變異的促進效果，試想英文跟華文之間又怎會不存在同樣的張力和牽引？

在愛荷華的三個月，我是很後期才知悉大學裏原來有中文系，奇怪的是系內教職員從來沒有跟我和其他華文作家聯繫過，連招呼也沒有打過一聲，更遑論到系裏跟唸中文的同學交流。我想真正阻礙華文文學交流和發展的，不是舌頭上的差異，而是走不出自己親手在地上畫出的牢圈。「含英咀華」典出韓愈〈進學解〉：「沉浸濃郁，含英咀華。」意思就是沉浸在意蘊濃厚的書卷中，自然能體味咀嚼到其中的精華。而在現今世代，「沉浸濃厚」是互聯網唯一代替不了的，因為當中包含人與人交流時微妙的化學作用。我在愛荷華的第三首因觀賞日蝕而撞擊出來的詩題為〈書影疊合樹影〉，那是在芝加哥一本百年詩歌雜誌 *POETRY* 的雜誌社（Poetry Foundation）辦公室見到的景象。整堵詩集牆的倒影跟外邊庭園的樹影在玻璃上疊合起來，就像日蝕時月亮的影子疊在太陽的身影上。書頁來自樹木，我彷彿看見一首詩的前生和來世在對話。如果樹代表中國文化的根縱，而書影代表未來的文學創作，只有玻璃的澄明才能讓它們疊合：「卻見書影疊合樹影／在它的通透裏有我的誓言：／把書影還給火／將樹影歸於水／水火共濟，打開我今生的／活死人墓，在無何有之鄉」。在明淨的玻璃的疊影中，「華」不解作「花」，自不會是日暮的落英，也不單是「華夏」，更包括「精華」的含意，拍打着我的寫作生涯。而「愛荷華」就像是凝定在浮世繪畫面上的三朵浪花，點化我繼續不息地以有涯隨無涯。

出走，尋找善喻

總覺得驅使人要出走的，都是苦衷，否則好像無法襯托出那份驟然把一切強擱下來，去滿足心底呼喚的「急切感」。我說「急切感」，因為如果說是「決絕」，似乎有點言重，因為「出走」也意味着突破難關後的回歸；但若說是「瀟灑」，似乎略輕了一點，未能涵蓋那份把擺脱籌謀後的徬徨視為享受孤獨況味的自恃。急切感，就是處於「決絕」和「瀟灑」之間的心理狀態，就像電影中的阿甘在家門前懷念着因愛滋病逝世的珍妮，心裏突然萌生跑步的衝動，便一直往前跑，累了便睡，餓了便找吃，全程都是憑本能作即時的應對，也沒有想過甚麼偉大的信念。那時，阿甘已是一位大富翁，心的四周本該蓋滿了護衛的壁壘，但他率性拒絕這些加設，以心底的吶喊當作神諭。阿甘不斷跑呀跑，觀眾會想起上一次他賣力地跑是在越戰中，珍妮叮囑他如果要保命，緊記要不斷往前跑。他於是揹着戰友跑呀跑，屁股中了槍還是跑呀跑。不知道他從家門出走是為了紀念珍妮，還是正正相反，想藉跑步的執念去摒棄對亡者的思念？

我寫這篇文章也是在一次「出走」的旅途中。過去一年我臨危受命負責一套銷售下滑的教材的改版工作，如果想起死回生，必須大刀闊斧，難度甚至比拆卸重建更高，加上時間不夠，拍檔的資歷又淺，事事必須親力親為。過去一年，每天都過着銜枚疾走的羈旅生涯，每天工作至凌晨二、三時，早上六時便起牀上班，似乎連喊苦埋怨的時間也沒有。期間，好友善喻不斷傳來她散文集《出走》的稿子，促使我去想這一篇篇主題各異的文章，究竟和「出走」這個大主題有甚麼關係？她心中的「急切感」又是如何出生？是像阿甘那樣竭力抗拒掩藏，然後來個遽然的爆發，還是像吳爾芙的「燈塔行」那樣，只為了圓一個舊日的夢？

就在我每天掙扎起牀時都萌生出走念頭的期間，善喻已出走到外地多趟，有時公幹，有時度假，從個多星期到幾個月不等。旅程中，善喻都會寄來當地的明信片，大多數是作家、畫家或哲學家的故居或畫作。這些明信片，對於我來說，就像吳爾芙筆下的燈塔，隱隱以虛渺的光芒引領我去重拾一個又一個未圓的夢。後來，善喻請我替她作序，本來這是我的榮幸，但繁重的公務令我久久未能動筆，曾經試着婉轉推搪，但見她滿臉誠懇地堅持等待，只好勉力一試。終於，在工作的劫難中，掙得一星期的空檔，可以暫擱一切，帶着整疊書稿及善喻歷來寄來的明信片出走到外地，專心地為《出走》寫序，感覺自己是在進行一項「行為藝術」。當我逐一檢視明信片，感覺就像林白夫人（Anne Morrow Lindbergh）來到沙灘撿拾「來自大海的禮物」一樣，是在尋找生命的隱喻，以協助自己詮釋內心的吶喊，然後像阿甘那樣騰出空間去接受一閃即逝的神諭。

親愛的善喻，一直以來，我都覺得明信片不及信件慎重，所以從沒有想過作甚麼特別的回應。但想深一層，要在旅行期間，就對方的志趣挑選，寫下自己好不容易沉澱下來的感受，然後謄寫特別記在手帳中的地址，在陌生的國度尋找郵局，再精選郵票投寄出去，連串的心思斷斷不能說是「隨意」吧？當這一張張看似隨意的薄片累積起來時，正如你在〈書和信〉中所言：「這是對感情的尊重。只要看到字跡，一切變得有血有肉。」對，在這「面書」上泛濫着「電報簡語」及標點組成的「表情符號」的年代，難得的又豈止是字跡？我現在以一整篇文章回應你多年來投寄給我的明信片，非但是贖罪，更是對一個追求信息傳速的潮流的抵禦。〈書和信〉是你寫給媚的文章，我游筆至此，媚正在隔壁的房間給兩名孩子打點沐浴的事宜，而兩名孩子正在我這邊「滾牀沙」，所以這篇文章也可算是一份共有緣分的紀念，正好給你在文章中記述和藍分手的情節作反襯。

第一張明信片（二〇一〇年三月十三日）

這張素描的草稿是梵谷自己設計的範本。你說是鉛筆畫，但背面的圖解列明顏料是棕色墨水。梵谷沒有正式受過學院的訓練，他的畫功是靠自己鑽研和苦練得來的，而他比受過正統訓練的畫家更勇於嘗試。他很喜歡混合使用不同的顏料，墨水、炭筆、粉彩、水彩、油彩等……不一而足，往往可以創出許多令人耳目一新的視覺效果。

記得你從美國深造回港後，跟我說很想學習寫作，甚至說寫作是在講求邏輯理性的法學圈子中，唯一讓你保有自我的途徑。可能由於你最想保有的自我部分是那善感的個性，所以最初你是選擇詩這種抒情功能較強的文體。看你傳來一首又一首的詩作，感覺真的像觀賞這幀鋼筆素描一樣紋理分明。之後，我勸你可以試着寫點散文，你曾因而感到沮喪。抱歉那時沒有說個明白，你其實不必沮喪，梵谷也反復試驗哪種顏料搭配何種筆觸，最能表達怎樣的情感。你看，梵谷選用棕色墨水在淺棕色的紙上畫「植薯」的主題，我相信他是想讓看畫的人感受到畫本身就像是薯皮上的天然圖紋，加上棕色令人想起泥土，試想有甚麼比親近泥土的人更能表現農民對作物的珍視和尊重？在〈「笑精」外婆〉和〈老師，慢走〉兩篇文章中，你同樣以最平白的手法去表達心中濃烈的感情，但幸虧你成功節制住，沒有讓感情一瀉如注，這反而令文章更堪玩味。

許多人都以為詩的情感，該像梵谷的絲柏一樣澎湃激越，迸放超凡的感染力——但你我都知道梵谷生前只賣出過一幅畫作，他甚至試着以

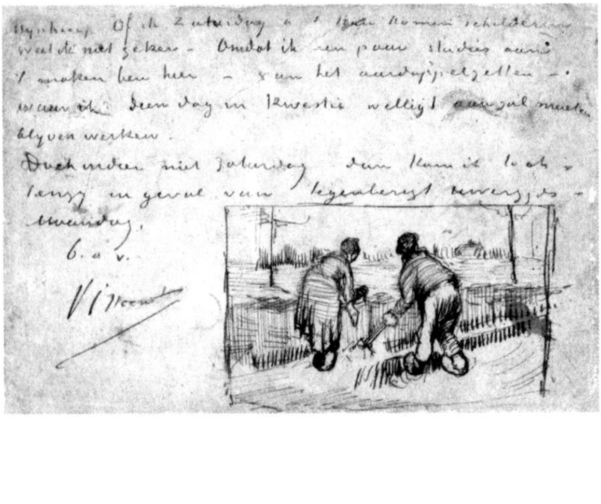

火焰一樣的絲柏來換一杯啤酒也遭到拒絕。正如你在明信片上寫道，原來這狂放的絲柏，也不是一蹴而就，也要用鉛筆畫了多張素描練習方能成就。那麼，為啥你認為之前作詩的練習，無助成就這帙作品呢？為何要拘泥詩與散文之間的區別呢？〈靜極〉和借福柯學說寫成的〈愚人船〉不就是甚具文字張力的散文詩嗎？

梵谷還有一個作畫習慣，就是愛在一個時期反復繪畫相同的主題，直至純熟，你可有發現自己也有這個創作習慣？或許你是在經營「出走」這個大主題，不知你有否察覺，你喜歡描寫寧謐的心境。在〈靜極〉中，你說因多年來尋找寧靜的住處不果，當你看過導演菲臘．朗寧（Philip Gröning）所捕捉的阿爾卑斯山上苦修院的寂靜，你便有一種驚為天人的震撼：「影片靜得能聽到下雪的聲音，能聽到雪點在風中翻飛，能聽到風在雪點與雪點之間呼呼而過。……影片靜得連火焰在火爐燃燒的噼哩微弱聲響也能聽到。修士一舉一動所發出的聲音也清晰悅耳，如鑰匙插進門鎖再扭動的聲音，如他們下跪，長袍擦過地板的輕柔窸窣聲……最令人嚮往的是每天清晨早禱及日落晚禱鳴鐘的聲音。修士瘦弱的身軀全力拉動銅鐘的繩索，簡單明亮的鐘聲猶如歌唱家氣出丹田，發自肺腑的音韻，響遍修院的每個角落，響遍大地，喚醒人心。那刻方知靜原來有她本身的音調，她的神態。靜是一種生活的態度和方式。而清靜無塵的境界，往往能勾起人們靈魂深處的共鳴。」你要排拒的非但是外邊的噪音，更是內心的雜音，這有點像坐禪，鍛練自己以澄明的心去親近自然，體味生命。你這篇文章讓我想起另一齣電影，片名對你而言，可說是饒有寓意，它叫

《走出寂靜》（*Beyond Silence*）。

片中的小女孩娜拉，自小由失聰雙親撫養長大。她從小便竭力用手語比擬抽象的聲音：風吹旗幟是甚麼聲音？她用手語告訴父親像鐘響的聲音，風越大響聲越大。那麼鐘響又是怎樣的？它像暴雨夜打大雷那樣。那麼打雷又是怎樣的……雪落有聲嗎？日落無聲吧？漸漸，娜拉發覺不能用聲音比擬聲音，只能告訴對方聽見聲音時的感覺，於是令她很早便懂得聆聽自己的心聲，並且珍惜四周的聲音。大概就是這份對聲音的珍視，啟發她出類拔萃的音樂才能。當她嘗試「走出寂靜」，發展自己的才華時，她害怕父母會視她為叛徒，害怕自己從此失去愛人的能耐，可幸最後她和固執的爸爸都明白，只有勇敢聆聽自己的心聲，寂靜才不致成為牢籠，才能聽見愛的話音。在〈我的下午茶時光〉中，你教人摘除觀察事物的距離，接受自己的渺小，便可以和四周的環境和諧地契合：「大地靜聽，雨點也在聽。這聲聲的『答答』，那源自雨點自身的聲音把這場大雨懾住了。當他再次打在黝黑的屋頂上，打在灰白的泥牆上，聲音越是變得低調耐聽。雨落在這古老的院中，慢慢收斂起來，發出低沉的喉音，恍如大提琴的鳴奏。這殘缺的四合院馴服了他，這古老的內園安撫了他，讓他把心中的怒氣怨鬱都傾瀉了。」寧靜的秘境，無論是外在的，還是心靈上的，都是你出走要覓尋的目標，只是在出走的奔波中，內心的平寧也會逐點逐滴流失，所以你說每次出走都會回到原點，最後發覺只有通過寫作作靈性上的出走，才能令你找到睽違的平靜。原來你也是小女孩娜拉，勇敢地在找「走出寂靜」

的動力。

你在明信片頂端的空白處注明，此行除了看了梵谷的畫展，還探訪了韓德爾的故居。你説韓的爸爸原本強迫他唸法律，禁止他學音樂，「幸好」最後韓的音樂天分沒有被埋沒。看得出來你是在寫完明信片後，突然想起，覺得不吐不快，所以隨意找一處空白添補這道小資料。為甚麼呢？難道因韓德爾沒有屈服，而你卻順應期望去學法律？是否韓德爾以天籟的樂音代替內心反抗的吶喊，讓你感受到忠於自己的溫柔力量，原來可以如此撼動人心？可能這也是〈上帝的聲音〉中，寫巴哈的樂音時想表達的感悟。在這篇文章中，我還發現你擁有超凡的聽力，是位絕佳的聽眾，不單是判別音準的能力，而是在寧靜的心境中聽尋自己內心那股温柔力量的能力。小女孩娜拉就是憑這股力量，儲足「走出寂靜」的勇氣。

從第一張明信片中，你所展示的教人自我完善的隱喻是「窗前的絲柏」。絲柏令人想起梵谷的激情，而窗則意味出走的勇氣，以及對扎根之地濃重的愛，這也是對出走人回歸的呼喚。

第三張明信片（二〇一〇年四月十五日）

之前在讀狄更斯（Charles Dickens）的傳記，我雖算不上是他的書迷，但看完他的生平事跡後，不得不承認，我很佩服他的毅力，不只在於創作《雙城記》（*A Tale of Two Cities*）這種大部頭作品的能耐上，還在於他竭力克服生活的種種困蹇及時代的匱乏，努力為自己所愛的人，甚至同年代的人尋求心靈上的慰藉。沒料到這樣隨便說說，你那次到倫敦便特意拐過去探訪狄更斯的故居，還特意寄來這張《雙城記》的明信片，畫面是小說在《一年到頭》（*All The Year Round*）周刊上連載的第一期封面。鉛筆速寫的風格，令人感到小說所寫的是個風起雲湧、變化急驟的年代，加上畫面的局部又是砍頭，又是墳頭，又是監倉，又是枯樹，進一步加劇窒息的感覺。如果上方畫的是倫敦的商埠，那麼下方該是鬧着大革命的巴黎。原先還以為中間的建築物是巴黎聖母院，但後來想想那該是巴士堤監獄。

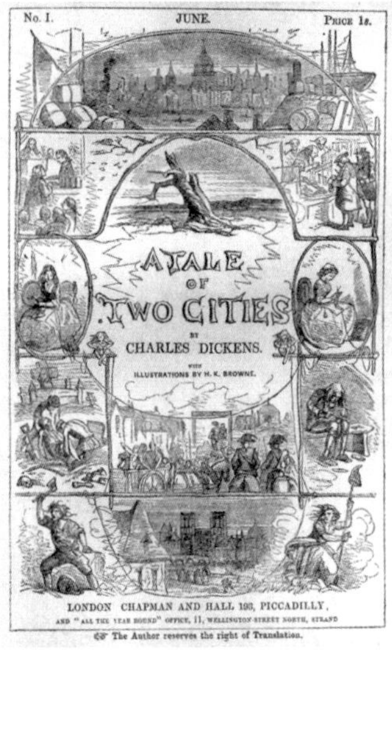

關於《雙城記》這本小說，我們該談甚麼呢？我初中時勉強啃下這部小說，讀的還是姐姐的英文版本，老實說，我真的只掌握到當中的兩成，加上時間久遠，又遺忘了當中的五、六成，剩下的只是十分依稀的印象。你說這是狄更斯芸芸眾多作品中最喜歡的一部。那麼，我們就粗略地談談當中的「對照」佈局吧！我相信狄更斯是想借法國大革命這個歷史的橫切面，作為當時英國統治階層的借鑑，為當時的英國尋找消弭社會上的不公平現象的出路，但從他對革命者前後不同的描劃，我們便知道他一方面認同人民的起義，認為那是反抗暴政的果敢行為，但另一方面又把對貴族階級的屠殺視為歷史上的災劫。狄更斯在書的開端便寫道：「這是最好的時代，也是最壞的時代。」小說寫的不單是人在大時代中的境遇，更重要的是人在動盪中如何節制自己的慾望，作出正確的選擇，創造出美好的平衡。例如作者對於革命爆發前，遭遇淒慘的狄安娜能夠堅強面對，表達了深切的同情和讚賞；但當她成為革命的驅動者後，沒有好好節約內心復仇的慾望，漸漸變成了冷酷、兇殘的偏執狂，最後狄更斯安排她死在自己的槍口之下，不無諷刺。

相反，如能節約慾望，便能靜心看透愛的本質不是攫奪而是犧牲。丹尼和卡頓兩個角色設定，本來就是正反鏡像，兩人形貌相若，但在境遇上卻截然不同。丹尼從社會的上層流到下層——他本來是法國貴族的後裔，但不恥家族對平民的壓榨，自願放棄優渥的生活及家業的繼承權，隻身來到倫敦謀生；卡頓則是從下向上發動抗逆的憤世嫉俗的律師。他們都愛上一位政治犯的女兒——露西。露西可說是二人命運的轉捩，本來已放棄貴族身份的丹尼沒有豁免死刑，本來完全可以置身事外的卡頓卻頂替丹尼受刑，成全露西的幸福。

在《雙城記》中，巴黎和倫敦是「對照」的城市。你在英、美、加留過學，又曾到德國、以色列等地交流公幹，在遊歷期間，大概也會拿這些城市跟你心目中的香港作比對，儘管這些城市不盡相配，你還是寫下〈墓園〉、〈林中〉和〈流水賬〉等文章，留下配對的痕跡。在你眾多到過的城市中，和香港最相配的可說是北京吧！兩地都是華人社會，但一個是曾經受殖民的南方邊陲城市，一個則是多朝的北方古都。從外地回到香港這個土生土長的城市，面對小學教材常誇說的「華洋雜處」特質所衍生出來的「文化喧囂」，你似乎未能霎時適應過來，令你有時不得不用孤獨的陰霾青甲起心靈，營造一直渴求的靜境。當你來到北京，看見地上的古跡、地下的秘道，你很快便沉醉在醇厚的文化饗宴中，於是你連續寫了四篇「一個人在北京」的文章。你寫到北京的街道、巷衢，不知為何，我總會想像後頭說不定會突然響起鴿哨，引我回頭指着劃空而過的鳥兒說：「看啊！王世襄在放鴿子啊！」

人物方面，狄更斯可以在自己的小說中設計丹尼和卡頓這對全然相對的角色，我們在生活中當然不可能有這樣的人物當鏡像，但你筆下的「笑精」外婆，性格爽朗幽默，不正是你靦腆內向一面的對照嗎？正如你說她的笑容在你心中種下了無比暖意，讓你可以抵禦日後種種的冷嘲，這是多麼意味深長的對照。又如傭人五姐的堅毅刻苦，正好和你小時候的驕矜任性成了強烈的對比。正是這些對照面的牽絆，令你和善的本性沒有被埋沒，得以懸掛在記憶的天空，成為處世抉擇時的明亮指標。

狄更斯的小說中，我最喜歡的是《聖誕頌歌》。這個故事是中二的指定課外讀物，我一讀便喜歡上了，之後重複讀了多遍，連改編的電影也收藏了三四個版本，但在寫作這篇文章的十二月，我才首次看這故事的舞台劇。有人說人生的歷程大致是少年時不知自己是誰，中年時知道自己不是誰，直至老年時才知道自己是誰。《聖誕頌歌》中過去、現在和未來三個精靈，便在一夜間讓守財奴史高治重新經歷這三個階段。少年的史高治之所以陷於不知道自己是誰的迷茫中，原因和一般人不同，他不乏循循善誘的明燈：姐姐、老闆、愛人，只是他因太害怕失去而刻意遺忘往日的情意。你呢？在給我的明信片中，你不時提及那位作家原來小時候被迫唸甚麼、去當甚麼，我明白你也曾經受過這樣的「強力指導」，但我分不清究竟你是在尋找同病相憐者，還是忠於自己的拓荒者？無論怎樣，但願你不會覺得現在選上的路是委曲求全的抉擇；不然，在這種心境下，一個人難以識別出值得自己努力去愛的對象。

當晚的舞台劇在情節上作了不少適切的更動，其中一個我認為最動人的就是「過去聖誕精靈」臨走前告訴史高治，自己就是他早夭的姐姐，也就是他口中那位笨外甥的媽媽。不知為何，這個情節一直縈繞在我心頭，回家後立即翻出原著細讀。或許我是覺得這樣的鏡像安排太深刻了：由一個史高治錯失了的愛的對象，提醒他身邊還有可讓他作出補償的另一位愛的對象，令他的情感從此有了寄託，不再寂寞。既然你在文章中，不時寫道懊悔自己沒有好好地去愛，那麼就更不應讓自己不甘的悒鬱掩蓋你去識別眼前愛的對象。可能我們這個通病，就是窒礙我們進到「知道自己是誰」的原因。故事中，史高治看到死去七年的拍檔馬利的靈魂纏滿鎖鏈。如果我們每個人生前都給死後的靈魂打造鎖鏈，那麼你猜懊悔會增長還是縮短鎖鏈的長度？

從第三張明信片，我想到的隱喻是鏡子和鎖鏈。現在你和我，都已屆「不惑之年」，該是「知道自己不是誰」的了。現在聖誕精靈在離開前打開長袍，給史高治看下面兩個枯槁的小孩，其中一個男孩叫「無知」，而他的眉心則寫着「命運」。我們無法在現實中創造出和自己相對照的人物，替我們去走自己沒選上的那條路，或把原來愛的對象塑造成自己的鏡像去自戀。不錯，有時我們不知不覺間都會傾向這樣，無形中給身邊的人徒添壓力。讀你的文章，令我明白這無疑是為自己徒添命運的枷鎖。

第五張明信片（二〇一〇年六月十二日）

這是德國著名詩人畫家 Carl Spitzweg 的名作《窮詩人》，是許多潦倒藝術家用來自況的畫面。你在背後寫道：「畫家本身是詩人，家裏強要他唸藥劑，待他爸死後，繼承了遺產，他才可專心寫詩和作畫。」這反映了你的內心的典型掙扎，這我在上面已談過，今次我們來談談面對的手段，相信這也是 Carl Spitzweg 的訣竅，就是幽默。看他的畫，即使多齷齪的處境，都會給他意想不到的佈置逗得會心微笑。就像這幅《窮詩人》，雖然畫中可見詩人家境清苦，火爐邊甚至堆着兩大疊寫滿了字的稿件，大概是詩人未獲青睞的作品，準備熬不住冷時，用來作取暖的燃料。啊！不，無須等待了，原來已有一部分給扔到爐裏，看啊，爐裏並沒有熊熊的火光，稿子連用來取暖也燃不起來呀！這樣的情狀，真是任何人看了心頭也會冷了半截。接着觀者的目光會從左下角移到右上方，停留在窮詩人頭頂的破雨傘上。雨傘一般是在戶外才打開，現在要在室內張開，把屋頂的漏水引導到牆邊去，彷彿在暗示詩人的光景和餐風露宿沒有兩樣，但轉念間又會想像說不定那傘和屋頂的隙縫正有一隻蜘蛛在辛勤結網，而破雨傘「淪」為詩人的「裝置藝術」，又較之給合起來扔掉要強得多，於是心中的微酸又迅速給昇華成欽佩之情。

閣樓，對整幢樓房來說，最大的用途是成為下面空間的絕緣層，一般是用以儲物的。那麼，窮詩人便給「物化」成一件不常用的家品雜物一樣，誓必漸漸遭人遺忘，這對於寫作人來說是多麼淒絕的處境，但畫家描劃的詩人並不是目光呆鈍，而是咬着羽毛筆在構思創作，甚具生命力。詩人的捻指，無論是數算詩句的韻步、頓數，還是另一些人所說的正在揑蝨子，對於我來說，都是全個畫面的「刺點」（羅蘭・巴特《明室》用語），把詩人的表情定性

為從容自若，那份因命運的乖謬而生的唏噓，便朝戲謔幽默的一路流淌到觀者的心中，漸漸稀釋為好生無奈的莞爾。畫家以自身的故事，以及這幅畫告訴我們，沒選上的路不一定是想像中明媚的風景，當然不明媚，並不意味不美好。

這幅繪畫閣樓的情景令我想起梭維斯特（Émile Souvestre）的日記體小說《閣樓裏的哲學家》（*Un Philosophe Sous Les Toits*），首章是哲學家在元旦日從閣樓窗戶俯瞰街上的眾生，想起沒有人會送他禮物，也沒有甚麼可送人，於是他向路人送上自己最誠摯的祝福。這是多麼高尚謙挹的情操！住在閣樓上的可能是社會的低下層，但住客卻可使它成為道德的高地。Carl Spitzweg 也有一幅名為《閣樓》的畫作：一位閣樓的住客閉眼微笑着，給窗台上的花草澆水，彷彿正在享受撲鼻的花馨草香，另一邊較低矮的閣樓的住客卻以怨懟的眼光瞪視上方的澆灌者。風景美好與否，原來是取決於選擇的視角，而非身處的位置。

小說的最末章是哲學家在大病剛癒後，在歲杪寫道：「你啊，留給我經驗作為青春的替代，留給我回憶來作為學問的退讓，留給我感謝來作為善行的報酬的你啊，請你平安而又受着祝福的落入永恆去吧。」這裏的「你」，指的是「過去一年」。走筆至此，碰巧是一年的除夕，又是另一個緣分的證明。

這張明信片帶給我們的隱喻是閣樓上的雨傘，那是一柄破舊的、在室內常年打開的雨傘，可說是完全違反常規，卻自成風景的一柄。有一次我造訪台北淡水的真理大道，裏面有一條 3H 大道，第一個 H 代表 Humble，即謙遜的；第二個 H 代表

Humane，即人道的；第三個H，你猜是甚麼？原來是Humorous，即幽默的。首兩個H，你是毫無疑問做到了，你嬌小的身軀竟然如此善於負重，你只需要多加一點幽默，讓自己活在人羣中也可以舉重若輕，不會太介懷別人的眼光，你就可以集齊三個H，通向真理了（一笑）！當你感到肩膀沉重時，就想想那柄破雨傘吧，它是詩人頭上的光環，所張開的空間雖小，卻足以讓你在物質化的社會裏，獨自瘋狂。

第六張明信片（二〇一〇年七月十二日）

這是華茲華斯（William Wordsworth）的故居「鴿舍」，位於英國大湖區裏風景最秀麗的格拉斯米爾湖附近。除了令人神往的自然風光，這裏還有華茲華斯、濟慈、柯爾律治（Samuel Taylor Coleridge）及波特（Beatrix Potter）等知名作家的足跡，進一步令這裏變

成文學創作者的朝聖地。我向你提及過到這裏漫遊的想望，想不到不久便收到你從那裏寄來的明信片，感覺有點像「千里之行，始於足下」的故事，我是那個乾想而不付諸行動的僧侶，而你則是坐言起行的那位，着實令我慚愧不已。

華茲華斯處身於「法國大革命」的年代，也就是《雙城記》所設定的時代背景。顯然，狄更斯以倫敦作為這場革命的瞭望台，在思想上反芻社會對人性的模塑；華茲華斯則以大湖區作為療養地——二十二歲時，他到訪巴黎，也因目下的變革而狂喜，也掉入了一見鍾情的狂戀中，並迅速留下了血脈。及後，華茲華斯回英謀差事，不久英法便爆發戰爭，他與愛侶及女兒從此失去聯繫。帶着這份徹骨的生離之痛，他回到湖區，風景依舊，但在詩人心中卻是「即或不然」的淒楚。

在詩人眼中，大自然是宏奇壯麗，而且大自然的規律不為人的意志所轉移，無論人事如何變遷，季節還是照樣嬗遞，令人即使孑然一身，也會因驚喜而感覺豐盈：

我孤獨地漫遊，像一朵雲
在山丘和谷地上飄盪
忽然間我看一羣
金色的水仙花迎風開放
在樹蔭下，在湖水邊

迎着微風起舞翩翩
每當我躺在牀上不眠
或心神空茫，或默默深思
它們常在心靈中閃現
那是孤獨之中的福祉
於是我的心便漲滿幸福
和水仙一同翩翩起舞

——〈我孤獨地漫遊，像一朵雲〉

記得大學時教授解説華茲華斯的名作〈丁登寺〉時，我頗不喜歡，覺得它只是嘮嘮叨叨地訴説從大自然得着的啟悟，沒有甚麼深層的信息。後來陸續讀到像〈我孤獨地漫遊，像一朵雲〉的作品才明白過來，原來〈丁登寺〉是詩人放逐孤獨的心路歷程，大自然不獨是他靈感的泉源，更是放牧孤獨的境界。讀你的作品，我不時聽到排遣孤獨的呼聲，但找不到轉化成享受的歷程。面對孤獨，我們除了忍受，可能還應該對它多一點信賴，相信它不會一味要求佔據心靈，應可舒坦為寬宥的牧地。不要誤會，我不是説你不夠謙遜讓出心靈的空間，相反，你總是温柔敦厚，從不矻矻於追求，但你似乎總是覺得自己未能掌握和它溝通的密碼，只能親近，而不能享受。或許，你需要的只是在謙遜中多加一點回家後的率性，這樣在孤獨中便能感覺從容不迫，不再是當它的追隨者，而是像華茲華斯那樣令它成為靈感的泉源。〈我孤獨地漫遊，像一朵雲〉又名〈詠水仙〉。水仙，在西洋神話中是自戀的原型，於是在許多作品中，水仙都是自我投射出來孤獨伶仃的形象，但華茲華斯寫的卻是實境中的一大叢水仙花，把原來孤獨自戀的投射轉化成溫柔力量的散播。第六張明信片帶給我的隱喻是平靜的湖水，以及倒映當中的浮雲和水仙。至於選擇何者，當然是「吹皺一池春水」的事，但我可以說，我會選擇浮雲，鼓勵自己開始夢寐的「千里之行」，然後把感受寫在明信片上告訴你。

第八張明信片（二〇一一年八月二十日）

提議你看看赫曼．赫塞（Hermann Hesse）的作品，覺得他的散文靈動、温婉，該屬你的套路。沒想到不久你便從他德國的博物館寄來明信片，畫面是赫塞的工作枱，上面是他的畫筆、油彩和畫作，非但令畫面充滿色彩，還迸放出創作的熱誠，這也是你寄來的明信片中我最喜歡的一張。赫塞的畫功，老實説算不上了得，他不會像梵谷那樣反復以大筆塗抹製造層次感，表現狂放的氣質。他畫中的色塊是工整的，看得出邊界都用心修繕過，互相緊密地接合着，不會像畢加索的人像畫的色塊那樣，不安於分地擠疊着，不知何時會向觀賞者隆起個喜馬拉雅山。畢加索把立體的不同稜面，甚至「知識面」疊合在一個平面上來呈現，於是被稱為「立體派」；那麼，赫塞是否應該因他以立體的景致來表現劃一的純美的「平面角色」而稱為「平面派」？我稱之為「平面角色」，並非針砭，而是因為它們令我聯想起孩提時以七巧板拼湊出來的圖案，彷彿現實中的斑駁都給簡化掉，剩下的是清麗的勝景。我好像成了要返回現實，又要「處處誌之」的武陵漁人。我們都是時刻在尋索心靈秘境的，只是你會因要返回現實而悲哀，而我則常因未能找着留下的記號而焦躁。

可能由於經歷戰亂，赫塞似乎很有意識地自絕於一切驕浮急躁的事物，他甚至明言對「氣勢磅礴」的作品感到不舒服，他又說會把不看的書埋到花園小徑的石板之下，也就是說赫塞可能是站在《神曲》一類宏偉的作品上來修繕生活上的枝節。赫塞推崇東方的哲學，特別是中國的道家及日本的禪宗，又曾專程到印度體驗生活和學習梵語。明信片中最令我注目低迴的，就是中央那幅樹的圖畫。樹在赫塞的作品中，可說是東方哲者的化身：「樹是最能滲透人心的佈道者。它們

叢生着類聚着的時候，使我感到尊敬，它們獨自挺立着的時候，使我更加尊敬，因為它們像孤獨的人。不是像由於某種軟弱而離羣索居的隱士，而是像勇敢孤行的偉人——一如悲多汶和尼采。它們的枝葉在世間沙沙作響，它們的根停留在無盡的地下，但是並不在那裏失落，它們用畢生之力奮鬥的只有一件事：依照自己的法則完成自己的規模，表現自己。」（赫塞〈樹〉）

樹，舉起樹枝的胳臂，張開樹葉的手掌，捕捉風的節奏，感應天行的呼息；又廣佈根的神經末梢，探聽地下的脈動。天地的啟示逐點逐滴凝聚，默默旋成年輪的漣漪，記載掙扎的傷記。有時讀你的文章，就像在閱讀樹的年輪，隱隱感到砍劈的痛；但回神細看，便會發覺傷口都變成了明亮的眼睛，閃着歲月的淚光。明信片中的樹，四周有漂亮的飾邊，像籬笆一樣圍着，彷彿在呼喚我們讓它進駐我們半開放的心靈。好的，就以它為自我完善的隱喻吧。望着這棵樹，我便會想大概它的根正在吸收那些埋在小徑下的作品的字句，漸漸分解着書冊；當探訪者的腳步踏下，石板便是一沉，然後會聽見樹葉沙啦沙啦的，在笑。

阿甘在出走以後，許多人見他漫無目的卻堅定地跑呀跑，以為他正在自我修練，於是都跟從着他，期求得着甚麼生命的啟迪，但阿甘總是淡然地回應搪塞過去，便兀自繼續向前直跑。一天，他突然停下來，宣佈「我想回家」，便丟下跟從者掉頭走。如果和小孩子玩「故事接龍」的遊戲，會發覺無論是甚麼年紀，他們合作創作的故事，都是從家出發，歷險一陣子後，最後的結局總是「回到家」。對於小孩子來說，「回家」是「歡慶」的象徵，是大團圓結局的句號。吳爾芙的《燈塔行》（*To the Lighthouse*）是一個非常有趣的結構，全書分為三章：窗、歲月流逝、燈塔，首章和末章所記的都是一天裏發生的事，但中間一章的時間跨度卻逾十年，篇幅也最短。我十分喜歡這個安排，彷彿漂泊多年，為的就是尋找那失落的燈塔。原來出走的目的就是在自己塵封的心裏找着「回家的衝動」，小孩子是這樣，電影裏率真如小孩的阿甘是這樣，以小說重尋小孩率真的吳爾芙也是這樣。那麼你呢？回家的衝動，找着了嗎？家的窗口，裝上了多年來收集得來的隱喻，無論日子是濃霧迷濛、雷電交加，還是寒風徹骨，它都能在自己和珍惜你的人心中，閃亮如巨人睿智的獨眼。

／寫於二〇一二年一月二十三日

駱駝男

同事和朋友時常問我，何解總是大包小包的馱在身上。如果我答那是稿，他們便會續問：「為何你不將之掃描後放上雲端？」他們定睛望着我，只要我一答不曉得，他們話匣子的閘門便會打開，從步驟一開始解說。對話至此，我一般只能笑而不語。事實上，太座也曾質疑過我下班回家後頂多只能再工作一兩小時，實際又看不了多少頁，根本無須馱這麼重的東西回來。我會稍稍抗辯一下：「由於看時要相互參照嘛！」太座總是有氣沒氣的翻一下白眼，丢下一句：「陶侃後人！」便逕自去做她的家事。我明白太座所言非虛，加上因長期負重，肩背不時疼痛，頸椎間中還會發炎。記得有一次痛得連手也舉不起，我去找推拿師傅，師傅一邊推一邊問：「何解你明明打寫字樓工，肌肉卻硬得像在地盤擔泥！」那時我的臉埋在牀頭的橢圓洞中，也不急於去應對，只記得望着牀底下自己的鞋子，苦笑着聯想到梵谷筆下的「農家鞋子」凝定了走路的疲態，腳背串連着鞋帶的掩子，像不幸給勾着垂死掙扎的魚腮，在隱隱釋放沉默的痛楚。

背包裏除了公務上的書稿，更多是個人修業撰寫論文用的參考書。許多人會追問，我每天何時會用得上這大袋資料？美好地想，當然是在平日上、下班的長途車程中使用，最高紀錄可以讓論文有近千字的進帳。當然，更多時候我會墜入昏昏睡靄裏。為了不白白浪費馱書的氣力，我會盡力令自己清醒，讓參考書的內容可融進我的文字中，這樣身體上的苦力才可以轉化為安撫心靈的薰煙。在堵車期間，悶在密封的車廂裏，乘客不是打瞌睡，就是清一色的在撥手機並從耳塞洩漏低頻的咿啞啪嘞，眾生相並不如想像中豐富，很易便會掉入睡魔豢養着累氣的套索中。如果之後的午膳有約，回家的車程中依舊浮到北冰洋釣鯨魚而未着一字，那袋書便注定是白馱了！所以太座給我的綽號從「陶侃」變成「駱駝男」——以負重為任，甚至為樂，為生活製造旅程。如果家是生活的軸心，那麼旅程便是從軸心延伸出來的手柄，讓人可以更易轉動軸心，保持其清醒和動力。旅程亦因着家的牽絆而感到踏實，當你知道總有一處地方可讓你安然卸裝抖落風塵，慶幸沒有泛生漂泊感而知所珍惜，生活視野的扇圓便在這樣的感悟中悄悄拓闊。

所以即使整天沒有用上帶着的書和寫作本子，也算不上白費，因那份墜重感會提醒你還有待看的書、待寫的題材存在，請務必騰出時間來消化，遂強化了對精神秘境的嚮往和沉澱情感的渴求。據說太空人在無重狀態，除了導致骨質疏鬆外，還會因長期漂浮不着實地而感到寂寞，導致抑鬱。反之小時候看洛奇平日負鉛塊跑步，《神鵰俠侶》中楊過也以玄鐵重劍修練神功，可能我自小便因此相信負重其實是種苦行方式，即使現在間或會腰痠背痛，我還是安慰自己那是精神修行的印記。

梁實秋在〈駱駝〉裏記敘這種天生適合跋涉長途的動物竟被鎖困在動物園的欄內，本來茂密的毛，大概因無漠北的風沙可擋，又阻礙散南方的鬱熱，不知不覺為了適應環境而掉落，變得稀稀疏疏，有些更露出潰爛的血肉。看見駱駝目光呆滯，泛淚撲簌，上氣不接下氣地殘喘着時日，完全失卻記憶中負重仍不失矯捷的沙漠行舟的神采，梁不禁發出「人地不宜」之歎。所謂「地」，不一定是實指像動物園那種客觀存在的環境，也可以是社會上的崗位，甚至是歷史上的品位。確實駱駝不宜囿於一地。楊志軍的小說《駱駝》第一章就名為「駱駝生活就是走」，就是《易經》中所謂的「旅卦」命格，所以「駱駝男」的修練方式就是「負重踏征途」。套用到香港人一般的生活模式中，就是平日拚進度爭業績，一遇上長假期，即使還未從工作中回過氣來，跌散了魂魄還未滑回原竅，便瞬即往外跑，將身心撥到度假模式——即假日腦癱狀態，所有跟日常工作相關的思辨盤算通通停擺，只剩下基本的生存機能。只是一般現代旅客還是離不開先進舒適的生活環境，離不開無線網絡覆蓋的範圍。從景點到景點，我們都盡量安排輪子代步。旅程雖然帶我們離開家的軸心多一點點，但還是給套索着，只是沿着手柄走到最近自然的邊界。

駱駝模式就是將度假的腦癱，變成感受大自然的契機，主動離開冷暖氣的調節，以一點點行走鍛練自己的耐力，忍受炙照與疲憊。不要誤會，不是真的要跑到荒漠去進行甚麼野外求生，只是以一點點體力的磨練去讓心靈掙脱日常繁囂的糾纏，以腳步的微顫感知自己的存在，憑這份感知來鋪想從生存到生活的昇華軌跡。尼采在《查拉圖拉特斯如是説》中將人進化到超人的軌跡設定為：駱駝、獅子和小孩。駱駝作為第一階段，按尼采的描述，除了「負重」能耐，還有其「舉重若輕」

的鈍感力——就是不會膠滯在負面情緒的泥沼中，可快速復原、專注面對困蹇的能力。習慣了行走的純粹，在尋常生活中便更懂得品味「淡」的滋味，自然也更易抖擻精神轉入忘我投入的模式中。

每次旅程，太座總有意無意提醒我，她是「行程部」，負責編選行程、挑景點，而我則是「行李部」，專司載運、派送。所謂「派送」不是真的指涉具體的郵件，而是指確保抵達目的地的使命，所以迷途時太座總喚我找路，說這是「駱駝男」的職責。我當然不是真正擁有駱駝的方向感，只是以平時負重練就的耐力，先將目下的張皇視為走入「明陣」中的體悟——藉着迂迴的步程延遲滿足、沉澱心神。最後抵達目的地時，心中想像的「明陣」就像一片「明礬」，將水漾的思緒鎮得比月影更通明，而這「鎮」字彷佛猶帶着駱駝舉重若輕的步調。

／寫於二〇一九年二月十五日

啊！好一位富士行僧

富士山，高三千七百七十六米，為日本境內最高峰，早已成了日本的精神圖騰。它座落在山梨和靜岡兩縣之間，引致兩縣常爭論哪一邊的富士山較美。為了安撫兩者，結論當然是各有各的美態：面向靜岡一面，山線較平暢，山體較清癯，顯得孤高優雅，屬陰柔之華美；面向山梨一面，山勢顯得嶙峋，甚至有煙冒出，顯得魁梧狂野，屬陽剛之壯麗。可幸，集中在山梨縣北麓的富士五湖為它添回不少秀氣。

富士山已給大和民族昇華到精神的層次，由於其高其幅員之廣，它被視為「中台八葉院」——在密教中，胎藏界曼陀羅為重要的境界，其中分為兩個區域，中台八葉院就處於中心位置，大日如來則居於此中心的蓮花上，四周的八個花瓣分別是四佛和四菩薩。由此可見富士山地位之崇高。富士山亦因其在日本文化中的特殊含蘊，於二〇一三年給聯合國教科文組織登錄為「世界文化遺產」。靜岡和山梨兩縣遂又以自己建設的「文化遺產中心」暗暗較勁。而在此骨節眼上，似乎前者於二〇一七年落成的一座較能因其新奇又充滿禪意的外形吸引青睞。建築物為一座倒轉了的富士山，如此在外圍的淺水池中便會看到富士山倒回正常的山形。這建築意念令我想起石川丈山的兩句詠富士的名句：「雪如紈素煙如柄，白扇倒懸東海天。」將宏偉的富士大山形容為一把精巧玲瓏的扇倒懸，李長聲指這句詩反映了日本人「凡事往小裹縮」的民族性。[1]如果將富士山形容為倒懸的白扇是「縮小」意識，那麼靜岡縣這個倒置富士山如漏斗的展覽中心便是在施展還原魔法了——參觀者會由「漏嘴」開始，以逐層放大的螺旋迴廊模擬攀富士山的過程，迴廊旁邊是大型投映幕展示沿途的景色。

現在登富士山路線劃分為十個「合目」，靜岡這個展覽中心位於本宮淺間大社旁邊，是「一合目」的地段，中間點的「五合目」乃富士信仰中「人界」和「天界」的界線，這裏亦是乘車能及的最高點，如要繼續登山，便只能以徒步方式。迴廊兩邊的大螢幕在這裏不時閃現登山者的身影，其中更有

1 見〈富士山〉，《浮世物語》，上海：上海書店出版社，二〇一二。

僧侶的剪影，似乎有意讓人感到自己在參與一次朝聖之旅，我腦中驀地閃出埋在記憶深處的那位僧人的形象。而「六合目」則被認定為「天界」入口，是「天」與「地」的分界。到了「八合目」以上的地段，則屬淺間大社的土地，此乃一六〇六年時，德川家康捐給神社的。到了山頂則是「十合目」，展覽中心是「倒富士設計」，所以它的「十合目」便是三角的底部，這層是個開揚的瞭望台，可遠眺真正的富士山。參觀者可坐在同樣是「倒富士」的椅子上觀賞給大窗框「借」進室來的富士美態。

那天，坐在「倒富士椅」上，看到像幽浮一樣的螺旋雲繚繞着富士山頂，起初我還兀自納悶，覺得這害我無緣看見富士山的全貌，後來才知道那原來叫「斗笠雲」，又叫「山帽雲」，也算是難得的奇景。這種雲主要出現在孤峯上——當沿山坡上升的濕氣到達氣溫和氣壓低許多的頂峯，便會凝結成雲，由於形狀像僧人戴的斗笠，故名。它又令我想起那僧人，更彷彿聽見手杖擊地的篤篤聲。

這位僧人是出現在早前日本出版風靡一時的《完全自殺手冊》中的一個形象。那時我初出茅廬，幸運地沒遇上很大的挫折，但與此同時也沒有甚麼精彩和激勵人心的事，每天都很納悶地在文字堆中打滾。我遂設法將手冊弄來一讀，倒不是有自殺的打算，而是想探究一下人生有甚麼值得活的，或許從人生不值得活的角度來看會有另一番體味，這跟以「倒富士」來引導人去欣賞「正富士」的理念如出一轍。手冊作者專注研究自殺方法多年，並有系統地就各種方法的痛楚和難度一一評分。作者在前言已點明他並非鼓勵自殺，但認為如果人活得不快樂，對未來又毫無展望，應有尋死的權利。正如卡繆在《薛西弗斯的神話》中指自殺可說是人類自由意志的最大體現。於是我會問：縱使自由意志是人有異於禽獸之處，押上生命來證明人擁有自由意志的意義何在？盤旋自殺時，將自己陷於既輕現世又輕超世的價值裂縫中，不知道那份絕對的孤獨，是否就是兌現自由意志的代價？叔本華常被稱為極度悲觀主義者，他認為生命本身是一場遊戲，或是一場虛妄的夢，根本沒有甚麼價值可言，幸福與否，端看你的盼望和現實處境是否吻合。在這樣的前提下，他卻嘲笑自殺的行為，認為這是出於對生命甚至死亡的誤解。當然，如果所有自殺的行徑都是出於對生命的不滿或欲藉死亡逃避現世責任，他的話不無道理。但如果自殺是為了證明自己擁有自由意志，或像三

島由紀夫、葉賽寧等作家那樣，企圖藉此喚醒世人和控訴社會，那麼自殺是否就是合理的呢？或者說此舉算不上愚笨，那是否就值得鼓勵和尊重？帶着這樣的一堆懸念，我開始翻閱這本自殺手冊。

這份茫然，使翻揭的指頭蹣跚地前進，生怕下一頁自己也會跌入嚮往死亡的迷宮中。直至在手冊中發現那位僧人的足跡，我的指頭停住了，彷彿滑翔的信天翁終於找到居停。原來富士山腰「五合目」和「六合目」之間還保留着一片不大不小的原始森林，據手冊記載，由於地處荒僻，又沒有正式的地圖，還有據說可令指南針失靈的迷失森林（大概是火山沉積的礦物影響了磁場），人走進去後很容易便卡死在裏面。漸漸，這片迷失森林便成為自殺勝地（據自殺手冊所述，每年政府派出的搜索隊會在森林中找到約五十具屍體）。在但丁《神曲．地獄篇》中，自殺的人會變成樹木，樹上住滿了善施巫術的鳥身女妖，同時也掛滿了叛逆自己和上帝的靈魂。自殺的人越多，樹林便擴展得越大越快，誘惑別人尋死的呼喚便越迷人心竅。即使你踏入樹林時「去」意未決，陰森的濃蔭篩不出月光和星輝，淒清和孤單等勾魂使者也會拖着叮噹作響的鎖鐐從四面八方龐然襲來，粉碎你賸餘的一絲求生意志。

手冊裏說有一位僧人為了勸戒尋死者回頭，不時持杖在森林外圍巡行，還清楚列明了避開這位僧人的走法。僧人的杖一下一下的頓地，發出類似心臟撲動的沉鬱聲響，讓赴死者在絕境中感受到久違了的生命氣息。風聲、鳥鳴在晦暗的時空中爭取成為主調，只有那杖沒有以蓋棺論定的一叩顯示它象徵的權柄。一聲聲節奏均稱的碰擊中盡是平凡生活的點滴：淌下、再累積、再淌下。一聲一聲，不緩不急，在我生命的外圍逡巡。他的腳印給我的生活刻上界限，就像走在展覽迴廊中，身邊的螢幕顯示出來的是那些給自己不斷擴大的盲點推到極邊緣的回憶片段，全是自己不敢面對的缺失和挫敗。他的步履揚起回憶碎片上的積塵，以往的鋒芒都變成了磨滑了的潤光，映出遺忘了的赤誠。

猶記得那時一邊翻閱手冊，一邊想像僧人的相貌舉止，我很想親眼看一看這位僧人，想問他生命於他究竟代表甚麼，但可能最後還是甚麼也沒問，只默默向他合什敬禮。當迴廊螢幕出現僧人的身影，我便刻意放慢腳步，期望感受到他的氣息。我還以為展覽的簡介上一定會介紹那片自殺勝地，以及在此結界邊緣逡巡的僧人的生平或甚麼線索，只是我一句也找不到，彷彿那位僧人不曾存在過似的。望着戴着「斗笠」的富士山，我卻感受到他又在隨雲綹繞山走，勸退自尋短見的人，讓他們重新看到自己的身影隨日光拉長放大。不知不覺間，縮小的自我，真的還原成一顆因自然美景而充滿確幸感覺的心，不亢不卑地綻放出中台八葉院的蓮花，將閉固的結界無限推遠。

／寫於二〇一九年十一月二十三日

那一夜，住進百貨店的閣樓

趁復活節的幾天公眾假期到芬蘭一遊，回程前一晚回到首都赫爾辛基，為了方便翌日清早乘機場巴士，所以住進中央火車站對面的 Sokos 酒店，獲配了一個六樓的房間。這是一個奇特的房間，由於建築的一至五層是百貨公司，因此第六層的一邊房間的窗戶便開向百貨公司，儼如店的閣樓，望出去不是看見街景，而是正對着店內中庭，而窗外上方便是店的天花。換句話說，六樓之上的房間，假如座向相同，也只會望見店外的景色。

記得小時候爸爸負責打點的中西藥店也建有閣樓，我最愛閉店後爬到閣樓下望店面，總覺得帶點優越感，可以綜觀全局。只是既已閉店，又有甚麼可統攝？所以小時候，真的會有電影《反斗奇兵》（*Toy Story*）的想像，就是東西會趁人不覺時活起來。只是在中藥店，有甚麼可活起來呢？我想如果那個鹿茸頭蓋驀地睜開一直緊閉着的雙眼，牠會哀自己像革命烈士一樣丹心一片，卻落得遭梟首的田地，還是彷彿猶在森林中仰首迎向葉隙篩出的晨光？那些曬乾了的海馬好不容易伸直捲成圓環的長尾，會是尋找之前認定的伴侶，還是樂得可另結新歡？那些給竹架子撐開四肢的蜥蜴，會因給固定在苦難的十架上而驚愕，還是淡定回溯先祖一直恪守的進化慢調，並再次追隨？鹹竹蜂會將百子櫃當成蜂巢迅即重拾崗位，還是已厭於嗡嗡的營役，寧願讓生命在卑微中靜靜消解？如果童年的我沒法通過想像將「它們」變回「牠們」，那麼我們只會將之視為理所當然的存在，不會在意背後故事訴說怎樣的機會代價，那麼它們便變得較戰利品更沒靈魂。當生活轉軸上感恩的齒突日漸萎縮，它便難以發揮槓桿效應，帶動更大更高層次的理念齒輪轉動。

今夜，我初次看見一所店面從熱鬧轉到冷清，再陷入一片寂靜中——不錯，大學畢業至今，一直只知如何維持店面的風光，使之絡繹不絕，想方設法練習將遞增魔法使得出神入化。一直都想着灌籃、射龍門，陳列櫥窗，再搭建高台，展現姿態，以發熱的射燈裝酷……呼嘭煙花越長越燦爛，炸出的寂寞空洞也越深邃。

據說人在危急時，會爆發出前所未有的潛能，傾盡全力一心一意去尋找逃生出口，身邊所有事物都會給摒棄在意識以外，這種狀態稱為「隧道意識」。逃生專家指誰能在短時間內轉換到這狀態，生還機率便越高。我不禁想，不知道人在面對新階段轉捩的寂寞時，會否啟動一個「閣樓意識」，引領人站得高一點去認清自己對遞增魔法的執迷，在進入下一個階段前，先檢視自己在現在的位置上，究竟付出了怎樣的代價？折損了多少段難得的情義？擱置了幾許踏出安全區去闖盪的大計？錯過了幾番青春在石隙綻放出來的花貌？不要誤會，那不是叫人懊悔，而是更能摸清自己想為又不能為的難點，不想為又被迫為的底線。

魯迅如沒有「躲進高樓」盤點自己苦苦經營的「店面」，大概也摸不清自己要成就怎樣的「一統」；一根錚錚的傲骨「橫眉冷對千夫指」後，又怎可能瞬間軟化為「孺子牛」?「隧道意識」和「閣樓意識」可説是一個硬幣的兩面，前者在危急時無意中啟動，只聚焦於當下的出口，身邊一切事物都給排拒在意識以外，只為了求生存；後者則是自覺處於人生的轉捩點上的思緒沉澱，跟現在境況相關的糾葛，全像陳列品一樣，一一排開供細意檢視，如此只為了塑造更具體的願景。

今夜，在百貨公司閉店以後，可能感受到我定睛凝視着它們，那些模特兒人偶並沒有活起來。我想它們沒有五官，即使活過來，也不易走下櫥窗。「少年哀樂過於人，歌泣無端字字真。既壯周旋雜痴黠，童心來復夢中身。」(龔自珍〈己亥雜詩〉)如果童心只有在夢中才可找到，那麼合該就是抽身離開的時機了。我想人偶所以沒有五官，乃因它們正為我積累五感，復向內確認那久違的童心是否叩門很久還是進不了夢的窄門。

那夜，就在百貨公司的閣樓，無意中啟動了「閣樓意識」，卻仍未找着可「成一統」的夢，但卻足以讓通往新階段的路不至浮躁。

／寫於二〇一九年四月二十五日

三 渡渡鳥歲月

錄音帶磁碟機

早前有一套有關市場管理的資訊節目叫《挑機商雄》，每集都會詳述一對營商對手的經典博弈傳奇。其中一集縷述蘋果的喬布斯跟微軟的蓋茨的白熱化對壘。前者的夜郎自大跟後者的黃公好謙相映成趣，但他們有一共通點，就是少年時有過以破舊電子器材不眠不休地組裝心中宏圖的經驗。他們的相異和共通，勾起了我那一夜的記憶。

八十年代初，家用電腦方興，一台蘋果二型（Apple II）便要上幾萬元，那時一個五百平方呎的單位才五、六十萬，幾台電腦的價格已可當首期了。爸媽是尋常「打工仔」，要養起一家七口，單是日常開支已見緊絀，如果還要供書教學，那麼見一點點肘是必然的了。縱然如此，兩老對我們學業上的供給，倒真是毫不吝嗇。猶記得一向成績優異、心懷大志的哥哥絮絮地唸想要一台電腦來研究，爸媽也不知道從何來的錢，數月後真的在洗手間旁邊的雜物房置了一台蘋果二型。

那時的蘋果電腦，還未採用滑鼠操控的界面，必須鍵入指令才可執行特定功能。屏幕上的綠色螢火只能隨着鍵入的字母在行間爬行，談不上飛舞，彷彿是在留下嗅跡劃定地盤或者是在跳求偶的舞，渴望着成家。我們這些七十年代出生的人，是看電視長大的一代，看到游標在螢幕上規行矩步，已覺相當雀躍了；如是現在慣用互聯網的一代，看見游標不能飛舞，十居其九會拍案而起，揚塵而去了。兩代人的性情在不知不覺間已受到電腦運算的速度模塑。現在我們拿着滑鼠便能輕易操控電腦，甚至以指頭當滑鼠在手提電話屏幕上劃動，便能查看電郵、傳送信息，這些舉措就像司機手握方向盤一樣，可以決定自己要走的路線和目的地。相對而言，電視觀眾某程度上還受着不少限制：頻道內容的限制、播放時間和地域的限制，但互聯網一代卻可按自己的喜好隨意選擇節目，不用受任何規限，無論在何時何地，只要喜歡便能輕易搜索到各種錄像或聲檔。人受到的限制越少，自我膨脹的幅度就越大，控制慾也越大，漸漸潛意識裏產生「想做的事，便可以做到」的錯覺，大大減低考量後果的自覺。較之習慣單方面接收信息的電視一代，互聯網一代似乎較「自我」，也更有自信地大步邁進，抓住稍縱即逝的機遇去改寫時代。

哥哥跟我一起打開電腦的蓋子，將兩個導電的鉗子夾在一個接駁的端頭上，另一端則有插頭接駁到錄音機。那時，儲存數據的技術還沒有現在的先進，蘋果二型也能配合錄音機作磁碟機的設計，只是不知哪款錄音機最適合作磁碟機使用。許多年後查資料才知道原來Panasonic的一款錄音機是蘋果機建議的匹配型號，只是那時互聯網並不普及，資訊不像現在那樣輕易便能廣泛發佈。記得我們只能用一部舊的，逼得我還得花勁先用棉花棒把磁頭的積塵清理乾淨。而在主機以外，唯一可以買新的，就是錄音帶，要注明HD較薄身的一種才可。除此以外，還得找來合適的駁線，我記得接駁錄音機的一端是分為三頭的插針式駁頭，而另一端為了接駁到電腦底板的卡槽埠桿，必須換成兩個小鉗子，鉗子內彎佈滿鋸齒，可緊緊咬住桿頭。接駁線看起來就像一隻奇異的三尾沙蠍，揮舞着不算大的螯子作幌子，引開獵物的注意力，或爽性將之制服，讓那比頭部還大的尾鎚針以迅雷之勢扎下去並注入毒液，然後再慢慢地將之肢解。那揭開機殼露出零件的電腦，真的好像是待宰的獵物。只是有電腦的地方又怎可能是沙蠍出沒的荒漠？

我把蠍子的紅白藍鎚針插入錄音機的插口，依朋友的口述將鉗子連接輸出埠，在雙手慢慢移開之際，心裏不斷默禱接駁成功。接着哥哥按着主機電源，再鍵入簡單指令，看看電腦能否辨認到錄音機——但失敗了。於是我們強制關機，再開啟電腦等待識別信號，可惜，電腦依然板着呆滯的表情。反復相同的程序幾次後，我瞥見在門外一直默默守候的爸爸的眼神：一方面擔心我們如此又開又關會弄壞省吃儉用才買得到的貴價電腦，另一方面又似在怨自己無法一併買一台正式的磁碟機，好讓我們不用大費周章便可好好使用。最後爸爸大概抵不住這樣的矛盾心情，爽性下樓買東西去了。當聽見大門關上和遠去的腳步聲，我彷彿感到雜物房頓然變成了荒漠，那接駁線鬆開了所有的綑紮變回一隻三尾沙蠍，在擺動鉗子，引開我們的注意力，伺機用鎚針扎入注射毒液，我的後腦勺赫然涼了半截。

我拉一拉哥哥的臂膀問：「真的非接駁錄音機不可嗎？」哥哥的心肌似乎也一直緊綳着，聽我如此一問，面容頓然稍鬆下來。他一聲不響便拔掉那緊抓住獵物的鉗子，關好機殼。之後那部蘋果電腦，印象中哥哥並不常用，我也從沒有用過。隨着哥哥負笈海外升學，那台電腦更靜靜地給遺棄在大家記憶的夾縫中。我想善後的一定是爸爸，真的不知道他當時是怎樣的心情，是感到克盡天職的輕鬆？還是有着被戲弄的憤懣？這麼多年來，我沒有問過爸爸如何處理那電腦，我想儘管他有着五內翻滾的記憶，也會故作從容。爸爸就像那舊式錄音機，雖然最後也沒有駁上我們的電腦時代，為我們錄下學業上的片言隻語，但它曾經很努力地轉動齒輪追趕，這我相當感謝，也因能心生這樣的感謝而感恩。可能正因為這樣，偶然除了想起那台蘋果電腦，也會記掛那部錄音機，它們都像心電圖的脈衝，有力地以突起的高峰姿態從一邊畫面跳入，然後以淡然地保住平常身段的心態退場。

就是那一夜的周章，讓我看見兩個時代美麗的接駁，電視與互聯網時代的間隙，就像一道斷層，偶然互相推搡着，釋放一下積存的情緒，反而不會一下子導致崩天大震盪。哥哥和我是電視一代，學會接受許多的條件限制，並在諸多掣肘中先以鈍感力平靜心神，再專注發揮創意。習慣了穩紮和積累的慢板，或許會以追趕時代為苦，於是偶然停下腳步權衡代價、回想初衷時，想起的竟是那部風塵僕僕走過歲月森林的錄音機，心裏總會因它勉力轉動助下一代登上時代列車而感恩。雖然它注定被遺落在下一代出發的月台上，但它竭盡所能成全新時代的姿態會永遠留在我記憶的底板上。我就是如此鎖住那在時代間隙中的三尾沙蠍的鉗子和尾鎚針，使之真正還原為搭度兩個時代的駁橋，讓人情依靠現代科技快速傳遞得以縮減荒漠於無形——手提電話的「和鴨子」剛收到爸爸寄來提示我天氣轉涼、緊記加衣的「長輩圖」。

歲月的童話

一直覺得睡前的童話，是記憶汪洋中的浮標；長大後才發現，自己對某些事物之所以生出似曾相識的鍾愛，原來就是這些浮標閃着晃盪的信號。記得小學二年級的暑假，百無聊賴，家中又沒有安裝空調，獃在家中最能體會到何謂「悶熱」，所以午後總鑽到公共圖書館裏去。以往的圖書館不像現在那樣給勉強收攬在市政大樓內——總是不三不四的給夾在二樓熟食市場暨街市，和五、六樓的室內運動場之間。對於我來說，街市當然是媽媽的事，而運動場也屬於出來社會謀事、擁有收入的哥姐的專利，因為租場要付費，對於我這種沒有一點零用的小朋友來說，運動場也只能「遠觀」而不可「褻玩」。只有圖書館，既是免費使用，還可以借走滿懷的想像回家慢慢品嚐。綜合大樓內的圖書館，就像夾心餅的餡醬，吸引小孩子先擰開兩塊乾巴巴的餅乾，然後貪婪地伸長舌頭用力去舔，巴不得把整片舔將下來。

我還是喜歡舊式街鋪式的圖書館。厚重的木門上鑲有一道窄長的鋼線玻璃。在門外張望，可見滿室的木架子和長木椅，正在陽光的斜照中舒張年輪的漣漪，彷彿時間正踮着蜻蜓點水的腳步走過。好不容易待至午後開放的時段，推門進去，便隱約嗅到濃重的木的氣味，但並非撲面而來，而是像枝椏一樣慢慢伸展過來，然後像花苞一樣綻開。待你適應了那木的氣味後，便會聽見裝了油壓栓的木門在背後「碰拍」關上，第一聲是門觸及框的沉響，接着第二聲則是鎖扣套入坑口的聲音，高低音剛好和「還好？」二字相近。

這許多年來，一直未能找到相同的「門音」，大概必須要相同的木質和厚度的門，加上相同的鎖芯和油壓栓才能製造出相同的音效，可能這就是日本禪意中常說的「一期一會」。我總覺得圖書館就該配上這樣的門，就像十六開的硬皮精裝圖冊那樣給人厚實的存在感。我小時候最愛借閱這種圖冊，一方面見其圖多字少，色彩斑斕，住家又一定不會收藏；另一方面，愛抱着幾大冊回家，便有一種盈懷都是知識的滿足。

眾多畫冊中，我最喜歡翻看借閱的是台灣漢聲出版的《中國童話》，全套十二冊，是農曆一月至十二月的童話，每天一則，於是一冊有三十多則，其中不少都是節日的典故，例如一月一日便是「年獸」的故事，至於年三十晚吃團年飯的習俗，則源於「燈猴告狀」的傳說。除此以外，還有不少是對自然事物穿鑿附會的想像，例如含羞草是「自負理髮師不能自理頭髮」的故事，這在西方則變成了羅素著名的悖論：一位理髮師在店門前貼出「我只替不為自己理髮的人理髮」的告示。理髮師於是便自陷於這樣的矛盾：如果他不替自己理髮，他便要按告示所言替自己理髮；如果他動手替自己理髮，他就不是不替自己理髮的人，於是他不能為自己理髮。羅素是藉這個悖論來討論邏輯成立的條件。

在館內，我最愛捧着多個月份的《中國童話》，再拾一道長長的樓梯到成人圖書館慢慢翻看，總覺得那是像樹屋一樣的秘密基地，直至現在夢想的書房也是這樣的一個閣樓模式：書架圍着樓梯口擺放，兩個書架為一個間隔區，約有六、七個區域；其中有三區的中間位置裝着空調，機殼和書架一樣是棕色的，上面還有古老的鬆了銀色的鈕掣，這對於從未接觸過空調的我來說，可以如此近距離，又如此隨意「觀賞」嶄新的家電，真的彷彿是進了「科技博覽館」！我最愛把童話圖冊攤放在空調下方的矮書架上慢慢翻閱。這樣「冷氣」其實是撲面呼呼打過來的，如果是現在的我當然會大呼頭痛，但那時卻感到異常舒爽，彷彿積累的溽暑都給一下子吹散了，連畫冊的重磅粉紙似乎也沾了涼意，即使回到家，打開書本還可隱約感受得到。除了空調的位置，其他的玻璃都鬆了漆，並以木製的百葉扉遮擋，饒有歐陸民房的風味。只要細心靜聽，還會隱約聽到後巷有載重的籐籮刮地的沙沙，有時還有「磨——鉸——剪——剷刀」的喊聲，躲在這樣的閣樓，令人感到一份典雅而親切的平靜，可以好好把被忽視的孤單發酵成醇美的想像。我就是這樣學會獨處的，像一個內裏發着酵的橡木酒桶。

除了內容價值外，《中國童話》還是很好的掩護。試想一名小學男生，又怎會只對童話感興趣？大概都愛不眠不休、荒廢正業地追看金庸小說，還會因對性事的好奇，而找一些帶點情色成分的小說來看——倪匡的「原振俠」，甚至「亞洲之鷹羅開」系列，可說是一所公共圖書館最極限的標準了，所以我必須先借一本《中國童話》，然後借兩本倪匡作品。用童話作掩飾主要不是瞞過家人，事實上那時家中根本不太在意我在讀甚麼，反正只要不是像哥哥和姐姐那樣整天埋頭苦讀應試的天書，媽媽早已認定那是不務正業的了，假若看見小說的封面寫着「科幻小說」，說不定還會覺得和科學沾上一點邊兒而心生一點慶幸。

用童話作掩護，主要是為了要通過管理員的關，那時兒童是不可借成人圖書館的藏書的，於是我收集了全家的成人圖書證。那時的圖書證，以三張為一套，物料是淺棕色卡紙，再以寬闊的透明膠布覆蓋，好使它更耐用，只是膠布不及圖書證的寬度，所以兩邊會因日久磨損而生出毛邊，彷彿圖書證本身就是一本古樸的毛邊書等待翻揭，說不定會勾出幾段關於感情的想像來。在宮崎駿的《夢幻街少女》中，月島霞就是從圖書證中認識真司這位引發她發揮潛能的對手兼情人；在岩井俊二的代表作《情書》中，結尾時兩位師妹給藤井樹送來一張背面繪上她肖像的圖書卡，由於跟她同名的男主角已於攀山時罹難，一段荳芽夢遂昇華為相知恨晚的遺憾。

圖書證當然沒有為我帶來甚麼轟烈的情愛，但那位年輕有着胖臉蛋的管理員，卻教我懷念。她不是隨意在圖書卡上打下還書日期便算，她會細察我借的是甚麼書，然後微笑着問：「小朋友，這兩本是成人的圖書呢！」我於是答道：「哥哥着我替他借的，他放工時圖書館已關門了，這是他的圖書證，不是我的！」大概是我自覺像個小淫賊，說話時應是漲紅了臉。她蹙了一下眉，緊繃了下巴一陣，露出狐疑的神情，同時也現出了漂亮的酒渦，最後還是在圖書卡上打了日期，遞還給我說：「那下次叫你哥哥自己來借啦！」我點點頭，強裝出一臉真誠地回了一句：「這些書裏有壞內容嗎？要告訴媽媽不讓哥哥看嗎？」她笑着擺了一下手便自顧處理下一位了。我心裏一邊思忖，下次如做這樣的「走私」，一定不要找她通關才好；另一邊卻又很喜歡她親切的眼神及關切的語氣，這是另一位大叔所欠奉的。走出圖書館門口，身後傳來厚重木門的那一聲「碰拍」，心裏不禁又虛怯了一下。趕緊把大開本的《中國童話》的封面翻到手的最外邊，以遮掩兩本小三十二開的「原振俠」。在回家的短腳程中，我一直低着頭，生怕給人扔石頭似的。

大概是為了擺脱罪疚感，在感官刺激後，我會加倍細讀用來當掩護的《中國童話》。由於媽媽信奉的是傳統的民間宗教，總是按農曆節氣來進行祭祀活動。小時候親族都聚居在附近，每逢農曆新年大家都會把祭品拿到我家作聯合拜祭。桌子像大排檔般一張接一張，一盤盤的祭品從房間的窗前一直排到大門口。祭祀的程序也按神的品位，一輪接一輪的，從天宮主理大是大非的諸位大神到主司生活瑣事的民間神，都有條不紊地輪流進行。在我們這些從小只管新曆的香港學童眼中，這簡直就是恭迎第三類接觸的排場，既新鮮又刺激。由於睡房給「徵用」，吉時又多在半夜時分，於是奉旨通宵，小時候精力過剩，倒是沒有所謂，反而當作是擺脱常規的精彩節目。為了保持清醒，不致丟臉地露出奄奄欲睡的樣子，我抱着一本又一本《中國童話》來啃讀，一邊讀着牀母、灶君、土地公的神話，一邊看着媽媽在忙相關的祭祀，便覺得自己是監察的天兵，正撥開雲霧，在點算人間的功德。雖然眼見媽媽因這些杜撰的民間傳說而忙得團團轉有點啼笑皆非，和媽媽的距離並沒有因了解而拉近，只因同情而沒有進一步疏遠。

媽媽在祭品前，對着上方的神龕合什磕頭，我便想起掛在我小學禮堂正中央的那塊木浮雕——彼得同樣雙手合什，對着上方的公雞懺悔。幾年前因工作的關係而回去過，看見彼得的指尖上掛了一層薄薄的蛛絲，像時間一樣透明，大概很久沒有目光關注過他對上蒼的懺悔。記得媽媽曾要我在這校門前跪下，不是參拜甚麼神靈，而是求一個學位。我的頭垂得和彼得一樣低，只是底因不同罷了。在童話書裏只要你是用心良苦，又誠意地祈求，總會有神仙觀音化身成不同的人物下凡相助。如果每一位母親都很誠心地祈求子女名列前茅，神仙那根茅一定要很長很長，才有足夠的位置。我大概也不會每次早會瞥見彼得的浮雕，都會想起自己的學位如何覓得……

後來，我家門前的那一個偌大的休憩公園變成了綜合市政大樓，圖書館設在三樓，和我家的窗戶只一街之隔，只要拉開窗簾，不單館內的陳設，就連後樓梯小情侶耳語親吻的情景，也看得一清二楚。我就是這樣發現了一對同學的地下情，直至他們十多年後結婚以後，我才告訴他們其實我就坐在對面靠窗的書桌旁目睹他們調情的過程，他倆都訝異得目瞪口呆、面面相覷。看着他倆，我不禁想，可以超越時空，在有情人遇上的一刻，便見到終成眷屬的結局，應該就是旁觀的神仙的快樂。

圖書館下面的一層是熟食街市，多個熬夜苦讀的晚上，累了往窗外一瞥，便會看到真正「鼠竄」的場面。平常人睡不着覺，是「數綿羊」來催自己入眠，我卻是渴睡時，以「數老鼠」來遏止自己睡着。那些祭祀活動，起初是對着一座鬱綠的山崗，尚算自然；現在卻是對着藏有老鼠的熟食市場，及角落躲着小情侶的圖書館，而媽媽卻依舊唸唸有詞的跽求着，感覺有點荒誕乖謬。

自從圖書館真的變成綜合大樓的餡醬，還是我日夜正對着的景象，它對我來說，已失卻了「樹屋」的神秘感。我不知道何以電影《柏林的蒼穹下》裏的天使，一直喜愛流連圖書館，或許那裏是人類不需要天使協助也可以跨越時空的地方，天使在歇息之餘，也可以檢視自己的功績。待我減少到圖書館以後，才發現那些特意借來滿足青春期衝動的小說，我一點情節也沒有記住，倒是那些本來為了掩飾而借閱的《中國童話》卻鮮明地記下了不少。不知為何，投入社會做事以後，每逢在二手書店看見《中國神話》，我都會買下，可能心底內是在紀念一段童真的歲月。剩下最後一冊，找了許多年都找不到，只好寫電郵到出版社，郵購回來的。我特意在毫無餘裕的書架上騰空一整格來放置全套，閒時翻揭，感覺又回到泡圖書館的歲月，不同的是它不再是掩護。

某天，睡得不穩而早起了，離上班還有一點時間，隨手便拿了收錄了當天故事的一冊翻揭，我這才發現原來每一則童話後都附設一段「給媽媽的話」。可能設計師早料到讀者會忽略這個項目，所以弄了許多不同款式的框框，有八角窗、葫蘆、橢圓鏡、令牌、辣椒、攤開的捲軸、花瓶、水甕、吊鐘、雲紋，甚至齊天大聖的頭箍……等三十多種；框起來的內容主要是提示媽媽如何引導孩子把故事的教誨落實到生活中，從而培養高尚的品格。設計師大概想藉新鮮感來留住讀者的注意力，而我這麼多年來竟然完全沒有察覺。

我帶着這個驚喜的發現下樓到車站候車。那天早晨下着綿密的春雨，我如常看見那等候校車的女生，看得出她的雙腿比常人要纖幼許多，但她卻背着沉甸甸的背囊。在這樣的條件下，平常她也要花好大的力氣，一小步一小步的，還要緊握車門的扶手借力才可以勉強攀上校車的三級階梯。加上今天她還要撐傘，情況便更狼狽了。我心裏正兀自嘟噥，為甚麼沒有家人肯幫她一把？此刻才發覺原來她後面已經站着一位樸實的婦人，相信就是她的媽媽。婦人也是每天都碰見的，只是她站得遠遠，還以為她是在等候另一路的公車罷了。婦人站在女生的後面，沒有立時伸出援手，但看得出她的眼神是關切的。當下我突然明白，我每天忽略的事物多着呢。時常仰仗別人的引領，每天冀盼有編好的故事，指示你如何才能覓得神靈庇佑，彷彿主宰我們生命的是神而不是自己。看着女生的勉力攀登，看着背後母親的努力按捺，我想起媽媽跪在祭品前的模樣，以及那塊彼得懺悔的浮雕……可能，天使之所以喜歡流連圖書館，是因為裏面的人都懂得主動求索，而不是一味祈求。

每朝看見這一位馱着大書包辛苦「攀上」校車的女生，我常告誡自己不要成為「自負的理髮師」，自以為可獨立解決所有的事情，便以理性否想童話中種種來自上天的庇蔭。須知人有旦夕禍福，某天說不定自己需要別人的攙扶。只是反過來勸自己放下狂妄，多給身邊的人伸出援手，期望別人在自己有需要時也會伸出援手，不知不覺間又會掉入「理髮師的悖論」中：她真的需要攙扶嗎？如果連這位女生都可以「自我攙扶」，那麼誰人不可？我們是否又會變成了「自負的理髮師」？

女生好不容易登上校車，摺疊的車門，先是攤平，然後再關上，發出「碰拍」的響聲，像極那街鋪圖書館的「門音」。可能天使之所以喜愛圖書館，還在於那裏散發出來的醞釀和沉澱的氛圍，眼前的女生就擁有這種圖書館的氣質，很能吸引天使守護在側。女生背後就站着一位天使媽媽，她之所以是天使，在於她時刻準備攙扶；她之所以又是媽媽，在於她的忍心按捺。這樣的關係，本身就是一則美妙的童話，一則歲月的童話——不是用以掩飾過去的慾望，而是教人以回憶鋪墊未來。如果要我給這則童話寫一段「給媽媽的話」，我會寫道：「露胸跣足入廛來，抹土塗炭笑滿腮。不用神仙真秘訣，直教朽木放花開。」至於特色框子呢？我想就以一道半敞的門吧！門框旁邊宜配上一棵大開葉片迎向陽光的含羞草。

／寫於二〇一二年二月十八日

消失中的文具

一、筆套

小時候不知道它叫「筆套」，我心底儘管叫它作「駁筆器」，但似乎不太合適，總覺得可以稱得上「器」的，該是外殼裏包含着許多線路或機關的裝置。而它，卻只是一道空管子，用以接駁在削剩一小截的鉛筆上。

我成長於慣用鉛筆的年代，一打中華牌，五兄弟姐妹每人分兩枝，餘下的兩枝雖說是留作後備應急，最後多數也是為我所用，一來由於我冒失，經常丟失；二來我寫字力透紙背，好不容易削尖的鉛筆不一會便鈍了。爸爸也笑說：「米飯都變成了鉛筆屑！」及後我便常提醒自己「要放輕一點」，但一份作業下來，一般是首幾行的字輕渺若出竅的精魂，中段如湘西喪屍般的僵硬歪斜，末段又回復真我，筆筆如冥頑上的鑿證，紙張也彷彿痛得翹捲起來。

鉛筆，就像青春，總是消耗得很快，變回矮矮的樹精，它的身子小得連一個完整的、可以權充年輪的指紋也印不上，連有點胖的小手，挾童年的贅肉也捉不緊了。北歐的民間傳說，如果你可以捉得住樹精，它會給你帶來好運。當然，孩提時設法捕捉這枚小精靈，純然因為物質匱乏，不敢輕言拋棄罷了。小樹精因而給「扣」

上一頂高高的帽子，可幸不是連帶甚麼「莫須有」的罪名，而是絕不苟且的生命延續。那年代，自動鉛筆（粵語喊作「鉛芯筆」）還未流行，筆套還真是大行其道，不但顏色繽紛，款式也多樣，功能設計更見心思。有的頂端弄成吹嘴，不套在筆上可以當哨子用，如在軀幹上再開一排孔洞，便成為小笛子，説不定穿上斑衣吹奏，可以為我家住的舊區完成一趟偉大的滅鼠行動，再不需「洗太平地」了。

有的頂端裝置了印章，圖案都是「Good」一類簡單的褒義詞，我想這如果不是給幼稚園老師蓋給學生用，就是給學生蓋給自己來哄瞞，像《歲月神偷》中任達華一類的父親——學識不多，憑一門手藝，默默捱着日子，守護一家大小，總是望子成龍，每天兒女放學回家都會循例問：「今天學了些甚麼？」子女如果不想搪塞過去，但又不想爸媽嘮叨，那麼只要在作業的右上角給自己蓋上一個印，大概可以蒙混過去。後來聽當教師的親友説，這些鼓勵的蓋印不單是小孩受落，就連中五、中六的學生也會將之視為超級市場的集點印花般努力爭取，儲夠一定數量還會要求教師兌換禮物！筆套上的印章後來更「進化」為原子印，不用靠印台也可以蓋，方便快捷；更有設計成「小滾筒」的，只要在紙上一掃，便可以蓋出那個卡通造型的一連串動作，相信這種「神級」蓋印，一定要取得滿分方可摘得。

還有一種設計相似的，但滾洞沒有浮凸的圖案，是平滑略帶黏性的，我初看到時也不知道它有啥用途，後來看同學示範才知道原來是用來收集橡皮碎屑。只要輕輕一拉，滾筒便會黏起碎屑，但問題是那麼小的滾筒一次可以黏多少？黏起後又沒有適當的裝置把碎屑刮下和收集，那豈非比平常用尺子收集更麻煩嗎？我想這是因為要遷就生產成本而扭曲了原來創意的產品。如此「霎眼嬌」的設計，即使筆套不消失，也會悄悄地消失，但我欣賞當中為精進產品而作的實驗，總覺得有餘裕在生活的細節上做夢，即使是白日夢，只要回想起來自己也會噗嗤地笑自己的傻，已是令人感覺充盈的小幸福。

還有一種頂頭有小動物頭像，那時指頭還未變粗，指尖兒可以套進筆套裏少許，一場自編自演、一人聲演多角的「指偶戲」，便每每在一個小學下午班學生的孤獨早晨時段開鑼。只是無論演得多麼精彩，都沒有打賞的銅板扔來。如果指頭太大，則可以憑吸盤的氣壓原理把筆套吸啜在指紋上。末了，一個個的印子給十個指頭圈起時光的漩渦。可惜的是，上面提及的筆套，我一個也沒有留下，不然偶然翻出來摩挲一下，一定能分享到設計創作的怡悅。

哥姐升上中學後，都轉用原子筆做家課，全家只有仍在讀小學的我，需經常使用鉛筆。那時，升中的學能測驗規定用 HB 鉛筆，鉛芯的粗幼剛好是答題紙上選項格子的大小，輕輕一劃便可以填滿。那時鉛筆有兩種牌子，一種是紅黑直線相間的中華牌，另一種則是全枝橙黃色的德國的施德林。我不知道此牌子的中文譯名，也不懂拼讀它的英文名字，由於名字中的「G」給設計得像極碟形天線，所以我私下喊它「雷達牌」。這牌子當然較中華牌昂貴，所以我家一直是中華牌的擁躉。

雖然整打鉛筆基本上已成了我的「軍用品」，不再鬧荒，本來也不用珍惜剩下的一小截鉛筆，但為了遮掩中華牌的平凡，我還是喜歡「趕快」把鉛筆削得短短的，然後以筆套加高鉛筆的「身段」。這樣筆套剛好可以把中華牌畫在頂端的徽號遮去，又可以展示我的筆套珍藏。只是後來有同學背默時把「貓紙」藏在筆套內，所以老師規定考試和小測都不許用筆套。開考前給脱掉了筆套的鉛筆，就像入獄前的罪犯必須赤裸裸的，任懲教的目光掃視。

長大後，我才知道中華牌鉛筆的徽號原來叫做「華表」，立於天安門廣場上。我相信聚集的學生一定知道它的名字。不知道甚麼時候學生才可以脱掉頭上那頂高帽子，重新展示心中的「華表」圖騰。廣場上的兩根華表，頂端都有神獸，一隻叫「望君出」，這大概給望到了，還説了句「我來遲了！」之後便無法再出來了；另一隻每次在萬千啜泣的燭光中我總會想起它，叫「望君歸」，只是此「君」不是唯一的，也沒有人知道究竟有多少位。

二、砂膠

我不知道「砂膠」的書面語是否應該叫「砂橡皮」。它是一塊摻入了幼砂粒的橡皮，拿在陽光下搖晃，砂粒還會閃閃生輝，令人感覺自己是掏金者，正在從歲月的沙石中篩選出青春的金糠。普通的橡皮會把鉛筆畫下的污點盡往身上攬，即使粉身碎骨也要保護紙張的完美無瑕；砂膠則是以廝磨的方式來清除原子筆跡，有時擦得紙的表面起滿了鬼針草一樣的毛頭兒，變成了透亮的薄冰，甚至一時用力過猛，卡勒一聲便裂開了個破洞，堅韌的砂膠卻只崩損了一個角兒。在交往的過程中，砂膠總是明哲保身，不會輕率因別人的一時錯誤而奉獻自己。

它總是像獅身人面像般伺伏一旁，秉持着一份威儀、一種標準，讓人警醒着，慎防筆畫出軌。它畢竟是橡皮，還擁有一點點彈性，願意替人糾正小錯誤，只是硬性了始終不肯放棄自己的原則去包容落索滿盤的境況。就是因為它的執着耿直，每次看到它的身影都不敢貿然下筆，總要在腦裏先思考透徹、理清脈絡方可。可能因為從小養成這樣的習慣，大大促進了我邏輯歸納及聯想組織的能力。

砂膠的命運有點像渡渡鳥，消滅的速度快得令人來不及反應。渡渡鳥在原來孤懸的毛里求斯島上可說是沒有天敵，牠不需要飛到峭壁上去築巢，也無需要矯捷的身手去捕獵，於是牠安然擯棄翅膀，遵從自己進化的步調。同樣砂膠多年來的變化不大，它的側面多呈平行四邊形，這樣兩頭的斜面就像鳥喙，可以集中地擦拭錯處。有些砂膠中間夾了一道白帶，有些則前後兩半顏色不同，一截是較柔軟的棕紅色，另一截則是較堅硬的寶藍色，它的款式變化一直都及不上一般的橡皮那樣紛陳多姿，就像渡渡鳥一樣，給人一種率性且毫不矯飾的感覺。它的存在不是用來糾正錯誤，而是提醒人要避免出錯，必須三思而行，就像《愛麗絲夢遊仙境》中的「渡渡鳥先生」，凡事都愛以莎士比亞的姿勢思索良久良久。

當西班牙的水手在十五世紀登陸毛里求斯後，他們嘲笑那憨直得不怕人的大鳥，並稱之為「渡渡」，在西班牙語裏就是笨蛋的意思。同樣，自從塗改液登場後，砂膠的形象便從原來的冷峻迅轉為困窘。除了肆意宰殺外，水手還帶來了其他的動物，把整個生態環境完全扭轉過來，變成弱肉強食的世界。面對錯誤，塗改液所採取的不是渡渡鳥那種撿拾堅果、逐點擊破的方式，而是大筆的抹殺。後來進化成塗改帶，更像是坦克的履帶一樣，咔啦咔啦便把一切真相夷平，並抹上一片昇平的白，不禁令人想起那給輾碎了的女神像被拖行着……

從渡渡鳥和人類接觸到最後滅絕只歷經二百年，塗改液面世後，砂膠的數目在很短時間內大幅削減至幾近匿跡。如果連錯誤也不能令人凝神注視、深刻牢記，那麼我們還怎樣學會慎重與珍惜？我們似乎進入了隨意建立、率性修改、乾脆刪除的年代，好像我們拍攝相片也是大量獵影、慢慢篩選，把不喜歡的刪除或運用電腦修繕妥當為心中的模樣。在喬治．奧威爾的《1984》裏，「老大哥」（Big Brother）通過「真理部」隨意修改新聞，創作所謂的事實。村上春樹訝異於《1984》描述的世界暗合當代一些社會的現況，而創作了《1Q84》來向奧威爾致敬，當中的「Q」是「Question」的縮寫；我卻想起魯迅創作的「阿Q」，所謂「阿Q精神」是指擅用「精神勝利法」，當中少不了「大筆抹殺錯誤」的內功心法。我時常循此聯想下去，如果「Q」字的尾巴是魯迅所言的中國人的辮子，那麼要擦掉它，還是以砂膠的琢磨方式較合適。

三、針規

數年一度收拾辦公桌抽屜時，總會重新發現它原來還靜靜躺在時間一角。它躺在透明蓋子的膠盒裏，就像是出土後給供在展櫃中的蠟化了的屍體標本，一樣的瘦削，不同的是它銀亮光鮮，連一點氧化的瘖啞也沒有，彷佛等候世人的瞻仰。

有關它的記憶，始於中學時的地理科，只要掰開它的兩腳去比量地圖上兩點的差距，再放到比例尺上去比擬，便可計算出兩地實際的遠近。除了此項功能，我便想不起它在學習上的其他助益。加上這項功能很輕易便可用直尺或圓規代替，實在犯不着因而多負那兩根金屬的重量，於是它很快便淪為我的玩物。我會先攤開一張對頁的報紙，在上面用箱頭筆畫出紅藍相間的圓靶面，再在每個間隙中標上得分，然後貼在衣櫃的門扉上當作靶子；接着只要把它的雙足拉開成「一」字便可以當作飛鏢擲了。好端端的櫃門兒給我這樣擲，自然是變成了麻子臉，為此還挨了爸爸的狠揍。後來，反正櫃門兒不能回復舊貌，爸爸便爽性規限破壞的範圍只限那一扇門。之後每次温習完，或感到無聊時，便會玩擲飛鏢，門兒上的傷斑從周邊的雜亂無章漸漸集中到中心位置。

如果將靶面除下來，黑壓壓的門板上便呈現出宇宙超新星爆發的景象。小孩子的想像又怎會就此勒得住呢？玩膩了擲飛鏢，便用它的尖兒在門上刻線，把散亂的傷斑連成一個又一個的星座圖。那時，因為對天文學興趣正濃，所以會拿星圖來摹畫，後來便爽性自由創作，畫出蟋蟀座、蜆殼座等原本沒有的星座。櫃門兒從醜陋的痳子臉變成驟眼看上去還算不錯的星空圖。

想不到再使用它時，竟然已是出來工作以後的事。大學畢業以後，我投身的出版業還未完全電腦化，排版還得靠人手把植了字的內容拼貼到以淡綠色線條畫滿細格的「咪紙」上，以便拿去製作底片。在拼貼的過程中，很多時會用它雙腿的跨度來量量那段文字是否可以擠進某頁「咪紙」僅剩的空間裏去，否則切割內容後才發覺溢出了版面，要把多餘的一兩行切出來拼到下頁；處理這些幼條兒，既痳煩又最易拼歪。

這樣痳煩瑣碎的手作業當然很快便給電腦的先進程式取締，它自然也給淘汰，並放進透明「棺槨」裏封存。雖然知道那陪我學習、玩耍，為我比劃地上城市和刻劃天上星宿的，不是同一根針規，但對我而言卻是同一個它。它似乎早就知道自己只繫於瑣細的事務、最終會被淘汰的宿命，但它總是安守本分。

打開透明盒蓋子，把它重新拿在手中，除了再次感到它的分量，還察覺它雙足微張。我這才想起，上次給教材的送審本作最後檢核時，發覺一幀中國地圖上漏掉了台灣，這可是茲事體大的事。一式四份的冊子都釘得妥當，只好用手畫的方式補回去，於是先用它量量地圖上的比例距離，定出正確的位置，再補回島嶼。完成後，順手便把它放回盒中，真想不到這距離還原好地保存着。原來海峽兩岸的闊度只有它這樣的一小步，還沒有超出它供瞻仰的棺槨的幅員。岩思朗踏足月球時說：

「我這一小步，便是人類文明的一大步。」那麼，它的這一小步，在民主的路上，是否也是一大步？又是否向前的一步？

／寫於二〇一二年二月十二日

蛇吞象擺設

我家中的飾櫃放置着以《小王子》中經典的「蛇吞象」插畫為創作藍本的瓷飾。肚子高漲的蛇，底部敞開像頂紳士帽，蓋着一頭小笨象，這樣便可隨時拿起蛇來宣示小象的存在。在書中已有透視圖說明那是「蛇吞象」的景象，而不是一頂文明的禮帽。畫圖的「我」說靈感是來自一本名為《真實故事》的書，其中有描繪蟒蛇吞吃獵物的插圖，現在我看紀錄片中類似的吞吃鏡頭，便會想起紳士帽，蟒蛇看起來反而沒有那樣邪惡。

不知甚麼時候，我給書中當飛機師的「我」吞噬了，嘗試將恐懼的畫面淡化成禮儀的意象，我似乎正在「我」的肚中慢慢被消化。如果我還年輕，大概不甘心給消化，但現在雖不會主動要求被消化，但若真的要被消化，也不會就視為完全失去自我，正如象也不會質疑不合乎自然食物鏈的序列。

當固有的思想樊籬率先給拆解，那麼未嘗不可以如魯迅〈破惡聲論〉所言「朕歸於我」的契機。朕，是指我在可以自決的狀態，也就是將真我歸還給自己的意思；對於肚皮高漲的蛇來說，未嘗不是在挑戰自己的極限中將「朕歸於我」。無論是「被吃」還是「吞吃」，未嘗不是互相得見潛伏良久的朕，不能不說是緣，那管是孽緣。

這擺設之所以安放在我家中，也算是有緣。說是奇緣，只因它像藕頭芒一樣長了倒鈎，緊扣着我的腳步，刻意惹我厭煩，並將之甩棄在記憶的暗角悄悄發芽。記得我曾用美勞老師派發的紙黏土，做了一個相差無幾的作業。那時我想初中便懂得從世界名著找創作靈感，此作業一定會得到賞識，甚至成為美術室的常設展品。怎料，在茶壺、煙灰盅等高實用性的作品中，我這個沒有用途的創作給打了個低分，還給老師公開揶揄了一頓。拿回作品，覺得受了大屈辱，甫出校門便將它扔到街邊的垃圾筒中。

那聲轟隆，現在彷彿還在耳邊響起。回想起來，老師跟我，當時就是這樣一個蛇吞象的關係。不錯，這只是沒實際用途的擺飾，但偶然在出門上班前會在鞋櫃旁的玻璃中瞥見它的造型，無論是蛇還是象，彷彿都在說「朕歸於我」，這樣我便做好了吞吃和被吞吃的心理調適，於是那天上班途中匯入擠湧的人羣，也不至那麼容易踏到前人的腳跟而遭怒視。腦內的垃圾筒中不時響起拋棄的轟隆轟隆，敦促我疾衝逃逸，但我在人潮中只能像蛇一樣蠕動，我是一頭被慢慢消化的象，不斷在心中呢喃：朕歸於我。

／寫於二〇一六年十一月十六日

流動到燈火明淨的記憶

像近期《筆羈天才》（*Genius*）這種娓娓訴說編輯生涯的電影，當然最能吸引像我這種「老編骨」的眼球——麥斯・柏金斯這位資深編輯跟未出道的作家湯瑪士・沃爾夫的心理角力，可說相當動人，但更引我遐思的卻是麥斯之前曾一手發掘出來的海明威和佛傑滋羅兩位大作家的戰績，而《流動的饗宴》（*A Moveable Feast*）這本海明威最後的作品，有不少地方提及兩人的交往，值得以編輯獨到的眼光來閱讀。

寫作《流動的饗宴》時，海明威可說是頑疾纏身，生命力急速凋萎，距他旅居巴黎的日子已有三十年之久。後來重遊舊地，朽軀對當年風華正盛，可以自如地進行釣大魚、賽馬、賽車等激烈活動的歲月感到無限依戀。所以與其說《流動的饗宴》是單純的回憶錄，不如說它是美化回憶的記錄。

美化的策略，除了強調鍾愛的事物外，還要泯滅心中所惡。當年，莫泊桑極不喜歡新建的巴黎鐵塔，偏偏他卻常到上面用餐。友人問他原因，他說因為只有處身其中，才可能看不見它，並俯瞰自己所喜愛的巴黎景色。鐵塔之於莫泊桑，就像晚年的病體之於重遊故地的海明威，明明想完全抹殺，偏偏又給自己一覽無遺的「制高點」。

海明威就是挾着諾貝爾獎的高度，才可以在回望寒傖失業的輕狂歲月時，把本來強調簡潔有力的「記者體」風格變化成樂於漫步的筆調，通過恰到好處的鋪述去呈現心中那份守得雲開的平和。我相信如果不是擁有這個制高點，海明威筆下可能是另一部的《巴黎的憂鬱》（*Le Spleen de Paris*），應該不可能帶點狂傲的，用大篇幅去寫他跟佛傑滋羅往里昂的經歷。據海明威所記，那時自己一篇像樣的小說也未寫出來，但佛傑滋羅已經出版了《大亨小傳》（*The Great Gatsby*），並且少負盛名。如果不是諾獎墊起的高度，他大概不會記下太太認為《大亨小傳》不怎樣好，也該不會毫無忌憚地寫佛傑滋羅的神經兮兮，及對自己的賞識。

在活地．亞倫的《情迷午夜巴黎》（*Midnight in Paris*）中有一幕是佛傑滋羅帶着男主角來酒吧見海明威，而遭海明威像對學生一樣訓誨了一番，着佛傑滋羅要多珍惜自己的才華。雖然在書中，海明威確實有表現出這樣的觀點，但據海明威自己的描述，平常碰面多是佛傑滋羅滔滔地說，海明威則是靜靜地鑒貌辨色。即使是挾着制高點的回想，海明威對着佛傑滋羅頂多是處於平等的地位，電影中的海明威既然不是記憶方塊疊砌出來的形象，導演該給年輕的海明威添一點惶惑和靦腆，這在整本回憶錄中不時隱約從自信的石灰沒有封存妥當的自卑罅隙中透露出來。例如找清借書費用前，是否該再到莎士比亞書店？又或者小說給友人評為難登大雅之堂後，是否還該像佛傑滋羅那樣發表只為賺取生計？這一連串的掙扎不是回憶中俯瞰的景觀，而是像巴黎的大街小巷中的流動光影，偶然閃現，你必須漫步其中才能意會得到。我想這是這本書吸引的地方，在宏觀的目光中也有蹓躂的細味。你會覺得自己不單是在閱讀一本書，還是一個人記憶的迷宮，甚至是一座迷宮一樣的城市。

徘徊在這本書的「大街小巷」中，最吸引我的不是海明威和文友之間的軼事趣聞，倒是他和第一任妻子赫德莉的故事。他們在巴黎一起度過了一段貧窮但快樂的日子。海明威有四任妻子，但他最愛的始終是第一任，他在書的最後一章寫道：「我多希望在我只愛她一人時死去。」他說這話是因為自己已起了異心，這章的名稱是「巴黎的日子永遠寫不完」，與其說這是誇說巴黎這頓饗宴的豐富，我更寧可相信那是渴望歲月可凝定在那一段沒異心的日子，至少這令穿插於整本書的情致顯得真摯動人。

《流動的饗宴》在海明威死後三年才出版，附有第四任妻子瑪麗的序。序雖短，但我想瑪麗應該要鼓起很大的勇氣才能作成，畢竟自己分享過寫出《老人與海》（*The Old Man and the Sea*）後獲得諾獎的風光日子，也陪伴過他熬過患病醫治的歲月，可說甘苦與共，但海明威卻選擇撇下她舉槍自轟。這份打擊本來已夠錐心，若然再加上遺作中對第一任妻子的無限依戀，傷口上便彷彿給撒了鹽巴一樣抽痛。《流動的饗宴》的出版，不單是海明威的回憶錄，更是第四任妻子瑪麗的行為藝術作品，名稱可叫作《愛的欠身》。

讀這本書，我總會想起海明威的一篇著名短篇小說——〈一個燈火明淨的地方〉（"A Well-lighted Place"）。小說講述一位自殺不遂的孤獨老人，每晚都到一家咖啡館消磨至打烊，貪其燈火明淨。其中的一位年輕侍應卻顯得不耐煩，因他急欲與家中的妻子繾綣牀笫。小說裏的人都愛泡咖啡館，海明威在巴黎也常流連咖啡館，有時點一杯飲品便在那裏寫上一個上午，在小說中咖啡館給擴展為燈火明淨、井井有條，彷彿是天堂象徵的地方。《流動的饗宴》就是在這個想望中的牽絆：自殺不遂的老年人不就是晚年的海明威嗎？年輕的侍應，掛念着貌美妻子的溫柔鄉，不就是巴黎時期的他嗎？兩個身份拉扯的張力中，連愛也出現了滄桑的皺紋。怪不得，在《情》片中，海明威一讀男主角的小說，便質疑當中的男主角不可能不知道妻子因前度男友而起了異心。

最後，還要從這本書看看巴黎這個城市。書名中的「流動」（moveable），令我想起張擇端的《清明上河圖》。上河圖所畫的是宋代汴河一帶的開封，看這類畫卷是左右兩手一收一放地看，中間的畫面因不同的組合而改變，不同的組合衍生不同的張力，帶動讀者的想像。何福仁曾借閱讀上河圖的方法來解讀西西的《我城》。他指出長卷的閱讀所採的是移動的視點，所呈現的不獨是客觀空間，更多是心靈空間。巴黎歲月在作者記憶中開拓出來的心靈空間，在寫作的過程中，給割裂成片，不同的碎片又在讀者的記憶中組合成新的心靈空間。我想這才是海明威所謂的「流動」的含義，壓根底和巴黎這個客觀空間的變化速度無關。如果巴黎是一道歷史長河，《流動的饗宴》便是投入其中的一聲清脆的撲通。它之所以清脆，不在於其快速下沉，而在於禪宗那種「一期一會」掀起的波瀾。我想宴席是因主觀的流動而變得豐富，而不是因客觀的豐盛而呈現紛擾的流動。

我不禁想起那道滿佈傘圓的街道，就像是雨落在長河上泛起的漣漪。在天橋的制高點上，前後俯視燈火通明的長街，我清楚知道「我城」還像畫卷一樣流動着，或者該說給「牽動」着，只是即使我自詡頗具編輯眼光，善於將流動光影看成停駐不動，也不知道究竟該回望一九九七年「急於回家」的心情，還是自囿於二〇四七年的「大限想像」中。

在踟躕不前、喜惡分明的制高點上，原來最依戀的不外是燈火明淨沒有暗角的記憶，那是另一篇瑪麗的序。

／寫於二〇一三年三月二十二日

創作之窗

談到創作，不知為何，腦中總會浮現一扇窗的意象，從沒費神去深究其中的原委，可能兩者的關係實在是明顯不過，再起不了一點陌生化效果吧。不是嗎？創作就是生活中的一扇窗，似乎真的有點陳腔，還有甚麼好談？加上，關於窗的種種聯想似乎也給歷代文人窮盡了，要談也不知從何切入才不致淪為濫調。

錢鍾書以門來對比窗：「門許我們追求，表示慾望，窗子許我們佔領，表示享受。」門與窗是相對統一的概念，我們常以「窗」來配對「創作」這回事，鍾偉民便以「白雪上的綠窗櫺」來隱喻「原稿紙」，這並不意味把門摒除於隱喻以外，因為當我們選擇靠窗時，無論你是在工作還是呆望街外的風景，都意味你有背後一扇關着的門。一處地方，可以有門而沒有窗，如此可以醞釀魯迅那種「鐵屋中的吶喊」，但鮮有是有窗無門，屋裏的人也鮮有會同時打開門和窗。如果依錢鍾書的説法想開去，關着的窗，表示暫且羈勒着追求的慾望，那可能是屋裏的人從窗子知道外面並不安全，要躲在深鎖的門後，才能舒攤下來去做白日沒空做的夢；否則便要像處身原始洞穴中，洞口既是門也是窗，但兩者都關不上，嚴格來説又算不上是門和窗，裏面的人怕野獸或敵人偷襲，於是得輪流守夜，惶然呆望着火堆，繃緊着神經。每逢夜裏，尤其當窗外風雨交加，我便會萌生一種守夜的念頭。守，總有各式各樣的目的，有的守財，有的守節，有的守寡，有的守業，或許我只想守着那份室內的安穩與溫暖，然後靜靜地讀點書，想些往事，或者是讀和想自己對窗外世界的若有所悟，卻又想不出所以然的迷緒。十七世紀流亡俄羅斯的法國作家薩米耶·德梅斯特（Xavier de Maistre）因為私鬥而被罰禁足四十二天，在這個多月的時間裏，他不自覺地陶醉於獨處的寧靜，讓他可以閱讀、反思和寫作。他把自己禁足的經驗寫成了《在自己房間裏旅行》（*Voyage Autour De Ma Chambre*）這本小書，其中有一節談到「靈性」與「獸性」，前者擁有人生活原則的「立法權」，後者則擁有「執法權」，如果一個人「獸性大發」，便會令人做出違反意願的行為；反之「靈性」如果能調教好「獸性」，擺脱其糾葛，便能提升到高超的境界。可能我只是想守着一份駕馭「獸性」的意願，縱然它在倥傯中虛渺得像火堆上冉冉蒸騰的光影，但透亮了心中那原始的洞穴，在偌大的漆黑中，彷彿是宇宙中一顆發光的星，努力顯示自己生存的座標，遂拿起赭石，在洞壁上塗鴉，大大的牛，奔跑的鹿，或者是吞了大笨象的蛇，如此畫着塗着，便可以抵禦的姿態去享受寂寞。

關門之於現代人，有點像撒尿之於野獸，都是為了宣示版圖，只是看似文明一點罷了。吳爾芙在《自己的房間》提及她如何因女子的身份而給摒諸於一所著名圖書館的門外，於是她懷着對圖書館內的人的咒罵在四周蹓躂，對身邊流逝的人事觀察得分外細微，為的就是要向裏面的人展示他們自閉所付出的代價。她體悟到的是被摒於門外，雖然不暢快，但把自己關在房裏卻更教人懊惱，所以當她待在自己的房間裏，所守的大概是窗戶所帶來的靈視：「我們就如此倚立窗邊談着，並且宛如每晚千萬人般俯瞰着我們的下方，名城的圓屋頂與高塔。在秋月的光照下，看來極美麗，也極神秘。那些建築上古老的石頭看來是那樣的白而純潔。」如果你因憤怒而關了心裏的門，一定要為自己開一扇窗，這樣的安全區才可以變成自足的盆圍，因為窗是「獸性」的頸圈，只有在它靜下來以後，「靈性」才可以開始在想像中的旅程。

寫作時，即使在巴士上，我也盡量靠窗而坐，眼光不時在紙面和窗外的景物之間互換，也分不清自己是把景物記錄到紙上，還是把自己的感情投射到景物上。英國已故桂冠詩人泰勒·休斯（Ted Hughes）有一次在倫敦的寓所熬夜，那時他已有一年多沒有寫出任何東西，但是那個他形容為奇異的晚上，他不消幾分鐘便寫成了〈靈感之狐〉（"The Though Fox"）。詩人說他望出窗外，看不見星辰，卻感到某種東西正在迫近，走進他的孤寂。這個「東西」並非實存之物，詩人把它包裝成一頭狐狸，很明顯是因為「Though」與「Fox」諧音，除此以外，孩提時的失敗經驗也可能是一大誘因：詩人談及〈靈感之狐〉時指出自己從未成功豢養狐狸，一頭遭人殺害，一頭給放走了。詩人心底的「獸性」似乎在蠢蠢欲動，遺憾似乎會變成怨憤，甚至於事無補的責難，打破有利於靈性和大自然契合的寧謐。詩人為了紓解這份張力，很巧妙地把這個遺憾轉化成為賜予靈感的神物，「獸性」彷彿也因為得着凝望的焦點而擁有了身份，自此一系列以動物為主題的詩，便源源不絕地從休斯的筆尖流出。詩人心中的獸性，在鷹的撲殺、狼的嗥叫、馬的馳騁中，得到宣洩，而靈性由始至終都是在旁述，似乎已看通大自然中全盤的平衡制約，所以語調冷靜，偶然透露的憐愛與欣賞，因而顯得中肯有力，散發光芒。休斯大概也沒有想到那扇開向無聲黑天的窗，原來是從過去的遺憾開向宣洩憤怒的靈視，就像針頭的穿孔找着開脱的線頭，從此針牽着線靈活地遊走於各個領域，繡出教人驚艷的圖案。

對休斯這趟神奇的房中旅程心生嚮往的，不獨是我，還包括著名愛爾蘭詩人亨尼（Seamus Heaney），他明言自己寫作〈挖掘〉（"Digging"）這首詩，是受了〈靈感之狐〉的啟發。兩首詩同樣以窗外的景物起興，然後歸結到寫作的立願，但亨尼作了適當的轉化，把休斯神秘抽象的情調扭轉為具體的鄉土生活氣息。亨尼把窗外老父拿鏟子的有形挖掘轉化為窗內自己搖筆桿的無形挖掘：「但我可沒鐵鏟像他們那樣去幹／……／在我手指和大拇指中間／那支粗壯的筆躺着／我要用它去挖掘」。詩人以這篇詩作為第一本詩集的開卷之作，當然不無表現矢志寫作的決心，評論家都會在這點上大加闡釋，例如說詩人要把農民的樸素移植到詩中，作為其詩風的主調。但這首詩最吸引我的卻是詩人所面對的那一扇窗。窗和門最大的差別就是門是開至地平的，但窗在牆上的開放總是沒有到底，所以窗只讓內外的世界溝通，卻又始終保持一定的阻隔和距離。亨尼在詩中很清楚指出自己不能像他們那樣挖掘，如果亨尼真的受到休斯的影響，那麼詩中的「他們」便不單是指老父和其他農夫，還包括一眾先輩詩人。讀到好的作品，有時會埋怨自己為甚麼寫不出如此高度的作品，甚至會因而覺得氣餒，萌生放棄的念頭，但亨尼表示要知道自己和別人是截然不同的生命、是獨特的，只要恪守自己的風格堅毅地繼續創作就是了，於是詩最後那句「我要用它去挖掘」中的「我」字，讀起來便分外鏗鏘。佛洛斯特（Robert Frost）那首著名的〈沒選上的路〉（"The Road Not Taken"）同樣是寫自己在創作路上的決志，但由於沒有一扇窗給他看到分別，所以他還是不禁要問：「沒選上的那條路是怎樣的風光？」當然，我們無從得知，但只要堅持自己所愛，那個抉擇似乎也會變得理所當然。窗下的那半堵牆的高度往往和書桌的相若，可以互相依靠。

窗在牆上，沒有一開到地，現代的還升得高高的，像一枚煙火攀升過後才甘心張開心中萬象，怪不得錢鍾書說「門是人的進出口，窗是天空的進出口」。我們無法從窗口正常進出，除非是準備偷竊和自殺，於是憑窗很多時只可望天打卦，一是為了尋求開闊，是精神上的需要，雖然老子說「不窺牖見天道」，但那畢竟是聖人的行徑。平常人望天，無論是問天順天謝天怨天還是逆天，都源於心中的不滿，總是把眼角吊得高高的，以為自己真的可以明白天的奧義，所以才會嫌作品「眼高手低」。每次夜裏靠窗寫作，我很容易便會仰望天空出神，瑟縮在大廈隙縫中的滿月，鄰廈天台上的射燈，全都看在眼裏，卻又甚麼都沒有看進。著名繪本作家布赫茲有一本名為《天空的入口》的畫冊，裏面不少畫作都涉及窗的形象。窗外的星星、月亮和遠方的燈彷彿都是天空的入口，於是除了遠觀，畫裏有人嘗試攀上屋頂捕捉，或在天空架起鋼線走過去，甚至有小熊以遠近借景的方法假裝以鼻尖頂着月亮，可說各施各法卻始終不得其門而入，或許只有當我們謙恭地承認自己確是眼高手低，眼中所見的東西才會得着天的純淨，窗外那片天那爿月反而能倒映到平靜的心中。我曾寫過一首名為〈窗外的樹根〉的詩，詩中的窗戶再一次成為原稿格的隱喻，但不是與「靈感之狐」足印匹配的「白雪上的綠窗櫺」，而是給潛心探掘的樹根填得滿滿的、一扇黑實無華緊貼泥地的氣窗：

我望着它，感應它向下任意蔓生
另一端的枝葉向上率性滋長
像鏡裏鏡外的影像，互相對應抗衡
又彼此依存，它給黑實的窗框定了格
枝節縱橫如我潦草的字跡
上面還有晶瑩的雨水流着、淌着
對於飛揚和沉潛的契合
我不敢想像，但我信

望天，還會基於實際的需要，就是憑天色判斷是否要帶傘。每次我出門前下意識這樣做的時候，都會想起傘落在宮崎駿的龍貓手中，如何變成一件把雨線拉得滴答作響的樂器。

／寫於二〇〇八年十月二十八日

禁煙與創作

自從室內禁煙條例生效後，差不多全港的街道都可以用「煙道」來命名。無論你走到哪裏，如何擺頭閃避，總會迎面撲來嗆鼻的煙霧，令你忍不住要咳嗽幾下。如果身旁的馬路再加送一陣呼嘯的黑氣，你便彷彿聽見肺氣泡給咳爆的噗咯。如果還瞥見前方那位刻意在上風的位置噴煙的仁兄嘴角丟落一抹訕笑，似在說：「誰教你們害我們這羣煙民要跑上街來吸，這幾縷輕煙，就當作是無聲抗爭的橫額和標語！」你當下便會感到肺氣泡其實不是咳破，而是給滿肚子上湧的氣所脹爆。須知一根香煙所含的尼古丁，只有約百分之二十是被吸煙者吸收，其餘百分之二十五會在燃燒中給破壞，百分之五隨煙蒂給扔掉，那麼還有百分之五十往哪裏去呢？不錯，就是隨煙霧擴散到空中。從這點看來，在街上的煙民倒是慷慨的，因為他把購得的一半分量的尼古丁，無條件送給你來享受。

我不吸煙，一口也未曾嘗過。預科時身邊有不少同學開始學習抽煙，也有同學盛意拳拳地把點燃了的香煙遞給我去嘗，加上爸爸以往也會抽煙，但不知為何，我就是沒有意慾循此途徑拉近彼此的距離，總覺得把呼吸道當煙囪像酷刑多於享受。我雖非煙民，但禁煙條例也令我陷入一陣子深思。在香港，禁煙和推行母語教學，在執行方向上是南轅北轍的兩碼子事，但對於我來說，卻有微妙的關係和相似度，兩者都應靠市民的自重，而非法規或政策。先談母語教學，我相信全世界大概只有香港需要政府投放這麼多的資源，施加如此大的力度去推行。小時候讀都德（Alphonse Daudet）的〈最後一課〉（"La Dernière Classe"），心情激動。據文中所述，連小學生都因不能再學習母語而難過落淚。這篇文章我是在哥姐的教科書上讀到，對當時受着殖民政府九年免費教育「恩澤」的學生來說，不無警誡之意。只是現今的香港學生卻因為就讀的學校不能繼續以英語授課而流淚。我們竟然不趨鶩、不持守、不尊重，甚至不承認母語這個文化基因中最不可能摘除的染色體。至於禁煙，則令我想起林則徐，就是因為林在虎門上銷煙，香港才會淪為英國的殖民地，並以英語為法定語言。當日東印度公司也有以促進國際貿易為由，強硬給中國輸入鴉片，今日我們同樣以不以英語授課會削弱香港在國際貿易中的地位為依據。香煙固然會令人上癮，想不到英語同樣會令人在氤氳中迷失了自己的文化身份。正如王蒙在〈吸煙〉裏說吸煙只會消弭文思，並稱這才是「效益」：「我吸煙的效益是促進消除文思而不是促進文思。一吸煙就恍惚，一吸煙就犯困，一吸煙就用夾煙換了執筆，用吞雲吐霧替換了推敲辭句。用一口一口吸煙的動作代替了一筆一劃的寫字，用自生自滅的思忖代替了文學構思。於是不再衝動，不再技癢，不再對文學戀戀依依，乃至不再對社會生活、對友情戀戀依依，也不再有甚麼疑難，有甚麼不平了。吸煙可真好啊！」如此看來，鼓勵吸煙是便於殖民的法門，因為吸煙可讓人忘記想說的話，繼而對母語生疏，甚至忘記自己的文化身份。

當然也有人認為吸煙可令文思迅捷，記得在禁煙條例生效的前夕，有一位本地的文化名嘴大表反對，年紀輕輕便叼着煙斗抨擊政府此舉無疑是打擊創作自由，然後列舉了幾位名作家必須吸着煙，並且要到咖啡室一類公眾場所才能寫出好的東西來。文化名嘴的觀點孰是孰非，非我關注的焦點，畢竟我無意也無從深究尼古丁等物質進入體內會產生的化學反應是否有助萌發創意，或許尼古丁令血管收縮、心跳加快、血壓上升、呼吸急促等生理反應，足以令吸煙者感覺亢奮。如果習慣了創作時抽煙，這種亢奮狀態或許會逐漸成為反射作用，並給抽煙者的身體認定為創作的快感也說不定。無論這是因人而異，還是人人如是，也輪不到我這個非吸煙者來信口雌黃。不過，既然文化名嘴和王蒙都將吸煙連繫上創作，這又令我想起母語。為甚麼？因為創作一定程度上是在說心底話，創作者當會挑自己最得心應手的語言來表述，大概沒有人在和愛人耳語時會挑蹩腳的外語吧！印象中，歷來的大作家中好像也是以母語為創作語言的佔絕大多數。以往我把母語定義為「思維語言」，也就是你向自己說話時採用的語言，現在不妨多加一個條件，變為母語是思維和創作的語言，前者主「對內溝通」，後者主「對外剖白」，兩者如果不同，嘩，當事人一定是厲害的角色，如果有機會碰到這樣的人物，我倒十分有興趣問問他在兩種語言轉譯的過程中會出現怎樣的波瀾。所以文化名嘴說禁煙扼殺創作和言論自由，壓根底不會令有關當局打退堂鼓，因為這正是香港傀儡政府不想你擁有的東西。但如果說禁煙扼殺了使用母語的自由，抽煙時噴出的氤氳其實是載着母語的一抹話圈或牽念，我想香港的人大代表很可能便會向當局說這不獨是香港的事務，還涉及國家民族的統一大業，禁不得！禁不得！

除了文化名嘴提出邊抽煙邊創作的習慣外，我還想起一位我很喜歡的作家——阿城。他在《威尼斯日記》說：「如果有一個人突然把菸或酒戒了，千萬不要和他交朋友，他既然狠心到可以戒菸或酒，還有甚麼不可以做的呢？」他還說，說這話的報應就是自己因偏頭痛而必須把酒戒掉。最近阿城來了香港嶺南大學當駐校作家，偶然在一本雜誌讀到他的訪問，記者見他抽煙，便問他對禁煙條例的看法。阿城說這是權力意識入侵低下階層，一般人就沒有自己的空間了。他還說煙民該保護自己的空間，該去找立法會議員。繼而記者以北京胡同被拆作例子問他關於城市重建的意見，他說這是「武化」的表現，他所謂的「武化」是與「文化」相對的概念，政府運用自己的權力去侵擾民間自然形成的「世俗空間」便是武化的表現。換句話說，禁煙條例的生效其實也是一種武化的干預。這點我同意。我覺得最理想最文化的禁煙是來自大家的自律，因為正如阿里士多德所言，法例只可以給人帶來權益，但會剝削人的自由。自由的感覺其實需要阿城所指的「世俗空間」來瀰漫，只是在香港這個面積僅有約一千一百零一平方公里卻住了差不多七百萬人的城市中，我們的文化特質就是擁擠——街道擁擠，住屋擁擠，股市買賣也擁擠，連外地的連鎖店登陸香港也會因租金高昂而變成了滑稽的Q版，縮到商場的樓梯底下方。在如此擠擁的環境下，我們很難擁有阿城強調的自我世俗空間，當然那可能是心象的空間而言，但我認為客觀的餘裕有助拓闊心象的空間。龍應台的公子安德烈便曾因香港沒有一間悠閒像樣的咖啡室而批評香港沒有文化。一個地方的世俗空間，可以滋長多少人的心象空間是無法量度的，而多少人的心象可以集合成文化現象也是不能量度的，更遑論是成正比例了。一個地方不可能沒有自己的文化，只是安德烈的少爺脾氣武化了他的心象空間，令他看不起香港獨有的擁擠文化罷了。

禁煙條例生效後，煙民擠到街上抽煙，街道都成了「煙道」，這可能真是「武化」法例的後果，但煙民把百分之五十的尼古丁往別人臉上送也是另一種武化的舉動。在擁擠的街道上，我們都是都市「漫遊人」，班雅明說只有保有「回身的餘地」才可以保有自我；我相信這個「回身的餘地」，就是阿城所謂的世俗空間所剩下的為數不多的碉堡。強硬在這碉堡上升起狼煙，很可能再次激起武化法例的干預，把街道也劃成禁煙區——事實上現在日本已經把一些擁擠的街道劃成禁煙區了。如何才能文化地保有自己的世俗空間？很簡單，每次抽煙時撫心自問：「我這樣會否影響別人呢？」我相信那一聲自問，和林則徐在虎門上的天問一樣，用的都是我們文化基因中甩不掉的母語。較之街上煙民嘴角那抹復仇的邪笑，這樣的詰問才稱得上是拓闊世俗空間的行為藝術創作，尤其在擁擠的街道上。屆時龍應台大概會教她的公子給香港文化打上難度分，而不是同情分。

／寫於二〇〇八年三月一日

螃蟹

最近港鐵站內有海報提醒人小心給自動電梯邊條夾傷腳趾。不，不單是微末的腳趾，沒有了一根腳趾，你大概還可以站着，頂多失一點平衡……

海報中的自動梯，並非上行，因這樣很難拍攝到雙腳，所以選了下行的畫面，就像我們的社會。

梯級上的小孩伸出來的腳尖處彷彿踢穿了時空閘門，跨到了風和日麗的沙灘，給·隻巨型蟹螯夾着。啊，如此一個畫面包含了兩個時空，莫非有甚麼隱喻不成？隱喻自然界的甲殼終於忍不住要對金屬的現代工程來個反撲？

我想起魯迅的一首散文詩，就叫〈螃蟹〉，是〈自言自語〉組詩中的一首。詩描述一隻老螃蟹自知快要蛻殼，於是想要找一個安全的洞躲着，直至換妥新殼。旁觀的螃蟹問何解不就地解決，難道不怕洞裏有其他甚麼東西躲着，卻擔心自己的同類。老螃蟹答道：「不是怕同種，但就是怕你會吃掉我。」

令我感興趣的不是魯迅典型的「吃人」狂想，在喪屍橋段也變得陳套的今天來說，這可說難以在思緒中激起怎樣的波瀾。使我感興趣的是那藏着無窮聯想的黑洞。

提起洞，又令我想起另一種著名的螃蟹，就是中華絨螯蟹，顧名思義，此品種原產自中國，隨着海上貿易頻繁起來，它們像血淚華工一樣，藏身底層船艙，懵懵懂懂，便給送到外地去，並在當地迅速成為頑強的入侵物種，搶光食物，又在堤壩上挖洞，這在荷蘭這類低窪國家，可說是動搖着國之根本……

強力適應的基因，就這樣在異地給保存下來，而同樣懵懂地留在原產地的則變得乖巧，變成滿盤的大閘蟹。那根水草，就像黑洞中不知名的黑手拋來的「吐真索」。一索，便將安心蛻殼的心聲都吐成比自己卵子更纍纍的泡沫。

泡沫中包容了蛻殼的夢，大閘蟹真的將那泡沫當成了受精卵，以僅餘可動的眼珠四處尋找可埋掉這纍自言自語的泡沫的地方。奇怪的是，這些泡沫卵子居然繁殖出新一代，只是略有變異。

據說那在異地保留下來的純種，螯上有着更黑的毛色。那黑手似乎不只要夾孩子的腳趾頭，它似乎想將整道本來已是下行的電梯拖進洞中，那管上面是工農兵，還是官商鄉，都會在黑暗中慢慢給消化，而黑手在漆黑的輕撫帶着幾分神權的憐惜，說：「不打緊，那只是蛻殼罷了！好好忍耐着，一下子便過去了。」於是，縱使這是連喪屍也不新鮮的年代，我還是不禁驚呼出魯迅那句老掉牙的「救救孩子」的吶喊。

聽說那片黑，經百年的放逐，比原產的更黑、更純。那城市心臟中的地洞似乎較之沙灘上的蟹洞更黑更純。它黑，因它吞噬了光明，包容矛盾；它純，因它將光明留在肚中，發酵成長長的會蠕動的夢，悄悄將兩個平行的時空絲連成一個框定了的畫面。

／ 寫於二〇一六年九月十九日

縫·

如果要用一個關鍵字來總結自己寫作的成長歷程，我以前會用「隙」字，因為大多數稿子，都是在倥傯的生活罅隙中寫就，多數是斷斷續續地在上下班的車程中記下點滴隨想，再拼湊衍生成篇。倘下車時便完成一首詩，那麼接着整天都會因而變得飽足。平常下班回到家，大多已累得垂攤在沙發上，即使洗澡也是勉力抽起手腳完成；但若是作品的初稿在手，整晚身體彷彿裝了摩打，務求盡快完成所有例行家務，得以騰出時間將手稿輸入電腦，並可趁機修訂。輸入完成後，往往已是夜闌人靜之時，便覺自己是遺世獨立的一莖蒼茫，難得可在魯迅所說的「躲進小樓成一統，管他春夏與秋冬」的自傲中沉醉一下。

記得那是一個週末的清晨，一早便要動身上班，天還未亮，再加上那種令人意欲整天留在被窩中的天氣，心裏的疙瘩正要蔓延至自己的際遇上，車子便轉入吐露港公路，卻見旁邊的泥灘上（那時還未給填成科學園），有一人在拾蜆。他蹲着，用一掌橫掃逐寸探索，一手拿着幼樹枝，不時用來戳泥感應虛實。摸着了蜆，便熟練地拾起投到身旁的篠籮裏去。不知為何，整個過程看進眼裏，感到異常觸動。我覺得自己像拾蜆的人一樣，在日和夜的夾縫裏孜孜探索；但又像蜆蚧那樣在湧動和紮實之間卑微地開合，默默呼吸和進食，掙扎求存。我急不及待掏出筆記簿疾書，下車時便寫成了〈拾蜆的人〉，其中幾句是：「從沒想過淺灘也有可掏的東西／同樣有可貴的生命／各自在平凡中用心／無論意識如何貧瘠／都憑本能，把生命趨近完美」。現在看來，那情那景，不單是自身小我的投射，更是社會大我境況的反映。

本來我應以「隙」來總結自己的寫作生涯，但總覺得有意猶未盡之處……

早陣子搬到新居，每朝上班只需往後拐，穿過一條後街便可到達巴士站。後街一邊新近開了家酒吧餐廳，店內雅座可供你飽餐，各式扒類均備，如你只好杯中物，想跟朋友淺斟低酌，談個通宵，可選擇坐到店外。餐廳將向街的一堵牆鑿空了上半，將之改成吧台，下半部的外牆則裝了幾道窄長可收起來的小枱面供客人擱杯。後街的中央是個一街長的花圃，餐廳在花圃的壆邊嵌上一個「冂」形的面板，將之變成舒適的長椅，再放幾張高腳枱子，這樣花圃又變成另一行的吧台了。於是每個晚上，店外都聚集了一羣衣着入時、滿腹憂思又急欲傾訴的年輕人。出乎意料的是，三五知己聚頭的畫面當然不缺，但也有不少是形單影隻的，指頭夾着香煙在自斟自飲，與其招牌式地說他們的眼神落泊寂寞，我更想說那是淡定的，大概只是進家門前先喝一杯，清清心神，將憂思先甩掉罷了。生活從來就沒有想像中的驚濤駭浪，也鮮有像《大時代》裏的丁蟹和方展博那樣大起大跌，生活中最深的滋味可能就是「淡」的滋味。懂得品味淡的滋味才會記住涼風拂面的質感，才會珍惜「放放風」的罅隙。

酒吧當然是越夜越旺，跟正對着的老人院成了一對乖謬的鏡像。老人院是家地鋪，不像一般的要拾級走上一層的模式，格局有點像許鞍華《桃姐》電影中，葉德嫻後來入住的那家。老人院在晚上七時許已是烏燈黑火，沉入夜的羊水中，只有管理員頂頭才有小燈溶開窅暗，就像母體的心跳一樣，隱隱地給潛意識注入擁抱的安全感。窗戶都緊閉着，只有上方的氣窗給此起彼落的鼾聲和微弱的呻吟聲推將開去成一列齙牙。酒吧縱使人聲鼎沸，有時甚至驚動警方，但它還是張着一副南柯的睡臉。

待清晨時分，酒吧的店面變成酩酊的面容：吧台給堆在一旁，鶴立的高腳給長長的鐵鍊纏鎖着，就像是狄更斯在《聖誕頌歌》中描劃的亡魂馬利，不惜用自己一身罪孽的鎖鍊來勸告一毛不拔的財主痛改前非。外牆上的吧台也回復垂下的狀態，彷彿是已泊岸的帆。老人院門外，幾位院友排排坐在不同款式的椅子上，椅背都有磨蝕的痕跡，有的更磨出了餡兒。簷下裝有金屬掛架，護理員會用長椏杈將洗淨的院友衣服逐件掛上，大多是睡衣睡褲，還在瀝水，一滴又一滴，在地上濕開一片小圓，彷彿就是直通地下幽冥的通風口。常見一位老婆婆坐在門外，一坐就是大半天，是在觀察印證簷前滴水是否真的點滴不分差？還是像桃姐一樣，正在等待非親生的劉德華來探望？記得小時候聽許冠傑的〈浪子心聲〉，不太明白何解「幾許有共享榮華」一句會接上「簷畔水滴不分差」，現在看着呆坐門外的耆英，我腦中總不期然迴盪着這兩句歌詞，似有所悟似的。在不求好生但求好死的想望中，榮華大概就是對面酒吧那些可供徹夜揮霍的青春，而望着簷前滴水，可能是在悼念自己的精力正逐點流逝。

我在車站上回身望着酒吧跟老人院，很詫異如此不同的生命形態竟存在於一條短小的後街上。它們中間有一棵無名的樹，沒有見過它開花，我也沒有深究它的身份。大樹有四層樓高，樹蔭將陽光濾成柔和的碎影，模糊了兩種相對的時間感應的分歧，以隙縫縫合了咫尺天涯。這陣子一直在思考下一本結集的寫作路向，閉眼去聽樹音，我便開始明白那應該是從「隙」到「縫」的過渡，以及對此過渡的心領神會。

／寫於二〇一八年六月六日

四　從城堡出發

天真的氣球

我最早的記憶，就是那叫爸爸的先生不斷扮鬼臉逗着天真，而天真終於咔咔大笑起來。我就是這樣給天真逗得笑了出來。之後，她的眼睛便不斷盯着我轉——我飄到左邊，她就望向左邊；飄到右邊，她就望向右邊。

那時，我還是透明的，之後用了幾千個日子，才漸漸長出顏色來。印象中我的第一個顏色是紅色。那時，天真的高度只及其他人的腰肢，總是要仰望着跟家人說話；加上，天真的頭大，每次說話後，後頸都有點痳痳的感覺。

當我逐漸上升至頂住家裏的天花時，天真便會興奮得手舞足蹈，好像我就是她頭兒，帶着她的眼光俯視家人，甚至看穿他們。每個人在我眼中，都像一隻開口的杯子，裏面載的是奶還是水，都一目了然。總之自從有了我以後，天真的世界寬闊了許多，也精彩了許多。

以往，天真遇上不懂解答的算術題時，一看到爸爸先生高高在上的「雷達眼」，腦中便會頓時一片空白。現在有我從上面下望爸爸先生的頭頂，有時答案就浮在表面，我於是把答案沿着幼長的神經連線傳給天真。天真便會靈機一觸似的，很快想出答案來。爸爸先生便會露出滿意的笑容，我的顏色便會顯得更鮮艷。

假日，爸爸先生總愛帶天真到公園散步。我雖然不能頂着天空，但還是感到很開心，很開心。顏色有時會變成白色，就像藍天裏的白雲一樣。如果來到樹林，我又會變成黃色或紫色，就像綠葉叢中的花果一樣飽滿好看。如果說，這表示天真的心情很好，那麼大家一定認為深沉的色調，便代表壞心情吧！

事實不然，天真是以保護色來反映壞心情，例如在綠樹叢中，我會變成綠色；在夜幕下，我則會變成黑色。所以要判斷天真的心情，不能只看我的顏色，還要看背景的顏色。如果我的顏色和背景的相同，那代表天真缺乏安全感，想要躲藏起來。問題是，如果我身處許多顏色的背景，我該如何變化我的顏色，才能讓天真感到安全？

當我們來到水池旁，天真在橋邊開心地看魚。我趁機問魚兒：「你們要怎樣才會感到安全？」池水卻搶着回答：「有我這樣温柔地包圍着牠們，供應食物、氧分、温度，有這樣好的保護，牠們怎會感到不安全？」

魚兒卻吞吞吐吐地說：「所以我們一離開水，便會感到很不安全，甚至會死掉，我們都好想到水池外的世界看看……」

池水有點氣惱地說：「安全，就是百分百的保護，就是給對方提供一切生命的基本所需，讓對方感到即使用掉多少，還會有不絕的供應。」

魚兒就說：「安全，該是即使在沒有保護的環境下，也能自由自在地實踐想像。」

池水和魚兒就這樣吵起來。池水說魚兒沒良心，魚兒則指池水專橫。我不好意思待下去，只好拉天真離去，而天真則拉爸爸先生離去。我們來到供人放風箏的草地。許多風箏已經飛到天上了。草地上只有一道長長的風箏躺着，準備起飛。這個長長的風箏，由不同的圓片組成，最後一片則是一個古怪的面相。

天真給那面相吸引着，便走近蹲下來細看。正在整理風箏的伯伯微笑着逗天真說話；我則發現原來那長長的風箏也看得見我，我又就這樣談起來。

「妹妹，你知道這是甚麼動物嗎？」風箏伯伯問。

「不知道呀！」天真搖頭說。

「牠叫做龍，是很威風的一種動物！在神話中，龍可以呼風喚雨，是以往皇帝的代表。」風箏伯伯說。

「嘩！原來你如此厲害！」

「我只知道平時我是給壓成平面，套進膠袋，再放進抽屜。」龍風箏說。

「那在抽屜中，你感到安全嗎？魚兒對我說，安全就是可以自由地想像。」

「我連自己是甚麼也不知道，怎麼可能還會想到安全和自由呢？我知道自己很羨慕你，可以隨主人四處走，這大概就是自由。」

「世上根本沒有人看得見我，我的顏色也只是根據天真的顏色而改變，有時她感到不安全時，我還要隱沒在背景顏色中，連自己也看不見自己呢！那及得上你，放上天後，地上的人全都望得見你自由自在飛翔。」我不服氣地說。

「唉！就是為了讓人望見，我是尾朝上給放上天，我雖在天上，卻望不見天，也分不清究竟自己是在上升，還是降落，是在前進，還是在後退。」

龍風箏給放上天了，我望着它竟然不知道該根據天的顏色，還是草地的顏色來變色。我也不知道自己是開心還是不開心，究竟這是天真的感覺，還是我自己的感覺。就這樣左思右想之際，我發覺自己開始變得透明……我很慌張，於是匆匆跟龍風箏說再見便別過頭去。幸虧當我們離開，回到正常的環境裏，我又回復往日的繽紛。

有一天，爸爸先生說要帶天真上街去體驗。天真看見四處人頭湧湧，還以為是在逛年宵市場，所以我又變成了紅色。後來看見有人流着淚，很激動地喊叫甚麼，天真便緊張起來。她緊握着爸爸先生的手，而我在上方看到盡是黑色的頭髮，完全看不穿黑髮下載的究竟是奶還是水。

不同的人拉起不同的風箏，有的比龍風箏還要長，不同的是上面寫滿了字，但卻飛不上天。我漸漸從血一樣的紅色轉為黑色，完全融入黑髮的人羣中，就連神經的連線也變成了黑色，就像一條長長的辮子。

我看起來就像一個黑色的「Q」字，在空中焦躁地轉個不停。走着走着，那些像龍風箏一樣長的布條，因為寫滿文字而變得色彩繽紛。天真和我都感到不知所措，我的顏色也變得越來越淺，再次變成了透明，像一滴淚浮在人羣頭上三尺之處。

不同的是，今次我的色彩沒有再回來，我繽紛不再了。我透明得連天真也看不見我。一天，天真焦急地問爸爸先生：「我的氣球不見了！不見了！怎麼辦？」

爸爸先生撫着天真的頭說：「那表示你已長大了！放心，當你成為媽媽女士後，你便會在自己孩子的身上再次見到它不斷在變換顏色了。」

生命為何而鬥？

——賞析三篇關於「鬥牛」的文章與《愛花的牛》

鬥牛的文章自黎庶昌以後，[1]便像春筍般勃發，但凡看過西班牙鬥牛的，不少都忍不住要記上一筆，這不啻是值得思考的現象，而從汗牛充棟的關於鬥牛的描述，究竟我們如何去細味？那就讓我們一起來讀讀其中三篇：何福仁的〈鬥牛〉[2]、余光中的〈紅與黑——巴塞隆納看鬥牛〉[3]和綠騎士的〈鬥牛〉[4]，並將之跟《愛花的牛》[5]這部禁書對讀，嘗試思考相鬥的意義。

寫鬥牛的文章，自然少不了豐富的場面描寫，而且往往是作為文章的發展主線，又旁開數枝兼論文化的傳承、生命的價值等議題。如何才算是豐富？或許就由最直接激起感官刺激的視覺效果開始談起。在鬥牛開始前，何福仁這樣描寫鬥牛場：「落日的餘暉，把圓場分成光和影的兩半。」落日予人悲壯之感，「光和影的兩半」則表現了人和獸的對立。鬥牛未開始，已隱約感受到那股對峙的張力正緩緩加劇。余光中則以屠龍天使長聖喬治的傳說來突顯人與獸之間的對立（因為作者到達當地時剛好是聖喬治的慶典）。余也有寫到場內的陰影，但是用以烘托自己的心情變化。開場時，余記述：「我坐在陰座前面的第二排，中央偏左，幾乎是正朝着沙場對面艷陽旺照着的陽座。」到了文章的後半段則寫到日光游移，陰影籠罩全場，形象化地表現那種隨意殺戮的陰霾在作者心中已漸漸積累成「共犯的罪惡感」，並壓得作者有「胸口沉甸」、「胃部不適」和「呼吸不暢」等反應，於是讀者彷彿也感受到人獸對峙的無比迫力。

接着鬥牛士出場，三篇文章都形容他們穿着五彩繽紛的衣裝，儼如貴族華胄一樣，但在何福仁和綠騎士筆下，其表現都像怯懦的窩囊廢。何於是轉而寫牛，把牠先形容為一團黑茸茸的憤怒化身，符合了文章後段提及的畢加索名作《格爾尼卡》把雄牛視為邪惡象徵的設定。在多番被扎槍以後，何這樣描述：「本來黑得油亮的牛，背脊上又紅又藍花花的掛滿了彩，大戲裏吹鬚瞪眼的霸王，背後卻帥旗飄飄，面臨的卻是垓下之戰。」牛的地位不知不覺間逐漸提升，甚至達到西楚霸王的地位，

---

1 見樊善標：〈那些不見得透明的——嘗試談論三篇有關鬥牛的散文〉，《作家》第六期，二〇〇〇年八月號。文中作者引資料指出「黎庶昌應該是中國描寫鬥牛的第一人」。

2 見何福仁：《書面旅遊》，台北：允晨文化實業股份有限公司，一九九〇，頁六五—七四。

3 見余光中：《日不落家》，台北：九歌出版社，一九九八，頁三一—四十七。

4 見綠騎士：《壺底咖啡店》，香港：素葉出版社，一九九九，頁一二〇—一二一。

5 曼羅・里夫（Munro Leaf）著，羅伯特・勞森（Robert Lawson）繪，林真美譯：《愛花的牛》（*The Story of Ferdinand*），台北：遠流出版事業股份有限公司，二〇〇九。

不無悲壯。當你認為牛的形象已經翻盡，大概只能來個慷慨就義時，怎料何卻這樣寫牛的死：「如是刺了三次，牛才像一座大山似的頹然躺下，彷彿是牠自己感覺厭極無聊撲向劍尖。」如此情景真的較耶穌苦路上的十三次起跌更覺豁達瀟灑。牛的地位在此已經提升至智者的層次，彷彿已經完全參透生死。耶穌的死，好歹為了救贖全人類，但牛的死純然為了滿足一小撮人閒來無事所發的英雄大夢。文章至此，會發覺牛雖為野獸，但形象卻最為立體、血肉。有了如此種種的鋪墊，作者在文章末段對於「牛作為邪惡象徵」的質疑才顯得深刻有力，才不致流於概念化的空洞。

綠騎士的那篇較短，於是只能集中寫人，非但寫人在場內的意氣風發，也寫場外的頹唐：「有個青年人坐在階台上撕着個炸蝦餅吃，穿着『助手勇士』那種貼腿褲子，卻沒有甚麼英雄姿勢了。他抬頭，剛巧遇到我的目光，竟帶着尷尬的敵意，又冷冷地低下頭了。我想：全場的噓聲定會追隨着他們。但亦不同情；誰叫你們選擇一個要作英雄的行業？」收結時拋出這一道反問，可說是這篇文章的亮點，輕輕點出鬥牛活動之所以延續多年，主要是由於人類的虛榮。讀何福仁的〈鬥牛〉，你會發覺作者也反復問了好幾次「有甚麼好鬥呢？」這個問題，把思考的範圍拉闊，不止限制在鬥牛活動，還是人類的歷史為甚麼總是止不了爭鬥，無論在人與人之間，還是人與自然之間。循這個思路想下去，大概會明白為甚麼「鬥牛」的文章寫了這麼多年，依然繼之有人，因為鬥牛就是人類這種虛榮的最具體呈現，也表示「生命為何而鬥？」這道問題問了這麼多年，依然沒有人得着圓滿的答案。對讀這些鬥牛文章，你彷佛明白在人的虛榮之下，生命是無法平等的；或者應該說，其實人類無論是經濟、政治活動，都是變相的「鬥牛」罷了。

讀鬥牛的文章總會令我想起曼羅．里夫的（Munro Leaf）那本經典繪本《愛花的牛》（*The Story of Ferdinand*）：「不論鬥牛士怎樣挑逗，費迪南都不想同他們爭。牠只是坐着聞花香。所有的人氣得都在跳腳，特別是大鬥牛士，因為沒有辦法在大家的面前炫耀功夫，更是氣得發狂。」這部繪本在上世紀三、四十年代，曾在西班牙和德國被禁。為甚麼一本描寫愛聞花香不受挑逗的牛的兒童讀物會被禁？原因是那時正值西班牙內戰和二戰前夕，當權者需要人民有好鬥的心，而不是「頹廢」地享受大自然的美滿。他們需要的是視人命如死物的鬥心；他們需要的是勇於對峙、視鏟除障礙為光榮任務的信念；他們需要的是為了完成任務不惜殺戮的堅持。就是這樣，即使繪本中的費迪南造型相當可愛、善良，這本內容沒有一點情色或暴力的書，在當時卻成了禁書。

三篇鬥牛文章中，只有余光中筆下的鬥牛士是幹得漂亮的，可獲得一雙牛耳以茲表揚，但余卻慨歎：「真正的英雄，獨來獨往而無所恃仗，不是鬥牛士，是我。」這裏所指的「我」，不是作者自己，而是牛，或者說是作者代入了牛的角色。這令我想起梵谷，因為梵谷畫過《阿爾勒鬥牛場》，畫面可見不少觀眾站着喝采，大概和余光中所看到的沒有兩樣。在看過鬥牛以後，在一八八八年十二月三十日，梵谷割下自己的左耳，送給一位熟稔的妓女（鬥牛士收到牛耳後，一般會轉贈忠實的支持者）。如果梵谷真的是在模仿割耳儀式，究竟他是否和余光中一樣代入了牛的角色？還是認為自己是挑戰命運的鬥牛士？或許他覺得自己既是牛又是鬥牛士，偌大的生命鬥場中，只有他自己一個人，歡鬧還是失意都是源於內心的掙扎。我相信余也能代入梵谷的掙扎中，因為余曾經翻譯過《梵谷傳》；而何福仁應該很能體諒梵谷，因為這篇〈鬥牛〉收入《書面旅遊》一書，在當中另一篇叫〈看見梵谷〉的文章中他寫道：「梵谷當年把朋友嚇跑，把自己的耳朵割下，自覺感官真的與別不同了，自願進院了。一頭擅唱的鳥，在眾鳥之間，也許唱出不同的聲調，居然甘願投籠。」如果你是梵谷，你覺得怎樣才是真英雄？像鬥牛士，還是像牛？

在《愛花的牛》中，由於費迪南始終不肯往紅布處衝，鬥牛士無論怎樣挑釁，牠還是故我依然地坐着猛吸空氣裏傳自觀眾席上女士衣襟和帽子上襯花的香味，好看血腥爭鬥場面的觀眾不禁納悶，鬥牛士無從證明自己的身價，心裏不禁嘟噥……於是最後費迪南不用客死異鄉，還給送回家鄉。故事如此收結：「據我所知，到現在，費迪南都還坐在牠最喜歡的那棵橡樹下，靜靜的聞着花香。費迪南覺得牠好快樂。」只有回到家鄉的橡樹下，費迪南才稱得上是費迪南，不然牠只是芸芸給刺死的鬥牛中的一頭。

何在〈鬥牛〉的開首便交代自己看了三場鬥牛，他在寫完第二場後便加插了《鐵牛傳》這齣講述人與牛之間友誼的電影，圓滑地消弭了前面兩場人牛之間的衝突，還可以把第三場的反思推到更高的層次：「這優越的文明人跟野蠻的牛，是否仍然保持非拼不可的鴻溝？」我總覺得這道問題有點「互文見義」的效果，即「文明」和「野蠻」同時在形容「人」和「牛」，於是便令人掉入這樣的質疑：「人真是文明的嗎？牛都是野蠻的嗎？」那鴻溝與其說是人與牛之間的對峙，倒不如說是人性和獸性摻雜的混沌，或許這就是梵谷甘願進瘋人院的原因。

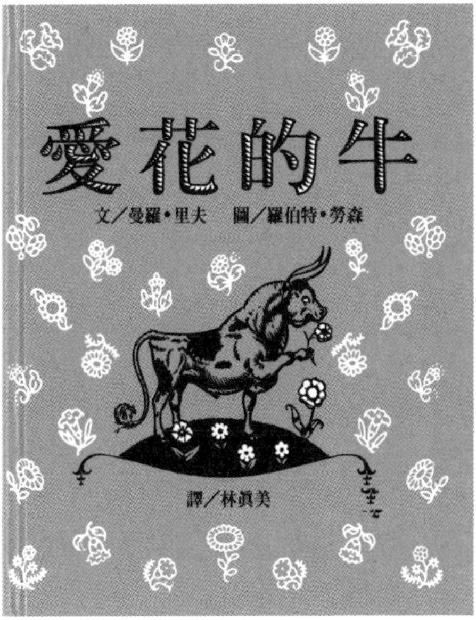

《愛花的牛》的末句相當奇特：「費迪南覺得牠好快樂。」不是單純地說：「費迪南很快樂。」彷彿「費迪南」已上升至宏觀層面，成為一種意識形態，並從芸芸眾牛中認出了自己，似乎這是生命中唯一值得「爭鬥」的理由——就是自己是否在眾生中最快能認出自己的目光。

／寫於二〇〇九年十月二十九日

繪本之力，解夢之咒

有新辦的網上雜誌的編輯邀我寫一篇談繪本的特稿，平常如果像這種自己熟悉的主題，我當會欣然接受委託，並即開始構思醞釀。但今次我卻猶豫起來，我向編輯表示因為我現正在外地交流，手邊沒有繪本翻揭參考，彷彿給砍掉雙手，沒有信心可以寫出像樣的稿子。在編輯堅持下，我唯有嘗試就地取材，看看可以拼湊出怎樣的稿來。就是這樣，這星期下來，特別豎起探測繪本的雷達，才發現自己在這裏寫繪本，感覺從給砍掉雙手到後來彷彿變得心應手——除了這裏的大學圖書館藏書量甚豐，更有名師設計建築的專科美術圖書館，足以讓我就繪本寫任何形式的文章外，更重要的是「國際作家工作坊」定期舉辦的「專題討論會」系列中，便有一場是討論「畫面」跟文學創作的關係。分享的作家都不約而同帶出現在資訊年代的特質是影像和畫面先行，因這是最快速的接收方式，因此令不少作家以畫面來構思作品。馬泰・卡林內斯庫（Matei Calinescu）在《現代性的五副面孔》（*Five Faces of Modernity: Modernism, Avant-garde, Decadence, Kitsch, Postmodernism*）中指「媚俗」（kitsch）就是其中一副面孔——隨着印刷術發達，藝術變得普及，大眾會通過消費藝術來炫耀自己的品味，藉此抬高身價，於是藝術的媚俗化跟商業推廣行為和消費文化有密切關係，而這正是現代性的一個表徵。那麼，我們便可如此推想，藝術畫面的普及程度可說是媚俗藝術的催化劑。好了，現在我們要討論的焦點是互聯網上，畫面（包括影像）的普及程度和傳遞範圍及速率，較以往印刷術要強得多，但作家思考的現代性話題，不是要遏抑文學作品的普及程度——事實上龐大的讀者羣是作家夢寐以求的，而是如何將普及和媚俗劃分開來，使之即使普及也不失大雅，也就是說文學的現代性話題該是「普及去媚」，而繪本大概就是其中一種合乎這種特質的創作模式。

一、繪本之力：世態 ÷ 畫面 = 許多激盪

「繪本」一詞源於日本，相當於中文裏所謂的「圖書」。但想深一層，兩者是否真的等同？「本」跟「書」是等同的，但「繪」和「圖」，如果在中文的詞意裏去理解，似乎有點分別，前者較強調「創作過程」，後者側重「創作成品」，可能就是這微小的分別，繪本較多是作者包辦圖和文，令兩者配合起來可說相得益彰；圖書則可能是一人為文，另一人配圖，當然這亦可產生很好的出版物，只是上面談及的「普及去媚」也是一個創作過程，那麼便該以圖文包辦的模式較易收事半功倍之效。

所謂「繪本之力」，乃源自河合隼雄、松居直及柳田邦男合著的同名著作，特別強調繪本對心靈創傷有顯著的療效，不獨對小孩，對成人亦然。但書中僅闡述個

案，並沒有詳述究竟這療效之力是如何營造的，這似乎是大多數闡釋繪本之評論的切入手法。我認為這種「治療之力」就是源自「普及去媚」的過程——所謂「普及」並非指迎合大眾口味，而是帶出共有關懷，也就是能否通過「畫面」將「世態」變成密碼，發揮「隱括」的效果，就是不掌握其中的密碼，無礙一般人的基本理解，但如果能解開密碼，便會心生繫節的共鳴。無可否認，畫面較文字更能做到隱括的效果，這就是所謂的「去媚」過程。

讓我以一九九四年榮獲「國際安徒生大獎」（Hans Christian Anderson Award）的約克．米勒（Jörg Müller）的代表作《發現小錫兵》[1]（*The Steadfast Tin Soldier*）來闡釋何謂「普及去媚」。這部繪本，顧名思義，就是脫胎自安徒生〈堅定的錫兵〉，米勒卻將之轉化為現代版，就是更切合現代的「世態」。

即使沒有留意特別的「密碼」，也無礙理解，這也是使之「普及」的「親和力」。如果知道隱括其中的密碼，便會讀出深意——當體味到作者如何「以小喻大」、「以一表眾」，便會拍案叫絕，這就是「繪本之力」第二重的「昇華力」，也是「去媚」的過程。在左圖中，《反斗奇兵》的海報跟女兒後方大堆玩膩

了的玩具，產生強烈的「反諷」效果。另一張海報顯示了女兒渴望的家庭模式，但她自己卻只顧埋首打電子遊戲；另一邊的成人竟然把有尖物的「錫兵」給幼兒獨自把玩，顯示照顧者沒有付出真心，只求自己可以「樂得清閒」，所以作者特意沒有畫出整個人，彷彿家長只是「部分存在」，這跟後面的第三世界的情況形成強烈對比。而且姐姐也只顧打電動，完全沒有理會，或試着抽時間陪伴小弟弟。如果讀者能讀出這些密碼，可能便會有所醒悟，這就是第三重的「棒喝力」。

米勒把安徒生原著中的芭蕾舞紙偶換成了現代的芭比娃娃，其實是提高「親和力」的手法。在安徒生的原著中，芭蕾舞

1 《發現小錫兵》，台北：和英出版社，二〇〇〇。

如此尖銳的玩具給這麼小的嬰兒獨自玩？

從來沒有出現過樣貌的成年人！

獨自打機 VS 渴望的家庭模式

胡迪的眼神瞄着後方被糟蹋的玩具。

洋娃娃將會變成怎樣？廣告牌上的模特兒還是男孩手中報紙上公佈的通緝犯？這樣增加了故事歷險元素的懸疑性，也強化了畫面的「棒喝力」。

紙偶並沒有隨小錫兵給丟出屋外，但米勒卻安排芭比娃娃跟小錫兵一樣給丟棄，通過大海報的模特兒和報紙上的通緝犯的照片，預示了芭比娃娃的未來，其實是在提醒讀者孩子的未來怎樣，乃端看長輩對孩子的關懷和引導。

小錫兵和芭比娃娃一起流落到第三世界國家，許多貧困人家靠拾荒為生，這樣的加插，令整本繪本有了普世關懷，強化了「提升力」——在西方富裕家庭的父母只出現了一隻手，沒有面目，把有尖角的玩具給孩子把玩；但這位爸爸面容清晰，和兒子一起創製新玩具。物質富裕未必一定帶來家庭幸福，「窮得只剩下錢」似乎是這個前後對比給人的一記棒喝。繪本的畫面不只在於展示了甚麼，有時也要留意作者選擇不展示甚麼。從發達國家的「局部展示」到第三世界的「整體展示」，這個強烈的對比，是文學上的提升，是重要的「去媚」過程。

二、解夢之咒：記憶 ÷ 收藏畫面＝創作素材

繪本之力，主要是針對繪本讀者而言；解夢之咒，則是就創作者來說。如果能夠將最縈繞心中的記憶片段整理出一些「收藏畫面」，雖然未必能夠通過組合這些「收藏畫面」建構出心中的「烏托邦」，但大概可如弗洛依德所言發揮「釋夢」的紓解之效。讀卡爾維洛（Italo Calvino）的《看不見的城市》（*Le città invisibili*），大概都感覺到小說是他用文字在描劃心中的「收藏畫面」，當中還加入的「想像」，不是一般人所想那樣，令內容變得乖謬，相反是將不同的可能黏合起來，使這些湊合顯得符合情理。只有這樣始能維繫人心中「烏托邦」的盼望，或者是現實不致淪為「異托邦」（Dystopia）的信念。

法蘭斯瓦．普拉斯（Francois Place）花了十多年所作的《歐赫貝奇幻地誌學》（*Atlas des géographes d'Orbae*），可說就是繪本版的《看不見的城市》；一套三大冊，從A到Z，共二十六個國家的故事以想像力串連，令人覺得奇幻又合理。例如在《J-Q》一冊，甚至有「地人、樹人、獸人」的敘述，宛如《魔戒》（*The Lord of the Rings*）一樣的詭譎，但《歐》卻來得較節制和從容，展現的是對「烏托邦」的盼望；相反《魔戒》中，獸人邪惡非常，樹人也喜怒無常，令人聯想到「異托邦」。《歐》是法蘭斯瓦的代表作，但我更想以他的第一本繪本創作《最後的巨人》（*Les Derniers Géants*）作闡釋例子，一來較集中，二來也最能突顯作者的終極關

懷，因通常第一本作品都是縈繞心頭最長的母題，也是最貼近作者本心的創作。

《最後的巨人》[2]的故事很簡單，英國年輕學者阿契巴德意外地發現巨人牙齒上刻有地圖，就依着去尋找巨人，中間幾經波折，終於找到巨人聚居之地，並留居了一陣子。回到文明世界後，他發表了自己的經歷，重回故地時卻發現巨人已被滅族。懊悔不已的阿契巴德後來變成水手，浪跡天涯，身上只帶着最初那顆巨人牙齒。

這個故事驟聽便會感到跟陶潛的〈桃花源記〉很相似，正如中學時讀到的寫作背景所言，陶潛乃因不滿當時的政治環境敗壞，從而塑造了「桃花源」以自慰，那麼我們可以推想，法蘭斯瓦也有相近的動機。不同的是，武陵人帶太守回去找桃花源不果，但法蘭斯瓦卻安排巨人遭到滅族，有人説這反映法蘭斯瓦性

2 《最後的巨人》，台北：時報文化出版企業股份有限公司，二〇一〇。

格悲觀，我倒覺得是作者想突顯的是巨人擁有的善良特質，所以才特意將之創作成隱居的巨人——力大無窮，卻知所節制，不然如果巨人要反擊，相信也不至於遭到滅族。另外，巨人都通體有紋身，但卻不是刺上去的，而是從體內長出來的，這象徵了巨人表裏如一的特質，相信這就是現實世界不至於淪為「異托邦」的原因，也是作者解夢的咒語。我想這「大能中的善良」是作者的創作母題，所以在之後的《歐赫貝奇幻地誌學》中，巨人的品性不時在二十六個國家的人民中閃現出來。

三、力與咒的循環

法蘭斯瓦曾經在訪問中表示，他是先有畫面才構思內容，而且會盡量將圖畫想得細緻。眾所周知，法蘭斯瓦的圖畫以細緻著稱，在心理學的角度來看，我們越能將自己的夢想設想得細緻，那麼實現的機率便會越高；我們大概也可以這樣推想，繪本作家越能將「收藏畫面」畫得仔細，宣洩的療效也越大。

「繪本之力」跟「解夢之咒」就分別代表閱讀和創作的循環，當中的互動關係可以左頁的圖解表示。

圖解所謂「收藏畫面」源自《瞬間收藏家》這部繪本，故事敘述畫家馬克斯專門收集「美好一瞬」的景象。有一天，馬克斯要遠行，把鑰匙交給樓下的男孩，當男孩來到畫室，看見了許多捕捉珍貴瞬間的畫面，大多未必是現實畫面，更多是揉合了想像。每幅畫都像是一趟只有男孩可以看懂和聽懂的旅程。記得近年有某銀行的信用卡也引用了這個概念，在博物館中有許多瞬間的遺棄品，例如減肥的健身會會籍，曾經立志成為演奏家買下的鋼琴……這些畫面我們之所以「收藏」下來，乃因它們記錄了初衷，那可能就是當中想像的成分，重新面對時，可能如信用卡廣告中的參觀者那樣，感到尷尬和無地自容，但重新面對初衷，大概也明白自己的抉擇，更清楚知道現在景況的緣由，這無疑是消解「自我詛咒」的療程。簡單來說，如果「記憶」是《哈利波特》中鄧不利多常用的「集思盆」，「收藏畫面」就好比從不同人整理出來的思緒，它把散碎的記憶分類整合起來，記憶的畫面明晰了，自然更易衍生出創作素材。只有當這個循環可以成就，繪本的「普及去媚」的過程才得以圓滿，其療效才能得以完善發揮。

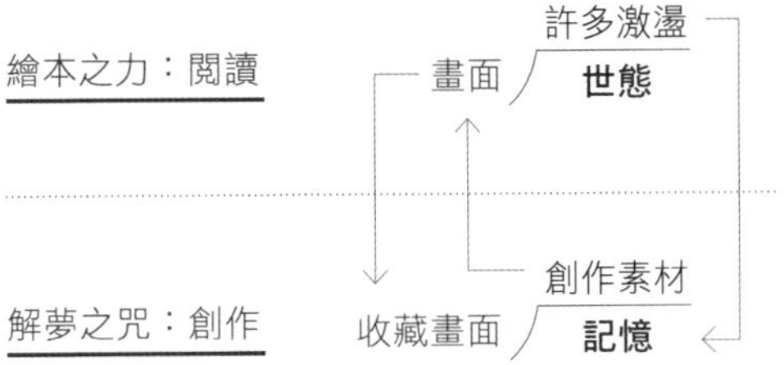

從城堡出發——談宮崎駿動畫中的「垂直動線」與「橫向張力」的協同效應

早前到東京一遊，發現市面上已掛了不少二〇二〇年奧運的宣傳標語，令我不禁想起在申辦過程中，曾有「最期待由誰籌辦東京奧運」的調查，其中宮崎駿位列人氣榜首，公眾普遍認為他的動畫最能代表日本精神。這可是絕大多數人視為無上光榮的神聖使命，宮崎駿卻一口回絕，他認為福島核事故和「三一一大地震」的善後工作還未做妥，便去申辦國際賽事是本末倒置，更說：「我不會為那些人製作影片！」像我這種從小看宮崎駿動畫長大的「傑斗」（Kidult），大概可領會到他口中所說的「那些人」究竟指的是甚麼角色，至於他強調的「先內後外」模式，即使看慣他的動畫，也未必會意會到那是他一貫的處世哲學，在他許多作品中都是以「從城堡出發」的鷹架來表現。我雖說不上是宮崎駿的死忠粉絲，但無可否認，我對他的創作歷程相當感興趣，會特別留意相關的評論和訪談，每每會斟酌一番，久而久之也累積了一點「一廂情願」的看法。之前無意間讀到青井汎的《宮崎駿的動漫密碼》，當中有一些章節大量引用「五行」學理來解說宮崎駿的動畫。[1]後來我又讀到網上有人對此大加針砭，非但認為是穿鑿附會之舉，還認為「五行」在宮崎駿的動畫中「毫不顯著」。想不到這樣的評論，又令我掉入深思中。我想日本這個以五行加上日、月來命名一星期各天的民族，斷斷難以排拒五行思想的影響。再者，宮崎駿在其訪談錄《出發點 1979~1996》中也表示，他相信世界各項事物都緊密牽引着，而「五行」本來就是中國傳統文化中嘗試解讀各個自然元素間的關係和演進，那麼即使宮崎駿構思時沒有刻意用上五行準則，但說不定其中有不少設定無意中偶合了五行，所以拿五行來進行文本闡釋未嘗不可為觀眾呈現「自圓其說」的體統。五行的基本當然就是「相生相剋」的原則，但還存在一些誤解，以為「相剋」就是「不能共存」，其實那不過是標示「平衡」的概念，例如「水」本質上是剋「火」的，火遇水便熄滅，這可制止破壞；但當火旺得連水也澆不熄，或者「水」泛濫得淹滅「土」，這樣便是大自然的失衡，所以「相生相剋」其實是衡量大自然和諧程度的量標，這可說亦是宮崎駿動畫中常牽涉的主題。

---

1 見青井汎著、胡慧文譯：〈環繞鹿神森林的五行思想〉，《宮崎駿的動漫密碼》，台北：大地出版社，二〇〇九，頁七二－七四。

一、城堡中的垂直動線

一・一　太陽塔

在我的童年記憶中，《高立的未來世界》意味着相當特別的啟蒙，可說是宮崎駿風格的發端，其中已有「太陽塔」這座巍峨的三角柱狀堡壘。動畫背景設定是公元二〇〇八年後，人類發明的超磁力武器毀滅了半個地球，令地軸傾斜，七大洲相繼陸沉。太陽塔上裝備了先進的接收太陽能的圓碟，堡壘的五行屬性因而為火；下方則是水平線下容納難民的地下城，所以歹角雷卡才能以注水到地下城淹死所有難民要脅女主角麗娜現身，這無疑是破壞了「土剋水」的制衡關係。另一方面本來水是剋火的，但太陽能的火性現在卻突兀地建在海面之上，甚至因其大威力引致地球環境激變，反過來甚至操控潮水的升漲。這樣的從上而下翻天覆地的變化，可說就是精心設計的「垂直動線」。動畫中的平民都把太陽塔視為挪亞方舟，事實上其特質更貼近傅柯所描述的「愚人船」：「當人放縱自己的瘋顛橫行時，他便在惡夢中直面世界的幽暗面，從此在孤獨之夜困擾着他的就是自己內在的本質，它將揭示地獄的無情真理——那些以盲目愚蠢的虛浮意象所表現出來的『偉大科學』（Magria Scientia）。」以「虛浮意象」來形容「偉大科學」大概是宮崎駿的心底話：動畫結尾時，麗娜的爺爺，太陽塔的開發者，古雅博士將高立和麗娜等人帶到太陽塔內的一個空洞大廳，接着古雅按下不同的遙控鍵，他們眼前便出現不同的公園景物——草地、大樹、籬笆，甚至不同人物……接着是公園隨四時變化的景色。高立用手觸摸這些景象，發覺原來全是立體投映的幻象。古雅叮囑高立說：「人類以為科技可以複製大自然，但這其實是大錯特錯的。你是在真正大自然中長大的孩子，深知如何才能跟大自然融合共存，這才是人類社會的正確路向。」對於有心靈感應的麗娜來說，太陽塔讓她明白醜惡的人心如何歪曲和糟蹋大自然力量，如不是力大無窮、勇毅無比、代表大自然正面力量的高立在旁呵護，她可能還會惴惴不安，無法將信念付諸實踐。

一・二　天空之城

宮崎駿創作的「天空之城」，跟「太陽塔」一樣是「偉大科學」的結晶，是竭力維繫五行制衡關係的設計。天空之城的核心乃由一棵碩大無朋的樹綑着「飛行石」構成的，也就是「木跟金」的搭配，在五行中金是剋木的，宮崎駿刻意安排「金」遠離「土」這個催生元素，[2]但他始終對地下世界情有獨鍾，雖然將城堡浮到半空，

2　杉田俊介闡釋「天空之城」的構造以及其解體後升入宇宙的情節時，提出了「垂直運動」這個詞彙，但他沒有進一步拓展這理念背後的含蘊。詳見《宮崎駿論》，台北：典藏藝術，二〇一七，頁七四。

卻還是要將男主角柏克設定為礦工，而女主角茜黛也是從高空掉入礦井後，才誘發身上的飛行石項鍊發揮功效。柏克性格上就帶出「土」的「稼穡」特質，就是播種和收穫，也引申為承載、包容、孕育的特質。動畫中，茜黛的飛行石就像是落入「土」中的種子，激發柏克去追尋夢想——就是證明爸爸所拍到的天空浮城並非騙局。如果說柏克相當於高立的角色，同樣擁有較常人強的體魄，而茜黛則連造型、面相都跟麗娜相近，不同的是茜黛沒有心靈感應，但跟柏克一樣擁有超凡的眼力，這個設定本身甚具象徵意蘊。茜黛因着飛行石的緣故，令她成為屬「金」的角色，由於「金」平常遇熱變軟，能剛能柔，剛強時令人聯想到鋒刃，遂引申出「從革」特質。只是茜黛本身性情偏柔，不夠剛烈，許多時候都要靠着柏克支持始能堅定意志。在動畫中最大的「變革」莫過於唸出毀滅咒令天空之城解體的一刻，唸咒時茜黛同樣顯得踟躕，需要柏克緊握她的手始能成功唸咒，然後兩人一起望向遠方，以他們的好眼力，彷彿真的望到人類的未來。

唸咒之後，天空之城底部屬「火」的軍火層開始瓦解，蛋形薄翼機械人也滿天亂墜。軍火武器是很弔詭的事物，明明金屬成分居多，理應屬「金」，卻因打出一剎那的「火」而被歸入剋「金」的「火」。對於天空之城上的機械人設定，宮崎駿作過這樣的闡述：「人類製作機械的目的，無非是把它當作手腳的替代工具，可是，機械對於自己卻有犧牲奉獻的無窮期許。就生物來看，這雖然是極單純的想法，但卻是生物的原型。我明白人類心中最聖潔的東西，諸如奉獻、自我犧牲之類的觀念最近都已經不流行，但若問甚麼最能感動人心，還是非單純的東西莫屬。它不是從複雜之物衍生而生，而是世上萬物最接近原型的那個部分，即使平凡如一顆小石頭，也都擁有這樣的特質。……如此一來，就可以從機械本身因為不喜歡朝漫無邊際的複雜化方向前進，所以有可能自行退化，也有可能不順應時代潮流的方向去思考，那麼，機械本身具有靈性也就不足為奇了。」[3]也就是說蛋形機械人在荒廢的天空之城上澆水灌溉，擔任園丁的角色，就是機械人「自我退化」的表現，就是丟棄「火」的毀滅性，回到「金」的可塑性——事實上機械人以大手給茜黛奉上小花一幕，從機械臂的弧度可說是盡顯其溫柔的一面。

所以唸毀滅咒的一刻，意味着三方面的成長：柏克學會在念念不忘的厚積以後，如何在悠悠天地發出迴響之時，伺機而發，成就夢想。至於茜黛學會的則是要變革便得有雷厲的決斷力，目光既放遠了，便得狠下心腸，勇往直前。對於浮城中的機械人來說，就是順應自己的「金」性物靈的決斷作自我退化至最能融入自然的境界。

---

3 宮崎駿著，黃穎凡、章澤儀譯：《出發點 1979~1996》，台北，東販出版，二〇〇六，頁五二四。

一·三　腐海森林

許多人都說宮崎駿鍾情於飛行，我認為他更執迷於地下世界的描劃，整體而言就是上天下地的「垂直動線」。除了上述的《天空之城》和《高立的未來世界》外，《風之谷》和《龍貓》均具如此發展的軌跡，帶動角色成長的歷程。在《風之谷》中，經過「火之七日」戰爭後，世界大部分地方都變成了焦土，再演變成「腐海森林」，這就是「火」生「土」的暗喻，而「七日」影射聖經中神創造萬物的過程，在動畫中則變成了通過毀滅來成就。《風之谷》的漫畫和動畫版本的情節有頗大不同，前者較後者豐富許多，下文的討論均集中以動畫為焦點。腐海森林是指腐生的有毒菌類，會不斷釋放有毒的孢子，動物吸入後，肺部會瞬間給腐蝕掉。風之谷由於臨海當風，乃孢子不能及之地，其外圍還可讓正常樹木生長，所以當發現邊陲地帶的樹幹有孢子寄生而成囊腫，便得立即將之焚毀。正常情況下「木」該是剋「土」，標示樹木會吸收泥土中的養分生長，根可抓緊地表，以免水土流失。在《風之谷》中，「土」通過腐生菌類的孢子逆轉了這種制衡關係，「土」反過來剋「木」。

如果拿無孔不入隨風飄盪的孢子來類比福島核電廠洩漏的輻射，你便會明白宮崎駿雖然沒有明確給日本政府指出該如何善後，但風之谷公主娜烏西卡的處世哲學可以作為重要的參考。娜烏西卡擅長駕駛滑翔機，一般評論都把焦點放在飛行的主題上，但據宮崎駿在《出發點 1979~1996》的自述，重點該放在「滑翔機」的模式上，在宮崎駿眼中，風，是自然的律動，滑翔就是感應這種律動。他更表示在完成《風之谷》後，他不再相信「唯物論」，[4]反而更傾向所謂「泛靈論」[5]的觀照模式，就是相信萬物有靈，有自己欲存在和發展的方式，人應該順應自然的律動生活。如將《風之谷》的隱喻引申到福島事件，就是說除了阻止輻射像孢子一樣擴散，更應像駕駛滑翔機那樣感應自然的律動，再按物靈的意願去守護那地方。當全國都專注中辦奧運，為求轉移聲討的視線，消弭管治的危機，根本沒全神貫注去感應災後福島的自然呼喚，宮崎駿口中的「那些人」大概就是「唯物論者」，就像費神去復活巨神兵的人。

在腐海森林中心的地底深處，娜烏西卡發現原來腐海可以淨化空氣，而毒氣是副產品。大多觀眾都會以為「風之谷」是以城堡作為中心意象，其實「腐海森林」才是城堡，它的第一重城牆就是毒氣孢子，第二重就是馱着硬甲的王蟲。《風之谷》開首便借老婆婆之口帶出古老預言為伏筆：「那人穿着青色衣裳，降臨在金色原野，連結了失去的大地，帶領人們走向青色潔淨之地。」當下娜烏西卡挺身瞪着閃亮的骨碌大眼想像畫面。沒料到實現這個預言的原來就是自己，而通過預言作首尾呼應

4 見《出發點 1979~1996》，頁五〇七。

5 見《出發點 1979~1996》，頁三四〇、四四八。

的佈局可説是全齣動畫的高潮。青井汎以五行原則來闡釋預言的畫面，認為金色屬「土」象，而青色為「木」象，因「木剋土」而表現出和諧的大自然平衡景象。青井汎卻忘記娜烏西卡身上的衣裳本來是粉紅色，之後在阻止小王蟲衝入硫酸湖而給王蟲的藍血染成青色，小王蟲的眼睛也從憤怒的血紅轉回平靜的湖藍。即是説王蟲的藍血跟金黃觸手，本身就是「木剋土」的平衡狀態，娜烏西卡之所以成為預言中的領袖，就因她自小受預言薰染，令自然和諧的氣象深植於她的腦海中，所以與其説她是命定的人，倒不如説是她感受到並竭力護衛自然律動成就了預言。

一・四　龍貓樹堡

《風之谷》跟《龍貓》在劇種上有很大不同，前者是大主題動作類，路線秉承自《高立的未來世界》，之後則導引出《天空之城》，這一脈戲碼可説是他年輕到中年的思路總匯；後者是小情趣生活型，乃秉承自他早年創作的《飄零燕》、《萬里尋親記》、《小英的故事》等經典名著改編的動畫，着重人際關係中的情感刻劃。我時常覺得「龍貓」的形象其實是脱胎自《飄零燕》中的牧羊犬約瑟——一樣是圓頭圓腦，整天在睡，卻又大智若愚，總是默默守護在旁，助人化險為夷。這一路的戲碼下啟《夢幻街少女》、《歲月的童話》、《魔女宅急便》等。《龍貓》的重要，就在於他在《飄零燕》等的人情元素中加入上文提到「垂直動線」的構局，令主角的成長以掙脱城堡象徵的閉固人格為圓滿，進而拓展出「橫向張力」，拉闊主題至大我的關懷。

在《龍貓》中，許多觀眾都把目光投到妹妹小梅身上，誠然天真可愛的面孔很討人歡喜，但我相信姐姐小月才是宮崎駿筆力的焦點。因為小月是處於小孩過渡到成人的夾縫中，許多人都忽略了宮崎駿很刻意描劃小月的成長掙扎，例如放學後，本來很想代替在療養院的媽媽料理家事，卻處處碰釘，不禁生自己悶氣，沮喪得蹲下來哭得就地睡着了。按動畫的設定，只有未被世俗污染的小孩，因感應到自然的律動，才看得見龍貓，開始時只有小梅看見，小月起初不相信妹妹所言，因她的心眼已開始受世俗煩憂蒙蔽。可幸，最後她還是得見龍貓。龍貓給她橡實種子，然後在夜間跟她們一起跳屈挺身子的舞祈求種子發芽，又飛上樹顛吹笛的情節，這些全是「垂直動線」的顯現。

如果說小梅因想到療養院而迷途，是找尋媽媽主題的明線鋪排，那麼小月鑽進樹洞找龍貓幫忙，未嘗不可說是以鑽回子宮的隱喻對主題的暗扣。龍貓的地堡，可說跟王蟲一樣是「木剋土」的平衡狀態。小月在樹洞外的求助，證明她對大自然的信任，相信龍貓一定願意且能夠幫到她。結果惺忪的龍貓定一定神後，便帶着小月直跳上樹頭，然後喚來貓巴士。貓巴士便帶着承認自己不足、懂得謙虛請求森林精靈幫忙的小月開始橫向拓闊的歷險。如果《風之谷》娜烏西卡的滑翔機是順應自然律動的象徵，那麼颳起陣風的貓巴士便是融入自然律動之舉。這是締造和諧之境的條件——貓巴士的指示牌甚至是兩盞老鼠燈！

二、城外的橫向張力

製作《風之谷》時，吉卜力工作室還未成立，但一般評論家都會將之跟《天空之城》和《龍貓》視為吉卜力初期的作品。其訪問錄《出發點 1979~1996》亦主要記錄製作這三齣動畫的心路歷程。之後的《折返點 1997~2008》則集中探討《幽靈公主》、《千與千尋》和《哈爾移動城堡》等幾齣後期作品。這幾齣動畫中都有城堡中的「垂直動線」來注釋角色的掙扎和成長，不同的是似乎更多注入了橫向外拓張力，使動畫主題變得更豐富多元。

二·一　達達拉城與軍火

《幽靈公主》中的城堡，毫無疑問就是黑帽大人的冶金工場達達拉城，這是一個以女性為主要勞動力的城邑，而冶金工場不用多説，都知道那是「火剋金」的搭配。而達達拉城之所以建在鹿神森林附近，乃由於便於伐木為燃料，於是宮崎駿便塑造如此弔詭：火煉出利斧（金），利斧用來砍伐樹木生火，也就是説樹木奉獻了生命來生產戕害其他樹木生存的器物。加上達達拉城不但煉鐵，還生產軍火，飛鳥便發現打在野豬邪神身上的子彈原來是來自達達拉城，這堡壘跟天空之城一樣是掉入「金生火」逆轉中的失衡狀態。達達拉城跟天空之城都是文明的象徵，但後者荒廢已久，擺出的是現代文明過度發展的反思姿態，兩位主角被安排在上面掙扎成長，便更能帶出回到自然的主題。相反達達拉城成為森林大自然的敵對面，所以從小在森林白狼神帶領的狼羣中長大的幽靈公主既是自然的守護者，才會不時偷襲達達拉城。在動畫的企劃案中，宮崎駿以下面的詩句來描劃她：

張滿的弓上抖動的弦啊
在月光下喧囂的，是你的心
磨快了的刀刃的美麗
與那刀尖鋒銳相似的，是你的側臉
能夠了解潛藏在悲傷與憤怒中的你的心
只有森林中的精靈們了[6]

達達拉城的統治者黑帽大人作為大自然的對立面，是個相當複雜的角色。首先她的形象跟《風之谷》中的庫夏娜非常相似，因給腐海中的王蟲弄斷左臂，自小便裝上義肢，故對作為大自然象徵的腐海和王蟲心存敵視，所以設法喚醒巨神兵，要

6 宮崎駿著、黃穎凡譯：《折返點 1997~2008》，台北，東販出版，二〇一〇，頁一五。

夷平腐海森林。青井汎指黑帽大人結合了日本神話中主司冶金的「金屋子女神」和歐洲神話中「布麗姬特」（Bridget）女神的形象，後者除了主司所謂鍛冶技術，還包括醫術，[7]所以達達拉城中的痲瘋病者說黑帽大人「不害怕我們的病，為我們洗淨腐肉、包紮傷口」。在動畫企劃中，宮崎駿以下面的詩句描劃她：

無所畏懼的　鐵石心腸
意志堅強　對弱者給予照拂　對敵人絕不留情
白皙的頸項和纖細的手腕以及蠻力
對自己所選定的路　絕不遲疑　勇往直前的女人
集手下崇拜於一身
你　凝神望着遠方
那雙眼眸　是在眺望未來嗎
抑或是　過去曾見過的地獄　如今　仍在凝望着呢……[8]

黑帽大人是完全屬於人類的，擊殺鹿神顯示她將大自然臣服於人的科技之下的野心，在她眼中大自然該是任人類提取資源的倉庫。在動畫一開始時，野豬神便因給達達拉城所生產的槍彈所傷，因「金」氣污染了森林動物的「木」氣，所以山豬未能歸化到「土」中去安息，因而變成喪屍一樣的「邪神」，它所經之處的生命全枯萎，黑蛇狀的毒咒更纏住了飛鳥的手臂不放，令飛鳥不得不自我放逐到達達拉城這邪咒原點，所以即使黑帽大人是醫術之神的化身，也不能除去自己作孽而生的邪咒。

在《天空之城》中，巨型機械人本是武器，卻刻意自我退化至園丁的角色。黑帽大人雖在飛鳥身上親眼看見自己製造的武器所作的孽障，但她還是不惜以同樣的槍彈獵殺森林鹿神，以「金」氣抹殺「木」氣，即使令鹿神也變成邪神也在所不惜。可幸飛鳥以對「木」氣沛然的幽靈公主的愛去剋制自己臂上的金氣邪咒，也試圖阻遏黑帽大人的侵略。幽靈公主和飛鳥都因着達達拉城對大自然的進犯而知道了自己的使命，所以宮崎駿曾如此解說這動畫的主旨：「描繪憎惡，為的是描繪出比這個更重要的事情。……描繪咒術對人的束縛，為的是描繪解脫的喜悅。」[9]在動畫最後幽靈公主對飛鳥說：「我喜歡你，但我無法原諒人類。」飛鳥則微笑回答：「那沒所謂。請和我一起活下去吧。」幽靈公主的使命就是憑藉對人類文明的憎惡遏止其對大自然的進迫。飛鳥的使命就是以自身對邪咒的遏制，讓幽靈公主知道人心也可以像森林動物那樣直白。

這齣動畫和宮崎駿以往作品的不同之處在於，劇情很快便通過「垂直動線」的

---

7 見《宮崎駿的動漫密碼》，頁八七－九四。

8 見《折返點 1997~2008》，頁二三。

9 見《折返點 1997~2008》，頁一三。

帶動完成了主角的深度成長，而比以往花上更多的篇幅在橫向張力的拓展上，將焦點移到城外森林，讓武器槍械所引發的「戰火」可以驅動追逐爭鬥場面帶動劇情發展。這樣的橫向張力同樣出現在《風之谷》裏——還未成形的巨神兵以「天火」掃射王蟲羣，為風之谷、為全人類帶來「橫向」擴散的歷練；另外眼睛因怒火而變成紅通通的王蟲羣自然也是「戰火」的意象，其坦克一樣的疾奔則可以說是大自然對人類侵略的「橫向」抵禦。在宮崎駿的動畫中，當成長的「縱向動線」未能達至各項元素復歸相生相剋的平衡時，便會以「戰火」來引發警戒，期望某程度的破壞可喚醒更多人的深思和心靈成長。

二・二　哈爾移動城堡的卡西火與戰火

以戰火作為橫向拓展張力的最明顯示例，非《哈爾移動城堡》莫屬。全齣動畫都是戰火瀰漫，魔法師哈爾經常變成怪鳥穿梭於不同戰場，對此他雖然感到厭惡，但為了應師父莎莉曼魔女的要求，幫助國王潘德拉剛結束陷於僵局的戰爭，只好勉力為之。就是這樣，《哈》常普遍給演繹為反戰的作品，由於當中有太多看似不相干的元素夾雜，所以經常聽到摸不着頭腦的觀後感。記得動畫公映時，更有報刊逐一闡釋其中五大謎團，[10]幫助觀眾掌握戲路。加上《哈》是宮崎駿闡釋得最少的一齣，在《折返點 1997~2008》中雖有專章講述其製作，但全是有一句沒一句的拉雜式訪問。如果套用「五行搭配」和「垂直動線」來闡釋角色的個人成長，便會發現《哈》是相當明顯的示例。首先全齣動畫是關於「契約」和「詛咒」的拉鋸，前者主要是圍繞「卡西火」這個怪異的設定——它是降落地面的流星，但卻沒有隕石的本體，純然只是一團火，即是隕石的「金」氣已完全變成了流星的「火」氣，這「天降」的設定本身就是「垂直動線」。接着哈爾跟它立了契約，它作為卡爾的心臟與他共存。流星來自外太空，哈爾跟卡西火的約定，似乎是要比地球大自然更高層次的宇宙規律的契合，哈爾帶着此約定去看地球上的戰爭，便更覺無聊，宮崎駿似乎有意讓哈爾擁有這超脱世外的特質。「心」在五行中也屬「火」，這顯然是相當有匠心的設定。之後卡西火又成為城堡的「心臟」，撐持幾條幼腿的城堡挺立和疾走，所以城堡每一步的顛簸都在演繹「火」生「金」的「垂直動線」。城堡的金屬外殼，本身已予人冷酷之感，再加上它醜陋得像一座金屬廢墟。常言道物似主人形，哈爾表面看來是聲名狼藉、作風乖謬的偏執狂——有謠言指他會吃掉少女的心，但他變成怪鳥出入戰場，嘗試早日完結戰事、挽救蒼生，每次從戰場回來都是身受重傷的。卡西火擔心哈爾會虛弱得無法變回原狀，蘇菲於是阻止，哈爾卻吆喝：「難得現在自己有一心要保護的人。」哈爾把持的契約乃是跟宇宙規律結合，他化之為「金」一

---

10 見《壹週刊》，二〇〇五年四月十三日。

樣的信念，再以「火」一樣的意志來守護。

蘇菲後來為了拯救哈爾，便決斷地將卡西火移出城堡的魔法陣，再用自己最珍貴的東西跟卡西火重訂契約，這就是「金」從革的品性，是《高立的未來世界》和《天空之城》的麗娜和茜黛缺少的品性。本來契約只是雙方的等價交換，但哈爾和蘇菲因為有了愛，他們付出的代價便成了犧牲。契約的性質可因愛而改變，但詛咒的性質由始至終只可能是出於一己憎惡。在動畫中蘇菲和稻草人都是受詛咒的，雖然兩者最後都可解除詛咒，但宮崎駿明顯不是要迎合觀眾由小至大被灌輸的童話式冀盼，而是承接《幽靈公主》的主題脈絡，帶出愚昧的人類必須通過憎恨的惡果始能學懂去愛，就像五行中相生相剋的關係。在動畫中沒有愛支撐的契約，立約人的心靈會慢慢給火魔蠶食掉，就像荒地女巫便是。「荒地」確實也是「無愛之境」的典型象徵。無怪當稻草人變回王子，平息了戰爭時，魔女莎莉曼總結道：「是時候結束愚蠢的戰爭。」當憎惡未能激發出愛，縱使有強大的魔力也沒法阻止戰火。動畫中的城堡是「垂直動線」的體現，是促成「火剋金」的成長歷程——拋棄偽裝的甲冑（金），正視自己的心（火），決斷地去守護（金）所愛。

二·三　油屋與淨化的水

最後當然不得不提一座在宮崎峻動畫中相當具代表性的城堡——《千與千尋》中

的「油屋」。這是一座讓諸神靈泡湯的浴場，內在的五行搭配自然是「火」與「水」，上水下火，就是《易經》中「既濟」的卦象，這樣水才可被加熱成「湯」，帶動着整套動畫的「垂直動線」。試回想一下，千尋整個成長過程不就是在「湯屋」的上上落落中完成嗎？首先千尋乘升降機到達頂樓「湯婆婆」的住處，在那裏給湯婆婆以魔法將名字中的「荻野」和「尋」等字像水蒸氣一樣「蒸發」掉。奪去名字的情節，一直是評論者相當重視的一環，甚至以榮格心理學集體潛意識來闡釋，指記住不同事物的「名字」其實就是記錄歷史，是集體潛意識，奪去人的名字就代表「否認和忘記歷史」。事實上，宮崎駿曾簡略回應「油屋」就是日本社會的縮影——即忘記歷史，沉醉於當下橫流的物慾。我認為在偷掉名字的情節中，討論的焦點該放在「千尋」這名字本身的象徵意義。「千」實有多數之意，「尋」在日文中含意跟中文相同，奪去了此字代表要「千尋」放棄在眾裏尋找自我的念頭，安心地融入「眾裏」。只有這樣《千與千尋》這個片名才能說出所以然來。

當「千尋」成為「小千」後，她開始在油屋中上上落落投入工作，融入大夥兒中。由於油屋進大門的一層就是浴場，即是大夥兒工作的地方，在這裏便上演了最為人稱道的「小千」接待「腐爛神」的一幕。評論焦點往往放在環保議題。事實上，此環節的重要在於兩個對比，分別對兩位主角小千與白龍的成長起着側寫的作用。先說小千的前後對比，在動畫開始時，她躺在爸爸的小房車後座，雙腳擱在行李上，張着惺忪眼，口裏呢喃着討厭搬家，好一副提不起勁的嬌縱相；但被同伴坑去接待腐爛神時，面對那股連花也會瞬間枯萎的羶臭，小千卻能耐着疙瘩，做好本分。及後發現它原來是河神，連湯婆婆也親自來指揮打氣，又得到潔淨了的河神回以不知名的丸子，小千初嘗勞動的滿足感，令她之後可以不受「無臉男」的銀彈攻勢動搖，甚至對它喝回去：「我不要這些！我要的東西你不能給我的！」此刻小千已治好自己的提不起勁病，直至最後她跟媽媽回去時，媽媽也說小千為何好像不同了。那是因為她生命中已有了踏實的方向感。

另外，我很詫異歷來評論都沒有提及河神跟白龍的對比——河神潔淨後是化成一條「白龍」飛走，可能這最適合用來表現潔淨河流的形象。在五行色彩搭配上，「白色」乃「金」的屬性，而「金」正好生「水」，這正是大自然元素中最原始的色彩搭配。「白龍」甚至就以此為名，可說甚是貼合自身特質的代號，也暗示了身世。只是白龍雖具潔淨無比的外表，內心卻被湯婆婆污染了。白龍跟河神正好相反，白龍是外在潔淨但內心被污染；河神則是外表給污染了，但內在卻秉持潔淨特質，似乎亦預示了白龍成長的方向就是要做到表裏如一。後來白龍因負傷飛回來並直墜到鍋爐爺爺低層（又是垂直動線），小千只好給他吃河神贈予的丸子的情節便進一步突顯了此對比的匠心。白龍彷彿一下子明白了自己因記不起身份，所以像無臉男一樣感到空虛寂寞，唯有以執行湯婆婆的命令來證明自己的存在價值。

除了「水」、「火」的搭配，油屋的建築特色其實也相當符合五行的原則。油屋有別於「天空之城」或「哈爾移動城堡」，從外形看來，乃建於水上的木建築，這符合「水生木」的原則。許多評論者都不解宮崎駿為何將「湯屋」命名為「油屋」，當然這與「油」跟「湯」同義、發音相近有關，但我更認為那是「油」跟「水」不能混和，暗喻了湯屋是永遠漂浮於潔淨水面上的只講求「撈油水」的俗世層次。這亦影射了「湯婆婆」是跟自然界原初潔淨本質格格不入的存在。「錢婆婆」跟「湯婆婆」是孿生姐妹，真可以說是「鏡像」，外形一模一樣，但所有個性都相反。許多評論都輕輕一筆帶過，指將不重「金錢」的姐姐名為「錢婆婆」是刻意引人注意的反差。我當然同意宮崎駿有此意圖，但除此以外，我也相信對應於「油」跟「水」的格格不入，那麼「錢」屬「金」，而「金」生「水」的特質，更適合表現其跟水的相融。錢婆婆的家乃位於渡頭月台附近的小屋，似乎較油屋怦然隆起的架勢，更能融入輕柔盪漾的水調中。

小千在油屋憑藉「垂直動線」完成了成長階段，之後便帶着無臉男從油屋出發，乘搭水中列車到錢婆婆處替白龍歸還偷來的物件。在旅程中，我們可看到許多比「無臉男」更面目模糊的半透明幽靈。列車到達「沼原站」，所有人都收拾大包小包的細軟下車，只剩下小千一夥人繼續兩袖清風前往「沼底站」，如果將這些站視為記憶沉澱的歷程，那麼是否意味沉澱得越深越能放下負累？姑勿論怎樣，水中列車一幕，可說是全齣動畫中最能舒緩情緒的一幕，相信這亦是宮崎駿以「水」發揮橫向張力的底因。

宮崎駿製作的動畫，從最初的《高立的未來世界》開始，經常都出現「城堡」

氛圍，當中更常包括其鍾情的「城下城」設定，這些設定無論是表現人與自然的分或合，似乎都有考慮五行的搭配，而城堡中出現的「垂直動線」又往往牽連着主要角色的個人成長。當角色圓滿成長後，宮崎駿往往會以「戰火」、「水」和「風」作橫向張力，將個人成長拓闊至羣體的關懷。「戰火」往往是為了表現角色如何面對和消弭人與人之間的憎恨所引發的衝突；「水」則發揮淨化昇華的效果；「風」對於宮崎駿來說，是自然的律動，最能感應它的方式，就是順應它飛翔，所以他常以滑翔機來表現這種嚮往。在《風起了》公映後，有評論指宮崎駿是在讚頌戰爭。我並非宮崎駿的死忠粉絲，沒有必要盲目支持他，但觀乎宮崎駿一路以來的動畫主題，這指摘無疑有以偏蓋全之嫌。在他的訪問中，我們知道宮崎駿當初也曾因主角是「零式戰機」開發者堀越二郎而猶豫，後來卻因堀越曾作如此表白：「我唯一想做的事情就是打造一台美麗的飛機」而拍板製作。當我看到《風起了》中滑翔機模型飛行的畫面，我便心想宮崎駿呼籲人感應自然律動的初衷似乎沒有改變。全齣動畫就是「戰火」和「風」兩股橫向張力的較量，就是人類面對自己憎恨所生之惡果和感應自然物靈律動的抉擇取捨。零式戰機只是在此夾縫中掙扎的顯影，不過是「偉大科學」的虛浮意象。我想在反對「東京申奧」的心聲中，宮崎駿所拒絕的「那些人」並非推動核電技術的人員，而是通過申辦奧運來粉飾太平的政治人物，因他們的舉措無疑是對努力在修補過失的人的不尊重，顯示他們還未能從憎恨的惡果中學會愛，更漠視大自然物靈憤懣的吶喊。

五　香港這種人

剝裂中泛出夕陽的銅光——從梅艷芳的銅像想開去

尖沙嘴海旁的星光大道本身已是他國文化的翻版，所以要在此道上樹立代表香港獨特精神的銅像，實在有點戲謔效果——別人發明打手印作為登錄形式，我們幾十年後才跟着做，着實是笨拙得可憐。幸虧經營者還肯花點心思添新元素，樹立了兩尊已故影星的銅像，至少要能供人憑弔屬於該影星的黃金時代，讓人在崩頹世局中找着慰藉，不然又是變成聊備一格的招徠。現在大道上樹立的，一尊是李小龍，一尊是梅艷芳，都出於國內雕塑家曹崇恩之手。前者姿態是李預備踢腿時的前後彈跳馬步，這幾乎已是他的招牌動作，更在他的電影中重複多遍，踢斷過「東亞病夫」的牌匾，向全球華人傳遞過自強不息的信息。雕塑家大概也接收過如此感召，所以作像時頗傳神地流露出這種攻守兼備、隨時反擊的蓄勢。李的手指看似鬆弛微屈，但二頭肌卻是繃緊的，這表示手指是在運勁，隨時可以挺直發出截拳道的寸勁，又可直接握拳出擊。另外他的後足只腳尖着地，前足全掌穩踏，代表他剛彈前了一步，乃進迫之勢。銅像就這樣提醒我們在苦難中也要緊記不要當病夫，要鍛練自己，迎難向前。

到了為梅艷芳塑像，雕塑師似乎有點茫然，他在訪問中表示這是因梅形象百變。不錯，她沒有像李小龍那樣為自己創作了一個招牌姿態來經營；加上，梅沒法像李那樣赤裸上身，通過肌腱的綳弛來顯示內心情感。羅丹的許多女性塑像都是踮起腳尖的，例如《吻》和《夏娃》，以顯示其處於躊躇被動的狀態。梅的銅像跟李的銅像相反，是前足腳尖踮起，後足着地，是重心後移的狀態，那大概是因為梅正把華麗的裙擺向後撥準備踏步之故。這是合乎現實的模塑，但問題是銅像題為「香港女兒梅艷芳」，這個姿態究竟反映了怎樣的香港精神？當然我們可以說這特別找劉德華來題的字只是為了表達香港普羅大眾對她溘逝的惋惜，但現在的銅像可引發這樣的共鳴嗎？和李小龍所處的年代，只要很單純的信息已可感召全球華人不同，梅所屬的年代，正是香港影視業由盛轉衰的時勢，雕塑師並非土生土長的香港人，要他捕捉到能激起香港人共鳴的姿態可說是苛求。事實上，若論塑像的技藝，曹先生是能保持李小龍那個水平，只是對於跟我們這一代人一起成長、拚搏的梅艷芳的銅像，我們的期望自然是更高了。

誠然，事後孔明誰都懂，這令我不禁反問自己，如果我是雕塑師，又會捕捉梅的哪一個姿態神情作像？反復思考後，終於得着一個令自己滿意的答案。梅在得悉自己罹患末期子宮頸癌後，依然拒絕切除子宮，仍期望可為所愛的人生兒育女。她還帶病完成多場演唱會，為的就是不讓買了票的粉絲失望。演唱會尾聲，梅說大概此生也沒機會穿婚紗，所以特別為自己選了一套婚紗穿上，將自己嫁給舞台，然後高唱她的名曲〈夕陽之歌〉（為電影《英雄本色3》的插曲）。這歌原調為日本的馬飼野康二所作，可能由於調子哀怨，所以差不多同一時期還有另一首改編歌——陳慧嫻的〈千千闋歌〉，兩曲都關乎離別。〈千〉是為陳暫別樂壇而作，屬於生離；而〈夕〉後於〈千〉發行，在電影中主要是烘染死別的哀愁。可能因為〈千〉關係陳第一身的隱退心聲，大家的心思還糾結在真切的慨歎中，誰還會騰出心神去顧念和體味配合虛構英雄橋段的説教歌？加上梅的女中音最適合演繹滄桑的調子，實非年輕人卡拉OK喜歡大放大收的嗓子模仿得了，所以當年〈千〉的唱片行情要比〈夕〉為高。

當梅帶病在演唱會最後唱〈夕陽之歌〉，她的身世經歷給整首歌提供了堅實的支架，整首歌彷彿為她度身訂造似的，在許多年前創作的歌詞，竟像預言一樣道盡她的故事。那沉實略帶幽怨的聲線令日暮的情緒顯得纏綿悱惻，又不失剛守信念的氣道。梅雖然在唱〈夕陽之歌〉，但我卻彷彿同時聽見她〈似水流年〉的歌聲，在「只是近黃昏」的慨歎中不忘回首。記得曾看過梅的一個訪問，她説回首只為證明自己沒有後悔。沒有後悔，才會甘心接納今天的自己，無論成敗。

望着海一片　滿懷倦　無淚也無言
望着天一片　只感到情懷亂
斜陽無限　無奈只一息間燦爛
隨雲霞漸散　逝去的光彩不復還
遲遲年月　難耐這一生的變幻
如浮雲聚散　纏結這滄桑的倦顏

漫長路驟覺光陰退減
歡欣總短暫未再返
哪個看透我夢想是平淡
奔波中心灰意淡
路上紛擾波折再一彎
一天想　想到歸去但已晚

我的心又似小木船
遠景不見　但仍向着前
誰在命裏主宰我
每天掙扎　人海裏面
心中感歎　似水流年
不可以留住昨天
浩瀚煙波裏　我懷念　懷念往年
外貌早改變　處境都變　情懷未變

在唱〈夕陽之歌〉的副歌時，梅獨自一人步上鋪了紅地毯的梯級，看着她的背影拖着從頭飾延伸出來的長長白紗，我記得自己泛出了淚來。〈夕陽之歌〉一曲完完全全屬於梅艷芳，卡拉OK裏再好的歌喉也不可能複製出那種滄桑中的自恃心境。

那時我想，如果要給梅一生配一個卦，那一定是「剝」卦䷖，所象徵乃「陰剝陽」之勢頭——卦中六爻只有上面艮卦的最上爻為陽，對應一天的時光就是日之將盡的黃昏。剝卦所象徵的「剝蝕」之勢乃由下至上開始，就是從下卦，全為陰爻的「坤」卦起始。坤卦象徵土地，是母性的象徵。我們都知道梅跟母親的關係談不上和諧。她很年輕便到荔園演唱，幫補家計，面對炎涼世態，捱過許多苦頭，靠的就是那唯一陽爻所化成的義膽，而這正是她生命中唯一的上升力量。雖然跟母親失和，她卻沒有失去對人的信任，相反讓她賺得許多朋友。就是這一陽爻的上揚罡氣，讓一天跑數場的酒廊歌手，很早便知道「酬」跟「囚」諧音，所以在她過身後，從受過她提攜的後輩口中，我們知道她愛仗義疏財。就是那一陽爻的上升軌跡，讓她的目光不囿於射燈在舞台上烙出的牢圈，還會放眼救國大業，向災劫橫禍中的生命伸出援手，不管在明還是在暗，她都願意幫。大概就是她一直領會到陽爻受着其他陰爻拖累，不堅持上升便等於認輸，她體會過抵禦下沉陰爻的惶惑，所以願意分享這一口不服輸的陽爻真氣，藉此堅定自己努力上揚的意志，所以她說回望是為了證明自己不後悔。我想當看見當天扶過的朋友，現在都過得幸福，總算對得起以往扶過自己的有心人，當天那一點代價，還算甚麼？與其說梅艷芳演活了《英雄故事 3》的周英傑，不如說梅艷芳就是現實中的周英傑。

如果把〈夕陽之歌〉的感悟看作抵禦下沉剝力的陽爻，將留住美好的奢望變成享受平淡的自我期許，便能更豁然接受失去；那麼〈似水流年〉便是順應其他陰爻帶來變故的淡然，等待這些橫禍在歲月中發酵，成為可堪細酌的甘醇。就像蘇軾因

「烏台詩案」受牽連時，曾經心灰意冷，在獄中曾給弟弟蘇轍寫「絕命詩」，其中兩句：「是處青山可埋骨，他年夜雨獨傷神。與君世世為兄弟，更結來生未了因。」思緒曳着橫禍的渦流，陰爻的剝力似乎逐點逐滴在侵蝕他的意志。當他被貶黃州後，朋友都怕受牽連，不敢伸出援手，詩人慨歎：「驚起卻回頭，有恨無人省。揀盡寒枝不肯棲，寂寞沙洲冷。」（〈卜算子〉）可幸，還有馬夢得不怕受累，把軍營東面的坡地撥給蘇軾夫婦使用。蘇軾感念這份恩情而把名字改為「蘇東坡」。之後便在東坡上自耕自種、自斟自飲：「夜飲東坡醒後醉，歸來彷彿三更。」（〈臨江仙〉）這樣倒也活得恬淡適然。蘇軾在〈答李端叔書〉中記述給醉漢推倒在地的心情，竟是「自喜漸不為人識」。蘇以往貴為堂堂翰林大學士，發此言說非消極的埋怨，乃是「龍潛厚積」的籌謀，就好比夕陽要把珍貴的餘暉集中投到生命根本之事上。須知蘇軾最出色的詩文都是在被貶後寫就。而《寒食帖》的書法歪歪斜斜、不合造字比例的隨意，卻因而成為書法名帖。蘇軾在回信中道：「木有癭，石有暈，犀有通，以取妍於人，皆物之病也。謫居無事，默自觀省，回視三十年以來所為，多其病者。」這是變成蘇東坡以後才寫得出的省悟。樹上的木瘤、石上的暈斑、犀角上的洞腔，都是剝卦陰爻的那些斷隙，乃屬病態，是夕陽金光所不屑皴染之處。

誠然，梅艷芳未及東坡居士的感悟層次，但面對災劫，她大概也明白那陽爻始終孤掌難鳴。下面坤卦最後發出至陰的剝力，莫過於發生在代表母性的子宮的頑疾，許多人都說她傻，不肯接受手術，還堅持完成多場演唱會，又唱又跳，等同自殺。我想那是「輸人不輸陣」的信念，縱使生命中只有一道陽爻，但還是要戰至最後，轟烈地、燦爛地退場，就像夕陽。當她慢慢步上階梯，我覺得那道白紗便是她生命中唯一的陽爻，它剛正而不暴烈、豁達而不張狂。它在紅地毯上就是一道餘暉，教停下來讚歎的眼睛知所珍惜——如果僅有的一道陽爻亦能成就如此輝煌，那麼我們還有甚麼好嗟歎？是時候好好檢點自己的卦象中還有多少上升的陽爻，並加以發揮。到達頂端，白紗蓋住了樓梯的崎嶇，梅艷芳已成了香港舞台上的一位「沒有梯級的樓頭人」，彷彿一開始便站在高端的天后，往日的崎嶇壓根底沒有置喙之餘地。她回頭向觀眾舉手揮別，大喊一聲：拜拜！台下的淚眼無不崩堤。

如果要我為梅選一個神態作像，我會選這穿着婚紗、站在樓頭回頭舉手揮別的一刻。只有這刻的雍容才配得上那〈蔓珠莎華〉的華麗；只有這一刻的傲骨才撐得起〈壞女孩〉不認輸的傲氣；只有這一刻的傳奇，才能將其他陰爻的剝力折服在樓下。蔓珠莎華是傳說中開在黃泉路上的「引魂花」——當艷紅的花盛開，忘川彼岸便會出現「火照之路」，其散發的香氣，相傳有喚起生前記憶的魔力。由於此花開時不見葉，見葉時便不見花，令回顧中的亡魂掉入錯失的遺憾中，唯有甘心度過忘川，忘盡前生。梅多段戀情，如她自己所言，都是錯過了最好的時機，就像是蔓珠莎華的花葉，轟烈的艷紅過後，那一抹嫁衣的白紗正好表現她強調的「無悔」。銅像的腳下還得清楚看見繞到腳前的白紗，覆蓋着幾級階梯，柔化了階邊決絕的輪廓——以此暗示那是「引魂花香」中的最後一次回望，是對香港的顧念；而那揮手作別的姿態，雖然沒有詩人筆下的雲彩繚繞，但我們彷彿聽見她那句「回望只為證明自己不後悔」。

如果剝卦是梅一生的卦，如果梅是香港的女兒，那麼但願香港這位母親會聽到女兒用生命所演活的剝卦的警示：在時不與我時，應秉持信念，沉着扎穩根基，伺機突圍。夕陽之後，便是黑夜，香港人以為入夜後是所謂東方之珠的舞台，於是盡情揮霍，向天打出激光，恣意大放煙火，卻怎樣也遮不住老態。這城市不知不覺間已變得冶艷妖媚，無復夕陽那一抹餘暉的質樸自然。銅像長長的頭紗上，蓋過幾級崎嶇以後，不妨把一小截垂出台座，並在上面把〈夕陽之歌〉的一句歌詞弄成它的蕾絲花邊：「漫長路驟覺光陰退減／歡欣總短暫未再返／哪個看透我夢想是平淡」。

懂得享受平淡，才會甘心；只有甘心，才領悟到回首證明自己不後悔的意義；只有這樣的領悟才能在世道剝裂的塌勢中，為這城市透出夕陽一樣的銅光；只有這既冷凝又溫煦的銅光，才能表現剝卦中那賠上性命也要保全的孕育和傳承的殷切盼望。銅像則該題為「因無悔而絢爛的夕陽——梅艷芳」。

砍指與破蛹——張國榮逝世一週年重看《霸王別姬》

你點燃一根香煙，那些躺在煙灰盅裏的，雖然剩下大半截，但給擰熄時，煙身都像風琴一樣屈摺起來，變得短短的，還現出了許多不可復原的皺紋。你兩指夾着新煙，離開座椅，以免瞥見那些衰老的煙蒂。不得不承認，以四十五歲的年紀來說，你確實保養得相當不錯。白皙的臉依然光滑，只有當你開懷縱笑時，眼角才會顯現幾道魚尾紋，不深不淺的。只是這一年以來，魚尾紋已很少出現在你的臉上。你的後輩當面會因你年輕的外貌而尊稱你為「哥哥」，私下卻因你茫然的眼神而猜想你是撞着了邪。銀幕之下，你的眼神總是寂寞的，總是投向遠方出神，彷彿生活的邊界以外，還隱藏着另一個鏡頭。平常拍電影的鏡頭，主宰着幕前人的一舉手一投足，鏡頭移動的軌跡成了塵世盆景所不能逾越的樊籬。遠方那鏡頭，就像哈勃，在悠悠的宇宙中守候着，為的是捕捉許多光年以外一刹那迸放的光芒。

你的香煙，就像你多餘的第六根指頭，在靜靜燃燒，發出微弱的光芒。不知針頭般大小的光點可會引起遠方那鏡頭的垂注？不知會映入許多光年以後誰的眼睛，引發天地悠悠、孤燈安在之歎？許多生物在孤苦的環境下生活久了，會進化成雌雄同體。在舞台上，你一方面束着長髮，穿上白底紅格曳着流蘇的裙子，另一方面又留着短髭；一方面穿上冶艷的紅色高跟鞋，塗上火辣的口紅，另一方面又穿緊身上衣，刻意突顯男性渾厚的線條和肌肉感，並非時男時女，而是既男又女。你似乎有意顛覆世俗對兩性固有的識別標準，甚至是審美眼光。在兩極之間無人的沙漠地帶中，你的舞衣閃爍如拉斯維加斯的霓虹，打破了我們各種感官的屏障。觀眾隨着你的節奏搖擺，釋放壓抑良久的憂愁，推動生活的馬達前進，但人羣散去，煩惱是忘了，你還是孤單一人，鬧烘烘的歲月，似乎沒有給你帶來半點安詳。此刻，你明白雌雄同體的終極意義，並非標奇立異的挑逗，而是無性繁殖的自我完就，亦是最原始最坦率的情感表述：第一節身軀是雄性，衝動、侵佔；第二節是雌性，包容、接納，兩節身體結合，掉入畫家埃舍爾熱衷的弔詭中：左手繪畫右手，右手繪畫左手，就像太極圖的兩爿逗撇，周而復始地相互追逐。在結合的過程中，是享受還是折騰？靈魂該擺向縱情放恣，還是內歛包容？除了演活角色以外，聽說你還盤算着要當導演。你大概在尋找另一節的自己，希望自己的生命能突破孤獨的指爪，繁衍開去。當你同時出現在幕前和幕後，那更遠處的鏡頭除了看到你那張天生俊俏的臉，還可以看到你的背影像獵戶座的馬頭星雲那樣，冷凝、沉鬱。你幕前的那張臉實在是光芒四射，連幕後的背影，不會放光，也給烘映出詭譎的輪廓。幕前幕後的兩個你，在茫茫的夜色中，就是這樣靜靜地對望着，對望着。

你手上的香煙越燒越短，拖着一條不長不短的灰燼，像是你的第六根指頭在漸漸萎縮。還記得嗎？你飾演的程蝶衣的一隻手，同樣有着六根指頭。為了讓蝶衣進京劇戲班，他的母親強把他多出的那根指頭剁去，從此他便脫離母親，正式結束寄生的生活。聽説你自小由奶媽帶大，和父母親的緣分也不怎樣深厚。他被迫反串花旦，唱道：「我本是女嬌娥，又不是男兒郎。」母親無情的攫奪竟變成了「閹割」。自此他在台上像破蛹的蝴蝶那樣化身為明艷的虞姬，以女性的絕代風華贏取掌聲，但踏回幕後，他所面對的盡是種種的攻擊、詭詐和貪婪。最痛苦的不是這些醜惡的言行帶來的傷害，而是從中投映出來的自己的鏡像：清太監對他的性騷擾不也對照出他對段小樓的執狂嗎？日本兵無端綁走段小樓的行徑不也對照出他對菊仙的驅趕嗎？為了逃避否定自己的空虛及自我反省的疲憊，他讓舞台不斷擴大，侵吞幕後的生活。他不但在台上和綵排時用京劇腔調，就是在平常生活有時也會用唱詞代替説話，除了戲子外，沒有誰能真正明白詞中所隱含的辛酸，於是表演的曲詞成了私有的言説。舞台不但是舞台，更是祭壇，是義無反顧的，是不容玷污的，所以當國民黨的士兵晃動電筒干擾台上的演出，他憤而離場，拒絕再演。舞台成了他的蛹，而虞姬淒美的事跡則是他的蝶衣，包裹着脆弱又善感的心，讓他得以在男性護衛中尋溯在母親子宮裏的平寧。柔軟的蝶衣包裹着全身，感覺就像置身冬日的被窩中，時光滑過被窩外身體的輪廓線，記憶中所有美好的事物都在此刻凝聚如絢麗的雲霞。誰都想把這刻永遠留住，只是永遠賴在牀上反而會使這種夫復何求的想望變得荒謬，似乎必須加以排拒才能意識到自己生命的實存。你在座位和欄杆之間來回踱步，是否正努力排拒這樣的矛盾呢？據説，蝴蝶必須依仗自己一雙柔軟的翅膀去戳破蛹壁，翅膀才可以變得堅挺，才可以舒展開來，否則，蝶衣永遠包裹着善變的心，最終還會因窒息而死亡。蝶衣變成了金縷衣，呼喚新生也回應死亡。你唱道：「蝴蝶一生穿梭／隨時隨地拈花一過／永沒被窩／……／從未搞得清楚／毛蟲蝴蝶變化太多參不破」，曲調略帶玩世不恭的輕蔑，對於轉變，似乎沒有感到一刻的疲憊。但在另一首歌詞中，你卻以哀怨的調子來訴說蝴蝶的幻變：「難以去撇脱／一身鮮血／化做紅蝴蝶／……／我恨／蝴蝶／未配」。一方面追求蝴蝶從不眷戀的瀟灑，喜愛它的率性變幻，這是否就是幕前的你？另一方面，又怨蝴蝶的輕薄，載不下你沉甸甸的愁思，以及每次道別後倍添的留戀，難道這就是你渴望當導演的原委？你以為主宰鏡頭的擺動就能驅趕別離的哀傷嗎？台前與幕後，難道只有這樣的對峙，才能排拒孤獨？美國女詩人狄瑾蓀，一生孤苦，但她筆下的蝴蝶卻輕靈閒逸，像童話裏的神仙棒，往哪裏一點，哪裏便有了靈氣，變得開朗：「從繭到蝴蝶／就像一位淑女於門口／乍現，夏日的中午／修補着眼下的每一處」。砍指的傷口，不就是你用柔軟的「蝶衣」戳破的出口嗎？那傷口是一隻明亮的眼睛，不教你看穿未來，而是讓你回顧迷失的過去，讓你知道痛的根源。每當蝶衣遇上難以忍受的苦痛，就像因逃出戲班而受到嚴厲的處罰，以及戒煙期間受着煙癮折騰，他總會陷入歇斯底里的叫囂，無法自拔。這時，段小樓便會把他的手浸入水中，就像當日他給砍掉第六根指頭時那樣。水，溫柔地流過傷口，你大概也可以感到憤懣的熱力逐點逐滴給帶走，縱然傷口已癒合良久，但仍可感覺到一份滄桑的刺痲從傷口滲進來，帶來大爆炸以後的平寧。

那傷口，是一根砍指的遺跡，是幕前幕後之間的一道虎度門，是你用軟弱的蝶衣戳破的出口，是蝶衣舒張成翅的開始。痛苦時，你不再以毛蟲的蠕動和掙扎來演繹，你學會以華麗的張揚來掩飾，卻沒有落實去修補破爛。幕前華麗，台下卻遺憾依舊，鏡頭後的那個你開始褪色，掉入挫折感的深淵。所謂「挫折感」不同於「挫折」，並非外在的困蹇，而是尋求自我超越的人，因一時間未能突破蛹壁、招展翅膀而生的惘然。你曾表示想重拍《家中的女人》一劇，說喜歡女主角「十清一濁」的命格。一個女子，如果擁有「十清」的品性，可說是「綽約若處子」，已達至不食人間煙火的境界了。可幸，那「一濁」使她猶有所待，成為她和世俗溝通的窗口，使那「十清」顯得超脫而非矯飾造作。這「一濁」使我想起《鋼琴別戀》（*The Piano*）中的女主角愛達。愛達，不像蝶衣那樣擁有能打動人心的話語能力，她自六歲以後便沒有再說過話，只依靠琴音來表達自己內心情感的律動。鋼琴，成了愛達生活的基本要具。可惜，在她遠嫁的紐西蘭孤島上，民智未開，藝術是沒有價值的奢華，孤高猶如「十清」的品性，所以愛達的新婚丈夫拒絕把鋼琴搬回家中，甚至把琴當作貨品賤賣給土著賓尼。愛達身無分文，要取回鋼琴，只有出賣自己的肉體。賓尼目不識丁，生活平淡，但他卻能聽出愛達琴音中的哀傷，能跟愛達彈奏時的愉悅產生共鳴。彼此之間，沒有言語，但那不無「濁念」的撫摸，在琴音中打開了一扇窗，使他們能心意相通。賓尼不忍愛達淪為妓女，所以最後無條件把琴送還給愛達。你大概也會注意到感情上的出賣，是兩齣電影的一大主題。無論蝶衣如何努力排拒外力干擾，他和段小樓在舞台上的轟烈情愛，還是成就不了他心中憧憬的真愛，面對文化大革命的脅迫，真愛邈遠得像雲漢裏的星塵。在段小樓的告發下，他明白，終於明白，他的戲台不可能像漣漪一樣擴散，把其他人都推向放逐的邊疆，所以他失了心性地叫喊：「你們都騙我！騙我！」台下的觀眾看在眼中，無不酸到心裏。我想你也知道台前和幕後的你即使重修舊好，也不代表這兩個世界的契合。對於愛達來說，真愛不過是沒有傷害、沒有出賣罷了，所以當賓尼把琴送還，不用她再「出賣」肉體來換取時，她迅即愛上對方。蝶衣和愛達所謂的真愛之間，存在一道很闊很深的鴻溝。要拿甚麼來填補呢？信任？寬恕？尊重？這些教條式的概念似乎都太僵化，怎可能填補這個多桀多蹇的空隙？只有你的故事，才有足夠的血肉作緩衝，因那是台前和幕後的你之間的嫌隙，也是清濁命格拔河的力場。

當愛達正躊躇於婚姻的承諾和真愛的憧憬時，她丈夫因嫉妒而揮斧砍下她的一根指頭。和《霸王別姬》不同，這一幕安排在結尾部分，給幾位主角帶來的不盡是傷害，而是果斷的決定，是種種內心掙扎的答案，實在地告訴她該走的路。如果由你來執導，你會怎樣處理這個鏡頭呢？大特寫砍指的過程，以血腥的傷害來震懾人心，還是慢鏡強調愛達像上釣的魚那樣沉默地忍受抽痛？和蝶衣剛好相反，給砍掉手指後，生理上的缺陷，使愛達的藝術生命完全終結，但她卻因真愛而重新確認身邊的事物不盡是傷害，生理上的缺陷成了心靈突破的出口，於是她在賓尼的幫助下重新學習說話。從此她的心靈不再困鎖在鋼琴的共鳴箱中，以獨對四方牆壁的孤寂來感覺自己的存在，所以她在遠走的小舟上，狠下決心，要賓尼把琴掉到水中。鏡頭隨鋼琴下移，拖着愛達的腳不斷下墜，但我們知道那是昨日的她，心情反覺平靜，知道重生的愛達還在船上，乘着急流湧進。突然，愛達下墮的身影變成了你，而且下墜得很快、很快，最後沉到海底，觀眾的心為之一沉。你曾在一個講座上指出蝶衣自殺是想成就原著故事的情節。那麼你是否也想以同樣的方式來成就蝶衣的故事？怪不得陳凱歌駭聞噩耗後，不禁歎息：「那不是另一個程蝶衣嗎？」二十四層樓高的舞台上，空無一人，只遺下一根多餘的指頭，在遠方那神秘的鏡頭的窺伺下，靜靜地化成灰燼，飄散風中，成為永不降落的星塵。

╱ 寫於二〇〇四年四月

拱心石之為零——吳靄儀《拱心石下——從政十八年》編後

《拱心石下》[1]是吳靄儀一九九五年至二〇一二年十八年間，任立法會法律界功能組別議員的心路歷程全紀錄。書中另有詹德隆和陳文敏的序，既熱血又專業，基本上已是水銀瀉地，很難再找到闡述的空間了，所以我曾打退堂鼓，建議取消這一篇編者序，怎料吳大狀如此敲下定音鎚：「你以編輯角度切入，未嘗不可寫出較當局者更新鮮的觀點和更宏觀的視野。」那我只好嘗試以自己的文學觸覺去闡析這部充滿法治理念的著作。文學跟法律，驟聽起來，彷彿是兩個風馬牛不相及的範疇，但卻是吳事業生涯中兩個不可或缺的元素，她在學院中先是受文史哲訓練，當過編輯報人、專欄作家、時事評論人，接着才負笈海外攻讀法律，回港後當上執業律師和立法會議員。我之所以稱這是近似「回憶錄」的著作，因其構思和推衍手法跟邱吉爾的《二次大戰回憶錄》甚為相似。兩人都有感於天地正氣日漸潰散於動盪世局，遂嘗試藉着親和文筆，將之重新聚結成形，縱然未必可以立時挽回頹勢，但至少可安撫人心，一起迸放正念。

---

1 《拱心石下——從政十八年》，香港：啟思出版社，二〇一八。

《二》最「盪氣迴腸」之處不在於描劃戰況的情節，而是作者面對國家厄困時，自己如何作出最恰當的抉擇的盤算——當中一定牽涉機會代價，所以書中括引了許多政府文檔、會議紀錄、來往函件、個人備忘等，藉此突顯一刻決定背後的分寸拿捏。《二》出版的年代，互聯網還未盛行，讀者不易翻查資訊，可能還有耐性去消化眾多繁瑣文件，所以當《拱心石下》同樣以如此方式細意鋪墊闡釋決定背後的考量時，我確曾擔心這會降低讀者購買的意慾。但當你仔細閱讀《吳嘉玲》案的各項判詞和其中牽涉的函件，我們便明白為何吳靄儀等一干大律師冒着被人抹黑為「滋事份子」也要守穩那個法理的橋頭堡。當我讀到終審法院如何被迫為立下的判詞再作「澄清」時，我心裏同樣感到一陣揪痛。縱使你的立場未必跟吳等一干大律師一致，但看見他們憨憨地堅持、矻矻地苦幹，你便明白在一個文明社會中，政府必須受一定制肘，才不會輕易給當權者利用。

在爭居港權的事件上，這羣律師其實是試着以法例來編神奇女俠的「吐真索」，除了用以羈勒當權者的私心野性外，更重要是迫使他們顯露真正的意圖。既然對政府有如此冀盼（你可說在這方面吳是有點天真的），作者自然也得秉持直白的說話態度和平白親和的文字風格。正如一九五三年諾貝爾文學獎的頒授詞中指《二次大戰回憶錄》有這樣的特色：「他瞧不起多餘的虛飾，他的暗喻用得很少卻意味深長。」我記得在編纂的過程中，吳曾就我改動的內容添了煽情成分而提出異議，並喻之為「無謂的淚水」。不錯，吳就是將情感交給辛苦蒐集回來的檔案，讓讀者的情感在檔案不同的立場、語調和遺詞中跌宕，讓讀者的理性在我將於下文詳述的「2f-2f」的情緒元素中積厚。我之所以不以加數，而以減法表示，乃因這是「負面情緒」和「正念能量」各佔2f，並存在互相消弭的關係。

一、牛頭怪與迷宮陣

早前《消失的檔案》這齣紀錄片引起頗為廣泛的討論，原來民間認知的所謂實況，是不斷給當局篡改和捏造出來的，我們正處於一個「falsification」的年代——許多檔案和文件是「被消失」了，挪移到某處，成為建造迷宮的牆。在博爾赫斯（Jorge Luis Borges）的作品中，「迷宮」是常見的意象，單是以此為題的詩作已有三首，其中一首只是三次重複這樣一段內容：「這是克里特島上有牛頭怪盤據其中的迷宮，根據但丁的想像，它是一頭長着人頭的公牛，有多少代人迷失在它錯綜複雜的石砌網絡裏。」博爾赫斯似乎想強調那牛頭怪其實只是我們想像的投射，其實並不存在，它不是先於迷宮存在，我們建造迷宮不是為了「困」着它，而是讓它「住」在裏面——原來通過篡改和歪曲常理建造的迷宮並不陰森，反之豪華舒適，漸漸，我們已習慣，甚至樂意住在裏面，當最後一絲突兀感也消失，我們便成了「牛頭怪」而不自知。

在〈漁梁渡頭爭渡喧——九七過渡的挑戰〉一章中，我們見到沒有直通車的「立法局」如何演化成「臨時立法會」的迷宮，吳於是提出這樣的反思：「如果臨立會不是《基本法》之下的第一屆立法會，只是個『暫時性組織』，那麼它是不是個立法機關？如果它有權限，那麼權力來自何方？限制為何？香港法庭有沒有權力裁斷？如果法庭認為臨立會權限來自籌委會一九九六年的議決，法庭是否有權審判該議決的法律效力及範圍？最大的問題，究竟甚麼是香港特區的法律？是否人大決議就是法律？」又例如在〈城春草木深——反對「二十三條」立法抗爭〉一章中，政府為了給立法開綠燈，將多數反對意見歸為「未能分類」，甚至勉強歸入「支持」一方，務求操控民意，完成政治任務。當掌權一方變身「牛頭怪」，有風駛盡帆，另一方也只好隨着變身「牛頭怪」。處於弱勢的泛民議員，只好通過「拉布」(filibuster)策略來應對，結果是犧牲了立法會在市民心中的地位和形象，更有市民戲稱為「垃圾會」。吳靄儀在〈三座大樓．三代議會〉一章中記下這樣的慨歎：「大會辯論至最後一刻，就在時至午夜，通過了除最末一項以外的所有政府議案，『五司十四局』無疾而終。這次可說是拉布勝利，但我無法感到高興，因為犧牲了議會應有的辯論的素質。我們的責任，不止於通過應通過的、否決不應通過的，還要向歷史交代在審議過程中的要點，有甚麼需來日跟進，甚麼人做了甚麼事值得褒貶。」

這本《拱》最發我深省的，不是只看出「falsification」所衍生的荒謬，還同時讓我看到「牛頭」和「人身」之間，其實也是用血肉連接，當中不無掙扎的扯痛，學會尊重不同立場者，是走出迷宮的首要竅門。博爾赫斯將上面的段落重複三遍後，最後只加了一句作結：「並且還要在時間的另一個迷宮中迷失。」不錯，走出了當下的議題迷宮還不夠，我們還得面對下一代質詢為何上一代沒有好好爭取，而要由他們從零開始打拚。

二、從鏡子到棋局

在博爾赫斯的作品中，「時間的迷宮」是以「鏡子」來表現的，他有多首以「鏡子」為題的詩作。面對鏡子，詩人不斷重申感到恐懼（fear），他的「鏡子驚慄」大致可分為三類，而吳在《拱》中全都有論及。第一種恐懼就是「營造平靜安憩的假象」：「那恐懼兼及寧靜平展的水潭／其深處天空的另一片蔚藍／時而會被倒懸着的飛鳥掠擾／時而又會被輕波微瀾所攪亂」（〈鏡子〉）。正如特區政府當初為了「建設高鐵」不惜「遷拆菜園村」（《拱》第五章），也是營造了一個經濟再次起飛的繁華願景來說服市民支持。而在「二十三條立法」和「爭取居港權」的事件中，政府則「逆向施術」（就是詩人所說的「倒懸着的飛鳥」所象徵的技倆），指出如果不接納政府的方案，便會破壞香港的「安定繁榮」，同樣是利用市民恐懼失去安定生活的情結。

第二種「鏡子驚慄」乃在於不斷複製臨照的「我」:「你是敢於倍增代表我們的自身/和播弄我們命運之魔物的數量/在我死去之後,你會將另一個人複製/隨後是又一個、又一個、又一個……」(〈致鏡子〉)。現在無論是議員還是官員,也是同一面鏡子不斷複製出來的「我」,在《截取通訊及監察條例草案》審議中,雖然吳靄儀跟涂謹申各自提出了不少修正案,但建制派就是「寸步不讓」,就連「只是順手更正文法錯誤」的修訂也給否決(《拱》第五章)——這是多麼弔詭的現象,建制派雖然佔多數議席,但都是沒有「自我」的「我」,本來議會內應是多聲道,現在都變成單聲道——議題「樣板化」、討論渠道「樽頸化」。泛民議員無計可施,只能服膺突破圍堵局面的大前提,於是同樣是在不斷「自我複製」,漸漸「泛民」也「泛」不起來。唐太宗名言:「以人作鏡,可以正得失。」面對眾相一貌的「人」,我們的下一代又可以怎樣「正得失」?

第三種「鏡子驚慄」就是關乎「正得失」:「現在我害怕鏡子裏/是我靈魂真正面目/他已受到陰影和過錯的侵害/上帝看到,人們或許也看到」。這裏的「我」似乎不盡然只就個人層面而言,引申指社會「大我」也未嘗不可。唐太宗也有「以史作鏡,可以知興替」之語。詩人說害怕上帝和別人看見真面目,因它已「受到陰影和過錯侵害」,而從字裏行間,我們大概可以讀出詩人的含意似乎是除了直接犯錯者以外,連不盡力遏止陰霾蔓延者也該自慚。我們常以為法律的核心價值為「合約精神」,它體現於周密的條例和法案中,但在編纂這本書的過程中,我多次聽見吳說「禮樂風度」才是最高層次的彰顯，無論條例如何縝密也難以涵蓋所有世態，所以普通法中特別注重案例，讓社會有完善法則的機會，但大前提是社會大眾要尊重制度、恪守公平原則，不應肆意摧毀或扭曲。每當讀到《拱》中描述的「禮崩樂壞」的瘡痍境況，我強烈地感受到作者的痛心疾首。我想當政府第一次就「居港權」提請人大釋法後，法官聽見申請人父母指出「守法先讓子女回內地的喪失資格，非法留港的卻因寬免措施而獲居港權」的荒謬時，應該會心生這種「鏡子驚慄」；我想當梁振英嘗試以「突襲」方式通過「五司十四局」議案而遭到「譴責」時，其中一些參與者或許在夜闌人靜之時會心生這種「鏡子驚慄」；我想當建制派議員不問情由盲目護航通過高鐵撥款後，不敢走出立法會大樓面對羣眾時，他們心裏大概閃過這種「鏡子驚慄」……

除了「鏡子」，博爾赫斯還鍾情於「棋」的意象，這大概由於棋盤左右兩邊對稱的格局，彷彿是放了一面鏡子在中間而生成的「鏡像」。我想那些格線正好可以消弭一點點「鏡子驚慄」，讓人懂得約束自己，善用權利，發展專長：「棋子們並不知道嚴苛的規則／在約束着自己的意志和進退」。方格間線之於棋盤，就好比法律條文之於《拱》書。如果鏡子是「時間迷宮」，如果鏡子所處的代表「現在」，那麼這些條文、檔案便是接通過去與鏡中未來的脈絡。畫家瑪格列特（René François Ghislain Magritte）筆下的「明鏡」是奇特的，鏡子只會映出臨照人腦後的景象，如果想鏡子映出面容，那麼臨照人只可以把後腦勺對着鏡子，那麼臨照人始終無法看到自己的容貌。所以無論吳在從政十八年的生涯裏如何嚴謹處事，都已成歷史，喋喋不休地複述，就好比瑪格列特的鏡子，只照出了後腦勺，沒法令人得見自己的真面目，更遑論展望和部署未來。所以我看過吳交來的書稿後，我便冒大不韙地向她建議不如加一章闡述這些回憶跟未來的關係，遂有了〈尋找未來的旅程〉，並以此作為序章，其中有這樣一段：「歷史上有令人驚歎的無數例子，對信念的堅持，令處於弱勢的人們一次又一次地戰勝強權，甚至戰勝命運。重大事業需要很多人協力用心，我個人的力量和犧牲微不足道。然而，能控制自己，不等於能控制別人。每個人都有自主權，同行者一旦選擇走上一條我不認同的路，我只得尊重，一任自己的心血付諸東流。過去如此，未來如何，難以逆料。」憑着自己的信念和對人的尊重，我們和下一代該可看清自己的面目，勇於應對「鏡子驚慄」。

我想當一眾議員，夜闌人靜，攬鏡自顧而不生「鏡子驚慄」，我們的議會才能回復尊榮，「尋找未來的旅程」才算圓滿。

三、大信念小工具

在希臘神話中的大英雄，大多是靠着大信念（faith）來靈巧地運用小工具，才得以戰勝怪物，例如特修斯（Theseus）殺掉迷宮中的牛頭怪後，之所以可全身而退，靠的不過是一個線球；柏修斯（Perseus）之所以可以殺掉蛇髮女妖梅杜莎（Medusa），靠的不過是盾牌的反映；而奧德修斯（Odysseus）之所以逃過海妖塞壬（Siren）的歌聲誘惑，靠的不過是用蠟堵住耳朵。在《拱》書中，法律條文就好像是迷宮中的線球，可領人走出「禮崩樂壞」的迷宮。法律，就是吳憑着大信念行使的小工具，陳文敏在序中寫道，很難得見到有人像吳靄儀那樣對琢磨斟酌法律條文中的遣詞用字都顯得拚勁十足，讀到這裏我不禁莞爾，覺得這也是《拱》值得一提的特色。德國社會學家韋伯（M. E. Weber）將人類的理性分為「工具理性」（instrumental rationality）和價值理性（value rationality）：前者是強調通過靈活運用不同的工具和具體策略來達至最大成效的思考模式，韋伯認為這就是歐洲邁進現代化階段的重要推力；後者則是指審美、倫理和宗教等層面的價值追求。那麼，《拱》可說是以民主、法治的大信念來運用法律這個小工具的理性思考紀錄。其實吳琢磨法律用語，跟米高安哲勞（Michelangelo）為着將雕塑作品臻於完美而去解剖屍體的做法如出一轍。

四、拱心石之為零

代表正念能量的2f，除了信念（faith）外，另一個就是堅持（firm）。信念主要針對當下議題的迷宮，用以抵禦扭曲、篡改事實（falsification）的力量；堅持則回應時間的迷宮，用以消弭種種營造的恐懼（fear）。面對九七過渡的挑戰，吳靄儀如此自勉：「我代表法律界出任立法局議員，最大任務是確保法治的平穩過渡，把守立法局這一關，不讓損害人權法治的惡法通過，同時還要推動一切所需的法例，令人權法治得以安穩延續，要時刻警醒，在法治受到危害之際挺身而出，正直發言。」這徹頭徹尾就是「拱心石」（keystone）堅定不移的姿態，無怪她會以「信念 始終如一」為競選口號。整部《拱》其實就是在談「2f-2f」這道公式，而答案自然是等於「0」。這「0」就是拱心石的位置。拱心石就是拱門頂中央那塊梯形楔石，必須不偏不倚、分量十足，才能抵住左右兩方勢力的夾攻，才能將壓力卸回圓拱，不然整道拱門便會塌下，所以它可說是把不同立場的石塊團結起來的中介。一般來說，拱心石都會較其他石塊厚一點點——它敦厚卻能懸空；它位於矚目的高位，卻沒有表現出飄飄然的輕浮；它上闊下窄的形態總予人時刻指望實地的感覺；它守着「0」的位置，就是初心的發端，是一切回憶的源頭，是所有勢力互相抵消達至平衡和諧的關鍵。在拱心石下仰望，就是仰望這維繫和諧大力（Force）的理想位置，所以說渾厚的拱心石是「2f-2f=0=F」的最佳體現。讀罷這部《拱心石下》，更會讓你相信這道公式才是給我們的家成就真正「繁榮安定」的進路。

植樹與造磚——《曲水回眸——小思訪談錄》編後

近幾年手頭上其中一項工作就是編纂《曲水回眸——小思訪談錄》[1]，以前我會羨慕曾上過小思課的文友，現在我有機會瀏覽達八十萬字的訪談紀錄，則反過來成為他人羨慕的對象。訪談錄上、下兩冊花了差不多四年完成，期間旁聽多位師輩侃侃而談香港的舊時光，讓我跟着追溯令人茫然的社會現象的遠因，然後伏案沉思；又可追慕崢嶸傲骨散發的古風，令我仰揖神往。待每章內容大致敲定，還有機會登堂入室翻看舊照片作配圖，每次我總會心諳：「吖，如果上次帶隊作文學散步時，看過這幅照片，我便可講解得更詳實更精彩了……」小思擁有這些珍貴史料和史識，她身邊也常有人鼓勵她編寫香港文學史或編修香港文學大系，所以讀《曲水回眸》這本訪談錄，常會看到「造磚」一詞，這是小思給自己研究工作的定調，就是為後來有志為香港建構文學史的學者提供建材，但我總覺得只講「造磚」有點意猶未盡。

---

1 《曲水回眸——小思訪談錄》（上、下），香港：啟思出版社，二〇一八。

一、植樹・安土

在訪談錄〈筆耕心田〉一章，楊鍾基教授將「思」字拆解連繫到「神主牌」上的對聯：「心田先祖種，福地後人耕。」須知「心田」和「福地」也非必然，是需要拓荒者的血汗來開闢的，要把荒野變成福地，首先須在邊界栽植一排一排的樹，以枝葉來阻擋風沙，以根網來蓄養水土。如第一排的樹站穩陣腳，那代表根已找着深層的水源（所以要選根縱深遠又耐旱的樹種）；反之如未能站成屏障，那便要再來一遍。有人會問為何不爽性一次植上多排，任其自生自滅，便不用費時逐排栽植灌溉。只是這樣會拉薄水源，最終便一排也沒長成，所以植樹者必須耐着性子，抱着精衛填海的決心，以卑微的耐心嘗試逆轉百年風化的環境，逐點逐點縮小沙漠的幅員。小思早期寫過一篇〈植樹者〉，收在《今夜星光燦爛》中，文中她寫道：「改造沙漠，的確很費勁，但並不是沒把握。如果為了目前看不到效果，便說沒把握，那是我們太短視、太急功近利的緣故。」她強調香港有沙漠，同時也有植樹者，不氣餒地動手植樹，阻遏風沙，而這一段「植樹者的史實」，該有人用心記下來。植樹，就是締造歷史的活兒，相當於文藝創作和活動。

小思說自己的創作是「小耕小種」、「小情小趣」，倘把筆名中的「小」連繫上植樹的功德，便可想像那是意味着疾速與輕盈，必須趁風沙未來前盡量將根舒伸開去。記得小思曾語重深長地跟我說：「你寫東西略嫌轉折。」不錯，言簡意賅正是小思散文的特色，就像荒漠邊界上的植樹，遠遠一排像堤壩立着，意圖還不清楚嗎？輻射出來的決志還不夠明顯嗎？這些樹枝幹筆直，沒有像老松一樣盤纏佶屈，卻根縱深遠；在爬梳風沙之際，腳下已不知不覺接上源遠的水脈。小思散文篇幅一般短小，因當中有不少是她多年寫作專欄的文章，但意蘊卻是深遠的。跟我相熟的文友都知道，我特別喜歡《彤雲箋》這本文集，集內領首文正是書的點題作，文中記一位唐代造紙師，為了造出跟黃昏彤雲一樣色調的箋紙而潛心製作，最後以自己的咯血來成就世上唯一一張彤雲箋。此文筆調温婉淡雅，卻流露了守護中華文化的堅決志願。第一次讀這篇文章是中學時剛愛上文學創作，正躊躇是否該從理科轉到文科，當時的考量純粹是顧及日後工作的出路，〈彤雲箋〉將如此「低端」的想法拔高至精神文化傳承的「高端」層次。之後開始寫作散文時，首先就是爬梳當中的根縱，發現文中提及的箋紙原來全是唐朝盛世的名紙。在編輯訪談錄時，小思便提過她有點在意本來唐朝的遺風，現在只能在京都找到。〈彤雲箋〉寄寓了這份戚然。我把這第一層次的考據寫成了〈說紙．紙說〉。而以虛擬人物的小說筆觸來寫散文，於我是頗新耳目的手法，故隔年再讀後，決定試用此種技法創作，遂完成了〈紫堇燭〉。我將造紙師換成燭雕師，將場景從中國唐朝移到歐洲中古時期，記燭雕師只顧雕刻外在圖飾，卻忘了放置最根本的燭芯。陳德錦在〈用鈍角高飛〉這篇書介中也特別闡釋「小說技巧」如何為此文增色。

二、地下炸彈・天上煙火

上述兩個層次的欣賞還是把作品捧在掌中獨立觀賞。編纂《曲水回眸》，我才意識到小思常強調要把作品放回所屬年代來看，才能進一步讀出文章深意。不錯，如果只單獨看一棵樹而忽略那沙漠荒野的大環境，那麼便不會領悟到植樹的矢志是如何觸動人心。倘若我們還能保有盛唐遺風，如果香港沒有沙漠，又何須苦心植樹？當然沙漠不只存在於香港，艾略特的荒原吶喊在戰後的西方相當響亮。魯迅著名的散文詩集《野草》中有一篇〈復仇之一〉，講述兩個赤裸原始人無端走到荒野對峙着，吸引羣眾圍觀。魯迅以他典型的圍觀情結來塑造精神的荒野，他說兩個人一直對峙而不開打，便是對羣眾的「復仇」——讓吃人的癖好一直悶着，沒法得到滿足。圍觀與植樹，兩者都在確立荒野的邊界，卻是兩種完全不同的價值取態，前者塑造和擴大荒野，是集體潛意識對個體的虐殺；後者則嘗試縮窄和消解，是個人顯意識的立願，試圖感染他人。當我在編纂訪談錄時，腦中便不斷把〈彤雲箋〉中那守護文化的立願放回植樹者的荒野去設想。於是又令我得到啟發，試着以箋紙來重現香港歷史中一些標誌性的氛圍。例如為了替訪談錄配相片和繪畫她在「大炸灣仔」期間的逃生路線圖，小思曾親領我們幾個編輯在灣仔來一次「文學散步」（又是令許多文友羨慕的機遇），途中她會告訴我們那樓梯底就是南海十三郎晚年的落腳處。近日（二〇一八年一月）在會議展覽中心附近的沙中線地盤發現了兩枚戰時盟軍擲下的一千磅大炸彈，記得小思在訪談錄中提過自己可以憑聲音辨認出盟軍的B29轟炸機，因為聽起來特別沉重，這大概因為所攜的是千磅炸彈之故，以往發現的多是五百磅左右。小思曾將相關的回憶寫成文章，卻有人質疑當時還是小孩的她怎可能懂得憑聲音分辨飛機類型，但從近日出土的炸彈看來，我不會質疑，只會想像「沉重」的飛行究竟會發出怎樣的死亡威嚇？

每年當會議展覽中心正對的海面上演賀歲煙火匯演，歌舞昇平，很難想像在海牀深處原來還埋着未爆的炸彈，不無憂患。這大概正是我在〈灑金箋〉中要表達的矛盾——沉醉於繁華糖衣者只知大灑金錢，一年放上好幾次價值幾百萬的煙火，好像已忘記那精神沙漠的植樹工程，香港彷彿變成了「窮得只剩下錢」的城市，沒有多少人在意文化命脈的斷流埋着怎樣的爆炸性隱憂。我於是也寫了一篇〈彤雲箋〉的詩，把守護文化的赤心表達出來：「但滿佈着人影相互推搡拼合／隆起色盲的丘陵擱淺了初心／背景裏該還有細縫導向深邃／容我把應允的彤雲含在眸裏／如此將文化的寒夜悄悄守短」。當然我們的「文學散步」不盡是死亡的陰霾，每次來到石水渠街，總令我想起跟小思出生和兒時生活相關的文章，她在這街的灣仔診所出生，契娘也在這街開洗衣店，貪其近水源之便。所謂的「水渠」乃兩旁給拉直了的小溪，而毗連的春園街也曾泉湧沛然（「春園」實為「Spring」的誤譯），當時的灣仔可是因水而生氣盎然。只是後來因城市發展，所有水道泉源都「被消失」，我於是寫了〈浣花箋〉，想像繡花圖案在襁褓上微微隆起，在溪水中反照日光，藉以慨歎美好時光消逝前沒有給好好記取，這亦是小思〈別矣紅磚〉一文要說的話。這些都是我從小思所植的散文樹中得到薰染，而試着幫忙植的樹。

三、不遷·造磚

寫作專欄文章好比植樹，須頻密和長期堅持，小思有份撰寫的「七好文集」專欄便歷二十年之久，所以我常以為從杏壇上退下來後，小思在《明報》的「一瞥心思」會持續一段長時間，但在二〇一四年十月十一日，小思以〈浴火鳳凰〉告別讀者。這篇告別之作是關於雨傘運動的，有人會猜測停寫專欄是否意味心灰退場。在訪談錄中小思就此話題提供了兩個想法，第一就是「五六百字的專欄寫不出甚麼大道理」，另外就是「殺君馬者道旁兒」，也就是說現在已不再是搶時間植樹的時機，套用魯迅的場景就是官方跟民間就像那兩位原始人，赤裸地展示自己的底線，各不相讓地對峙着，旁觀者無論為哪邊吶喊，都是無形中助長了魯迅所說的吃人的圍觀文化，可能令對峙雙方因下不了台而隨時開打。於是只好選擇沉默，讓前線有冷靜下來的餘裕。由此看來，小思強調要將事情放回所屬的年代看，除了說出來的亮話，還包括沉默——無怪她在訪談中說看《陳君葆日記》除了看所記的事情，還要看沒記之事。我特別喜歡訪談在這裏突然轉到談小思多年前讀魯迅的〈無花的薔薇之二〉以後寫下的〈筆寫的，有相干？〉來說明沉默的分寸。小思借魯迅的文章指出有些事件發生後，有些人作出了犧牲，為社會撕破掩飾的表象，讓沉默的羣眾認清一些人和事的本相，也更明白往後的路。常言道休息是為了走更遠的路，同樣，暫時沉默只為了讓自己的筆更具穿透力。

大概在訪談中小思常強調「造磚」，所以我會形容她「沉默如磚」——一邊恪守自我的方寸，一邊做好隨時負重的準備。許多人以為小思強調的「造磚」，純然是為未來寫史的人準備「建材」。不要少看一塊磚，其製作的重點在於把握自我的道德方寸。這方寸就是通過把自己投擲於當時的處境去丈量，這樣才能明白當中掙扎和抉擇，正如一棵樹抽離了所處的荒野，便無法看到它的功德一樣。造磚，就是要把那年代的處世標準盡量呈現給有心了解的後來人看。我開始明白小思編《葉靈鳳日記》時為何要孜孜不倦地增補注釋，每條注釋就好比一條蛛絲，黏着那時代的壁壘，當許多蛛絲結成一張大網，呈現讀者眼前的便是關於那個年代的八陣圖，無怪杜埃會以「牽絲結網的人」（文章同樣收錄在《曲水回眸》中）來形容小思。

讓我也來分享一次在小思點撥下造磚的過程。記得二〇一六年十一月《明報月刊》因創刊五十週年而舉辦了一連串文化誌慶活動，其中一場便是假香港浸會大學舉辦的「中國文化的精神出路」研討會，這主題可說定得相當「巧妙」，似乎是遙遙呼應着半世紀以前的創刊宗旨，試着集合不同學者的觀察和親身經歷來印證——如唐君毅所言，熬過「花果飄零」的劫難後，如何「靈根自植」，繼續結出中華文化的碩果。但偏偏戴天在研討會上以〈是亦何謂「沒有出路」〉為題發言，單從字面已能感受到老一輩知識份子的苦——悲在漂泊海外，尋尋覓覓多年，最終只覓得「沒有出路」的哀歎；苦在傳統知識份子，還甩不掉士人對社稷大任的牽念，總期望自己的絕望呼聲只是「先天下之憂而憂」，不一定成真，故曰「是亦何謂」。

研討會後的一個星期，即十一月十日，戴天應小思之邀，參觀設於香港中文大學圖書館的「香港文學特藏」。我有幸也獲邀一起參觀，聽戴天話當年、説舊情。當天的展櫃裏放着戴天在一九七〇年八月十四日發表的〈蛇〉的鉛印本上的手改稿。小思回頭喊了我一聲，敲了展櫃的玻璃幾下，示意我仔細看，然後甚麼也沒説便走開了。我一直望着手改稿，一下子沒有看出端倪，只好拍照回家細看，後來拿出戴天的詩全集《骨的呻吟》一對，始發覺原來手改稿的內容從來沒有發表過，是塵封了半個世紀的推敲。我這下才明白為何老師敲玻璃提示我留意，於是便想該如何將之發表出來，心裏萌生把手改稿製成一塊紮實的磚的衝動。造磚的首要條件就是將調好成分的內容倒入所屬年代的氛圍中使之凝固，但我要怎樣才能重現當時的時代氛圍？後來靈機一觸，想起手改稿封存了半世紀，《明報月刊》不也剛好創刊五十週年嗎？戴天剛好是《明月》顧問才獲邀回港參與研討會。那麼，只要拿創刊號跟幾期五十週年紀念號作對照，便能稍稍呈現那個年代知識份子的所思所想，也更能描摹體會〈蛇〉創作和修改的含蘊……就是這樣我寫了〈蛇尋出路——觀戴天《蛇》手改稿後的迂迴聯想〉，不敢説那是評論佳作，我只滿足於它是一塊紮實的磚。

完成這篇評論後，我幸得何鴻毅家族基金資助到美國愛荷華大學參加國際作家工作坊。我戰戰兢兢地接受邀請。出發前，小思特意跟我茶聚分享許多交流的訣竅。在愛荷華三個月，確實也遇上一點點難題，我時常想起小思「盡力做」的叮囑以及編纂《曲水回眸》時，她談「京都一年」令她「眼界始大，感受遂深」的經驗分享，我便彷彿聽見她在展櫃玻璃上那幾聲輕敲……在愛荷華的三個月，我一邊植樹，一邊造磚。小思在京都初踏現代文學的殿堂，習得以卡片整理研究資料的方法；我在愛荷華則首踏世界文學的瞭望台，悟到如何借助翻譯意識來強化自己的筆力，做到言簡意賅。在抽離的異鄉，惦着正受十號風球天鴿吹襲的香港，便更明白植樹是為了「安土」，而造磚則表達「不遷」的立願。安土不遷，正是小思獲藝發局終身成就獎後，接受《信報月刊》訪問的文章標題（我們特別將整篇訪問收錄到書中）。十號風球下，因着澳門的市況，自己又不在港，那一晚腦中不斷湧現「安土不遷」四字。這時，通過「和鴨子」，小思傳來温黛跟天鴿的對比資料，我彷佛又看見那輕敲玻璃後不發一言走開的嬌小身影。

〜寫於二〇一七年十二月三十一日

與「雲花」的三類接觸——跟鍾玲老師相處印象

我們慣常會把與外星生物的接觸區分為三個類型：第一類接觸是遠距離見到「幽浮」，即港人慣稱為「飛碟」的一類不明飛行物體；第二類是遇見外星生物；第三類是與外星生物有互動交流。我覺得挪移來談與鍾玲老師的交往是最適合不過的。對我來說，鍾老師就像外星人一樣神秘，而且在我的意識裏，但凡外星生物的知識水平定必比我高，否則怎可以製造飛碟，並且穿越幾千，甚至幾萬光年的時空造訪地球？和鍾老師的接觸，我很幸運地是跳級由第二類接觸開始的。

那時我還是個中四學生，學校就在香港大學的對面，雖然唸的是理科，卻整天鑽文學的紙堆，午後和放學都往港大青年文學獎協會的辦公室裏泡，泡久了便和一班幹事熟稔起來。他們當中有不少是唸中文系的，於是我便拉着他們的衣角兒去旁聽張曼儀和鍾玲教授的關於現代文學的課。不知道兩位教授有沒有曾經感到奇怪，為何班中竟然來了個「校服怪客」？我記得鍾老師有一次講解一首名為〈曇花〉的新詩，她請一位學生先唸一遍，學生把「曇花」唸作「雲花」，當下我心諳連我這個中學生也曉得「曇花一現」的成語，堂堂一位大學生竟鬧個「有邊讀邊」的笑話？當下鍾老師沒有打斷她糾正，我以為是鍾老師不懂粵語的關係。學生唸完後，鍾老師温柔地說：「我用普通話再唸一遍給大家聽。」唸得字字清圓如風荷上飽蓄着晨光的露珠，唸到「曇」字時，我見她瞄了剛才唸書的學生一眼，便知道她原來是知道的，只是怕學生會尷尬，唸正音時連重音也沒有加上。本來她作為老師糾正學生的錯誤是天經地義的事，要不然佯裝自己聽不懂粵語便樂得清靜，一了百了。鍾老師對如此細微的瑣事，竟都會費神去想、去選顧念周全之策：既盡了老師的天職，也顧念了學生的面子，這比我這個腹藏挖苦之箭、面露嗤笑之槍的黃毛小子要強得多。

不久以後，鍾老師便離開港大回台灣了，而我也轉到王良和老師任教的中學唸預科，並且從理科改唸文科。由於對文學創作的興趣越來越濃厚，於是便踴躍參與王老師主持的「創作坊」。我們多會在放學後聚頭，先由王老師給我們分析一些著名詩人的經典之作，這樣提升鑒賞能力之餘，也給我們圈定模仿的對象和焦點。然後，同學會唸自己的作品，並且討論修改或精進的方向。有時王老師會帶一點旅行時買回來的小吃給我們邊讀邊吃，後來為了可以泡好一點的茶，我們更跑到老師的家中去打攪。雖然那時我們寫的詩都很稚拙，多為無病呻吟之作，但在清通的茶色中彷彿也可以看到泠泠的餘韻。整個晚上，彷彿變了一杯清幽的茶滿有盪漾，我們都是豎起的茶枝，平靜又雀躍，大家在歡聚時好像已經盼望着下次的聚會。據聞一杯茶出現一根迎客的茶枝的機會率少於萬分之一，那麼，在清朗的夜色下，竟有這麼多根茶枝聚在一起。雖然當天的小詩友大多沒有聯絡，且都已經擱了筆，無緣再通過文字神交，但我卻分外珍惜這些相識於微時的名字。

在聚會中王老師不時會提起詩聚的形式其實是沿襲自鍾玲老師的詩聚。記得有一次王老師從冰箱中取出一鍋米飯，掀開保鮮紙便嗅到一股酒味。原來他在鍾老師的詩聚中聽說了釀造的方法，於是回家便試做。當下我聽見了想發笑，但見他說時不無陶潛「採菊東籬下，悠然見南山」的淡雅，不同的是當中或者還多了一點「高山安可仰，徒此揖清芬」的感佩。就是這樣，通過王老師，我和鍾老師保持着「第一類接觸」。如此顛倒了次序的接觸模式有一個好處，就是當遇上鍾老師的傳聞或詩文「飛碟」時，首先不會給嚇着，也不需費神去聯想「天外來客」的模樣，只要輕輕鬆鬆地作印證，享受那份猜中了的欣悅。

之後我入讀香港浸會大學的人文學科，想不到這也算得上是和鍾老師緣分的伏線，讓我們繼續維繫第一類接觸。那時科內有一位美國來的胖教授，我在校的那三年，他正瘋狂地戀上寒山子的詩，不單是研究，還把寒山子的詩以英語再創作一遍，並結集成書。每次上比較文學的課，他都大談寒山詩如何在美國西岸掀起熱潮云云。那時我們一班小番薯消化狄瑾蓀那股壓抑的憤懣還可以應付；但接着要去掏史蒂文斯藏得嚴密的「瓶子軼事」，便已經有點老鼠拉龜了；所以接着再來史奈特和寒山子這組「強迫組合」的煙花，便真的有點眼花和暈眩了。說來慚愧，雖然寒山子是中國詩人，但那時我一首他的詩都沒有讀過，只從涉及「和諧二仙」的民間習俗中聽過一下他的名字罷了。每當胖教授講得興高采烈，我也只好不絕地點頭裝懂，這樣下來，情況更糟，因我是班中唯一的男生，而且和他一樣胖，所以順理成章成為他搜尋反應的最先落點，而當我張口結舌答不上嘴時，便理所當然地成為製造美國幽默的素材，可幸同學似乎也不太明白胖教授的幽默，胖教授甚至曾經責難我們連陪笑的程度也沒有，訓誨一頓後，便收歛起趣怪的表情，頭也不回地走了。

這次以後，我嘗試在美國詩方面下一點苦功，只求在上課時不至顯得那麼「迂」。偶然我找到了鍾老師的《美國詩與中國夢》，看見書名便想難道真是我要找的資料？翻開目錄一看，果然！於是便用錢包裏僅餘的百多元買下這本論文集。那時我窮得很，買了書那天便不能吃午飯。和我熟稔的一位女同學於是把她吃不完的一碟飯先分一半予我，就此便給其他同學謠傳我們兩人已經「打着」了！嘩！都是「美國詩」與「中國夢」帶來的「艷福」了。現在那位同學已貴為人母，每次提起這樁事，她都會大喊：「你省點兒吧！」不錯，不省點兒，怎可同時買到「美國詩」與「中國夢」！說回來，《美國詩與中國夢》確實為我打開了一扇認識美國詩的窗戶，不單是窗戶，可說是一片觀賞日蝕時用的濾鏡，為我遮去過分耀目的光芒，於是我漸漸讀懂了史奈特、王紅公等人的詩，連胖教授也說：「現在才懂得陪笑！」後來，不知從哪裏來的衝動，我竟然把胖教授再創作的寒山子詩集連同一封感謝啟迪的短函寄到台灣給鍾老師。寄出以後，才覺後悔，大概鍾老師收到以後也會摸不着頭腦。直至現在，雖然不時和鍾老師碰面，我也不敢提起我就是那個寄書予她的笨伯。《美國詩與中國夢》對我來說，就像那些神秘的「麥田圈」，是外星人嘗試帶給凡人甚麼文明的啟迪或觸動，那麼我所寄的信和書，不過是已經飛出了太陽系的水手二號所載的、刻有達文西所繪的人類身體黃金比例圖的銅板，只為了表示自己向茫茫的知識宇宙進發的立願。

當我漸漸淡忘自己的愚行時，竟然收到鍾老師的覆函，這就好像美國的天線陣收到來自外太空的規律顫音。在電影《第三類接觸》（*Close Encounters of the Third Kind*）中，飾演女主角的茱迪．科士打追問爸爸：「宇宙中真的有外星人？」爸爸回答：「Sure! Otherwise, it's a waste of space!」字幕譯作：「當然，否則便是浪費了這麼大的空間！」我想這句話還可以譯作：「當然！否則便浪費了宇宙的浩瀚！」我想這才是「space」這詞的雙重含意。

畢業以後，我投身編輯工作，龐雜繁重的公務就像是壓力煲加了封條的厚蓋，把人的靈性緊緊封印着，良久良久寫不出一首詩，大多數的詩文都是在乘車的空檔裏擠出來，當天探索知識宇宙的雄心似乎也消磨殆盡了。就在我工作剛滿十年的時候，收到燕青的來電，說鍾老師已回港接任浸大的文學院院長一職，會在她家重開以往的詩會，除了往日的核心班底，還想邀請一些年輕的寫作人，加上我又是浸大的畢業生，聊起天來不怕沒有話題，於是我便成了詩會的常客。第一次踏足鍾老師的家，便覺其環境清幽，頗有《日月同行》這本散文集中提過的港大教師宿舍靠山面海的格局，鍾老師寫道這樣的格局最適合隱居。生活中大概必須有遺世獨立的自恃才會嚮往，便開始了和鍾老師的第三類接觸。

鍾老師的家居陳設有一份清雅的古風，每一項目可能都有一段不凡的掌故。例如沙發前那張偌大的茶几，雕工精巧，氣派不凡。一問來歷，鍾老師便說那是大導演胡金銓拍攝《山中傳奇》時特意找師傅依圖樣製作的一件道具。換句話說，幾十年來，即使是越洋搬遷，它都一直鎮守在鍾老師的家中。我當下彷彿是坐飛碟穿越了時空，回到《山中傳奇》的年代和場面中，當下心想回家後一定要好好把《山中傳奇》重看一遍，尋找一下這張鎮宅大將軍的蹤跡。另一次讓我有穿越時空感覺的是鍾老師把她收藏的古玉從保險箱中拿出來給我們觀賞，教我們分辨產地，及解讀其沁痕。我隨手拿了一片看似粗糙的玉環，心道那不會是古玉吧！怎料，鍾老師說那是漢朝把轡繩套在馬頭上的扣子。我當下立即想：難道是黃巾之亂中的戰馬所配？究竟最後是主人在馬背上浴血，還是敵人在馬前分屍？

除了穿越時空的虛渺感覺，有時我們通過詩文也會談及生死，讓人感覺超脫。記得上一次詩聚，洛楓的《禁色的蝴蝶》剛拿到香港書獎，我們舉杯恭賀她之餘，也談到「哥哥」張國榮的死。究竟是「哥哥」的死賦予了洛楓寫作的動力和素材，還是洛楓的書賦予哥哥的死以意義。當晚鍾老師唸了一篇悼念她的愛犬 Lady 的文章。Lady 走了已經差不多十年，鍾老師說要這樣長的時間才可以把那份哀傷沉澱下來。狗和人的壽命在時間的長河裏都只是「曇花一現」，但 Lady 已經不只活在鍾老師的記憶中——我雖然未見過 Lady，但在過去的十年間，卻輾轉聽過不少牠的軼事。王良和老師在〈凍頂烏龍——懷鍾玲老師〉一詩中已經提及過 Lady，我也曾聽美筠、燕青、海華提及過，印象中羈魂還提及 Lady 曾咬過他。我雖然未見過牠，但鍾老師朗讀文章時，我彷彿已經認識牠很久了。

現在我家的牆壁上掛着一塊鍾老師送贈的古宅燒磚，磚的中心是荷花圖案，和鑲嵌的綠色木框十分合襯。美筠告訴我，詩會的人都獲贈一塊，而且圖案顏色各有不同，美筠常誇她那片是最美的。望着這片燒磚，我便會幻想，那幢拆卸了的古宅不知是甚麼模樣？世間上任何形相都不可能永恆，哪怕它進入人的記憶也不是，因為記憶的主體也不是永恆；只有當它進入人的記憶裏，成為人白日夢的建材才是真正的永恆，因為形相不斷翻出新意，誰會費神關心它是否永恆？

就讓我引史奈特《石砌的馬道》中的同題作品來收結，印象中這是鍾老師也很常引用的詩句：

把這些詞兒像石頭一樣
放在你思想前面
　　安放結實，用手
選好位置，放在
有意識的身體前
　　放在時間和空間裏
樹皮、樹葉、牆那樣結實，
　　這石砌的馬道：
有銀河裏的圓石

有迷路的行星

這些詩，這些人

這些無主的馬匹

拖着鞍具——

岩石般腳步穩扎。

不知道那片燒磚、那些古玉、那些詩文，以及我們這堆豎起的柴枝會鋪出怎樣的馬道，又會通向甚麼？燒磚的四周有一些雲紋，中央的荷花看上去像是浮在半空的飛碟，但這個形相不夠淡雅，我心中想，就叫它「雲花」吧！

欠一個人咖啡——悼《香港文學》主編陶然先生

《等一個人咖啡》是九把刀小說改編的電影，將老、中、青三段戀人的故事交織在一間café裏，突顯錯失、發現和珍惜的老調。陶然跟我，當然不是甚麼特別的關係，只是乍聞他的溘逝，心裏不期然升起「欠一個人咖啡」這句話。記得上次跟陶然通電話時，語罷我還是如常那一句：「下次找你飲咖啡。」我一方面笑電影老調濫情，另一方面驚覺當自己失去時同樣跳不出惜緣的慨歎。那時陶然主編的《香港文學》雜誌的辦公室就在我公司的後方，某天收到他的電話問我可有空到樓下喝杯咖啡。樓下指的是太古坊一樓商場，是連繫各幢寫字樓的匯點，從中延伸出來通往地鐵的搭橋，並非直接連繫港鐵站，而是對面山壁前的一圈樓梯。橋的盡處是一整幅玻璃窗框住了山壁上的一道小石澗。每逢雨天，平常乾涸的山澗都瞬間轉成一道小瀑布汩汩地在練習吹口哨，卻始終沒練出愜意的韻律來。記得歐陽乃霑在《一筆一畫一生》中就畫過這道給框成畫的瀑布。素描中有放慢腳步的白領坐在大玻璃的窗框邊在欣賞。印象中，從天橋盡處的大窗仰望，可見稍高位置的岩石上髹上了E40的編號，我想這就是石澗的身份證號碼，E應就是「East」的縮寫，代表東區。我曾試着在網站和地圖上找關於編號的含意和石澗的「身世」，可惜卻沒找着甚麼頭緒。據說鰂魚涌最初有幾道山澗匯成小溪出海，就像薄扶林、灣仔石水渠街、大坑火龍徑等，本來都是這樣的溪流，後來統統給封印在混凝土瀝青下，成為暗渠。我只想確定這道 E40 是否往昔溪流的其中一脈罷了。現在太古坊以天橋末端的大玻璃窗框起小瀑布，我認為是風水格局的佈置多於美感的考量。兩旁都密封起來的天橋就像輸水管將瀑布「水為財」的意頭，源源不絕地送入太古坊這個方形蓄水池中。

記得我曾就 E40 這個水源問過陶然這位老街坊，他的家就在「坊池」的後方。我們會面的咖啡店是 Prêt a Manger，其總部雖在英國，卻用上一個法文名字，意思是「Ready to Eat」，但「Manger」在英文可解作「水槽」。我們兩個大男人就像兩匹剛走過一天羈旅的驛馬稍歇喝水，坐着閒看風水佈陣中人影帶動波光流竄。印象中，陶然沒有回應我有關 E40 的詢問，他應摸不清我這道怪題的底蘊，我們轉而談及地產公司在「坊池」周邊築起高牆，因為其中一幅就在陶然辦公室門口附近，目的是遮掩外觀略為殘舊的唐樓，以免影響辛苦修飾出來的規整格局，就好像許多成功申辦奧運的城市都會用此手段來粉飾市容。唐樓的窗戶成了面壁思過的眼目，在撲面的陰霾中更見枯槁，變得深邃卻空洞。原來從山澗引進來的風水只能留在「坊池」裏，不可外溢。如果此佈局設想屬實，那麼英國老牌洋行的作風跟殖民香港的手法可說相當統一，都是先從方便補給的瀑布着手，然後逐步佔領，本來的原居民反而無從享用。跟陶然談建高牆的不滿時，他只是淡淡然地說，這也沒辦法，普通市民只好多些到這些咖啡店享受一下簇新的建設。

陶然就是以同樣的淡然、包容來編《香港文學》，不論哪種風格和文學觀，他都同樣接納，我甚至沒聽過他有特別要求作者修改或以編輯把關之權去篡改投稿，他似乎比本土某些報章副刊的編採人員更開明。這倒令《香港文學》縱然像太古坊那樣，乃一道精心規劃的風景，但正正由於有陶然擔當那開有落地玻璃的天橋，既帶來了各方人流，也框起了迎來香港本色的地誌，令規整的「坊池」裏有了激活的波瀾，不會因過度規劃而變成樣板一樣的死水。

常言道男人之間，不是交換手槍便是交換文章，跟陶然來過多次咖啡之聚，他沒有漏出過一句語氣重的話，即使偶然提起遠方的「槍聲」，他的語調都是溫和的，尤其小中風以後，說起話來便更柔聲了，彷彿都不是甚麼大不了的事，泛起的漣漪也會隨他的話逸去而平復似的。當然更多是由文章而起的話題，印象中他沒有怎樣談過自己的文章，偶然提起在書店找不到他的散文集，想要從中選文作「文學散步」，他總是靦腆地笑說自己的文章不值一看，然後反過來向我邀稿，說甚麼雜誌遲些有「散文大展」云云……他總是安於編輯甘心「為他人作嫁」的本分。陶然有一本名為《街角咖啡館》的散文集，足證他真的很愛喝咖啡。書的裝幀鑾歐風，倒真是吸引不少人翻揭。書裏第一輯作品主要是寫香港風貌，包括茶餐廳、咖啡館、電車和舊區人事等，都很適合用作文學散步時跟景點配對的材料。這本結集我在書店只見過一次，那次沒有買，並非嫌貴，只因那本已給人翻得相當殘舊，除了書口起了白毛邊外，書脊部分更有很深的摺痕，大概是給沒公德心的「書釘客」大力掰開過。那時心想遲些遇上狀態較好的另一冊才買，怎料之後便再沒有碰上。有時緣分就是這樣，正如陶然在跟書同名的點題之作中寫道：「在現實生活中，重歸的足音實在太難不染上歲月沉重的風塵。」陶然總是以作家的眼光跟我談別人手槍的厲害之處，卻又以編輯的抽離心態來避談自己的文章，我卻總是錯過讓自己以編輯的身份敦他談談自己作家的身份，總覺得下次還有機會。及後，太古集團屬意重建太古坊中兩幢較舊的商廈成覆滿墨鏡的甲級寫字樓，以便以更高昂的租金來出租更規整的空間。我任職的出版社也被迫遷，臨別前，我又約陶然到老地方喝一杯，最後如常口爽地答應如再回來這區，當會找他喝咖啡。

最近，中大的香港文學研究中心邀我當東區文學散步的導賞員。路線是由北角老區出發，一直走到鰂魚涌附近為終點。前部分名為「老倌功架」，後部分名為「敲鑿冥頑」——說是「敲鑿」，乃因鰂魚涌英文名字是「Quarry Bay」，點出這裏本是石礦場，又因梁秉鈞（也斯）的〈中午在鰂魚涌〉裏有「生活是連綿的敲鑿」之句；指涉「冥頑」則因這區為香港殯儀館的所在地，除了二〇一三年梁秉鈞在這裏大殮外，金庸和劉以鬯兩位在東區生活的文壇巨匠也於二〇一八年辭世，都是在這裏出殯。我們一行人在這一帶一邊讀他們寫附近景點的作品，一邊憑弔這些以稿紙上的敲鑿把香港雕塑成立體都市的作家。走到太古坊附近，我領大家去看那落地玻璃框起的石壁山澗，發覺石頭上那E40的標記已褪色得幾乎辨認不出來。以往每天出入的商廈已給夷為平地，我開始感受到華茲華斯重遊丁登寺的茫然，也感覺到陶然為何會以「沉重」來形容看似「輕飄飄」的風塵，大概只有加添了歲月的重壓，才能烘襯出其磨蝕的威力。

最後我們以海景樓這個堡壘一樣的天井為終點，我告訴參加者由於東區往昔有許多報館、出版社、印刷廠，所以有許多爬格子的文人集中住到這類像重慶大廈一樣的「樓陣」中。從下仰望，密集的窗戶就像稿紙的格子，窗戶之間的隔牆就像每個直行之間的雙重「鐵馬」，文人只能像工蜂一樣從早至晚不停爬呀爬、敲呀敲、鑿呀鑿，生活的鞭撻下甚至沒有思考轉軚或僭越的餘地。但這處近年之所以成為年輕人打卡的朝聖地，倒不是因為這裏敲鑿出來的文章，而是荷李活電影《變形金剛》（*Transformers*）的虛擬手槍。有人問還有哪些香港作家住在這裏附近，我答還有陸離和陶然等。心想待會解散後，不如就找陶然喝一杯，兑現承諾，怎料跟工作人員吃飯聊得起勁，便又擱下了，心想來日方長呢。怎料，這一擱便再無法兑現了，下次帶領文學散步時要憑弔的作家又多了一位。以後重回東區，我大概會因「欠一個人咖啡」而倍感風塵磨蝕的威力。

我記得陶然好像不愛香港道地的絲襪奶茶。他在文章中寫過他愛「卡巴仙奴」（cappuccino），但每次跟我喝咖啡，我請他先坐下，然後去給他買咖啡，他總是點最便宜的「普通咖啡」（regular coffee），不要奶，也不加糖。我問他不怕苦嗎？他總是笑着回答：「這樣才喝出咖啡原味。」就讓我以這篇文章作為一杯咖啡，不知陶然會當它是濃縮的「卡巴仙奴」，還是追尋原味的「普通咖啡」。

我要有你的懷抱的形狀——陳國球的香港文學史懷想

我要有你的懷抱的形狀，
我往往溶化於水的線條。
你真像鏡子一樣的愛我呢，
你我都遠了乃有了魚化石。

——卞之琳〈魚化石〉

一、我要有你的懷抱的形狀

上面所引不錯是一首情詩，看起來似乎並不適合用於這訪問稿（希望這舉措不會把受訪者嚇個半死！），只是一邊聽陳國球教授侃侃而談自己「建構」香港文學史的懷想，不知為何，腦海裏不斷盤旋着這首詩的句子，以及他以往在講堂上對這首詩的闡析。

三毛說每個人都有一個話匣子的按鈕，只要一按，說話便會滔滔不絕湧出，她說尋找這個按鈕是非常有趣的交往。荷西的按鈕是童年生活；至於陳國球教授（卞簡稱陳）的呢？我猜是「香港文學史」吧！怎料，甫進去，輕輕一按，心裏不禁輕喊一聲：「Bingo!」實在太易了一點吧（一笑）！

陳說以往我們讀〈風雪中的北平〉、〈我看大明湖〉等課文，所寫的景物離我們的生活那麼遙遠，不會覺得「隔」；但讀小思寫灣仔、馬國明寫荃灣、馬朗寫北角、葉靈鳳寫香港本土的掌故等，竟會感到陌生。陳稍稍收起了笑容，語調略帶唏噓地說：「如果我們讀香港的文學作品都感到這樣『隔』，又怎寄望非本土的學者可以編修出令我們共鳴的香港文學史？」他似乎看通了我們的心思，不待我們追問，便接着闡釋下去：「香港文學史之所以值得修，在於香港的特殊人文空間。香港五十至八十年代的文學氛圍相較於海峽兩岸是比較開放和多元的，香港一方面傳承着中國傳統文化，另一方面又因政治環境的關係，較易於消化和吸收西方文化的養分，令唐君毅、錢穆等新儒學學者得以在『反殖』的奮鬥中，提煉出中國文化的精華，給傳統東方哲學賦予切合時代意義的詮釋，開創新的學術局面。這都是香港獨特的文化面貌，值得記錄下來供下一代探討的史況。」

訪談過程中，最引筆者注意的，不單是談話內容，還有陳說話的調子——在冷靜的敘述中，忽然會湧起激盪的浪頭。這真是文如其人，葉輝曾以怪獸「噓」來形容他：「我讀陳國球，總是讀出『噓』之呼息，……以抒情切入學理，兼顧文學史與文學教育，窮情究理而刻之銘之，恍似目斷飛鴻……」[1] 一言蔽之，就是情理兼備。葉輝指陳的文章所呈現的是「兩極融通的渾然之態」，但我聽陳國球闡釋編修香港文學史的理念，腦中浮現的竟是一個「掙扎的狀態」，就像法國雕塑家羅丹所雕塑的「女馬人」（Centauress）所呈現的狀態。（葉輝舉中國古代的怪獸來代表，我則以西方的異物打譬喻，正好符合陳所說的香港文化狀況！）

羅丹的女馬人，下半的馬身不斷往下沉，上半的人身緊抱着一根無形的巨柱以抵禦沉溺，人與馬的接合處盡是因拉扯而繃緊突現的肌腱，羅丹是想藉此表現靈慾的掙扎。觀看這女馬人，彷彿感受到自己腰間也在隱隱作痛。

訪問期間，陳反問了幾次：「為甚麼我們不能站在自己的土地上，懷抱自己的文化體統？」他強調自己原本是從事古典文學研究，當見到《客途秋恨》這首南音曲出現於李碧華的《胭脂扣》、董啟章的《永盛街興衰史》等香港本土文學作品（許鞍華也曾拍攝電影《客途秋恨》），如果把這些作品結合當時「九七回歸」的文化氛圍來看，曲和小說都衍生出更深刻的外延意義。陳說：「《客途秋恨》雖然是百多年前的作品，看似與我們相隔很遠，也和我們生活無干，卻又回到當代文學作品中，再次啟迪着我們，這種『化合』相當有趣！」

筆者搶風頭地問：「那篇闡析《客途秋恨》的文章是收錄在《情迷家園》一書裏嗎？」陳立即糾正，是《情迷家國》才對。（噢，沾不了風頭！）不錯！就是因為有

1 見《百家》第十二期，二〇一一年二月。

了「家」，我們才會愛自己的「國」；所謂的「情迷」，不是隨着沉溺其中，而是站在較高的層次去理解「情迷」的底因。只有弄出個來龍去脈，才知道「情」之所歸，就像雕像上半身的懷抱，只要你張開懷抱，堅定地去把持才會出現，以你懷抱的形狀出現。

二、我往往溶化於水的線條

「情迷家國」，脫胎自夏志清討論現代文學的著名概念「Obsession with China」，通行的譯法是「感時憂國」，陳認為改為「情迷中國」更準確；而用於書名，則把「中國」改為「家國」，更令人感受到作者生於斯長於斯的那份着緊，這大概就是其思辨清晰的論文中，那抒情歎調的噴薄的泉眼。葉輝用「噓」（又稱「噎鳴」）獸來比擬陳，主要是因其所發的「噓」息，相當於「抒情的歎調」；卻沒有提及此獸「處於西極，以行日月星辰之行次」（袁珂注《大荒西經》），遂給當作「時間之神」的特質。整修香港文學史，同樣可以視作關係「時間」的作業，所以拿「噓」來比擬陳，除了因其「呼息」，還該因其「作業」。

如果把時間想像成水之淌流，那麼「抒情的歎調」便是水之柔情。陳非但擅以抒情的手法書寫論文，他還致力於探討中國文學中的「抒情」傳統。香港和中國大陸只是「一衣帶水」之隔，陳就是試圖把香港文學史這道水，從「家」搭通至「國」，並以當中的柔情，讓香港人明白自己「情迷」的底因。

當然，編修文學史並不能只靠抒情，還要闡述當中傳承的脈絡，交代其中的牽連。客觀敘事及主觀抒情，當中的平衡該如何拿捏？這從陳分析施蟄存小說《上元燈》的論文，可得到一點啟示：

> 作為一個敘事者，「我」對微官的情事的敘述本來是最可靠的（authentic），他為讀者揭示了微官的童稚心理，並由此角度勾勒點染周夫人的思想和心理。然而，「我」卻不僅是敘事者，他還是一個特定時空的身份：一個「飽經甘苦的中年人」。他經常從後設的角度評點微官的心理和反應。所以，「我」既是敘事者，也是詮釋者。作為詮釋者的「我」，又不諱言自己對敘事體中微官的經驗……會有後加的渲染……，於是讀者就有充分的理由而且必須有這樣的警覺性去推斷：由「我」構築起來的「過去」時空不見得一定很真確。然而，這些情事的「真」「假」並不重要……重要的是在這個追思往昔的過程中與起的無限的「惆悵」。[2]

2 陳國球：《情迷家國》，上海：上海書店出版社，二〇〇七，頁一〇。

如果把這段文字代入成陳編修香港文學史時的懷想，大概可以得出這樣的說法：編修香港文學史的若是香港人，就是以「我們」的身份參與其中，那麼我們自然有自己「情迷」之處。「我們」既是「敘事者」，也同時受自己所在時空的身份限制，而同時兼任「詮釋者」，少不免會給建構出來的「過去」加上後設的渲染，所以「我們」所追求的不該（大概也不可能）是「真實」，而是「真誠」。

換句話說，要有「溶於水」的投入，卻又要有清楚記得自己是「溶於水」的理性，繼而去追蹤「水的線條」，這真是折煞人的抱負！怪不得陳說要「搞好幾十年了，應該可以搞到我退休了」！（真的還有那麼長時間才屆退休之齡？一笑！）

三、你真像鏡子一樣的愛我呢

「鏡子可以怎樣表達自己的愛？」這是陳教授在課堂闡析這詩句時的提問。學生拋出了類似的說法：「坦白展示臨照人的真象。」陳於是以慢調續問：「即是如實展現她臉上的『暗瘡』、『黑頭』都是愛的表現？」（小滴汗！）學生再提出：「完全依照對方的心意行動，對方舉手就舉手，搖頭就跟着搖頭！」陳教授微翹唇角道：「當扯線木偶就是愛嗎？」（大滴汗！）學生啞然，印象中陳沒有揭盅便下課了。現在我每次讀卞之琳這首詩都會問自己這道問題，我最後給自己的答案是「讓對方看見

『我』」。有帶小孩經驗的讀者，應會留意到小孩原初並沒有「我」的概念，如果指着鏡子問「這是誰呀？」，他們會答「BB」、「妹妹」、「細佬」等乳名，直至有一天他們會突然說出「我」，這便是成長的一大躍進。有了「我」的概念，一個人才可以感應自己的所思所感，才能發展出自己的志趣。

陳指出編修香港文學史，可說是一個把「作品經典化」的過程。他強調「每個時代可以有不同的經典，我們讀書的時代，朱自清的〈背影〉是經典，下一個年代可能換成別的作品，最重要的是作品能否確實反映那時代的精神面貌，以及我們能否弄清作品之所以被視為經典的標準。」詩人里爾克在擔當羅丹的助手後，寫出了《羅丹論》（*On Rodin*），書中他指出羅丹很努力「追求光與物完美契合的一個『面』」。只要雕塑師認為最美好的一「面」，如果碰巧也是普遍觀眾所認定的那一「面」，那麼「經典」便產生了。以女馬人雕塑為例，每一本論及此作的畫冊，大多數會以同樣的角度去拍攝，足證那一「面」是最能表現原作者精神面貌，也是最能引發觀賞者感動和共鳴的一面。文學作品經典化大概也是這樣的一個流程，一個讓讀者通過共鳴而更了解自「我」的經驗。

每個作品的「共鳴面」就像是那時代的一面鏡子。誠然，這些「面」會因周遭的光線而變化，甚至轉移，因此陳強調每個時代都有自己的「經典」。他拿馬朗的《焚琴的浪子》中的〈北角之夜〉為例，指出馬朗當時藉着此詩引入了「現代主義」風格，並非要很有組織地去表達一種「情感」，而是通過描述去「呈現」一個畫面，甚至一個氛圍，讓讀者自己去感受，這樣作品已發揮了它的時代意義。須知一面鏡子，不單是反映「我」的影像，更重要的是它也呈現背景，讓「我」知道自己的「存在」，甚至是自己「存在」的那個時代如何影響「我」對自我的看法。

四、你我都遠了乃有了魚化石

如果有一天，觀賞者因為光影（時代標準）的變化而認為羅丹的「女馬人」的另一「面」更美、更觸動心靈，那不打緊，那就賦予作品新意義好了。陳說：「現階段重要的是把作品流傳下來。」不錯，只有這樣，作品才可供不同時代的人去觀賞，去尋找最觸動自己的「共鳴面」。現在陳已經找到出版社合作編纂《香港文學大系》，計劃先把香港本土作家散佚各處或已絕版的作品合成一帙，讓有心人可以一窺不同作家創作的心路歷程。他說大陸有自己的文學大系，新加坡、台灣也有，所以香港也必須有這樣的「磚塊」去建構自己的文學史。

有了《香港文學大系》，那麼即使「你我都遠了」，香港文學史的編修也可以繼續下去，可見陳教授所懷想的香港文學史，將不僅是一套材料或一部史著，而是一個可持續下去的「作業系統」，是跨越多代人的「文學工程」。《香港文學大系》就是「魚化石」，它清楚地銘刻在香港人的「懷抱的形狀」，而懷中的條紋是甚麼？就是香港人內心真誠的行跡。走筆至此，剛好聽到捷克的機場正式易名為「哈維爾國際機場」，以紀念這位因民主運動而當上總統的劇作家，而「對歷史真誠」正是他常掛嘴邊的家國懷想。

這扇窗，開向無言的星空

——張美君《寫在窗框的詭話》[1]編後

一艘滿佈冒險傷痕的大帆船給冰封在極地颼颼的苦寒中，面對這樣的處境，焦躁已算得上最冷靜的表現了。每次當冰面擠壓船身，發出卡勒卡勒的聲響時，水手眼裏的血絲也會隨着神經而給吊得高高的，如果木板最終在嚴寒中失去了彈性，碰啪斷裂，它們大概便會翹出眼角給撲面的風雪裏添一點昂然的血氣，嘗試在荒涼的靜穆中像繩圈一樣索回一些實在的神諭。正當大家屏息默禱木板不要爆裂之際，不遠處傳來拖沓的跫音及後方隱約的嚎叫，沒有人可以肯定是否真的有生物迫近，還是極地雪妖嘲笑式的乾咳。船長向遠方伸頸張望，搜索聲音的來源，最後他見到一位襤褸的紳士在冰面上彳亍走近。雪犬掙脱頸索，朝紳士站着的後方猛撲過去，從雪犬躍起咬項頸的習性看來，寒霧中的「獵物」至少有八尺的高度。正當水手想拉回雪犬之際，紳士吆喝：「快逃！牠們死定了！」船長好不容易咽下一口猶未結冰的唾液，把喉頭的惶然壓下來，才沉沉地對身邊的水手道出一聲命令：「回到船上！」

這就是一九九四年的電影《科學怪人之再生情狂》（*Mary Shelley's Frankenstein*）開場的一幕。那年美君老師還未能開設書中提及的編號2065的電影課程，但已不時在課堂滲透電影和原著對讀的討論。猶記得那時口袋裏沒啥錢，但美君老師建議的電影和書，都會設法省下錢弄來細看。討論《再生情狂》時，還猜她提問的會是「對生死之執迷」或「對神之挑釁」等主流課題，當我正嚴陣以待之際，她問的竟然是兩段置於故事頭尾的極地描述，就像框架（framed story）一樣，實際發揮了甚麼作用？當時答了甚麼，大概是給掃興的感覺掩蓋掉，不復記起。現在讀畢這部書稿後，才驀然發現當天的「外框關注」，今天化身成了「窗框意象」，不時在書中閃現，使我不得不追思曩昔，思忖一下「外框關注」究竟在美君老師生命中意味着甚麼？不想尚可，一想便感到一種雷殛貫體的「通感」（很「科學怪人」格調吧！），多年前課堂上的點滴不斷浮現，而當年的一些疑竇一下子叮一聲明白過來。除了外框，書裏牽涉到的議題不也和《科學怪人》多有吻合？所以說寫這篇編後記，實在是次享受。

首先，既然強調那是「窗框」，那就意味框起的是外面隨時變化的風景，尤其在現今這個講求速度的年代，凝定便意味落伍，甚至會遭人唾棄，而引致這種高速遺忘的底因，已經不是「資訊泛濫」這句套語所能闡釋過去的了，或許，我們應該以「資訊海嘯」來形容。試想像一個畫面：波光粼粼的海面，因突如其來的震盪，

---

1 《寫在窗框的詭話》，香港：匯智出版有限公司，二〇一三。

而振起了一堵「浪之坦克陣」，把辛苦建立起來的秩序頃刻夷為平地。就拿書中述及的「反國教風波」為例，活動策動人憶述當日簡單地以「唔好搞我哋啲仔女！」為口號，便很成功地凝聚了羣眾，賺得巨大的聲援力量；反過來想，如果有人懂得瞄準「震央」之痛處，但抱持的不是像那羣香港父母和學生那樣良善純淨的動機，引發的破壞力可能相當巨大。我們現在面對的「風景」，已經不是安迪·華荷（Andy Warhol）那種有系統地複製、拼湊五十個不同的瑪麗蓮夢露頭像（因近期在港展覽過，所以有此想像）的解構主義畫面；安迪旨在通過「泛濫」夢露的頭像去表現一個本來有血有肉的主體，如何給掏空而淪為平面化的商品形象。印象中，討論「外框故事」時，美君老師有提及「尋找焦點」，這看似平無奇的觀點，如放在給「資訊海嘯」蹂躪過後，變得滿目瘡夷的景象，便變得不平凡。那意味觀者處於相對安穩的位置，令她一方面因得着不同觀照視角而雀躍，另一方面又會因滿目瘡痍而掉進「獨善其身」的愧疚中，誠如她在自序中寫道：「意想不到，這一段日子，自以為安穩地住在框內，着實多番游離框邊。難怪日子那麼難過，原來我一直在看框，而沒有安穩的住在框內。細想我應該怎樣説故事，用怎樣的語調，哪樣的角度，卻又深深知道看框的人逃避不了沉溺住在框內的誘惑。看着、看着，自己又在框內演了。聽見自己的聲音在獨白，何等自我，不禁打了一個寒噤，卻聽到隱約的對話。」從作者嘗試介入框內的風景可知，她從觀察所得的，並非同樣給「掏空了」的平面信息，相反是躊躇於進出框內的體驗，令她主動去抓緊，並且異常珍惜可以立體地呈現心象的機會。當你在這本書中，不知讀到作者打了多少次寒噤，淌了多少趟淚，你便會知道作者所架設的窗框，絕不是「國家地理雜誌」那種置身事外，用來聚焦的黃色框框，而是度量自我底線的尺規，甚至是儲存感言的話圈。

這種徘徊框內框外的矛盾，還讓我想起所謂的「蒙羅麗莎的眼球追蹤」現象，這本來是兒童心理學的術語，意指小孩子會不自覺地追蹤父母的目光，然後表現出父母所喜愛的姿態——《蒙羅麗莎》這幅畫像，最為人激賞之處在於，無論觀賞者站在哪處，肖像都彷彿對着觀賞者微笑。和安迪的夢露畫像不同，蒙羅麗莎是畫框內的單一焦點，而「微笑的唇」更可説是焦點中的焦點。那麼，即使一些突發事件毫無疑問成為自己生活的焦點時，自己的注視會否反而催化了對象被關注的虛榮？抑是偽善地作出種種詐裝行為，討人歡喜；抑是變本加厲，刻意撒野，因着別人奈他不何而沾沾自喜。在這本集子裏，前者的心態可見於關於特首選舉的闡述，而後者的根性可見於李旺陽「被自殺」的冤案，即使全世界都指責那是喪心病狂的行為，劊子手的眼球還是追逐着旁觀者的身影而沾沾自喜，展露勝利的微笑，這是何等令人揪心的景況：「如果這個荒誕的國度是一座樓房，您便是那房子的窗……您那失明的眼睛是中國人靈魂的窗戶，我們透過您看到恐懼無法殲滅的勇氣和正義。在拒絕遺忘之際，我們深信您雖然被困窗內，但已看見窗外的旺陽。」窗，該是用以迎入融融的和風，而不是用來追蹤公眾的眼球移動。須知，最厲害的眼球移動，出現於人做夢之際，那是無論如何也捕捉不到的頻繁滾動。作者以「詭話」來形容書中所記，我讀時不禁想，究竟「詭」在何處？與其說「詭」在窗外的風景，倒不如說是在於對窗的痴心妄想：她一方面冀盼窗是「欲窮千里目」的中介，不斷展示「火燒雲」一樣絢麗地變幻的風景；另一方面又設想那是園林內借景的佈置，可以把一片凝定的風光借入心中，裝點甚至聖化記憶。這兩個取向大概就是作者在〈三個人在途上〉中所說的 tourist 跟 traveler 的分別。書中似乎較多傾向借景功能的，例如〈烏有之鄉〉，借康有為的《大同書》及陳耀成的電影來粉刷心中的信念。就是這種傾向，令美君老師的文章，總是散發着正念，她看到的是事物蘊含的本心，所以她完全原諒「大同」電影中因資金不足而造成的種種瑕疵和紕漏，沒有像一些影評那樣大加針砭。讀她的文章，你彷彿讀到一顆和善的心，正因呼吸到得來不易的清新自由的空氣而熾熱起來。

嘮嘮叨叨地談了許多關於「外框」的隨想，現在讓我們回到電影內框的主要情節。電影是根據英文小說 *Frankenstein; or, The Modern Prometheus* 改編而成，如果把書名直譯成中文，該是《法蘭根斯坦——現代的普羅米修斯》，法蘭根斯坦是小說中創造科學怪人的年輕科學天才，中文譯本則通譯為《科學怪人》，把縷述的焦點從犯禁的創造者轉到駭人又悲情的受造物。這大概是由於「科學怪人」更容易望文生義。如果把這種文化的「變焦」挪用來看這本文集，有趣的隨想便可以衍生下去。作者成長和受教育於港英殖民時期，她得以在相對安穩的時勢下汲取知識，滋生對各種各樣事物的好奇和探究精神，所以書中有對不同知識領域，文學、電影，甚至文化現象的理性討論，作者所呈現的正是與少年輕狂的法蘭根斯坦一樣的生命姿態：勇於創新，挑戰難度、自信可以解開生命奧秘，因着學海中的載浮載沉而興奮不已。當作者學成，投身社會以後，香港便回歸祖國，成為特別行政區，這時候「變焦」便發生了。作者所關注的生活重心，就像小說變成中譯本一樣，從才俊自信的探究，轉移到科學怪人惶惑的適應。作者像科學怪人那樣必須學會自立，學習賺取信任，學習面對美夢幻滅，當然作者沒有心生復仇的念頭，但面對比科學怪人更怪異、更勉強湊合出來的政治體制，我相信不少香港人真的體味到科學怪人那種信念失落的悲慟，對那無私奉獻的美好宏願，又怎會不發酵成「英雄的無力感」：「這種厭棄狀態使我想起了著名科幻電影《2020》（*Blade Runner*）所展現的未來世界和回歸後此時此地的香港特區。雖然《2020》以二〇一九年洛杉磯為背景，與其說《2020》是未來社會的想像和預言，不如宣稱此乃一頁『後現代啟示錄』。今天的香港與二〇一九年的 L.A. 同樣膠着在一種極度不安的厭棄狀態中，似乎蓄勢待發，鼓動着清廢物的動力。回歸後的香港更多了一種政治心理狀況，整個城市在『官』『商』主導意識誘導下，努力建立香港特區的『獨立自我』形象。……我們的城市膠着在一種厭棄和嘔吐的狀態中。就像《2020》中的洛杉磯一樣，科技發展神速，資訊發達，物慾橫流。城市的每一個角落瀰漫着廢物的腥臭和被遺棄的哀傷。」（〈後現代的廢物〉）

反正這篇讀後感，也像科學怪人一樣是以殘肢拼湊而成，那麼不妨再盪開一筆，把另一塊雞肋也湊合上去。在小說中科學怪人明明是當時頂尖科技的結晶，弔詭的是他卻是由始至終最缺乏科學理性的、最擺盪於人性愛恨之間的角色。同樣，在書中作者為自己塑造的也是一個缺乏「科技智能」的形象，她常常說自己是「電腦盲」，連手提電話也堅持用最古舊的款式，延續自己的「戀舊情結」。掉失了手機，最惋惜的不是要花錢買新的，而是當中幾個珍貴的信息；到了要買新的手提電話，又徘徊於 iPhone 還是 Android 系統之間多時。科技生活，正如她自己說，是座迷宮。她要尋找的，就是困在中心的、最純淨的人性，只是久違了，才給誤認為怪物。我想起張系國的一個小說（名字倒是忘記了），描寫一位小主人觀察到自己的寵物有幾天顯得分外鬱結……情節發展到最後，才知道赤身露體戴着頸環、蟄伏在地上的寵物，原來是「隻」雌性人類，而主人原來是機械人……

就讓我以九葉派詩人之一的陳敬容的兩首詩：早期的〈窗〉和晚期的〈現代的普羅米修斯〉（多麼貼合本文的內容！）來作總結。〈窗〉是陳的名篇，可說是一首明志之作，開篇是「你的窗／開向太陽／開向四月的藍天」，而結尾則是：

遠去了，你帶着
照澈我陰影的
你的明燈；
我獨自迷失於

無盡的黃昏。
我有不安的睡夢
與嚴寒的隆冬；
而我的窗
開向黑夜，
開向無言的星空。

火的意象，在陳的詩中是相當普遍的，正如袁可嘉所言，它會化身為燈火、燭火、野火、星火等等；基本上為「火」找歸宿，或燃燒的意義，是詩人其中一個相當貫徹的創作母題。一扇開向太陽的窗，窗內的火光縱有多亮，又有甚麼意義？詩人最後不追隨把窗開向太陽，而是兀自開向「黑夜」，這樣火的存在才有意義，才有「用武之地」。要把窗開向黑夜，談的並非浪漫的懷想，而是勇言，温婉的勇言，正如我們在這本文集讀到的。

詩人既然「拜火」，神話裏盜火救贖人類的普羅米修斯，可能就是詩人勇氣的原型：

終於你真的被鎖上懸岩，

你光明的火種，被用去製造火災。
頭頂是星星燦爛，腳下是波濤洶湧，
寂靜中你等待那一種旋風：

旋動山河大地，旋起鳥獸蟲魚，
把短暫的悲歡也旋進空虛；
你飽看過一切的紛紜，
收獲到夢覺後嚴肅的清醒。

但一切仍然顛倒，如同夢裏，
這樣的離奇古怪，從何說起！
羣星悄然
灑淚，落一場隕石雨，
你的心碎成片片，飄入大海裏。

海水托起你思想的光華
像雲霞，朵朵雪白的浪花；
自由的象徵是翻飛的海鳥，

任它怒吼吧，不息的風暴！
風暴中你最後解放了自己
衝天騰飛，與眾多的海鳥一起。

——〈現代的普羅米修斯〉

眼見自己辛苦盜來的火種，竟然不是為人間帶來福澤而是「災難」，自己所受的錐心之痛，可能較之給巨鷹啄食肝臟更甚，遂有「夢覺後嚴肅的清醒」；清醒了以後，所看到依然是顛倒的「離奇古怪」，於是只好接受那是事實，可能這較之把窗開向黑夜，需要更大的勇氣。這本書中觸及的「怪誕」現象，無論是六四、特首選舉，還是李旺陽……作者接受得了嗎？讀者又消化得來嗎？接受，原來也要來一番「靈性」和「獸性」的交煎。這正是《科學怪人》「怪」之所在。要在兩極間開一扇窗，窗有多亮，就端看能否拿白日的威儀來抑壓對黑夜的恐懼，是否可以像詩中的普羅米修斯一樣，藉着接受「怪誕」來「解放自己的心靈」。「怪誕」可以譯作「grottesco」，原意是「以滑稽帶來的歡樂，抵禦現實社會中種種險惡、紛擾所造成的心理威脅」。當「窗」真正成為「天空的進出口」（錢鍾書語），即使四周人心全給掏空，至少可讓自己保留在廢墟中發掘、昇華，並用「靈性之火」宣揚美好的立願。

法蘭根斯坦，這位現代普羅米修斯未能如願擊殺科學怪人，糾正自己盜取的「火種」所帶來的災難，便因力竭而死在船上，科學怪人潛入對着屍首哀嚎自己的存在。華頓船長在甲板上看着浮冰上科學怪人摟着屍首同付一炬，濃煙散入極地的寒風中，繚繞幾圈後，彷彿都鑽進了每個水手的眼眶內，成為聚焦過甚的血絲。華頓船長本來想開拓通往北極的新航道，理出極地磁場的規律，但眼見這樣因冒險犯禁而造成的人間悲劇，他終於鼓起勇氣下了一道命令，我想這便是你當天課堂上問及外框作用的答案，也就是無論 tourist 和 traveler 的勇氣之源。今天我在那課後十多年，藉這篇讀後感作答，以華頓船長在呼呼北風中依然鏗鏘的聲音道：「回家吧！」家，就是出發的起點，原來窗不單是讓屋裏人外望遠眺，還是給那些依仗着較多的獸性在外闖的旅人框起一點靈性的光亮，當他們以疲累的目光凝視，框內便流出一道涓涓的憶念來，上面浮滿了亮話，就是響亮、明亮、漂亮的家常話……

後記

張美君老師於二〇一五年二月因病辭世，真是天妒英才。我的大學生涯有三分二時間得蒙她的教澤，給我帶來文學創作路上的第二次啟蒙。記得《寫在窗框的詭話》出版後，一天清晨，我在上班車程的惺忪中接到美君老師的來電，謝謝我替她編妥了文集，我還未趕得及反應，她接着便說剛得悉自己身患重病，我更不知所措，只記得自己吓吓吓的應了好幾聲。她只好叫我放心……不久便收到她病逝的消息。在港大的追思會上，聽着她的生平故事，幾度泛淚，心中慶幸當天自己用心給她編纂遺作。董啟章在悼文中提及這本文集時云：「美君之前一年才出版了她的第一本散文集《寫在窗框的詭話》，在學術論文之外初探文學創作的世界。在她的身上，結合了資深學者的老練和明察，以及文學新人的青澀和好奇。用美君喜歡的詞來說，這可真是最『詭異』的結合，讓我們永遠也不會忘記。」（《立場新聞》，二〇一五年二月十一日）美君老師的這本「詭話」，確是一扇開向無言星空的窗，讓我們將她劃過的光軌借入心中點化信念。

漫遊，在伽利略的仰望中
——專訪「回流」再「駐外」的作家麥華嵩

獲邀為同窗麥華嵩撰寫專訪後，我便想起德國作家魯多夫．洛克爾（Rudolf Rocker）的《六人》（*Die Sechs*），書中以浮士德、唐吉訶德、哈姆雷特等六位世界文學經典的主人翁為生命的原型，敘寫六條人生路上的跌宕起伏和主人翁作出抉擇時的內心掙扎，從而折射出人性不同稜面上的光輝，怪不得能夠吸引五四大將巴金來翻譯。跟華嵩詳談了一個下午，內心不斷盤算，如果要我用一個人物來概括華嵩的故事，我會找誰呢？閉眼昂首迎向晌午那匹教人慵倦的光幔，伽利略的形象便悠悠在心底的轉盤升起。

伽利略在十八歲那年，在教堂中見到大風吹動吊燈擺動。這平凡不過的現象卻引起他即時以自己的脈膊作為量度的基準，發覺即使擺幅減少，但時間週期卻沒有改變，這「等時性」的概念在當時沒有精確計時器的年代，可說是相當重要的發現，但鐘擺時計還是要在伽利略身後十多年才出現，它令人對時間的取態從「量度」進化到「管理」的模式。

最近讀麥華嵩的新作《極端之間的徘徊》[1]，大概因為書名引發的視覺聯想，令我想起伽利略的鐘擺原理；當想到華嵩的志業從理科的一極擺到文藝的一極，再回到商管的中間位置，腦中便會浮現華嵩像伽利略一樣仰望擺動的吊燈出神的畫面，而最重要的象徵意義不在於那鐘擺運動，而在於他以自己的心跳來量度那擺盪。華嵩從聖保羅畢業後，便因他於高級程度會考（A-Level）的狀元成績取得獎學金而得以負笈劍橋大學攻讀物理學，完成學士學位以後，本來該順理成章繼續完成博士學位，怎料他卻感應到自己的志趣像伽利略的吊燈那樣，在心底的空穴來風中從一極擺到另一極，他對文藝創作的興趣突然濃烈起來，意欲回港發展。

那時，我跟他已各奔前程，失去聯繫，華嵩在偶然機會下看到我有份編纂的文學雜誌，便寄信到雜誌標示的地址要求聯繫。（看！多美的重遇，那真是沒有面書的美好年代。）就是這樣，我們再次見面，談了在香港從事文字工作的前景和窘境，印象中那時華嵩還未有很明確的路向，但不久便聽見他說當上了報章記者，不久又聽他說在王璞老師穿針引線下，得到在報紙撰寫專欄的機遇。他問我應否接下任務，我記得自己這樣回答：「寫專欄必須有很強的自我約束力，倘業餘為之，還要加上超強的寫作流暢力方可，否則在累極的情況下，根本一粒字兒也流不出來，我便自知辦不到。」幸虧，我強調那是我的自知之明，因為華嵩真的把專欄接下來，而

---

1 《極端之間的徘徊——談藝小輯》，香港：石磬文化事業有限公司，二〇一五。

且聽王璞老師說，他幹得蠻有口碑。專欄文章後來結集成《觀海存照》，而他的第一本散文集命名為《聽濤見浪》。猶幸聽濤後都能見到浪，而不是「只聞樓梯響，不見下樓人」——每次聽到華嵩說想幹的事，他最後總會做得到。

除了寫專欄，記得他還跟我說過要多寫藝評，不久便在不同的報刊上見到他的稿子。雖然是工作的需要，但他在倥傯中竟然仍能專注地去看表演，如換作是我，大概進場一下子便呼呼大睡了，他竟然還能記住不同的瑕瑜，華嵩說年輕時試過於香港電影節期間一天看上五場。我聽後心中嘟噥：「他定是患上了知識暴食症」，總覺得看漏了某齣經典，便會錯過重要的開竅和受點化的機會，如此藉着囫圇吞棗地吸收知識來填補心靈的空虛。多年後發現華嵩生吞資訊後，很快便可將之消化掉，變成知識。華嵩說有時看完演出後，要即場向主辦單位洽借一個可用電腦的房間，以便在半句鐘或一小時內將藝評稿子寫就並傳回報社，俾便印行。不知道如此強大的消化力和流暢力，是寫作專欄練就，使之可以應付高速寫作的需求；還是相反，工作上的高速要求，令他可以勝任在空餘仍能撰寫專欄的任務。無論是何者，他的異稟令他在「聽濤」、「見浪」以後，得以組合出整片海洋的面目，並立下許多存照。記得維根斯坦在轉攻哲學前曾問羅素自己是否適合，羅素沒有正面回答，只說：「我只能說飛機動力學不適合你。」我當然不敢以羅素自居，正是自知沒有羅素的睿智，所以華嵩兩次問我意見，我都沒有正面回應，只能在這裏補回一個馬後炮的回應：「我認為他現在從事文藝創作，較科學研究更能發揮他的天賦。」

我之所以拿伽利略來類比華嵩，還在於伽利略喜好發現真相，並用各個真相組合出真理，但他不會在一個點上使勁探掘下去，所以發現鐘擺定律後，他沒有研發出時計來；他在比薩斜塔上進行著名的金屬球和木球下墜的實驗，以證明阿里士多德的物體重量跟下墜速度成正比的說法不確，但他卻沒有進一步研究下去，地心吸力的概念還是要留待後人來發掘。當然在一個堅持地動說會遭教會以妖言惑眾之罪嚴懲的時代，那實在是無可厚非的。請不要誤會我是試圖貶抑伽利略或抬舉華嵩，我只是在類比兩人的生命取態，覺得他們都會對不同事物產生濃厚興趣，驅使他們開發焦點作橫向拓闊而非縱向探掘。所以華嵩說：「流體力學的研究，全世界完全看得明白的人，大概不出一百人。我於是問自己是否甘心只在這狹窄的範圍內繼續死鑽下去。」

不同的是，伽利略主要是對自然現象感興趣（可能這是睥睨黑暗時代裏一般人的愚騃），但華嵩卻是對人的活動感興趣，所以他才會從科學研究轉到文藝創作。每次轉移，華嵩當然不用像伽利略那樣擺脫身邊的教會探子的監視，但也不乏幸災樂禍的同輩的揶揄。在寫這篇專訪稿期間，曾在網上搜尋了一下華嵩的資料，看到一些舊日同窗的酸葡萄言論，可幸華嵩具備伽利略那種擺脫世代束縛、自得其樂的自恃和勇毅。當然母校也不只滋生嫉妒，問他在文藝創作上曾受益於何人，華嵩說首先必須感謝張自立老師的提拔，雖然張老師是教授數學，但由於華嵩當時的數理能力已超逾同輩，所以張老師容許他自訂學習進程，可以在課堂上自修大學的教材。

不知是否這樣，華嵩一早已擺脱同代人的牽絆，學會在孤單中聆聽自己的心聲。另外，真正開了他文藝創作的竅，是盧廣鋒老師，那時盧老師給他介紹了唐君毅的新儒學，又介紹他看勞思光等當代哲學家的著作，於是在長假期裏，他會按老師的指導為自己制定書單，將那些王道經典——如杜斯托也夫斯基、卡夫卡、福克納等大小説家的大部頭作品——逐頁逐頁啃將下去，令他學會比對不同作家的書寫套路，為日後的文藝創作奠下厚實的基礎。華嵩引述某作家的話：「如果世界可以自我書寫，它大概會像托爾斯泰那樣書寫自己。」我聽後心諳：一般而言，能啃讀這麼多王道經典，並分析其思考套路已是天才，華嵩卻是讀王道經典卻不愛走王道，他是愛另闢蹊徑的鬼才。

文藝創作以外，他現在又轉移到商管的範疇，都是人的活動的研究。他在香港科技大學唸完工商管理範疇的博士學位，然後獲母校劍橋大學聘為教職員，幾年下來，今次訪問他給我名片，原來已貴為該系碩士課程的負責人。我問他研究範圍，他又説了一大堆東西，我大部分沒聽進耳內，於是反問一句，是否就是「博弈論」，他説類似，也就是電影《有你終生美麗》（*A Beautiful Mind*）中主角約翰·納殊（John Nash）開創的經濟學科。看來華嵩又完成了一次華麗轉身。雖然華嵩現在已移居英國，但還是堅持以母語創作，每兩年便會給我們簽贈他的新書，我常説他創作的速度較我這個在香港單一語境生活的寫作人要快上十倍，又常笑話他只是「駐外」而非「移民」，這除了是對華嵩心繫香港的觸動，更是為自己寫作的「慢板」

找個較好的下台階。可能正因為這樣，每次跟華嵩飯局回家，即使身體已累透了，心裏還是不斷湧出創作的衝動。

關於華嵩走過的路，其實可用他的著作《極端之間的徘徊》來概括，但我認為他不是徘徊，而是在兩極間漫遊。班雅明（Walter Benjamin）在《波特萊爾：發達資本主義時代的抒情詩人》（*Charles Baudelaire: A Lyric Poet in the Era of High Capitalism*）中指現代人應該像都市漫遊人，在擁擠的街頭，依然擁有「回身的餘地」。所以華嵩給我們示範的是漫遊，而不是踟躕不安的徘徊，而他之所以能擁有「回身的餘地」，在於他懂得像伽利略那樣以仰望的眼光去看鐘擺，然後以自己謙卑的心跳來捕捉它的規律。

香港老師的三把火——香港教育生態內望

由於工作的關係，我得經常出入不同的中、小學，接觸不同類型的老師，有的從臉上散發的氣質已經可以感受到其教學熱忱；有的未開口，你已嗅到討價還價咄咄逼人的火藥味；有的坐在課室中，比誰都要像學生，與世無爭；有的眉粗得像鍾馗，兩顆眼珠像不落之日般透着威嚴，彷佛要剖開你的心腹看孰黑孰白；有的眼睛像笑彎了的蛾眉月，但臉的下半部卻矛盾地掛着一張結了冰的撲克臉，令人無所適從……洋洋大觀，歎為觀止。我記得一位教育界前輩把老師的心態分為三類：搧風點火、隔岸觀火和赴湯蹈火。我聽過後覺得精警，所以便記住了。以往我還可以從他們的表情態度辨別老師當下的心態，但在近二十年教育政策的「作孽」下，我發覺這個辨別越來越困難，每位老師的眼皮和下巴好像都有魚絲釣着鯨魚，他們的面容在我的記憶中漸漸模糊。我曾在「沙士」期間到學校探訪，老師都戴着口罩，只露出睏極的眼睛。老師變成了平面的角色，失去了獨立的個性，就像一個原來飽滿的柿子給壓成了柿餅，而口罩則是柿子萎謝了的花萼，淒楚地向人訴説往日的風光。以往工作完畢後，晚上回想起來，我腦中還會浮現半數老師的樣貌，甚至姓名和眼神，現在我甚至連學校的名字也記不起來。撇除是我記憶力快速衰退的可能，我不禁問是誰把香港的老師壓迫成一片柿餅一樣的平面角色？

答案當然是日漸沉重的工作負擔，而工作負擔很大程度是來自現在迷失的教育政策，特別是近年的語文教學政策及相關的課程改革，令語文老師變成吃苦最多也是最深的一羣。近年的教育改革或新增的監察機制就像在背後追擊老師的厲鬼，陰魂不息，彷彿還有甚麼心願未了、甚麼大仇未報似的。現在你聽一眾教育高官站出來為教育政策解畫時，總是擺出一副「老師誤會了」的冤屈寒傖相，嘴裏說這是為了令我們的下一代更具競爭力，只要老師可以熬過改革的陣痛，香港的教育建制便會變得更為完善云云，但暗地裏卻拿納稅人給公務員的津貼把自己中五會考「滿江紅」、不成氣候不像話的子女送到外國留學。記得小時候聽過嗜好鬼故事的同學說，每個人都有三把護體之火，分別位於雙肩及額際，氣色越好，火便越旺，反之便有可能見鬼了。鬼很狡猾，每每會在時運低的人背後陰聲地招呼，如果轉頭看，其中一肩的護體之火便會熄滅；然後鬼再從另一邊呼喚，令人不自覺轉頭向另一邊，那麼另一肩的火也會熄滅，這樣鬼便可毫無顧忌地依附人身了。朋友還言之鑿鑿地說，如果夜裏聽見背後有喊聲，不要轉頭而是轉身，用三把護體之火驅趕便可保平安。接觸的老師越多，便越難辨認他們的心態是三種裏的哪一種，可能每一位老師都具備上述三種火性，只要能視乎情況選用，自然可驅除惡鬼，確保身心平安。

一、搧風點火

先說「搧風點火」這把火的性質和適用情況。這是三火中最具貶義的一種，總給人惹是生非、唯恐天下不亂之感，老師如果選用這種火，隨時會招來好勇鬥狠、破壞社會和諧等等的指責。但這把火卻是攻擊力最高、主動性最強的。如果用得合宜，當可遏止厲鬼突襲，奪取主導權。現在教育當局一聽到老師的怨言，便會辯說任何一種改革都會帶來陣痛，把老師塑造成為了保障自身利益而阻礙改革的花崗岩腦袋，老師這時最好擺出「搧風點火」的姿態，表示自己並不是固步自封，而是追上時代步伐，不但會支持有利於學生的教學改革，甚至會主動促成。我這樣建議並不是袒護老師，而是確實遇過許多頑固自私、完全不為學生着想的老師。例如我中五時便遇過一位老師，他為了令自己任教的科目在公開試能保持高合格率，於是威迫成績欠佳的同學不准報考。試想一個理科生，如果物理、生物和化學缺少了其中一科，又如何報讀當時的預科？這樣不是白白斷送了學生的大好前途嗎？說不定那位同學經來年努力後可以取得及格的成績。況且報考甚麼科目是基本的人權，老師無權干涉阻撓。這種對無助的學生胡亂「搧風點火」的老師實在枉為人師，所以即使這位老師因為學生成績彪炳而榮升副校長，我在走廊上和他迎面碰着，也再沒有向他鞠躬，甚至點頭招呼。

「搧風點火」除了用以鼓吹改革外，老師還可以用以「燃點」諫言。現在的教改之所以陷入亂局，主因是我們的教育官員和老師之間互不信任。《綠野仙蹤》裏的稻草人的願望是擁有一個腦袋，事實上它卻是一行人中最有頭腦的，當遇上困境，想出點子助眾人脫險的就是稻草人。而鐵甲人的願望則是得到一個心，但它卻是一行人中情感最豐富、最富同情心的，經常因為流淚而令自己的關節生鏽，動彈不得。在老師眼中，教育官員大多只會打官腔、擺官威。不錯，這或許是常見的情況，我記得曾出席一個新課程綱領的發佈會，席間有老師不斷追問課程背後的理念或推行方式，而台上的官員只懂不斷繞圈子，沒有一句實話，完全是一副不可一世的嘴臉，彷彿在說我明明在「耍」你，那又怎樣！我認為老師在發佈會上鼓起勇氣公開發問，是十分恰當地運用「搧風點火」之術的例子。老師每一道提問其實都是一個讓官員表示自己不是冷漠鐵甲人的機會，可是我們的教育官員總是害怕自己烏紗不保，總是急不及待為自己的言行罩上厚厚的裝甲。那一次發佈會結束後，教育官員呼籲與會老師交回問卷，我正準備把問卷放入收集箱時，瞥見前面的一張問卷甚麼也沒有填，只寫着「狗官」兩個大字。我看到後不勝唏噓，這種「搧風點火」的行徑，誠然不太合乎禮儀，但我相信老師把義憤宣洩出來總比憋在心中好得多。我不知道有關當局看見這兩個大字會有甚麼感想，多穿一重甲冑，還是脫去甲冑和老師真誠溝通，都是一個選擇。我當然認為該取後者，但事實告訴我，他們選擇前者，因為最近的發佈會，官員規定老師如果要發言，必須先說出自己的姓名、任教學校，還會錄影，官員美其名是方便跟進，實質是以「小心秋後算帳」的威嚇窒礙老師「搧風點火」的發言。又好像近日社會上有年輕人的示威活動，教育當局有意無意暗示老師有「搧風點火」之嫌，於是特別加重對通識科的監察力度。通識科推行初期，當時有關當局不斷游說老師這科如何符合全人教育的宗旨，還不顧反對將之列為必修科，大力提倡老師捨棄自己原先的本科來任教，現在卻暗暗將老師視為代罪羔羊一樣監控着。何苦呢？須知要教改成功，官員和老師必須通力合作，否則注定失敗，最終受害的還不是莘莘學子嗎？

在一般老師眼中，教育官員像鐵甲人般「無情」；在官員眼中，老師則是稻草人的「無腦」，所以官方事事指令、處處量化，彷彿老師的腦袋真的是盛草似的，還設立一個「基準試」，測試老師是否真的勝任教職。直到現在我還是認為「基準試」是一項不智的政策，官方説動機不過是想設立一個專業試基制，這點我不置可否。問題是官方早已規定要持有學位才能執教鞭，而且老師還要修讀教育文憑才可以獲得擢升，這個機制其實已經對老師的資格有很大的保證。況且老師找工作時，還要通過學校的重重面試，如果水平不夠，自然不會獲得聘用。如果老師的表現不理想，學校自有評審標準，可以通過不獲續約來淘汰，犯不着教育當局勞師動眾來干涉。「基準試」使本來由官方自己制定的資格失去威信，可説是以今日的我打倒昨日的我的行徑。再者，推行政策，不單單是看目的，還要看代價。「基準試」的代價就是官方和老師之間的互信，而且官方還把家長牽涉其中，令老師和家長處於對立的關係，老師在學生面前失去威信，這個代價實在太大了。不是嗎？自從「基準試」以後，官方和老師的關係一直惡化，令人不禁心生「一子錯」之歎。另外，官方處處量化，令彼此的關係雪上加霜，老師為了應付官方頻繁的視學，既要應付日常教學，又要兼顧大量文件，造成無形的壓力。在這種情況下，激發老師以遊行等「搧風點火」的方式表達不滿，實在無可厚非，但卻有社會輿論說老師上街，會給學生立壞榜樣，令我百思不得其解。老師上街不是要造反，不過是想表達不滿，不要以為老師是教育當局暨在課室中挾他人權威來恫嚇學生的稻草人，老師也有自己的立場。如果社會對老師的形象真的有如此高的要求，認為上街喊喊口號便會給學生立壞榜樣，那麼便該檢討「基準試」對老師的形象有甚麼負面影響。如果不走上街喊口號，老師的訴求，有關當局聽得入耳嗎？我記得當年六四鎮壓，有北京市民哭問入城鎮壓的軍隊：「難道我們是一撮的嗎？」萬多名老師上街，難道也是一小撮嗎？難道全都是為了保住飯碗的嗎？為甚麼官員要保住烏紗，老師就不能主動保住飯碗？我寧願老師走上街喊喊口號，總比早前幾位老師跳樓自殺，以死明志要好得多。老師尋死，對學生的負面影響要比上街大許多許多。試想如果老師在困境中也放棄前進，那麼又如何主動表現自己是《綠野仙蹤》裏的稻草人，臨危不亂，可以帶領一行人走出困境呢？緊記三把火，全是護體之火，絕不應拿來自焚。

當然我不是全面否定「搧風點火」的攻擊性，有些時候在猛於虎的苛政下，往往會有奉迎的小人「為虎作倀」，製造更多的壓迫與傷害，這些膽小的倀鬼如果屢勸不聽，即使調高「搧風點火」之術至攻擊級別也是情有可原的。例如之前有一所小學的校長，花費聘請形象顧問為老師作形象包裝，要老師打扮得「有型有格」，並且穿着光鮮（有報章甚至說規定老師穿名牌，未知是否屬實），還把老師的新造型張貼出來，請學生選舉最型格老師。這位校長辯稱這樣可以令學生被老師的個人魅力吸引而更專注學業。我看到這樣的報道，第一個反應是難以置信，心想一定是傳媒的炒作，程度一定不是這樣糟，但讀到這位校長的辯解後，我心裏感到戚戚然，久久不散，這真是倀鬼所為，正如孔子所言，應該羣起而攻之可也。如果我是這所學校的老師，一定會向校長力陳利害，如果倀鬼校長執意不改，我便會遞上辭職信。近日我讀到一位專欄作家支持倀鬼校長的文章，指古時有趙武靈王胡服騎射之舉，今日老師也可以先從易服開始，這樣才不會讓補習社的天王天后尊美，學生才不會一味往補習社跑。這樣的倀鬼言論，真的令人啼笑皆非，首先趙武靈王命士兵易胡服，原因是中原服裝寬袍大袖，不便騎射之故；難道我們說老師不刻意打扮，就不便教學嗎？另外，補習社是一處只教學生「求分數」的場所，學校卻是提供全人教學的地方，為甚麼要學校學習補習社呢？這樣的學習究竟是進步還是倒退呢？再者，如果補習社不能幫助求取分數，我相信就算再多設十個、一百個穿超短裙的「美女教室」，學生也不會往那裏跑。又例如之前有小學校長辱罵老師，還迫令老師寫悔過書，最後令那位老師在學校跳樓自殺。對待這種倀鬼言行，輕微攻擊性的「搧風點火」是可以接受的，這亦是我寫這篇文章的一部分原因。

二、隔岸觀火

第二種護體之火，是「隔岸觀火」，這句成語演變至今，已略帶貶義，有見死不救、幸災樂禍的含意。梁啟超在《飲冰室文集》中有一篇〈呵旁觀文〉，把隔岸觀火的旁觀者罵得狗血淋頭：「旁觀者，如立於東岸，觀西岸之火災，而望其紅光以為樂。如立於此船，觀彼船之沉溺，而睹其鳧浴之為歡。若是者，謂之陰險也不可，謂之狠毒也不可，此種人無以名之，名之曰『無血性』。嗟乎！血性者人類之所以生，世界之所以立也。無血性則是無人類無世界也。故旁觀者，人類之蝨賊，世界之仇敵也。」梁啟超對隔岸觀火者之罵，較之我上面對倀鬼的批評嚴厲百倍。我相信見死不救者即使不遭人譴責，也會受到愧疚的折磨。鐵達尼號海難的倖存者，正如梁啟超所說是立於此船（救生艇），觀彼船（鐵達尼號）之沉溺，他們雖然生存下來，但其中許多人都終生受到良心的責備，經常受噩夢折磨。

對於香港老師來說，需要他們隔岸所觀之火，並非如梁啟超所言，是在眼前發生的災劫或意外，也不是蘇珊·桑塔（Susan Sontag）在其《論攝影》（*On Photography*）和《旁觀他人的痛苦》（*Regarding the Pain of Others*）中所指通過攝影展示遠方的戰爭或天災，所以也不是受太多的震撼而變得麻木的情況。我所謂的「隔岸觀火」其實是想請老師在教改漩渦中堅定立場，冷靜地分析哪些是塞壬惑人的呼號，哪些是真心的號召，否則可能無奈地淪為倀鬼。例如早前教育局推出甚麼「融合教育」，把輕度弱智、弱智、弱聽及讀寫障礙等學童分配到一般的文法中學去受教育，美其名是讓這些學童更能融入普通人的社羣，但作為教育政策的最前線執行者，校方不得不抱着「隔岸觀火」的距離感，細心觀察、分辨究竟這種融合是否真的有效？老師在沒有受過特殊專業訓練的情況下，是否可以應付這些學童的特殊需要？如果不能，那麼強調融合，是否反而更拓闊他們和普通人的分野呢？這種政策是否真的值得校方一頭栽進去執行呢？當你還在躊躇自己會否「好心做壞事」時，又聽見教育當局斥資發展甚麼「優才教育」，把評定為天才的學童抽出來作特殊的培訓，說甚麼盡量激發他們的潛能，於是你不禁問「融合」和「抽出」，所持的究竟是怎樣的準則？教育當局一方面關閉特殊學校節省資金，一方面大灑金錢來發展優才教育，中間所執的究竟是否同一把量尺呢？這一連串的問題，都值得一位前線教育工作者停一停，看清楚、想清楚才去奉獻一己之力，否則可能在不知不覺間催化了社會上不公義事情的發生。

教育從來是一個漫長的過程，正所謂「十年樹木，百年樹人」，但教育當局不是朝令夕改，就是朝下令夕問果，諷刺的是總有倀鬼附和，學校彷彿在進行大躍進、大煉鋼似的。誰可達標，便可獲得官方公開表揚，分配到好學生。我曾到過這樣一間給點名表揚的學校，校長十分好大喜功，雖是中國人，卻只側重英文，大幅增加英文的教節數目，但卻強迫中文科老師自編教材把中史、文學、中文和普通話合併成一科，於是學生學到的根本就是一科四不像。又為了討好家長，率先響應以普通話教授中文，這樣在初中實行尚可，但明明知道會考的説話卷不設普通話考核，還是強迫學生在高中照樣以普通話練習。在這些伥鬼眼中，學生不過是棋子，他們的前途壓根兒並不重要。身處這樣的教學氣氛下，老師需要的可能是一份旁觀的閒逸，讓自己可以稍稍在大躍進的狂飈中得到喘息，在閒逸中滋長平常心，讓自己不為名利所誘，可以忠於「百年樹人」矻矻耕耘的節奏。讓我們一起回到據説是「隔岸觀火」這個成語的源頭：「隔岸紅塵忙似火，當軒青嶂冷如冰。烹茶童子休相問，報道門前是衲僧。」（乾康〈投謁齊己〉）如果伥鬼來訪，就報説自己是窮和尚。從來鬼對無求的佛道人士都存有幾分敬畏。

三、赴湯蹈火

「赴湯蹈火」這種取態聽起來和老師的天職最匹配，似乎三種火中只有這種含褒義，這幾乎和「大名垂宇宙」的諸葛亮所云的「鞠躬盡瘁」一樣，是忠義的表現。諸葛亮〈出師表〉以近乎哭求的語調宣誓效忠的對象，卻是對司馬懿表示「樂不思蜀」的劉禪。「赴湯蹈火」則來自《傅子》，據載東漢末年，劉表佔領荊州以後，派部下韓嵩前去刺探曹操的虛實。韓嵩對劉表説：「雖赴湯蹈火，死無辭也。」無論「鞠躬盡瘁」還是「赴湯蹈火」，都是屬下報效上級知遇之恩的表示。老師赴湯蹈火的對象似乎只有學生才算合理，才符合其天職。學生並非老師的上級，而且從來只有老師對學生有知遇提拔之恩，老師似乎沒有甚麼需要報答學生，所以老師的赴湯蹈火是從上而下的，需要比將帥報效更甚的赤誠。只是現在有些直資的名校，為了爭取學生，公然糟蹋這種忠誠，校長居然表明學生是顧客，老師該用心服侍學生，甚至有學校以學生對老師的評核作為升遷的標準，於是為了家小委曲留下來的教師，只好把教學看作一份糊口的差事，「老師」不再是受人尊重的身份。如果我們硬要把一個心智未成熟的人放在上位，很可能會像變得「樂不思蜀」的「二世祖」，即使老師像諸葛亮那樣叩穿了頭、哭破了喉，或許都是徒然的，還是躲不了亡國的命運。所以每次當我看見學生用顧客，甚至老闆的口吻和老師說話，我心裏便會斷定這所學校很快便會淪亡。

　　如果說「搧風點火」是攻勢，「隔岸觀火」是守勢，那麼「赴湯蹈火」便是徹頭徹尾的奉獻，是無私的奉獻。如此說來，為甚麼要當老師這樣賠本的職業呢？因為就在奉獻的過程中，老師更清楚自己是怎樣的一個人，更清楚生命的底線，所以「赴湯蹈火」往往是令老師撇開迷茫的策略，就讓衝刺時撲面的風把所有冷嘲熱諷一起帶走。老師運用這把火時要緊記，對象是下級而不是上級，在教學的事業上，如果有上級要你做不情願的事，大可以效法嵇康答司馬氏朝廷的賜官：「長而見羈，則狂顧頓纓，赴湯蹈火。」嵇康以麋鹿自喻，即使「赴湯蹈火」也難以馴服。事實上，我確實見過不少這樣的老師，這些老師即使已退下教學的崗位，每次遇見他們，我定必鞠躬作揖以示尊敬。

記得中學的紀念冊上，有一位我尊敬的老師寫給我這樣一句聖賢古訓：「三人行，必有我師焉，擇其善者而從之。」那時我便想怎樣才能「知其為善」呢？現在我辨別的方法是「三把火，師之護法也，觀其所用而知之」。

／寫於二〇〇六年十月七日

龍目猶炯炯——《新蒲崗地文印記》中的工人身影

一、龍目之所在

富良野之所以以「臍丸君」為吉祥物，乃因它處於北海道的中央位置，儼如整個島的肚臍眼一樣。同理，提到新蒲崗，我會想到「龍目」——如在地圖上用圓點標出它的位置，那麼便會發現它像是香港飛龍標誌的眼目。舊啟德機場斜伸出來的跑道，就像是飛龍的吐舌，九龍半島則是飛龍的下顎。飛龍標誌拖曳着的三條絲帶中有一道勾勒了獅子山的輪廓，而新蒲崗剛好就在馬鞍山和獅子山山脈連接的月形面窩內，窩外的山脈彷彿便成了標誌飛揚的鬣毛。

誠然，我一向對此飛龍標誌設計不太欣賞，以「香港」和「HK」等字樣砌出飛龍形象，顯得過分平板，缺乏神韻；又飛龍吐舌，大減威風，令它淪為氣喘之犬。可幸，這個點睛挽回了一點神氣。就像是亨利．摩爾的雕塑，將人的形態簡化為多個不同稜面接合，當加上了點睛後，平面化的形象便因有了凝視方向而更顯神氣。現在香港的形象其實也面對「被平面化」的趨勢，甚麼國際金融中心、中西文化匯萃的美食天堂……就像飛龍標誌，被平面化後，才便於宣傳和闡述，在互聯網流動起來才更迅捷，但猶幸還有新蒲崗這一龍目在凝望遠方出神。

二、龍目的底蘊

凝望的起點不在遠方，反而是背後的底蘊，正如亨利．摩爾的雕像，我們須知道原來那是「母與子」的目光，才能決定投射方向。那麼，新蒲崗此龍目的視網膜上究竟印着怎樣的影像，甚或盲點？

現在的新蒲崗顯得相當平靜，如果工業區是一個城市經濟力量的源頭，那麼新蒲崗曾是香港的心臟，充滿了「烈血」：震撼人心的「六七暴動」便是在這裏爆發。當年位於大有街的「香港人造工廠」的工友不滿廠方減薪裁員而上街示威，加上內地文革左翼思潮的影響，令勞資糾紛引發的示威漸漸發酵成階級鬥爭味濃的暴動，釀成五十一人死亡、八百多人受傷的大事件，死者中包括給燒死的商台節目主持人林彬及其堂弟林光海。從新聞老照片中可看到防暴警察在大有街手持盾牌佈防，較遠處是穿輕薄襯衣的圍觀人羣，沒有傘，也沒有護目鏡，好像只是一羣看熱鬧的羣眾在演示魯迅指摘的「吃人文化」。而更遠處便可以看見香港塑膠名牌「紅Ａ」的標誌。紅Ａ的廠房至今屹立，偌大的紅圈標誌就像是地圖上的標記，就像一個跨世代的龍目，它見證着整個左翼思潮的發展。程翔在新出版的《香港六七暴動始末——解讀吳荻舟》的序言中帶出這樣的憂慮：「更令人擔心的，除了香港出現改寫歷史的暗湧外，在中國大陸近幾年也開始出現為已經被中共中央徹底否定的文化大革命翻案的趨勢。」[1]原來那紅圈龍目不應只穩穩釘在工廈外牆上，還應在我們的心頭睜開，才能看穿歷史的山屏和時代的迷霧。

地圖上的圖例，英文稱為legend，就是「傳奇」，董啟章在《地圖集》中便概歎「圖例之墜落」，已不能訴說甚麼傳奇：「為了達到工具性的目的，圖例變成了千篇一律的、可有可無的、全無想像力可言的附屬品。」地圖上，新蒲崗在圖例上一直是以「工廠區」標示。對一個城市來說，工廠區也確實是相當工具性的設置，就是為了滿足社會經濟的需求。正如韋伯所說，工具理性越強，價值理性便越弱。我想個人如是，社會亦然。猛然醒覺，新蒲崗的街名：大有、雙喜、三祝、四美、五芳、六合、七寶和八達，本身就是這兩種理性的結合。本書通過縷述闡釋涉及新蒲崗的文學作品（如《蝦球傳》、《拾香記》等）來呈現其中涉及的「工人文化」和「左翼思潮」，無疑就是令圖例變回傳奇、將價值理性還給這城市的試驗，過程就是卡繆所謂的「抵禦荒謬」——即使每天都幹着相同的事，最後也能因感受到主體性逐點逐滴凝聚而感到幸福。本書中不時提及的「工人文化」究竟是甚麼？讓我們試着在「工人文學獎」中找一下端倪。第三屆得獎文集[2]中刊載了劉樹華的〈新蒲崗的中午〉：

> 斜對面有一條橫街，泊滿貨車。一熟食小販，就在一輛貨車屁股後面營業。忽然，貨車開動，噴出一股黑煙，直攻正在進餐的七、八個男女！他們立刻離座，有的掩鼻，有的謾罵幾句，但煙散後，他們又返回原位，若無其事繼續進食！

……

> 二時過後，新蒲崗的行人逐漸稀少，工人返回工作崗位了，小販亦陸續消失。代替出現時，是貨車的增多，以及煙囪噴出的廢氣。
>
> 工業區又開始創造財富了。

這篇作品是「報告文學組」的推薦作品，我同意評判所言這只是一篇「描寫文」，但我又不禁想作者覺得自己「報告」了甚麼？我想就報告了工人如何運用盲點去適應環境，抵禦荒謬，抹掉渴求成果的焦急，似乎只有這樣才能一步一步地為大我創造奇跡。香港的心臟位置已悄然讓給了金融和地產業，新蒲崗現在的角色好比靜脈中的一組活塞和肌肉，表面上好像被邊緣化，失去了搏動的積極性，但卻有效地遏止經濟力量「倒流」，確保整個循環系統的「圓通」。

讀過這本書，你便能將新蒲崗工廠區的圖例再次讀成傳奇——所有盲點就是當時人並不知悉其存在，如果知悉了其存在，它便不再是盲點；在關於新蒲崗的文學作品中我們卻往往可以讀到「運用盲點」的矛盾，正是這種近乎自我麻醉的行為，

---

1 程翔：《香港六七暴動始末——解讀吳荻舟》，香港：牛津大學出版社，二〇一八。

2 《第三屆工人文學獎得獎文集》，香港：荃灣新青學社，一九八四。

才能在不知不覺間創造香港「從大有到八達」的經濟奇跡。且看刊於一九六七年六月九日第七百七十七期《中國學生周報》的畢靈（吳平）的〈新蒲崗人生觀〉：

> 我這樣的留心了幾天，終於給我聽出了一個隱藏的秘密來。從沒有一句話、一個笑容，是涉及「人造花廠」事件的。在升降機裏沒有，在街頭巷尾沒有，在茶樓酒館也沒有。
>
> 是甚麼因素，使他們對這件轟天動地的大事不約而同地保持沉默呢？這顯然和他們的本性相違。了解英雄也了解普羅的羅曼羅蘭說過：「能夠叫嚷就是平民的一種樂趣。」我再細心的觀察，於是我看出，在那沉默的背後，有一抹畏懼的陰影在脅迫着他們。他們之中，就是最樂觀的，在離開了升降機、離開了他們熟悉的工友羣後，也不再說笑了。
>
> 然而這畏懼並不使他們畏縮起來。在工作上，他們是更沉着、更努力去應付。我想這是最好的態度了，當一艘船有傾沉的危險的時候，暴躁只能使船更加動搖，故作風趣也只有令人心煩意亂，這個時候需要的是沉着、合着牙牀地沉着！

原來盲點，不是要以遺忘埋沒恐懼，而是發揮鎮靜的作用，好讓受到恐嚇脅迫的心靈可以默默地守穩自己的崗位，保持香港工業心臟的撲動。畢靈這篇發表於暴動後不久的觀察紀錄，讓我們明白甚麼是「必要的沉默」：沉默不是給嚇着，相反沉默是為了讓恐懼不要擴散，為之後更宏亮的叫嚷做好準備。想深一層，我們都知曉視網膜上存在盲點，但這並沒有令盲點消失。上中學時，大家可能都做過這樣的實驗：蓋着一隻眼，用另一隻眼凝望書頁上的黑點，然後上下移動頭部，黑點便會在某個位置因掉入盲點而消失。新蒲崗就是飛龍的眼目，它會隨人流車流調校焦點，讓負面的漩渦掉入盲點之中，也讓一些之前埋藏在盲點下的價值重新顯現。

三、龍目投射的彼方

原來龍目的視網膜上是大有、雙喜、三祝……等街道的佈置，那麼，它的目光究竟要投向哪方？在新蒲崗許多地點，抬頭便可遠眺獅子山。獅子山自從港台的單元劇集後，已成了香港精神的象徵。李怡卻將懸崖處處的獅子山的象徵範圍收窄為絕地反彈、靈活變通的拚搏精神，跟對岸外形圓鈍、綠意洶湧、一臉富泰的太平山所象徵的安穩意識相對。到過日本旅遊的人都知道，如果下榻的酒店房間能遠眺富士山，房租一般都會較貴，但在新蒲崗，似乎沒有人因遠眺到香港的精神象徵而自豪，可能全部人還是習慣低頭，默默苦幹。且看陳慧思的〈一個速寫——想尋鑽石山地名的源頭〉：

一顆鑽石是在沉重壓力下成為珍品的一塊煤
在那麼一個地方
有一個暗示蘊寶藏珍的名字
上頭還蹲着一隻獅子
面對百年風風雨雨
早已岩化為不倒的守候
……
終於我能明白
這地方名字的由來
源自這兒一塊
生火的煤炭
都在重壓下
靜靜寂寂地燃燒……[3]

無論是受壓，還是燃燒，都是靜悄悄的，即使這本書中闡釋從「左翼思潮」到「六七暴動」的發展也是靜悄悄的，就好像梁秉鈞的〈新蒲崗的雨天〉憶記的就是暴動後的新蒲崗，詩中連雨也會「踐踏」牆，又經常出現「狹隘」、「狹小」等詞來增加壓迫感，但讀到不同人士在不同時段上來協力辦一本文藝雜誌，我們便明白他們燃燒內心只為抵禦外來生活的壓迫。這也令我回想起幾次到《字花》位於新蒲崗工廠大廈的辦公室所看到的情景。時代像滾石一樣迴旋出現，他們的目光從熬通宵殺青的無日無天轉出來後，大概都曾投向那像鑽石一樣骨稜崢嶸的崖壁。在本書最後介紹唐睿的 *Footnotes* 中，即便看到作者反復「否想」香港，但越是「否想」，便越突顯其情繫之深，便越明白那份悄悄投遠的目光，正像頁底的注腳一樣以瑣屑的姿態撐起上面正文的激昂論述。

以往大磡村的大片土地，明年將會變成「沙中線」的車站，另一條行車線接通了原有的路線，似乎新蒲崗在經濟力量的循環系統中，又會漸漸變回心臟，簇新的車站在老區中看上去就像心臟起搏器一樣怪異，但只要能延續氣息，我想那隨年月風塵累積而成的「價值理性」斷斷不會再次給「工具理性」蠶食回去。新蒲崗的過客可能真的不會因望得見獅子山而大張鑼鼓，但那非嫌山之貧瘠，不值一哂，而是那光禿禿的陡崖所突顯的堅定意志，令它輻射出來的價值理性只能以靜悄悄的專注神態彰顯。它曳着雲彩的同時，也曳着貨車尾板升降的咔嚓和鏟車的轟隆，要求混在這些背景雜音中的汗水也來個大鳴大放的吶喊，毫無疑問，是不懂品味生活中回甘的莽撞。

---

3 見《穰田——理工文藝創作比賽十年得獎作品選》，香港：理工文社，一九八八，頁八五。

候鳥織巢寄春望——張燕[1]談西西的「縮小意識」

西西：

之所以選擇以書信形式來談你的作品，有幾個含意，你就當作是在翻看過那大部頭的《西西研究資料》後，給芸芸眾多的理性闡釋按壓下來的抒情慾望的爆發吧。整整四大冊的紮實內容，可說是包羅萬象，要找出新的切入角度又談何容易？但當我將其中闡釋的作品看成是你多年來辛苦織就的巢時，便不禁想縱使巢有各式各樣——平開的、懸垂的、依附的，但同樣為了保温，這樣才能孵出新生。你的新作以「織巢」為題，除了表示留下的決志，大概有顯其「巢温」以薰染人心的立願。無奈「巢温」就像在旅遊節目中介紹美食時無法讓觀眾直接感受到的「味道」，只好靠主持的反應和口述間接傳達，所以我們常會批評這些反應很「假」很「誇」，甫入口未嚐真便嘩嘩叫好。同樣，通過文字其實也很難讓讀者感受到「巢温」，很容易讓人說是矯情。書信便是你常用以展示「巢温」的手法，在《織巢》裏，你以多封書信來強化抒情的效用——信裏的文字會因有了說話對象而變得温婉和由衷，可在偏離主脈絡情節的推展中，給角色提供一個展示內心掙扎的歇息平台，寫信的角色會因而變得更立體和血肉，整部小說亦會因多了情感的鋪墊而更飽滿。

今年剛好是五四運動一百週年，這個追求現代性的思潮，早給定性為「救國之亡」和「啟民之蒙」：前者談的是「英雄造時勢」，側重由內及外的工具理性；後者則是「時勢造英雄」，乃由外感內的價值理性，無奈兩者之間乃此消彼長的關係。而當李澤厚以他著名的「救亡蓋過啟蒙」的論述來總括中國現代性的發展時，便引起鬧烘烘的爭論，民族情結使我們不願意接受自己國家那副超英趕美的寒傖相。為了擱下「救亡．啟蒙」的對立爭論，推進文化發展，王德威認為「推動抒情」[2]便是最適當的路向。說的也是，如果我們同意中國文化是「抒情傳統」，那麼推動抒情，不啻就是承接傳統的進路。再者當一個人有話要說，不吐不快，還有能力將之說得吸引，那意味抒情者的主體性已相應成熟紮實，不會給大時勢的逃亡大調拉得粉碎。當人享過一定時日的「巢温」，繃緊的神經都舒張下來，這意味外在氛圍應該也相對穩定，抒情的衝動才得以悠悠從心底升起。你在《候鳥》中不是說媽媽將全家遷移到香港時，顯得越來越堅強，就像習慣指揮大局的姑姑；但在香港安頓下來後，便變得温婉，待內地改革開放，更一度沉迷跟失聯多年的親朋通信，甚至見到你賺得高稿酬而嚷着要試着執筆寫自己的「三毛錢小說」？從《候鳥》到《織巢》，

1 張燕為西西的初名，後因祖父認為燕子長大後會離家不顧，意頭不好，乃轉燕音為彥。見何福仁：〈《候鳥》：記憶一些西西〉，《像她們這樣的兩個女子》，香港：中華書局，二〇一七，頁一四。

2 見王德威：《抒情傳統與現代性——在北大的八堂課》，北京：三聯書店，二〇一〇，頁三〇。

除了素素外，媽媽這角色最教我着迷，她的成長就是從「救亡」到「啟蒙」再到「抒情」的演進，這可說就是「縮小」的心路歷程，是「張燕」代表的「候鳥漂泊」的階段到「西西」以「造房子喻跳飛機」[3]的階段。

你曾經跟何福仁圍繞「時間、空間和房間」的主題作過對談，對談紀錄為《印刻文學》第九期「西西專輯」的引子。[4]對談主題相當吸引我，由於是你們幾個朋友在旅日期間進行，所以順水推舟，從日本的寺廟和庭園拓展話題，一直談到你的娃娃屋小說《我的喬治亞》，那時我便想可圍繞「時間、空間和房間」，引入日本文化中的「縮小意識」去談談你的小說，算是以延伸深化方式來紀念這次對話的啟發。我想在縮小的過程中，個人的主體性才得以湊合起來，讓記憶可以抵禦時間的沖刷，成為能自圓其說的「她」的故事（Herstory），足以彌補以男權書寫歷史（History）的偏頗：

> 中外史家講求客觀實證還是近世的事，但我總懷疑，中國人的心靈脾性，歷來還是靠近小說多些。多少史書，這裏那裏不甘受制於客觀實證，時而流露理想的成分？而小說，經過許多年的發展變化，向壁虛構之餘，容或因時因人而異，可始終沒有摒棄從人類的記憶裏取材。這或就是小說生生不息的原因。當史學家開始向歷史的斷裂、失憶處考據，讓我們重新審視自己；小說作者，是否也可以從故事裏再書寫，故事裏再生故事，嘗試在重重對照裏反省我們自己？[5]

一、空間縮小：找焦與聚焦、削除與擠進

在何福仁導演那齣以《候鳥》為拍攝藍本、關於你前半生的紀錄片中，令我印象深刻的是航拍鏡頭徐徐升起，那正在九龍城碼頭（已被清拆）跳舞的舞者身影慢慢縮小，鏡頭越拉越遠，涵納越來越多周遭景物，直至凝住在某高度，這壓根底就是候鳥降落的視像記憶的倒帶播映。何福仁曾以中國手卷「行看子」的讀法來闡釋《我城》的結構——所謂的「行看子」就是由左邊開卷，右邊收卷，停止收卷時，畫面便定格下來，隨着停止位置不同，畫面的組合元素每次都不盡相同，所以何指那是相當於西方「接受美學」的觀照方式，就是「關心閱讀，文本有待讀者來具體化的過程」。[6]我相當喜歡這個讀法，故想將之再發展一下，稱之為「候鳥視覺」——讓讀者代入候鳥的飛行視角，通過一起「找焦」令內容變得具體。這種參與令文本

---

3 西西曾在〈造房子〉中解説自己的筆名「西西」，其實是一幀象形圖：是穿裙子的女孩在「跳飛機」。詳見《像我這樣的一個女子》序，台北：洪範書店，二〇〇七。

4 見《印刻文學》，第九期，二〇〇四年五月。該期的專輯為「我的喬治亞」，專輯內除了上述對談外，就是《我的喬治亞》的首章。

5 西西：《故事裏的故事》，台北：洪範書店，一九九八，頁iii-iv。

6 見何福仁：〈《我城》的一種讀法〉，《西西研究資料．第二冊》，香港：中華書局，二〇一八，頁四一。

沾上了被看和描劃的痕跡，因而成為創作的一部分，散發出存在意義的光芒。在我眼中，候鳥的目光總帶着「現代鄉愁」——就是對舊時光的依戀和對現代急進發展步伐的抵禦。在班雅明的論述中，「現代鄉愁」往往寄寓在那混跡在「跳蚤市場」中的收集者身上，就是通過日常瑣屑重整自己的宏觀視野；而「候鳥目光」則相反，乃先從宏觀歷史中「找焦」，然後再「聚焦」。

從《哨鹿》開始，我已訝異你對細節微物的縷述有條不紊地織出一片錦繡宏圖。讀者如果未能感應到你留下的「看跡」，大概會嫌這些內容像訓詁論文般絮絮鋪陳資料。事實上這種鋪陳不無深意，你在《哨鹿》中，通過鋪陳細節來縮短乾隆和阿木泰之間的距離。書中提及「皇輿全覽圖」當然是俯瞰圖：「對着『皇輿全

For in my world, flowers mean the last goodbye

／航拍鏡頭下的舞者在演繹《像我這樣的一個女子》。

覽圖』……這麼一個地大物博的國家，乾隆得好好保衛疆土的完整才是。」[7]而給指使行刺皇帝的阿木泰心裏也想：「一個國家那麼大，總得有人做事、管事，總得有個皇上吧。沒有了皇上，誰來打理國家大事呢。」[8]當阿木泰跟皇帝的距離拉近，開始易轉獵物跟獵者的位置，引發質變的聚焦，將故事推上高潮：「替爹報仇，去把皇上殺了？……阿木泰忽然有點明白過來，這麼多奇異的眼，一直跟着自己，那一定是為了，只有阿木泰，因為他是個扮演哨鹿的人，才能夠和皇上一起去打獵，才能夠站得距離皇上那麼近，而皇上的身邊又只有很少的侍衛……」[9]小說有乾隆的俯瞰天下，也有阿木泰的平視乾隆，正如何福仁所說，《清明上河圖》的一個難得之處在於可見到這樣的視點變化：「〔《清明上河圖》〕取全景式構圖，由疏靜的郊野出發，一路隨汴河延伸，移步換景，到虹橋近觀者的一邊，只見毛驢馱貨上橋，平民拉套下橋，視點由平視轉移為俯視，轉移得順適妥貼，令觀者渾然不覺。」[10]只有留意到「看跡」的讀者，才會因細節截面天衣無縫的接合和觀照視角渾然不覺的轉換而雀躍，還會意會到作者如何從「找焦」到「聚焦」，這其實就是「縮小」的

---

7 西西：《哨鹿》，香港：素葉出版社，一九八二，頁一六八。

8 《哨鹿》，頁一五四。

9 《哨鹿》，頁一三八－一三九。

10 何福仁：〈《我城》的一種讀法〉，《西西研究資料．第二冊》，頁四〇。

過程。在這個過程我們看到時代的氛圍，看到人在其中的不由自主，甚至在不知不覺間被模塑，就好像在《候鳥》描繪的亂世中如何掙扎求存：「在南方，我不再見到叔母和姨姨，一個家其實很奇怪，不是屋子會縮小，而是家庭會縮小。到了南方以後，我覺得我的家比以前縮小了許多，好像一個大胖子突然瘦了一半……」[11]在這樣的大時勢中，人的主體性往往被削弱，但通過「聚焦」，人彷彿知悉一直埋藏心底的喜惡，並因而變得堅強。就像媽媽在所有人逃出來後，還能從火場中搬出沉重的家當一樣；又像你那樣在病後，雖然雙手沒有往日靈活，卻仍能找着縫熊和娃娃屋的志趣，並充滿熱情地發展開去。

有關這個從「找焦」到「聚焦」的過程，我還有一項有趣的發現想告訴你，或許這是你自己也不知道的蘊藏意識，就是讀《候鳥》每個章節起首處的那首小詩，我便想起在《創造日本奇跡的「收縮」文化》中曾闡釋啄木寫詩時有反復使用「的」字的筆法，令詩意可從「東海」縮小為一隻「螃蟹」。《創》的作者指這是將自己從東海折服人的氣魄中「斷絕」開來，然後聚焦到一隻跟自己玩耍的螃蟹身上，藉此提升了人的地位，增強詩的「親和力」。[12]就讓我們來看看其中兩首有關候鳥到南方築巢的詩：

屋頂上面
有一個煙囪

煙囪上面
有一個鳥巢
鳥巢裏面
住着一家小鳥
天氣漸漸冷了
鳥兒都不見了
媽媽說
鳥兒牠們
都飛到南方去了[13]

遠方屋頂上的鳥
飛到南方來
在哪裏築巢呢

11 西西：《候鳥》第二版，台北：洪範書店，二〇一八，頁二七三。

12 李御寧著、朱文清譯：《創造日本奇跡的「收縮」文化——徹底剖析日本的民族性》，台北：故鄉出版有限公司，一九八七，頁三九－四四。

13 見《候鳥》第二版，頁二六。

這裏是南方，在這裏
最多的鳥類
是鴿子
所有的鴿子
都擠在
一個一個
窄狹的籠子裏[14]

通過第一首詩的聚焦，一幅具「巢溫」的畫面給展現出來，而這就是跟那不再安穩的屋頂「斷絕」的代價。第二首之聚焦在新屋頂上的鴿子籠中，讓人隱約感受到候鳥將要面對的困境，所謂的「親和」大概可以視之為抵抗鴿子籠荒謬的過程中對艱苦時代的接納和體諒。一般評論你的詩，都是集中於詩集裏的獨立作品，其實我覺得應該也來談談那些嵌在小說中的詩。按常理，詩該比小說更抒情，只是嵌在《候鳥》裏的詩，抒情成分反而不及小說的情節，這大概由於這些詩像漏斗一樣發揮了找焦和聚焦的功能，將抒情元素積存並濃縮起來，慢慢滲進所總領出來的小說情節中，再慢慢化開來。這使小說有了比平常的詩更濃的抒情功效。

接着要談的是「削掉」和「擠進」，我認為〈快樂王子〉的故事最適合用來闡釋這兩個概念。你在《候鳥》中有幾處都提及燕子，大概是對我的掛念，不想把我完全遺忘掉吧（一笑），真的謝謝你的記掛。其中有一段如此總結〈快樂王子〉的故事：「王子是一座雕像，站在市中心的廣場上，看見城裏許多人很可憐，就叫路過的一頭燕子把他身上的珠寶一件一件啣去送給他們。結果，燕子的朋友都飛到南方去了，只有幫助王子的燕子，因為來不及飛走，給凍死了。我看了那個故事，不知道為甚麼竟想起鄉下的姑姑，她有很多田，很多屋子和店鋪，卻不肯和我們一起到南方來，將來不知道會不會凍死了。」[15] 快樂王子身處於廣場中心，這標示了一個非常重要的視角變化，就像《清明上河圖》會在不知不覺間轉換視角，觀者不再是「找焦」的全知式俯瞰，而是在中心位置的平視式「聚焦」，彷彿只有這樣才知道自己可以捨離甚麼，關注的又是甚麼。其次，王子雕像和燕子不應被視為截然劃分的兩個主體，而是一體兩面，一面是沉厚的靜定，一面是嬌小的迅捷。不然，便不會明白何以本來擁有許多田產的姑姑該像王子雕像，但又期望她能像燕子一樣一起到南方；也就是説，「剝掉」身上不必要的「財寶」需要王子雕像的堅決，而「擠進」窄巷靠的則是燕子的迅捷。只有通過這兩個模式的互換，才可將負面悲情轉化成正念的快樂。

14　見《候鳥》第二版，頁二一一－二一二。
15　見《候鳥》第二版，頁二二三－二二四。

之前你寫過另一篇「童話小說」叫〈玻璃鞋〉，你寫道如果拿玻璃鞋到城中給人試穿便沒法找到灰姑娘，因為城中的人天生適應能力強：「譬如我們那裏的房子，起初可以一家三口住在七百方呎的地方，後來可以適應為一家五口只住三百方呎，再後來，每一層樓濃縮為僅僅一百方呎，居然照樣可以住進去八個人。」[16]這其實跟《候鳥》中素素一家搬到南方時對香港房子的評價如出一轍你跟何福仁對話談到這篇小說時說：「我比較喜歡用喜劇的效果，我不太喜歡悲哀抑鬱的手法……現在的情況是，悲劇太多了，而且都這樣寫，我想寫得快樂些，使人們總以為我只是寫嘻嘻哈哈的東西。」[17]好了，許多人說〈快樂王子〉中的「快樂」其實是諷刺，因為故事結局是燕子凍死了，王子雕像也塌碎了。如你所言，「快樂」其實是可以視為昇華的目標，方法乃類似尼采所說的「高原遺忘」（alpine forgetting），就是先進入事情核心，以王子雕像的視角去看穿悲劇，以堅決的意志「剝掉」不必要的負累和煩惱，再以燕子的迅捷來撒播快樂，教人適應客觀條件的限制。總括而言，就是通過遺忘悲痛，得着活在當下的幸福，然後將自身的創造力推至高原層次。

想通了你「削除」和「擠進」的哲學，再回頭看你的〈浮城誌異〉，便明白浮城中人如能遺忘懸浮不定的狀態，而視自己所處的位置乃相對接近天的「高原」位置，應該也能活得很快樂：「為甚麼整個城市的人都做起同樣的夢，而且夢見自己浮在空中？有一派心理學者得出的結論是，這是一種叫做『河之第三岸情意結』的集體顯象。」[18]如果所謂「河的第三岸」是個窮巷的空間，我會因你竭盡所能擠進去，設法填補，使之充實飽滿而銘感。還有，你不單以文字表現「高原遺忘」，你的《哀悼乳房》和《縫熊志》更是以實際行動來示範，並予以記錄，我想說你真是演繹得太漂亮、太精彩了。

二、時間縮小：凝定、壓縮、嫁接

我們常以「河」來象徵時間的行進，一直以來，人都嘗試留住珍貴的時刻，某程度上藝術品都是因此而誕生，在眾多藝術品中，葛飾北齋《富嶽三十六景》中的〈神奈川衝浪裏〉可說最常為人引用作為凝定時間的經典範例。歷來多數評論都把焦點放在那大浪頭上，覺得它的凝定變成了永恆美的象徵，但我覺得這不是作者的原意。誠然那浪頭確實描繪得美侖美奐，但既云「富嶽三十六景」，那麼觀賞焦點該是大後方的富士山。葛飾北齋以凝定的浪頭來映襯大遠方的富士山，浪頭因其近其大其華麗其新鮮，歷來搶去了不少青睞。隨着年紀漸長，我的目光開始回到後方的

16 見《西西卷》，香港：三聯書店，一九九二，頁二一六。
17 見〈穿玻璃鞋的本領——《玻璃鞋》賞析〉，《浮城1・2・3》，香港：三聯書店，二〇〇八，頁七〇。
18 西西：《手卷》，台北：洪範書店，一九八八，頁五。

富士山。黑澤明的《影武者》轉化自《孫子兵法》的名言：「疾如風，掠如火，徐如林，不動如山。」畫面中的富士山彷彿是為了制衡浪頭帶來的動盪才選擇「不動」，山於是變得更有靈性；同樣，浪頭望見富士山就像夏蟲遇上冰，知悉了瞬間以外的存在模式，使其出現在頃刻間有了更豐富的層次。浪頭跟富士山未必是實況記錄，可能是畫家拼湊出來，兩者的關係就像燕子跟王子雕像的互補，不同的是前者試圖捕捉時間的流動，靠的是心眼感受；後者則因其「不動」而容許鏡頭轉換不同視角，着重肉眼的細心觀察。許多藝術創作都會將瞬間景物往靜止不動的一端壓過去，一般而言，壓縮的程度越高，予人的禪意越濃。除了北齋這幅畫，日本的枯山水庭園以大石當山，當然是空間上的壓縮，但在沙地上耙梳出波紋當作河流，則可視為向不動一端的時間壓縮。日本禪意中常將時間壓縮稱為「一期一會」，多數都會以「變幻原是永恆」概括。事實上「一期一會」還包含了「嫁接」的理念，就是由於珍貴時刻不會再出現，所以應該將之「凝定」、「壓縮」，再「嫁接」到當下生活境況中作為仰止神往的境界標示，成為一個「表述」或「再現」（representation）[19]。在你的小說中有幾個常被「嫁接」的畫面，藉此緩解角色的情緒，引發張力，牽引出新寓意。

正如何福仁在〈《候鳥》：記憶一些西西〉中說：「這掉下水的意象，後來還一再出現。」[20]指的是《候鳥》中，褓母因一時滑手而令素素掉入河中，可幸突然冒出一位好心人，二話不說跑進河裏把她撈起來。素素之後病了很久，家人都說她有部分魂魄仍在隨水流浪。由於遍尋不獲出手相救的好心人，素素媽媽於是叮囑子女，他日一定也要無條件幫助他人。在「落水」原初的故事中，或許沒有甚麼象徵意義，但當它給壓縮成「表述」以後，「意外」便像北齋描劃的「浪頭」一樣，標示着頃刻發生和始料不及的事件，那麼神秘的好心過路人便含有富士山一樣的徵意，是牢靠的元素，也是壓縮成為「表述」的靠向。之後當素素於停課後回校參加宣傳活動，因虛脱病倒，在意識

19 表述（representation），簡單來說就是「能指」（signifier）和「所指」（signified）的關係呈現。詳可參 *Critical Terms for Literary Study*. Chicago: The University of Chicago Press, 1990, Ch. 1.

20 《像她們這樣的兩個女子》，頁一九。由於小說中素素這一角色乃代表西西本人，所以許多人都誤以為她小時候有過落水的經驗，但何文中指西西告訴他，掉下河的是她哥哥，不是她。

／ 西西《候鳥》紀錄片中描述「落水情節」的動畫。

迷糊之際，落水的記憶片段不斷浮現，素素反復詰問：「今次誰來救我？」明顯在呼喚神秘的守護力量，有點天問的況味之餘，也可視作對記憶片段所屬時段的緬懷，是對自由在外邊流浪的魂魄的呼喚，是對自己要無條件助人的承諾的鞏固。如此多重張力衍生出來，便令作品的抒情層次變得更豐富和飽滿。另一個類似的片段就是跟爸爸一起在颱風夜守護家園的表述，爸爸的手還因搶救窗戶而受傷。同樣，突如其來的風暴就像浪頭，而爸爸就像富士山一樣穩當，所以當之後長大的素素遇上困蹇時，你又把這記憶片段「嫁接」到那些場景，令素素彷佛明白「不動」的鎮靜如何幫助自己沉着應對，熬過難關。

但較之「落水」跟「颱風」的表述，我更想談的是你如何以「時間壓縮」將那個風起雲湧的上海童年壓縮成「表述」以便「嫁接」。你用的方法很簡單，也很精彩，像北齋將浪頭壓入富士山，你則將故居視為匣子，將那時代的風雲統統納入其中，使之成為含蘊豐富的「表述」，再將之嫁接到「喬治亞娃娃屋」這意象，使之成為另一層次的「表述」：

我受喬治亞房子簡明樸實的外貌所吸引，其中不乏別的理由。我特別喜歡兩面坡屋面的房子，也許因為我曾經住過那樣的房屋。那時候我才八九歲，往在上海的大西路，後來改為中正西路。如今再改為延安西路。……我非常喜歡那座平房，牆上都是卵石，一列百葉木窗，兩面坡屋頂，還有一個大煙囪。……

許多年後，我重返上海旅行，多次還到那裏去看房子，起初覺得殘破了許多，後來再去看，已給拆掉了。我很難過，好像我有些甚麼已經真的失去了。……我特別喜歡江南鄉郊的房子，因為它們也都是兩面坡頂，簡明樸素，它們和喬治亞房子很相似，只不過屋頂沒有一左一右兩個煙囪，而是從屋脊兩端各伸出一支蠍子屋飾。[21]

你將關於上海故居的記憶片段嫁接到《我的喬治亞》中，發揮了兩個相當重要的功用，首先就是令娃娃屋得着和香港文化背景同樣曖昧的特質，整本小說亦因有了這個象徵平台而強化了投射自身處境的力量。另外，你說故居被拆後，自己「有甚麼真的失去了」，而每次提的「落水表述」也是強調自己有部分靈魂還在流浪；也就是說你會將之凝定、壓縮成為「表述」的，多是給小說帶來「缺失」的事物，那麼，將之嫁接到其他小說中，或可視作你尋找彌補缺失的潛意識。何福仁在〈解讀《我的喬治亞》〉中其實也暗示了這種向「牢靠」一方壓縮「時代浪頭」以彌補心靈的缺失的傾向：

21　西西：《我的喬治亞》，台北：洪範書店，二〇〇八，頁一六〇。

／兩面坡頂的喬屋外觀。坡頂下為喬先生的書房。

人總是努力營建自己牢靠的家，理想不盡同，且受歷史地理各種各樣條件的制約，但不是說無需努力，也無能為力。制約可以轉化成優勢、力量。在眾聲複調裏，一家人那樣，彼此尊重，然後互相競秀。書名《我的喬治亞》，一如《我城》，「我」固然涵括「我們」，無需廢詞，更重要的，其實是對每個個體的肯定、對獨立人格的尊重，這是互為主體，並且是在「我們」之前的謙遜。[22]

「城」或「喬屋」之於「我」，不一定是「被書寫」的對象，更可能是「彌補『我』遺憾的缺塊」：「我經營我小小的房子，無論好歹，我是在重建自己的記憶。」[23]想不到的是當那些時代的「浪頭」給壓縮到「牢靠」的住屋的想望後，對於讀者也可發揮「淨化」之效：「當每一個人在細心經營佈置他的玩具屋，的確就渾忘了所有天災人禍。」[24]我特別喜歡你在全書結尾時提及曼斯菲爾德（Katherine Mansfield）小說〈娃娃屋〉（"The Doll's House"）那盞充滿象徵含蘊的燈：「娃娃屋成為彰顯階級意識的工具，但那種階級嚴明的觀念，來自大人的教誨。收結真好，終究寄託

22 《像她們這樣的兩個女子》，頁二〇八。
23 《我的喬治亞》，頁二〇八。
24 《我的喬治亞》，頁二一〇。

了希望，即使很微茫。那盞燈，只有那個不那麼勢利的小妹最是留神。」[25]那盞燈除了像許多評論所言，乃人性光輝的象徵外，更重要的是那代表一間屋變成一個家的凝聚點，聚結也是縮小的過程，毫無疑問，聚結力越強，排斥異己的力度也越強。這令我想起另一部經典，就是易卜生（Henrik Ibsen）的劇作《玩偶之家》（*A Doll's House*）。在《玩》的最後一幕，當娜拉（Nora）醒覺自己一直給丈夫海爾默（Helmer）當作從屬的傀儡時，她決意離家出走，丈夫反復詰問：「難道你不再愛我嗎？」愛的承諾就是那盞將屋凝聚成家的「燈」。當承諾不再，娜拉只好選擇出走，這代表她已擺脫凡俗性別定位的枷鎖，從玩偶變回獨立的個體。《玩》經胡適譯介到五四時代的中國，像在西方一樣引起了廣泛且激烈的討論，其中魯迅更提出他的著名詰問：「娜拉出走後怎麼辦？」對，娜拉沒有任何工作技能，社會又不容許拒絕當玩偶的女性，那出走後怎麼生活？《我的喬治亞》令我想到的不是這些日後的生活難題，而是喬屋裏面是真正任人擺佈的人偶，那麼是否就不需擁有一盞凝聚的燈？是否就不能像娜拉一樣出走創造自己的命運？究竟是易卜生筆下的「玩偶之家」還是喬屋更適合代表香港的曖昧處境？既然無法出走，更遑論思考出走後會怎樣。

你說喬治亞還是沒有電燈的年代，又將喬屋連繫上鴉片戰爭的歷史，我不禁想如果自己活在那「黑暗的時代」，會以甚麼來作我「出走」的「明燈」？[26]我甚至想過如果我是林則除，在面對割讓香港的不平等條約時，會如何自處？帶着這些「出走的迷茫」，當我讀到後來空降到喬屋的現代娃娃百麗菲，便又不禁將之視為殖民香港的象徵：

——為甚麼我是玩偶？為甚麼我住在這座古怪的屋子？為甚麼你會從天而降？

——不要問，不要問，許多事情不是我們可以明白的，你問問人類吧，他們沒有明確的答案，只會越說越複雜。結果糾纏不清，然後又互相吵鬧。你就當是冥冥之中的命運吧。[27]

難道「命運」就是令人偶繼續留在娃娃屋內的底因，也是喬屋凝定為幸福畫面的凝聚點？我一邊讀，一邊禁不住想像喬屋亮起燈來的模樣。

西西的小說有時會呈現兩條，甚至多條不同時間感的敘事脈絡，羅貴祥便曾指「西西的小說《春望》就運用了一種新穎的表現手法，將時間緊湊地濃縮起來」。濃縮的方法是讓兩名婦女的對話速度保持「一般電影文戲場面的速度」，而兩人的動作則會變成「差利默片的快速動作，或者是調整了特快格數的滑稽動畫了」。而「緩

25 《我的喬治亞》，頁一九一。
26 《我的喬治亞》，頁一一〇。
27 《我的喬治亞》，頁一三〇。

急兩種速度同時在一個人身上操作，立刻就給人荒謬鬧劇式的感覺」。[28]在《織巢》的敘述中夾雜了二姨的來鴻。由於二姨跟素素一家分隔兩地十多年後才重新聯繫上，所以信裏給人追思曩昔的感覺，彷彿是壓縮了大家別後的時光，但信外則依然是現實尋常的處境，出入信裏信外，便有那種時間落差的荒誕感——信中既想仔細交代別後的種種轉變，卻又有不堪回首苦難日子的欲語還休，令本來時間的推展彷彿生出了一個漩渦。你的另一篇小說〈春望〉也是關於明姨的來信，篇名來自杜甫的詩，當中有耳熟能詳的「家書抵萬金」之句。只是你的小說的意蘊似乎有點不同：「寫的是經歷無數政治變化、政治運動，尤其是文化大革命，親人流離阻隔之後，重新溝通，對春天充滿憧憬、盼望。」[29]你在《織巢》的序中說到明姨的信提及成都的梅園，裏面有杜甫草堂，堂中有〈堂成〉一詩，詩中有兩句「暫止飛烏將數子，頻來語燕定新巢」。如果說明姨信中的抒情比較貼近第一句的描劃，那麼信外的世界則近於《織巢》中媽媽來港後的生活處境了。兩句詩句中其實就標示了將「浪頭」壓縮到可「牢靠」地承託「春望」的家園中去。

三、年紀縮小：童言敘事

前面談的「空間」和「時間」的縮小，其實都承襲自「《印刻》對談」的主題，本來接着應該談「房間」，但「房間」其實也是「空間」，兩者的不同在於「房間」是承載「自我成長」的地方，是教人感到「安心寬慰」的處所。如果談到成長，當然不得不談我們的童年，事實上你的「童言敘事」特色也是由於你愛細說童年而習慣下來的。另外當你以「童言敘事」，其實亦表現了你對童年的懷緬和對家常氛圍的渴求。換句話說，越是好用「童言」敘事，便越表現出對「家」的想望。我想談主體「年紀縮小」較談家中「房間縮小」更正中肯綮，且可說是前面「空間縮小」和「時間縮小」意識背後的綜合表現。

我知你有許多作品都以童言敘事，是否想藉此避過成人世界的干預，保持純真中立的心態？只是童言也必須成長，所以曼斯菲爾德才會安排小妹在文末才留意到娃娃屋的燈，因為這樣她還可免於被階級觀念同化，還可以呈現其無邪的心。記得有人曾指運用「童言」敘事，是把自身女性問題「掩蓋上一個普世化意義的做法，其實是童話要求女性自小就需順從父權社會結構的一種方式，也是文化中不願被壓逼者的牢固例證」。[30]縱然對外如此，但我不禁想，童言對內是否令作者更能看清

---

28 羅貴祥：〈濃縮的小說——析西西的《春望》〉，《西西研究資料．第二冊》，頁二〇一－二〇四。

29 何福仁：〈家書抵萬金——《春望》賞析〉，《浮城1．2．3》，頁五八。

30 羅貴祥：〈幾篇香港小說中表現的大眾文化觀念〉，《大眾文化與香港》，香港：青文書屋，一九九〇，頁六八。

楚成長過程中的微細心理轉變？我們都知道小童起初並沒有「我」的概念，需要時間理解才懂得以「我」指稱自己；有了「我」的觀念以後，還要經過一定的時日才能辨別自己和別人的界線。許多闡述兒童成長的手冊都會指那是兒童發展「自制力」和「同理心」的起點：「孩子『壓抑某項自動的行為反應』（譬如，看到月亮圖片時，必須說『白天』，不能說『夜晚』）的能力越強，越是具備更複雜的能力，去想像其他人如何思考和感覺。」[31]我想起《候鳥》中，素素隨同回校參加「政治」宣傳活動，我們可以看出素素如何抑壓自己心中的不情願，嘗試以「同理心」回應當時的成人世界的要求，只是她的「同理心」卻被摧折了——素素之後因虛脫而病倒，或許這是由於在行使自制能力去啟動同理心時耗費太多能量之故。更重要的是她嘗試按捺着自己心中的恐懼去理解成人世界，這成為她以後成長的重要階段的標記，讓她清楚記得自己初心的本質。成人世界從一個小孩子的視角描劃出來，可能盡是一些無關痛癢的瑣屑拼湊，呈現出來可能還是尋常百姓的生活片段，但可能正正因此而越教人想珍惜將失去的平凡。正如姆明（Moomin）作品裏，那老在嘟噥埋怨的阿美，其實是作者托弗．楊松自己的投射，所以阿美的英文名字是「Little My」，這個暗示由於譯名的關係而被香港人忽略。說阿美是小不點，不只是性格上，還在身形上，她甚至可以睡在姆明媽媽的水壺內。阿美的性格有很自我的時候，但在許多故事中，她也會嘗試自制，理解別人的感受，但她還是不時埋怨成人世界的複雜多疑。如果到過芬蘭的姆明博物館便會知道，阿美沒有因她的嘮叨和脾氣而被唾棄，反而一直是人氣高企的角色，這大概連作者也始料不及。

童言敘事不同於「童言」本身，它之所以是一個「縮小」的過程，在於它其實是「成人寫的童言」。作者必須將自己的心志回復到設定的年齡裏去觀照，可幸《候鳥》所記大多是真實經驗，你只需回溯到童年即可，所以相較起來《候鳥》的童言要較《我城》來得自然流暢。到了《織巢》你把敘事權還給童年的妹妹，而素素已開始長大成人，我覺得妍妍的童言跟其他敘事脈絡拼合，同樣出現了羅貴祥所析〈春望〉那種時間錯置的荒誕感。童言敘事所透現的「時間感」會因敘事者的身份而有所不同，也會受其他敘事脈絡影響。妍妍的敘事所透現的生活節奏要較《候鳥》中姐姐素素的為慢，這可能因為受另外兩條敘事脈絡的映襯——壓縮了多年經歷的媽媽的三毛錢小說和明姨的長信——而顯得舒緩，令整部《織巢》的推衍像拉壓手風琴那樣，緩急有致。

記得在〈浮城誌異．明鏡〉中，你以瑪格列特（René Magritte）的畫起興：畫中人照鏡，卻只照到後腦勺。[32]你說鏡子只能照見事物背面，如果是指往回看，那不啻就是「成人編童話」的姿態了。事實上「童言」跟「後腦勺」該如何連繫上？常言道「童

---

31 阿瑪特、王聲宏著，楊玉齡譯：〈自制力能促進同理心〉，《兒童開竅手冊》，台北：天下文化，二〇一二，頁一九九。

32 見《手卷》，頁一一二—一一三。

語無忌」，而後腦勺不見五官，當然談不上表情。當權者難以對鏡練習演說，所以很難學會控制從眉宇間洩露出來的高傲與偽善，如此嘴臉談初心自然更易出亂子。如真的有必要談初心而不致淪為包裝粉飾，那麼最好的方法不是掛在嘴邊整天催眠自己，而是尋回心底中那〈國王的新衣〉中直指赤裸的「童言」；找着了，成人才不會以自己為成熟的母親，而羣眾全是任性的小孩，正如你在〈浮城誌異．慧童〉中寫道：「母親越來越覺得自己變得像嬰孩，而她們的孩子，成為家庭中的支柱，取代了她們作為家長的地位，傾覆了她們傳統的權威。」[33]成人之用「童言」可以是欺世的武器，所以真的要運用得宜——對自己和羣眾都不構成傷害，使用者必須甘心接受當小孩的種種限制——活動的限制、身份的限制、能力的限制，當使用者真心接納這些限制，那麼他不需也不用看自己的表情也可以作出童言，因他直接看到自己的心。我很慶幸看見你很從容地接受了這些限制，所以麥快樂可以面對種種生活瑣屑而繼續「快樂」，而不是不斷眷戀從後腦勺升起來的「一晌貪歡」的繁華夢，任自己在紙醉金迷的氛圍中漸漸被掏空。所以「童言」可能是對只見「後腦勺」不見未來的「現代鄉愁」的抵禦。

最後，我之所以寫這封信給你，乃因從你的自傳式小說中，我知道你沒有忘記自己原來的名字中那曾代表你的意象：

> 我坐在椅子上寫字，看見一隻小鳥，從靠街這邊的窗子飛進屋子來，在房間裏轉了一圈，又從靠籬笆那邊的窗子飛了出去，我不知

道那是一頭甚麼鳥，也不知道是不是燕子，因為沒有看清楚鳥的尾巴，但那是一頭活潑的小鳥。從南方來的鳥還是從北方來的鳥？大概是路過的鳥吧，因為我家屋頂的煙囪上，離去了的鳥一直沒有回來。[34]

——《候鳥》

將來，我會像燕子那般，離開了家，飛到別的地方去嗎？我想，我是不會拋下媽媽和姐姐的。在運動場上，我覺得自己像鳥，但必定不是燕子，我會像姐姐，出外工作，賺了錢拿回家，我不是燕燕，我是妍妍。[35]

——《織巢》

素素以不肯定的語氣談燕子，妍妍則温柔地否定自己會像燕子，但都證明你心中還沒有淡忘自己的初名。謝謝你，大概我就是代你在外流浪的那一點點靈魂，只有這一點點浪漫的回憶，你才會慢慢建立自己的「縮小」意識，我想這使你對留

---

33 見《手卷》，頁一七。
34 見《候鳥》，頁一六〇。
35 見《織巢》，台北：洪範書店，二〇一八，頁二二四。

鳥的巢温充滿感恩。我會繼續為你流浪。現在你已活過了漂泊的年代，但歷來燕子都給用來抒發漂泊之情，例如南宋末年的文天祥在〈金陵驛〉中寫道：「山河風景原無異，城郭人民半已非。滿地蘆花和我老，舊家燕子傍誰飛。」今夜，從候鳥的視覺，這個你決定留下來的城市彷彿浮在黑頭湧湧卻無比明亮的歷史大河上，雖然只是浮岩上的城市，但當每個人頭都努力扎根，反而予人安穩無比的感覺，彷彿春天很快便會被吸引擠進城市中分配快樂王子的寶石。

日後你應還會隱隱在思念中感受到我傳回來的快樂記憶。

遙祝

巢温常溢

常為你發酵思念的

張燕

／二〇一九年六月十六日於香港

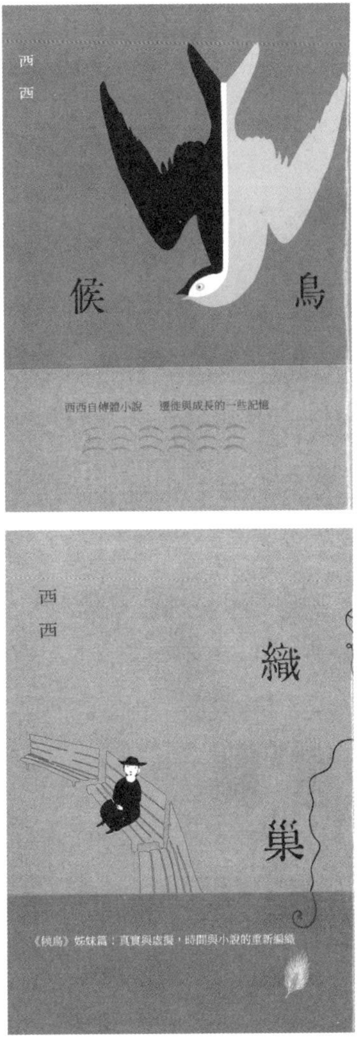

／《候鳥》與《織巢》的封面和書腰的顏色搭配剛好相反，以示兩書乃姐妹作的關係。

影之忘返

劉偉成

文・圖

責任編輯 張佩兒
裝幀設計 黃希欣
排　　版 時　潔
印　　務 林佳年

出版 中華書局（香港）有限公司
香港北角英皇道四九九號北角工業大廈一樓B
電話：（852）2137 2338
傳真：（852）2713 8202
電子郵件：info@chunghwabook.com.hk
網址：http://www.chunghwabook.com.hk

發行 香港聯合書刊物流有限公司
香港新界荃灣德士古道二二〇－二四八號
荃灣工業中心十六樓
電話：（852）2150 2100
傳真：（852）2407 3062
電子郵件：info@suplogistics.com.hk

印刷 美雅印刷製本有限公司
香港觀塘榮業街六號海濱工業大廈四樓A室

版次 二〇二〇年十二月初版

規格 三十二開（210mm×150mm）

ISBN 978-988-8676-80-4